「你、你變強了呢，阿諾斯。
我已經沒有什麼好教你的了……」
格斯塔
個性冒失但非常體貼，
阿諾斯轉生後的父親。
U0074932

「你也毀滅不了我。
我們非常相似。」
阿諾斯·
波魯迪戈烏多
泰然且狂妄，具備絕對的力量與
自信，被世人稱為「暴虐魔王」
而恐懼的男人轉生後的姿態。

「不。」
我朝他踏出一步，並且說道：
「我會毀滅你。」
賽里斯・
波魯迪戈烏多
自稱阿諾斯父親的幻名騎士團團長。

魔王學院的不適任者

MAOH GAKUIN NO FUTEKIGOUSHA

~史上最強的魔王始祖，
轉生就讀子孫們的學校~

作者 † 秋
Illustration † しずまよしのり

8

Kadokawa Fantastic Novels

魔王學院的不適任者

登場人物介紹

【幻名騎士團】

賽里斯・波魯迪戈烏多

自稱阿諾斯父親的幻名騎士團團長。

【勇者學院】

艾米莉亞・路德威爾

從迪魯海德派遣到「勇者學院」的人員，阿諾斯他們以前的導師。

雷多利亞諾・阿傑斯臣

態度親切且冷靜沉著，是受到守護魔法優秀的聖海護劍貝因拉梅提選上的勇者。擁有稱號「聖水的守護騎士」。

萊歐斯・吉爾馮

脾氣粗暴而且生性直率，是受到擅長破壞的聖炎熾劍卡流馮多選上的勇者。擁有稱號「聖炎的破壞騎士」。

海涅・伊歐魯古

充滿孩子氣而且喜歡惡作劇，受到能操控大地的大聖地劍傑雷與大聖土劍賽連歐選上的勇者。擁有稱號「聖地的創造騎士」。

耶魯多梅朵・帝提強

君臨「神話時代」的大魔族，通稱「熾死王」。

阿諾斯粉絲社

由醉心於阿諾斯並追隨著他的人們組成的愛與瘋狂的集團。

Maoh Gakuin no Futekigousha

Characters introduction

【魔王學院】

阿諾斯・波魯迪戈烏多

泰然且狂妄，具備絕對的力量與自信，被世人稱為「暴虐魔王」而恐懼的男人轉生後的姿態。

米夏・涅庫羅

阿諾斯的同學，沉默寡言且個性老實，是他轉生後最初交到的朋友。

莎夏・涅庫羅

充滿自信且略帶攻擊性的少女，但很重視妹妹與夥伴，是米夏的雙胞胎姊姊。

雷伊・格蘭茲多利

過去曾多次與魔王展開死鬥的勇者轉生後的姿態。

米莎・雷谷利亞

大精靈蕾諾與魔王的右臂辛兩人之間誕下的半靈半魔少女。

艾蓮歐諾露・碧安卡

充滿母性，很會照顧人，是阿諾斯的部下之一。

潔西雅・碧安卡

「根源母胎」所產下的一萬名潔西雅當中最為年輕的個體。

亞露卡娜

舉辦選定審判的八柱神之一。真實身分是過去被稱為背理神的不順從之神。

辛・雷谷利亞

兩千年前以「暴虐魔王」的右臂隨侍在側的魔族最強劍士。

§ 序章　【～無名亡靈～】

那是魔族支配者尚未誕生以前，四邪王族與密德海斯的魔導王等強大魔族們星羅雲布地群雄割據的時代。

認為自己才適合支配迪魯海德的魔族們誇示著力量，就連親族都會彼此相爭。為了擴大領土，前去侵略亞傑希翁的魔族也不在少數。國內外總是處在戰火之下，面對團結一致的人類，以及協助他們的神族與精靈們的進攻，各個魔族都不得不獨自應對。

人類與精靈們所害怕的事態，即是魔族統一。正因為他們一直互相鬥爭，亞傑希翁與迪魯海德的戰力才能勉強維持在勢均力敵的狀態。要是出現能夠一統魔族的支配者，戰況或許就會一口氣逆轉。

亞傑希翁軍狡猾地在統治迪魯海德各地的眾王之間持續埋下疑心的種子。他們策劃藉由讓魔族互相交戰，使得大戰能夠朝自己有利的方向發展，趁著魔族認為人類不足為懼並輕視他們的期間決定大局。而他們的意圖一步步地發揮了功效。

當然，魔族之中也有一群人察覺到此事。他們不屬於魔族之中的任何陣營，沒有主君、沒有領土，甚至沒有公開名字。賽里斯·波魯迪戈烏多率領的魔族騎士團，沒有在歷史上留名就不知不覺地消失了。

他們懷抱什麼樣的想法，又是為了什麼樣的目的而揮劍——唯獨親眼見過這個有如無名幻影的騎士團之人留下些許記憶。

「敵、敵襲！有敵襲——！其數量不明！也無法確認身影！結界遭受來自全方位的魔法砲擊！」

這裡是密德海斯領的最南端，瀰漫著毒沼氣的溼地地區。

察覺到魔族攻擊的人類士兵向己方部隊發出「意念通訊（Leaksu）」。他們將魔眼之力發揮到最大極限，卻完全看不到敵影。

「該死的魔族……究竟做了什麼……？為什麼會知道這裡……？」

勇者格雷哈姆率領的亞傑希翁軍第十七部隊取得神族的協助，以迪魯海德為據點展開活動。縱然他們應該已經儘量避免讓魔族察覺到他們的所在位置，卻突然遭到隱形敵人襲擊。

「大家無須害怕喔。這大概是『幻影擬態（raineru）』與『隱匿魔力（najira）』的魔法。就算能隱藏身影，處於這種狀態下的魔法威力也很有限。」

勇者格雷哈姆說。

「我們有聖神里諾羅洛斯守護。要突破祂的守護，魔族就只能現身。而只要我勇者格雷哈姆手上握有護神劍，我們就絕無可能敗北。」

格雷哈姆向前站出來激勵陷入動搖的夥伴。在他手上閃耀的是護神劍羅洛斯托亞魯瑪，是受到結界神里諾羅洛斯祝福的聖劍。

只要有驅魔的勇者結界、這把護神劍，以及站在格雷哈姆身旁的結界神里諾羅洛斯的守護，縱使世界毀滅，唯獨他們會平安地存活下來吧。

「聖域（asuku）」光芒聚集在勇者格雷哈姆身上，使得他們的守護變得更加堅固。

就在這時——

「『波身蓋然顯現（buenejiara）』。」

在亞傑希翁軍第十七部隊面前出現一名帶有紫髮和藍眼的魔族。這名穿著大衣的男人，是賽里斯・波魯迪戈烏多。

「……現身了啊……」

「對照過魔力波長了，與資料並不一致。他應該不是王族級的魔族吧。」

這句話使得士兵們流露出些許安心的表情。

他們將在敵地諜報活動裡調查出來，魔族中需要特別注意的強大實力者統稱為王族級，不過這之中並未包含賽里斯。也就是說，眼前的他是個容易對付的對手。

賽里斯筆直地朝結界走去。他倏地舉起握在右手的萬雷劍高多迪門，然後對準眼前的球體魔法陣。

魔法陣不單只有一個。經由方才的「波身蓋然顯現」，九個可能性的球體魔法陣出現在他眼前。

「『波身蓋然顯現』。」

賽里斯將萬雷劍刺進球體魔法陣的同時，九把可能性之刃刺穿九個球體魔法陣。震耳欲聾的雷鳴與足以覆蓋整片溼地地區的紫電溢出。天空轟響、大地震撼，在場的生命只因為魔力的解放而灰飛煙滅。

紫電在地面發出「滋滋滋」的聲響奔馳，描繪出足以將勇者們的結界——為了不讓太過強大的魔法威力毀滅國家而設下——完全吞沒的巨大魔法陣。賽里斯將實際存在的萬雷劍與可能性的萬雷劍高舉向天，合計十把的劍刃朝天空竄出細若如絲的紫電。

「『滅盡十紫電界雷劍』。」

龐大紫電自天空朝十把劍劈下。那宛如連結天地的支柱，化為一把巨大的劍。他揮下萬雷劍。彷彿撕裂天空的聲音響徹於千里之外，毀滅在此霹靂。迪魯海德的天空染成紫色，數秒後溼地地區就整個被轟飛。此時不見亞傑希翁軍的精銳們，也不見結界神的身影，就只有毀滅存在於此。

唯一生還的是勇者格雷哈姆。護神劍羅洛斯托亞魯瑪變得焦黑，一塊塊崩落。他之所以能夠勉強活下來，都是多虧了結界神、羅洛斯托亞魯瑪，還有「聖域」的力量吧。賽里斯走近趴在地上的格雷哈姆，其背後出現十幾名左右穿著相同大衣的魔族。

大概是因為「幻影擬態」與「隱匿魔力」的關係吧，身上纏繞著魔力粒子的他們竟然模糊不清。

「……儘管擁有如此強大的力量，為什麼……」

賽里斯沒有回答，佇立在勇者面前。他將萬雷劍指向格雷哈姆。

「……為什麼你沒有參與……決定魔族支配者的鬥爭……？」

只要是持有名字的魔族，幾乎都擁有領土。格雷哈姆持續進行諜報活動，應當都將王族級的有名魔族全部調查清楚了。然而，他沒有眼前這名男人的一切情報。

「……你們究竟是誰……？」

賽里斯靜靜地回答：

「亡靈不需要名字。」

他高舉萬雷劍。

「不過，即將前往冥府之人，至少記住這個名字吧。我是幻名騎士團團長（伊希斯）——」

「且慢。」

漆黑的火焰竄起，從中出現一道人形火焰。魔族全身由火焰構成，身穿一襲長袍。他是密德海斯的魔導王波米拉斯・黑洛斯。

「這裡是迪魯海德領，余的領土。要是讓人在此胡亂開殺可就困擾了，你說是吧？」

賽里斯一語不發地看著魔導王波米拉斯。

「別這麼殺氣騰騰的。我有兩三個問題要問這個人類，你應該不介意等這點時間吧？」

他還是沒有回答，不過就像答應似的把劍收了起來。

「回答余的問題，勇者格雷哈姆。否則，你昨日派往余城內的密探們就別想活命。」

波米拉斯張開他的火焰之嘴。

「就算合計派來密德海斯城的密探以及位於此地的你們，好像也不到你們潛入迪魯海德的人數。其餘的人到哪裡去了？」

波米拉斯畫出「契約（zekuto）」魔法陣。

「只要你老實回答，余就保證讓你們活命。余可是和平主義者呢。只要能將你們趕出密德海斯領，余就心滿意足了。」

「契約」上記載的文字一如他所說。格雷哈姆失去夥伴與聖劍，在敵地也無法期待援軍到來，他應該別無選擇吧。他在「契約」上簽字後說：

「夥伴們在潔隆家的聚落。」

「原來如此、原來如此。在潔隆家的女人那裡啊。畢竟是會砍掉人類腦袋，奪走對方容貌、智慧與魔力的她們，想必累積了不少怨恨吧。」

潔隆家的血統是連在魔族之中都很罕見的無頭種族。她們是只有女性，僅會由女王產下的種族。

「勇者啊，余是個通情達理的王。你們人類的憎恨應該可以說很理所當然，潔隆家就算遭到復仇也無可奈何。」

魔導王以穩重的語調說：

「這是個好機會，就讓魔族與人類試著坐下來好好談一次吧。要不要來余的城裡？你的夥伴們也在那裡，在你們停留的期間，余會保證在潔隆家聚落裡的人類安全。」

格雷哈姆思考了一會兒。然而，能讓自己與夥伴們獲救的選擇，果然只有一個。

「……我知道了。」

瞬間，賽里斯一語不發地揮下萬雷劍，雷鳴轟響、紫電急馳。但魔導王波米拉斯以火焰的右手接住制止了這一劍。

「余應該說過這裡是密德海斯領了，無名的團長啊。不好意思，但因為『契約』──唔啊啊啊啊……！」

魔導王的火焰手臂被萬雷劍砍下。

「……唔……」

高多迪門毫不留情地砍下勇者格雷哈姆的頭，以紫電加以毀滅。

「你這是──」

魔導王波米拉斯一出聲大喊，萬雷劍就刺進他的體內。賽里斯讓紫電竄上他的火焰身軀，將那把劍完全揮下。波米拉斯的身體就像擴散似的分散開來，不過他依舊還活著。

「啊啊，好吧、好吧。余知道了。反正那個人類終究會毀滅，與你相爭也毫無益處。」

火焰就這樣沒有恢復成人形，維持火星的狀態飛去。

「真受不了。沒有慾望，就只是遇到什麼就毀滅什麼地遊走，沒有比你還要瘋狂的魔族了。不愧是背負毀滅宿命的波魯迪戈烏多一族的最後一人啊。就連你的心靈，也是很久以前就早已毀滅的亡靈吧。」

留下這句話，魔導王波米拉斯就離去了。

§1 【晴時郊遊偶盡孝道】

今天其實是久違的休假。伴隨著天蓋落下而來的災害善後，還有與地底各國的交涉也總算告一段落後，我在自己的房間裡悠哉地休息。

這時響起「叩叩」的敲門聲。

「哥哥？」

亞露卡娜開門走了進來。

「爸爸媽媽說差不多要出門了。」

「這個我可沒聽說過喔？」

我儘管這麼說，還是與亞露卡娜一起走到一樓。只見抱著大竹籃的媽媽和背著大竹籃的爸爸在等著我們。竹籃裡放著大量新造的劍。

「喔，你來啦，阿諾斯。那我們走吧！」

沒有任何說明，爸爸冷不防地就要出發。

「爸爸，我們要去哪裡？」

「這個嘛……你瞧瞧這個天氣。」

爸爸指向窗外。今天原來是個萬里無雲的大晴天。

「這是個適合郊遊的大好日子吧？加上阿諾斯也難得休假，所以我決定讓店裡休息，全家團聚一起去與大自然嬉戲。」

「要與大自然嬉戲是很好。」

我看向爸爸背著的大量的劍。就做工看來，毫無疑問全都是爸爸打造的。

「但為何要帶上劍？」

爸爸輕輕笑了笑，一副就等我這麼問的樣子說：

「你問爸爸為什麼要背著劍去郊遊啊？你很在意嗎，阿諾斯？」

「是啊。」

「這是因為啊……」

爸爸轉身露出側臉，像個資深的鐵匠師父一般擺出歷盡滄桑的表情。

「我想說也差不多該讓你看看爸爸的背影了呢。」

爸爸若無其事地將背轉過來。這恐怕沒有什麼太大的理由吧。

「對不起喔，小諾。居然這麼突然地說要去郊遊。因為之前一直在工作，你想要好好休息吧？」

媽媽一臉不安地詢問。她要是露出這種表情來，我也就無法拒絕了。

「沒什麼，偶爾去郊遊一下也很好。」

媽媽瞬間綻放笑容。

「太好了！媽媽準備了很好吃的便當，你們就好好期待吧。」

我們在鎖好門窗後出門。

「我們要去哪裡？」

在我們走了一會兒後，亞露卡娜問道。得意揚揚地回答她的人是爸爸。

「我之前發現了一個超適合郊遊的地點喔。你們知道那裡嗎？在離開密德海斯往西南方走一小段路程的地方，有一座山丘吧？那裡視野良好，能夠一覽街景喔。」

是兩千年前的部下們長眠的地方啊……話雖如此，如今墓碑已經移走了，那裡現在就只是一座普通的山丘。

「如果是那裡，我可以用『轉移（gatom）』轉移過去喔？」

「嘖嘖嘖。」

爸爸豎起手指左右搖晃。

「聽好了，阿諾斯。說到郊遊，就是要像這樣讓太陽沐浴全身，像這樣走著，像這樣興奮著啊。」

爸爸莫名開始用雙腳跳躍著，情緒非常興奮。

「而且，我們和人約好碰頭了喲。啊，看到了、看到了。」

媽媽往密德海斯城門的方向揮著手。

「小米——小莎——」

聽到媽媽的呼喚，莎夏優雅地行禮，米夏微微揮手回應。她們兩人都穿著便服。

「在小諾還在睡的時候，媽媽上街去買東西了呢。因為在路上遇到了小米和小莎，所以就邀請她們要是方便的話就一起去郊遊喔。對吧？」

米夏點了點頭。

「今天是郊遊的好日子。」

「這我是沒意見啦，但話說回來，那是在做什麼？」

莎夏看著的，是背著劍用雙腳跳得不停的奇怪男人。也就是爸爸。

「妳忘了嗎，莎夏？」

「……忘了什麼？」

「那好像是這個時代的郊遊禮儀。」

「才沒這回事！」

莎夏大聲否定。

「大致上來說，今天天氣這麼好，要是真有這種禮儀，到處都會有奇怪的男人在跳來跳去吧！」

我忍不住想像那個畫面。

「咯哈哈，妳說了有趣的話呢。」

「是你說的吧！是．你．說．的！」

莎夏氣沖沖地逼近過來。

「開點小玩笑而已。我到底還是想像得出來，這是爸爸獨特的禮儀。」

米夏困惑地歪著頭。

「原創的禮儀？」

「這樣已經稱不上是禮儀了吧……」

莎夏儘管傻眼地看著爸爸，但沒有特別再繼續追究下去。

一離開密德海斯，我們就徒步登上目的地的山丘。風令人覺得很舒服地吹著，陽光也溫和地灑落。今天確實能說是個適合郊遊的大好日子。

「嗯～真舒服呢……」

莎夏伸了伸懶腰。亞露卡娜四處走了一會兒後，坐下來近距離注視起長在這裡的花朵。

「很稀奇？」

米夏突然從亞露卡娜背後探出臉來。

「是地底沒有的花。本來地底就難以種植植物，花的種類很少。」

米夏暫時在一旁守候亞露卡娜茫然注視著花朵的模樣。

「要做花冠嗎？」

米夏向她提議。

「……該怎麼做？」

聞言，米夏就牽起亞露卡娜的手。

「過來。」

她將亞露卡娜帶到長著許多花的地方，兩人一起做起花冠。亞露卡娜的手很笨拙，但或許是米夏教得好吧，花冠一點一點地逐漸完成。亞露卡娜開心的表情還真是令人欣慰。

「總覺得……亞露卡娜對米夏很溫柔呢。」

莎夏遠遠看著兩人，不自覺地這麼說。

「因為妳老是對祂發怒，所以祂只是回以相應的對應不是嗎？」

「我才沒有對祂發怒……應該沒有……」

她的聲音越來越小，大概是因為心裡有數吧。

「……這樣就好了嗎？」

「很棒。」

在暖風吹拂、視野良好的山丘上，兩名少女在那裡做著花冠——這原來是這麼平穩、愉快且美麗的景象。

不過這時的我說不定早已知道，這種時光並不會長久地持續下去。

「哼！」

很刻意的粗獷聲在山丘上響徹開來。

「喝啊！」

響起對空揮劍的聲音。還想說是誰，原來是爸爸終於開始展現起來。

「唔、喔、喔、喔喔喔喔喔喔！」

爸爸發出吶喊使勁地揮劍，就像在說非常想要有人向他搭話一樣。話雖如此，只要置之不理，就算是爸爸也很快就會累到放棄吧。

「阿諾斯，這個啊——」

明明什麼都沒問，居然就自顧自地解說起來。

「是在確認喔。一把一把地確認造好的劍在揮動時的狀況，是在砥礪劍的靈魂喔！爸爸從以前就一直像這樣確認劍的品質喔！」

真拿他沒辦法。偶爾陪陪他也算是一種盡孝道吧。

「揮劍與不揮劍，有什麼差別嗎？」

「這個嘛，你——」

爸爸陷入沉思，一下子說：「是那個啦，那個。」一下子又很傷腦筋似的說：「唉，是那個吧。」然後不自覺地發出「揮劍的意義啊」這種哲學性的喃喃自語。

「這個答案，爸爸現在也還在尋找的途中。」

還在途中啊？

「不過有件事我能確實回答。」

「什麼事？」

「這麼做呢，會有種工作大功告成的感覺喔。」

爸爸伸出豎起拇指的拳頭。原來是自我滿足的世界。

「阿諾斯，爸爸我呢，一直想說將來要是生了兒子，就無論如何都想要做一件事。」

爸爸把劍插在山丘上，將體重置於劍柄上，擺出裝模作樣的姿勢背對著我。

「什麼事？」

「那就是用爸爸打造的劍，父子倆一起試揮，兩人一起砥礪劍的靈魂。然後爸爸我就會這麼說——」

爸爸一副完全沉浸在自己世界裡的感覺說：

「你也能獨當一面了呢，兒子啊。」

爸爸轉身換個姿勢後說：

「老、老爹……」

看來是在扮演兒子啊。

「我已經沒有什麼好教你的，今後就去走出你自己的道路吧。」

眼花撩亂地換著姿勢，爸爸一人分飾兩角。

「啊啊，真是美好的人生啊。」

爸爸突然倒下。

「老、老爹，老爹——！」

為什麼死了？

「不過，這也是假設兒子說要繼承鐵匠鋪之後的事就是了。」

短劇結束後，爸爸「哈哈」笑了笑。

「畢竟你優秀到不像是爸爸的兒子，成為了出色的魔王呢。」

爸爸深切地說，同時將劍拔起。

「爸爸打從一開始就沒有什麼好教你的，比起要是有這種兒子就好的夢想，要一直讓我引以為傲喔。」

在不斷搞笑之後，爸爸一臉認真地這麼說。就像在說他其實只想跟我說這句話一樣。

「爸爸。」

我對他投以指尖散發魔力，裝在竹籃裡的一把劍飛到我身邊。

爸爸一臉疑惑地朝我看來，於是我笑了笑。

「就來試試看吧。儘管魔王不需要打鐵的技術，如果是砥礪靈魂的技術，說不定就能派上什麼用場。」

爸爸瞬間瞠圓了眼，然後一臉開心地綻放笑容，眼中還帶著些許淚光。

「你啊，這可是那個喔！因為是要賣的東西，所以只是試揮，真的只要試揮就好嘍！」

「我知道。」

我拔劍出鞘。

「……哎，只不過，該怎麼說好呢……」

爸爸拉近與我之間的距離，與我面對面。

「一旦真要像這樣做，爸爸該說覺得難為情呢……不過，要是生了兒子，果然會想這麼做呢……」

爸爸一面感到害臊，一面把劍舉起。然後，他放聲大喊：

「現在正是解放這個異名的時候！」

「會不會太起勁啦！」

在一旁看著我們父子互動的莎夏忍不住吐槽。把花冠戴在頭上的亞露卡娜與米夏，一臉不知道發生什麼事地轉頭看來。

「我雖然與你無冤無仇，但請你為了和平去死吧。」

「設定變了喔！」

的確。應該是要教兒子砥礪靈魂方法的父親才對……？

「很在意我是何人嗎？在意我滅殺之劍王的名字。」

爸爸很露骨地表現出想要我問他是何人的樣子，而且還說出了一半的答案。說到滅殺之劍王，那是爸爸中二病發作時取的外號——滅殺劍王蓋鐵萊布特。

唔嗯，這也算是在盡孝道嗎？陪他玩下去，是做孩子的義務吧。

「是啊，你是何人？」

「哼！」

爸爸笑了笑。他會迫不及待地解放那個名字吧。

「就只是個無名小卒！」

無法理解。

「來吧。不論是箭矢還是魔法，都放馬過來。」

爸爸把劍高高舉起。於是我說：

「『獄炎殲滅砲（jio gurei zu）』。」

我把手朝向爸爸。當然，我只是讓魔力粒子盛大地飛出去，並沒有發動魔法。

「唰啊！」

爸爸伴隨著這種喊聲，假裝把「獄炎殲滅砲」斬斷了。

「好強……」

米夏說道。莎夏投來傻眼的視線。

「『極獄界滅灰燼魔砲（egiru gurone angudoroa）』。」

「咻啊！」

爸爸就連毀滅世界的「極獄界滅灰燼魔砲」也輕易斬斷了。

「……這也太勉強了吧！究竟有多強啊……」

雖說是裝裝樣子，終究還是看不下去了吧。莎夏當場叫了出來。

「『涅槃七步征服（girieriamu nabuiemu）』。」

「看招——！滅殺劍王蓋鐵萊布特就在這裡！」

結果還是報上名字了啊——爸爸就這樣高舉著劍，與走七步的我擦身而過。

「……呃啊……」

爸爸裝作被幹掉的樣子，當場癱跪在地上。

「你、你變強了呢，阿諾斯。我已經沒有什麼好教你的了……」

爸爸向前倒在山丘上，四周一片寂靜。

「…………那個……」

莎夏一副戰戰兢兢的樣子問道：

「這樣就結束了嗎？說要是生了兒子就想做的事情，應該不會只是玩玩中二病遊戲就結束吧……？」

這句詢問空虛地被暖風帶走了。

§2 【亞露卡娜的決斷】

我們坐在山丘上，吃著媽媽做好帶來的三明治。

乍看之下雖然是普通的三明治，首先麵包柔軟得驚人，在送進嘴裡的瞬間就遭到蓬鬆的口感襲擊，咬下去的牙齒在嘗到味道之前就述說麵包的美味，是媽媽的自製麵包。夾餡有生火腿、起司、番茄和生菜等各式各樣的口味，當中我最推薦的是煎蛋包。淡淡的奶油香搭配絕妙的鹹度，煎蛋的美味才剛猛烈地撲向舌尖，柔軟的麵包就將其承接下來。

味道的關鍵在於煎蛋包的深淵，也就是湯頭。儘管不知道煎蛋前混入什麼樣的湯頭，好吃到舌頭都要融化了。

我為了探索那個深淵，接二連三吃著煎蛋包三明治，但至今仍未掌握到湯頭的真面目，結果就把自己的份統統吃完了。

「阿諾斯。」

米夏把自己的三明治遞給我，夾餡是煎蛋包。

「和番茄交換？」

「……妳無須顧慮我喔，米夏。這個煎蛋包可是無上美味。」

「我喜歡番茄。」

既然她都說到這個地步，我應該也不好拒絕。

「那就感謝妳和我交換了。」

米夏開心地露出微笑。在交換三明治後，我繼續逼近煎蛋包的深淵。

「——我有話要說。」

大致用完餐後，亞露卡娜說。

「是關於蓋迪希歐拉的事。」

蓋迪希歐拉現在沒有王。霸王碧雅芙蕾亞作為企圖讓天蓋落下的元凶，已經移交給吉歐路達盧教團處理，目前被關在吉歐路海澤大聖堂的牢房裡。失去賽里斯的幻名騎士團忽然消聲匿跡，覆蓋住國家的魔壁也消失了。

「爸爸、媽媽，我們去稍微談點要事。」

這樣知會過兩人後，我們稍微遠離原地。由於還剩一些三明治，我決定把竹籃帶過去。

「霸王留下的孩子們，如今也還在那個國家。他們沒有信神的教義，是一群憎恨神的人。雖然他們不再憎恨的話就好了，但地底肯定需要那個國家吧。」

如同亞露卡娜說得那樣，阿蓋哈與吉歐路達盧的教義也存在無法拯救之人吧。最好還是有個地方能收容那些不再相信神的龍人們。

「那裡原本就是我建立的國家。我想再次作為背理神，回去當那個國家的神。」

「那龍人呢？」

米夏溫柔地詢問。

「不變回去也沒關係。要將選定審判導向終結，是我與哥哥的約定——我想必不會背叛這個約定。」

只要我成為選定審判的勝利者，亞露卡娜所擁有的秩序就會變成我的，祂就能從代行者的職責中獲得解放，而這其實是祂本來的目的。

「雖說要將選定審判導向終結，但也不一定沒有能讓祢恢復成龍人的方法。」

儘管我這樣說，亞露卡娜還是左右搖了搖頭。

「我讓他們等太久了。不過，我現在已經決定了。」

亞露卡娜以毫無迷惘的眼神直直注視著我。

「在最初的選定審判中，創造神米里狄亞選擇我作為選定者。因為祂知道我心中存在無法抹滅的憎恨。即使知道我無可救藥，祂還是向我伸出了援手。」

莎夏一臉認真地傾聽祂的話語，米夏在一旁溫柔地守候著祂。

「我當時完全聽不進與我締結盟約的米里狄亞的話語。我的內心受到憎恨所困，就只是想要擺脫一切。我隨波逐流地選擇了簡單的方式，一心認為祂是敵人，並將祂殺害。」

亞露卡娜就像很懊悔似的說。

「可是，祂的秩序應該一直守候著我吧。在最後的瞬間，米里狄亞說：『總有一天，就連妳那燃燒般的憎恨都會被燒燬——因為魔王將會到來。』」

「……這句話是在說阿諾斯吧？」

對於莎夏的詢問，亞露卡娜點了點頭。

「米里狄亞相信哥哥會拯救我。說不定就是為了讓我獲得拯救，才會特意讓我殺了祂。只要『創造之月』寄宿在我身上，哥哥就會懷疑我是創造神，對我抱持興趣。於是，是祂寄宿在我身上的秩序，引導我來到這裡的吧。」

「創造之月」將亞露卡娜引導到我身邊。這說不定是米里狄亞留給我的訊息，希望我能夠拯救祂。

「我其實知道也不一定。在我以『創造之月』隱藏記憶與憎恨成為無名之神時，大概希望能夠成為像米里狄亞那樣的神。正因為無可救藥，才想要給予救贖。是祂的那個姿態，讓我覺得神就應該像祂那樣吧。」

「所以祢才會對無可救藥的男人伸出援手，選擇他作為八神選定者嗎？」

「沒錯。可是，我沒能好好拯救他。」

亞露卡娜一臉難受地說：

「我不想給予他這樣的未來——被獻作王龍的祭品，成為子龍。我認為名譽的職責對他來說，會是最大的痛苦。」

正因為自己受過這種苦，亞露卡娜才會殺掉他吧。

「直到現在我也不知道這麼做是否正確。儘管如此，我還是順應自然，期望他的根源能夠再度輪迴。」

「欸，我曾經想過：假如根源沒有毀滅，就會像『轉生（shirika）』魔法一樣再度輪迴轉世嗎？」

莎夏興致勃勃地問。

「『轉生』魔法只是在助長自然本來就擁有的力量。雖然根源會進行輪迴，但外形會改變、力量會改變，記憶也會喪失，這樣說不定可以說已經毀滅了。」

「嗯——要是改變這麼多的話，就沒有轉生的感覺了呢……」

「儘管如此，由於本來是同一個根源，說不定會留下什麼。」

莎夏困惑地歪著頭。

「所以會留下什麼？」

「不知道。」

我只能這樣回答。不論是哪個時代，「死絕之人下輩子說不定能過得幸福」的想法，一直都是人們小小的救贖呢。

「我認為如果要成為神的代行者，就要像米里狄亞那樣，覺得要是能變得像祂那樣就好了。只不過，對於地底人民與眾神的憎恨也總是在折磨著我。」

作為背理神無法原諒背叛自己的地底人民的憎恨，以及對於這樣的自己，直到最後都伸出援手的創造神——作為祂的代行者活下去的心願。這兩種想法一直在祂心中相互鬥爭。

「可是，米里狄亞給了我哥哥這個歸宿。神的代行者這個職責確實成為我的救贖，而我想要繼續守護下去。」

想要繼續守護即使不信神也能生存下去的國家，守護那些變得再也無法相信神的人們的歸宿——祂已經如此下定決心。

「而且在米里狄亞歸來之前，我也算是祂的代行者吧。」

「說到米里狄亞，結果祂現在是怎樣了？」

莎夏問。

「米里狄亞原本打算轉生，但因為當時我手中的萬雷劍高多迪門被施加了擾亂祂轉生的魔法，結果似乎變得和祂本來的轉生完全不同。」

「似乎？」

莎夏一感到疑惑，米夏就說：

「賽里斯動的手腳？」

「是的。賽里斯的魔法干擾了米里狄亞的轉生。只不過即使是他，也沒辦法封鎖轉生本身吧。米里狄亞應該會以祂最不希望的形式轉生。」

米夏困惑地微歪著頭。

「像是怎樣？」

「我不知道。他是這麼說的。」

「嗯──還是讓賽里斯活下來會比較好嗎？這樣一來，就能問他許多事了呢。」

莎夏說。

「不行這樣。」

米夏否定了她的意見。

「哎，已經過去的事，多說也無濟於事。即使是祂所不希望的形式，只要轉生了，就總會有辦法的。」

「選定審判呢？」

米夏問。

「當然無法置之不理。現在是地底人民的意念化為天柱支劍貝雷畢姆在支撐著天蓋，但選定審判所導致的毀滅之力說不定會增強。」

「……只要毀滅亞露卡娜體內的調整神艾洛拉利艾姆的秩序，選定審判就會結束吧？」

對於莎夏的詢問，米夏點了點頭表示同意。

「可是萬物會變得無法進行調整。」

支撐天蓋的天柱支劍恐怕同時受到米里狄亞的秩序與調整神的秩序影響吧。不同的秩序互相影響，構成複雜的世界常理。

「也就是不要毀滅調整神，只將選定審判毀滅掉就好了吧？」

「說來簡單，但是要怎麼做啦？選定審判是調整神的秩序吧？會有那種只將選定審判毀滅的方法嗎？」

「米里狄亞曾意圖將選定審判導向終結。而且，假如亞露卡娜沒有阻止這件事，祂照理說已經成功了。」

「啊……」

莎夏就像恍然大悟似的叫了出來。

「亞露卡娜，米里狄亞當時打算做什麼？」

亞露卡娜就像在回憶似的垂下頭，過了一會兒後說：

「……她使用『創造之月』亞蒂艾路托諾亞將調整神吞沒進月亮中，說祂會連同自己的秩序一起陷入沉眠。」

調整神的秩序會連同創造神的秩序一起沉眠嗎？

「艾洛拉利艾姆當時曾經說過，秩序若是毀滅，世界就無法避免毀滅。」

也就是說米里狄亞當時打算毀滅一切秩序，並相信即使如此，世界也不會毀滅嗎？

「除此之外呢？」

「……想不起來。我想這就是全部的經過了。」

哎，畢竟亞露卡娜也有許多事情不知情吧。

「那就先去尋找米里狄亞的蹤跡吧。賽里斯知道這點的可能性很高吧。」

「要去見碧雅芙蕾亞？」

米夏問。

「是啊。正好戈盧羅亞那也在吉歐路達盧。儘管痕跡神毀滅了，只要使用痕跡書，說不定能在某種程度內看到過去。而且地底的復興也差不多告一段落了吧。」

我將三明治塞進嘴裡，轉頭看向媽媽。

「媽媽，不好意思，我現在要去地底一趟。」

「咦咦咦咦！是這樣嗎？明明是難得的休假耶？有人找你過去嗎？」

「雖然沒有人找我過去……」

「……那再稍微待一會兒不行嗎……？畢竟是難得的休假……」

媽媽一臉難過地垂下肩膀。有點於心不忍呢。

「別這樣讓阿諾斯困擾，伊莎貝拉。男人的工作可是有許多事情要處理啊。」

爸爸走近過來，對我低聲說：

「對吧？」

別有含意地向我眨了眨眼。

「聽到了嗎？」

「是啊，大致都聽到了。阿諾斯會急著想趕過去也是沒辦法的事。既然知道是這樣，那還是早點去比較好。畢竟郊遊這種事，隨時都有辦法做嘛。」

唔嗯，既然如此，事情就簡單多了。

「不過，阿諾斯。爸爸我呢，在方才的對話中，很在意一件事情。」

爸爸擺出一臉就像在說這比什麼都還要重要的表情問：

「米里狄亞小姐是那個嗎？是那個吧？就爸爸聽來，她像是阿諾斯以前的……那個……要說是邂逅過的女性嗎……」

「是啊。」

聞言，爸爸就像大吃一驚似的後仰身子，露出戰戰兢兢的表情。

「……我知道了。爸爸全都理解了。沒什麼，你放心吧。媽媽那邊我會好好說明。畢竟她是容易誤會的個性嘛。」

哎，假如她又誤會這是什麼離婚官司的話，之後會很麻煩呢。話雖如此……

「去吧，阿諾斯。男人都會有不得不清算的過去。」

交給爸爸處理沒來由地讓人感到不安。算了……大概不需要在意吧。

「交給你了。」

「沒問題！爸爸相信你喔！相信阿諾斯會好好處理事情！爸爸會等你！這是男人之間的約定！」

媽媽用疑惑的表情看著為我送別的爸爸。

「那我們走吧。」

我移動到莎夏她們身旁，全員一起牽起手。

「……那個放著不管沒問題嗎？」

莎夏擔心地問。

「沒什麼，我早就習慣爸爸的胡言亂語了。」

「你就光是習慣，才會加速他們的誤解不是嗎？」

儘管聽著莎夏的抱怨，我還是畫出「轉移」的魔法陣，讓我們全員轉移離開。

視野染成純白一片後──

「咦咦咦咦咦咦咦咦咦咦咦咦咦咦咦咦咦咦咦咦咦咦咦咦！小亞露其實不是妹妹，而是小諾的私生女嗎！」

爸爸啊，你究竟一知半解地聽進了什麼啊……？

§3　【徬徨遊走的亡靈】

吉歐路達盧首都吉歐路海澤——

我們從天空降落到大聖堂前。由於無法直接轉移到地底，我們挖掘天蓋前進，直接飛到吉歐路達盧。

米蘭主教出來迎接我們，前來的目的方才已經用「意念通訊」通知過他們了。在他的帶領之下，我們來到聖歌祭殿。他用手碰觸莊嚴的大聖門。

「戈盧羅亞那大人，我將魔王阿諾斯大人帶來了。」

米蘭在這樣報告後，大聖門就緩緩開啟。門後出現一名中性容貌的男子，那個人是教皇戈盧羅亞那。

「抱歉打擾你祈禱了。」

「不會。你有事想詢問碧雅芙蕾亞吧。」

「我還想借用痕跡書的力量。」

「我知道了。」

我們跟在戈盧羅亞那身後走在大聖堂裡，沒多久便看到通往地下的階梯，周圍響著龍鳴。戈盧羅亞那走下那個階梯。

「她的情況如何？」

「……應該是發瘋了吧。抱著賽里斯的頭，整天就像夢囈似的喃喃自語著什麼。儘管試著向她搭話好幾次，可是一點反應也沒有。」

「嗯——這樣看來沒辦法詢問賽里斯的事了呢。」

莎夏困擾似的說。

「沒什麼，只要讓她恢復理性就好了吧。小事一樁。」

「……像是搶走賽里斯的頭嗎？跟她說，只要回答問題，就會還給她之類的？」

米蘭聞言就說：

「我們也試過這個方法了，但她只是發狂似的一直喊著『還給我』，完全無法溝通。縱然要她償還企圖讓天蓋落下的罪過，我們也拿她那副模樣沒轍。她說不定只是被那個叫賽里斯的男人給蒙騙了。」

戈盧羅亞那在一扇看起來特別堅固的門前停下腳步。

「就在這裡頭。」

他畫出魔法陣後，那扇門就緩緩開啟。我們緊跟著帶路的戈盧羅亞那，一起走進房裡。

「咦……？」

莎夏忍不住發出驚疑聲，米夏則直眨著眼睛。

室內有一半是牢房，其中只留下一塊灰燼。到處都不見碧雅芙蕾亞的身影，以及賽里斯的頭。

「這到底是……？怎麼可能……」

米蘭主教一臉狼狽的樣子將魔眼朝向牢房。

「今早派人確認時還收到一如往常的回報……而且，失去霸龍之力的碧雅芙蕾亞應該沒有能逃離這裡的手段。」

吉歐路達盧大聖堂有神父與聖騎士們常駐，要逃獄應該是非常困難的事情吧。

「……派去確認的信徒沒有可疑之處嗎？」

亞露卡娜問道。祂這是非常合理的懷疑。

「大家全是純粹的吉歐路達盧信徒，而且這間牢房的鑰匙除了我與戈盧羅亞那大人之外無人持有。難道有人能強行打開了嗎……？」

鐵籠上畫著好幾道魔法陣。這些魔法陣構成結界，將內部與外部隔絕開來。

「要突破牢房並非不可能，是有人來救走她的吧。」

我一開口，米夏就困惑地微歪著頭。

「是誰……？」

「也是呢……都已經將霸龍曾寄生在體內的事情告知禁兵們了，老實說我不覺得她們之中有人會協助碧雅芙蕾亞……」

我將魔眼朝鐵籠裡看去。

「戈盧羅亞那，這裡發生過什麼事，你能調查過去的痕跡嗎？」

「痕跡神亡歿之後，如今痕跡書的力量受到限制。倘若能找出與想調查的過去痕跡之間的聯繫，我想就能循著那個聯繫重現過去的景象。」

「那就簡單了。」

我指著鐵欄杆與鐵欄杆之間的空間。

「在這個點上存在空間曾一度扭曲，然後再恢復原狀的痕跡。或許能認為：為了救出碧雅芙蕾亞，有某種魔力曾在此運作過吧。」

「我知道了。」

戈盧羅亞那一從魔法陣中取出痕跡書，就瞪向我所指著的那個點，莊嚴地把書翻開。

「過去化為痕跡，刻劃在吾神遺留之書上。啊啊，這正是偉大的痕跡神的奇蹟，回溯刻劃在此書上的過去吧。痕跡書第二樂章〈痕跡溯航(jiarafu)〉。」

鐵籠裡淡淡浮現出碧雅芙蕾亞的身影。她依舊將賽里斯的頭抱在胸前，不斷喃喃自語著。這是痕跡書所展現，位於這個牢房的過去。角落還出現賽里斯缺少頭的遺體，用魔法維持著鮮度，沒有絲毫腐敗。

「……會來接我的……他絕對……會來接我……」

她的眼神難以說是正常，受困在單一的思考之中。看在旁人眼中，就像發瘋了一樣。

「即使淪落到這種地步，也還是渴望著愛嗎？依舊是個可悲的女人啊。」

碧雅芙蕾亞驚訝地轉頭看來。隔著鐵籠的另一側出現黑霧，那道霧氣漸漸形成人形，一位長著六隻角的魔族與戴著大眼罩的魔族現身。

他們是詛王凱希萊姆與冥王伊杰司。伊杰司將紅血魔槍迪西多亞提姆隨手刺向鐵籠，槍尖在消失後刺中碧雅芙蕾亞。

「……唔啊……！」

沒有傷口。碧雅芙蕾亞連同賽里斯的頭一起遭到異空間吞噬後，於下一瞬間出現在鐵籠外頭。

「……是來……接我的……？」

碧雅芙蕾亞一副戰戰兢兢的模樣詢問。

「是波魯迪諾斯在呼喚我吧？對吧？」

「波魯迪諾斯已經不在了。」

冥王明確地斷言。

「才沒這回事呢。他絕對會回來，我們這樣約好了。」

「這世上也存在無法實現的約定。一直等待不歸之人實在太過愚蠢，妳就早早忘卻死者，去過新的人生吧。」

「他說過要再會的。波魯迪諾斯呢，唯獨對我不會說謊喲。」

冥王嘆了口氣。他那凌厲的獨眼感覺變得柔和些許。

「無法活在當下的亡靈徬徨遊走的這個世界，總是不如人願啊。」

凱希萊姆一用黑霧包覆住碧雅芙蕾亞，她就當場消失無蹤。與此同時，那道黑霧也開始覆蓋起詛王與冥王兩人的腳邊。

「凱希萊姆，你陪到這裡就行了。」

伊杰司再次用深紅長槍貫穿鐵籠。當他的槍尖一刺中倒在那裡的賽里斯肉體，「魔炎(guresude)」就焚燒起那具遺體，將其化為灰燼。

「亡靈是要伴隨亡靈一同消失在過去的東西啊。」

可是對於冥王的這番話，凱希萊姆一臉傲慢地回應：

「閉嘴，本大爺可還沒還清欠你的人情啊。」

一靠近到伊杰司的面前，凱希萊姆就指著他那張臉，以不容拒絕的語調說：

「本大爺我應該說過，哪怕要追到地獄的盡頭，也會還清這筆人情。」

冥王瞬間啞口無言，然後語帶嘆息地發起牢騷。

「余身旁的人，全是這種聽不懂人話的笨蛋啊。」

黑霧漸漸將兩人包覆起來。才剛這麼想，兩人的身影就像混入雜訊一樣晃動起來，忽然消失了。原因是痕跡書的效力中斷了。

「能回溯的痕跡就到這裡的樣子。」

戈盧羅亞那說。而米蘭主教立刻向我與教皇低頭賠罪。

「真、真的非常抱歉。我應該安排了萬無一失的警備，卻完全沒注意到有人入侵。」

「我不怪你。畢竟本來就沒想到有人會來救走碧雅芙蕾亞。」

對吉歐路達盧來說，碧雅芙蕾亞應該沒有太大的利用價值。

「就是對魔王不好意思了……」

「別在意，對手要是詛王與冥王，就算注意到也只會徒增死人罷了。」

「可是，冥王為什麼要救走碧雅芙蕾亞啊？」

莎夏一臉疑惑地沉思苦想。

「天知道，他好像也有自己的目的呢。」

我伸出手輕易消除鐵籠的結界，以「解鎖」打開鐵欄杆的門走進鐵籠裡。

「戈盧羅亞那，能順便請你再回溯一個痕跡嗎？」

我注視腳邊的灰燼。

「這是賽里斯的痕跡。我想看他的兩千年前。」

「時間離現在越遙遠，痕跡的對象應該就會越模糊。而且焦點說不定會是賽里斯以外的人身上，也無法精準地決定要回溯到哪一個時間點。」

「無妨。」

戈盧羅亞那點了點頭，再次翻開痕跡書。

「過去化為痕跡，刻劃在吾神遺留之書上。啊啊，這正是偉大的痕跡神的奇蹟，回溯刻劃在此書上的過去吧。痕跡書第二樂章〈痕跡溯航〉。」

痕跡書才剛發出光芒，眼前的牢房就像被覆蓋過去一樣地湧入其他景象。

過去的模樣在我們眼前浮現——

§ 4 【幻名騎士團】

這是兩千年前以前的迪魯海德。

在溼地地區能看到具有火焰身軀的魔族——魔導王波米拉斯。

「——不愧是背負毀滅宿命的波魯迪戈烏多一族的最後一人啊。就連你的心靈，也是很久以前就早已毀滅的亡靈吧。」

波米拉斯留下這句話就離去了。

賽里斯看不出來有特別在意的樣子，向幻名騎士團的眾人說：

「前往潔隆家的聚落。」

他們如疾風般奔馳而出，全員都以「幻影擬態」與「隱匿魔力」使得身體與根源透明化。倘若不是魔眼特別優秀的人，甚至察覺不到他們的存在吧。

「團長（伊希斯）。」

儘管以驚人的速度奔馳，仍舊槍不離手的男人叫道。伊希斯是魔族流傳下來的古語之一，意指團長。

「這樣好嗎？」

賽里斯瞥了一眼持槍的男子後說：

「什麼事？」

「潔隆家的聚落是魔導王波米拉斯的領土。要前往該處，必須迂迴繞過兩三個結界，其中一個還不得不強行突破。難道不會太遲嗎？」

「就算會費上一點時間，那又怎麼了？」

賽里斯冷淡地如此回應。

「……尊夫人應該正好寄宿在潔隆家的聚落裡。只要說出實情，即使是魔導王也會看在你的面子上放我們通行吧。現在也還不算太遲，即使要我去說也……」

「一號（杰夫）。」

杰夫……賽里斯以古語稱那個持槍的男人為一號。

「我們乃是亡靈。有需要顧慮什麼嗎？」

一號（杰夫）啞口無言，咬緊牙關。可是，他依舊不肯放棄地追問：

「……孩子不是就快出生了嗎？」

瞬間雷電奔馳。這是因為賽里斯拔出萬雷劍，將劍尖指著一號（杰夫）的臉。

「給我閉嘴。你知道規矩吧？」

賽里斯說。

「穿上這件大衣時，我們就會化身毫無牽掛的亡靈。既無姓名，也無家人。假如觸犯這個禁忌，就只能歸於虛無。」

持槍男子垂下頭，然後靜靜地說：

「……即使如此，師父啊。不去守護最應該守護的人，我們究竟是為了什麼而擁有力量呢？這樣我們豈不就像真正的亡靈一樣嗎？」

賽里斯毫不留情地將萬雷劍高多迪門刺進一號（杰夫）的脖子。

「……呃……啊……！」

「小子，閉上你不成熟的嘴。」

紫電迸發，一號（杰夫）已經死去五次左右，每次死去都用「復活（ingaru）」將他復活。

「本事練得還不錯，但腦袋還是一樣幼稚啊。我不需要無法澈底淪為亡靈之人，乾脆就在這裡毀滅你吧。」

一號緩緩把手放在高多迪門的劍身上。

「……你要毀滅我，我也無所謂……可是，師父啊。就讓我說吧。你錯了。」

一號緊緊握住劍身。儘管被紫電灼傷手，他還是說：

「魔導王波米拉斯是迪魯海德最寬大的王。不好鬥爭，也不會率先殺害其他魔族，是甚至會對人類展現慈悲的仁慈之王。」

「寬大？仁慈？一號，這種詞彙在迪魯海德並不存在。弱肉強食，僅靠力量支配才是我等魔族。仁慈這種東西，只會被棄若敝屣。」

他將劍用力壓下，使得一號口吐鮮血。

「……師父啊，你是個膽小鬼。無法相信他人，也無法暴露自己的弱點。這世上存在假如不同心協力，就無法守護的事物。實際上，你正要讓自己的妻子送命……」

「這又怎麼了？」

「……你問怎麼了……那是你的孩子和你的夫人吧……」

「小子，波米拉斯方才說了什麼，你就再好好想想吧。」

遭到萬雷劍貫穿的一號臉上流露出痛苦，就像無法理解師父這句話的意思一般。

「背負毀滅宿命的波魯迪戈烏多一族的最後一人——他方才是這樣對我說的。倘若你無法靠自己的腦袋思考出這句意思的答案，就是我教育失敗了啊。」

「……我知道。代代繼承毀滅根源的波魯迪戈烏多血統，難以靠自然交配產下子嗣。」

一號（杰夫）奄奄一息地說。這是事實。因此七魔皇老是用魔法創造出來的，之後的子孫們則進行了調整，讓他們也能靠自然交配產下後代。

「尊夫人就連能懷上孩子都是個奇蹟吧。倘若要生下來，則是母子都會有生命危險！正因為如此，才會請求潔隆家協助，寄宿在她們的聚落裡不是嗎！」

伴隨著從一號（杰夫）抓住劍身的手上溢出的鮮血，大量的魔力迸發開來。沾上血液的萬雷劍力量遭到削弱，一點一點地從他喉嚨拔出。

「就連尊夫人要為了你賭命生下孩子的溫柔，你都打算要糟蹋嗎！你想說她只不過是為了產下亡靈之子的道具，不論怎麼捨棄都沒問題嗎！」

賽里斯冷冷注視著激昂的一號（杰夫）。

「別這麼生氣。」

「不，師父。就唯獨這件事，請你回答我吧！我很感謝你將垂死的我撿回來的恩情。為了回報這份恩情，我也做好覺悟準備好要成為名為亡靈的道具。可是就算是道具，也希望主人能過得幸福！」

「一號（杰夫）。」

賽里斯的「波身蓋然顯現」撕裂一號（杰夫）的全身。

「……呃……」

一號（杰夫）到底承受不住傷害，當場仰天倒下。

「聽到我說的話了嗎？我要你冷靜。憤怒會喚來死亡，招致毀滅——」

賽里斯將萬雷劍刺在倒地男人的心臟上。

「就像這樣。」

紫電發出「劈啪劈啪」的聲響竄過一號全身。

「……唔……啊啊啊啊啊啊……！唔啊啊啊啊啊啊啊啊啊……！」

「為什麼你就是不懂，一號。我們乃是亡靈。不論是憤怒、悲傷，還是喜悅、快樂，我們統統都不需要。」

「……那麼，我們是為了……什麼……？」

「成為亡靈，一號。消除掉這種疑問。」

賽里斯把臉靠近，在極近的距離下對他低語：

「不需要迷惘與疑問。你要是有的話，可就傷腦筋了。將想要毀滅的事物予以毀滅，即是亡靈。懂了吧，一號？」

「……我不懂……」

賽里斯的魔眼發出冷冽光芒。

「你是遭到父母遺棄的孩子。本以為你肯定對這個世界很失望，但撿你回來說不定是個錯誤呢。你不適合當亡靈。」

賽里斯將魔劍從一號身上拔起，同時站起身。

「別以為你能離開。你是我撿回來的，所以要為了我而毀滅。」

一號（杰夫）把長槍插在地面上代替拐杖，搖搖晃晃地站起來。他面對賽里斯轉過身的背影說：

「我不打算離開——在我證明你是錯的之前。」

賽里斯開心地笑了笑。

「你遲早會體會到絕望。假如儘管如此你也沒改變心意，我就讓你像個亡靈毀滅吧。」

竄過雜訊，他們倏地消失無蹤。不只他們，就連迪魯海德的風景也一併消失，視野回到牢房之中。

戈盧羅亞那闔上手中的書說：

「痕跡書的效果結束了。」

「……欸，剛剛那個被叫做團長（伊希斯）的人，怎麼看都是賽里斯吧？」

「看來是這樣沒錯。不只是外貌，就連魔力也一樣。能施展那麼強大的魔法之人，就連在兩千年前也很罕見。」

莎夏發出「嗯——」的低沉，歪頭表示不解。

「他的個性是不是完全不同啊？就連語調也是。」

確實與跟我對話過的賽里斯不同呢。

「儘管能想到幾種可能性。」

「阿諾斯。」

米夏指著痕跡書。

「看到痕跡神以外的秩序。」

聽到她這麼說，我試著用魔眼看去，但沒特別看到什麼異常。

「現在如何？」

米夏搖了搖頭。

「只有一瞬間。因為阿諾斯在看著過去，所以我看著痕跡書。」

喔，真不愧是米夏。這樣就省下一道找尋的工夫了。

「假如想利用痕跡書觀看過去，不論是誰都會專注在過去。是在那個瞬間，用魔力影響痕跡書了嗎？」

亞露卡娜開口說：

「是什麼的秩序？」

「我不清楚，但是猜想得到。戈盧羅亞那曾被霸王城抓走過，想成賽里斯為了不讓我探尋過去，事前對痕跡書進行過竄改，會比較妥當吧。」

「那麼，方才賽里斯的個性會不同？」

莎夏問。

「也能認為是竄改的結果吧。」

說完，戈盧羅亞那就無法理解似的歪頭表示困惑。

「可是，利用痕跡書看到的是過去本身，並非是能那麼輕易竄改的東西。因為就算改變了過去，也會經由時間的秩序恢復原狀。」

「應該是只有痕跡書的力量運作時，也就是我們看著的時候改變過去的吧。」

所以現在才沒有發生任何變化。藉由這種方式，不讓我知道過去的事。

「……從痕跡神的秩序看來，要竄改過去不是一件簡單的事。也就是說，因為要強行干涉存在於過去的那個人……舉例來說，魔王，假如要改變你現在與我對話的這個痕跡內容，就必須要有等同能將你洗腦的力量。」

除了竄改痕跡書的力量之外，要是沒有能將我洗腦的力量，這個竄改就不會成立。當然，靠尋常方式無法對我洗腦。

「也就是說，越是強大的人，言行就越加難以竄改。不過，如果這傢伙是他要竄改之人的夥伴，或是進行竄改的本人，就另當別論了。」

「你是說，賽里斯竄改了過去的自己？」

「只是有這種可能性。就先試著繼續看下去吧。」

戈盧羅亞那點了點頭。

「我試試看。」

這麼說著，戈盧羅亞那再度翻開痕跡書。在他詠唱之後，過去伴隨著光芒在此顯現——

§ 5 【魔王誕生】

在土壤富含魔力、能採掘到魔法具原料的艾德那斯山脈上，其半山腰至山頂的部分建有山寨，潔隆家的聚落就位在這裡。潔隆一族大都隱居在深山之中，鮮少與其他魔族交流，一反其不祥的外貌與能力，大多數的人都有比較溫和的個性。

賽里斯麾下的幻名騎士團們驅使「幻影擬態」與「隱匿魔力」的魔法，一面避開張設的結界與魔眼，一面在山林裡朝著山頂的女王聚落奔馳而去。

他們在途中遇到數名看守的士兵，以警戒的目光監視著四周。他們是人類。就和勇者格雷哈姆說的一樣，這座山脈已經被人類們占領了吧。儘管已經施展「幻影擬態」與「隱匿魔力」，幻名騎士團們依舊謹慎地接近那些士兵。

賽里斯在用指尖打出暗號後，一號（杰夫）、二號（艾德）、三號（傑諾）就無聲無息地繞到人類背後，用手中的劍割斷他們的喉嚨。藉由殺害根源的魔劍攻其不備，人類士兵們束手無策地滅亡了。

『二號（艾德）結束。』

二號（艾德）以「意念通訊」淡淡宣告已將敵人消滅的報告。

『三號（傑諾）結束。』

『一號（杰夫）結束。』

又有兩個人接著回報。障礙一被排除，他們就再度無聲無息地登上山脈。

看守的人類們甚至沒有發現到敵人就在那裡，就這樣一個接著一個地毀滅，人數變得越來越少。在幻名騎士團抵達艾德那斯山脈之後，不過十分鐘，看守的士兵就全數滅亡。他們突破設置在外圍的堡壘，接近女王的聚落。不久後，耳邊傳來喧囂聲。

「喂，怎麼啦！妳說話啊！」

聲音來自聚落的廣場上，那裡聚集了許多士兵。被士兵踢倒在地的是個魔族女子，其名叫做露娜。她帶有一頭亞麻色的頭髮，大腹便便。大概是有孕在身吧，就連被踢倒的瞬間，她都保護著腹部。

「……求求你們……讓我生下這個孩子……請等我生下來。」

露娜就像祈求似的說：

「……在那之後，隨便你們要對我做什麼都無所謂……」

對於她的求饒，人類們回以陰沉的眼神。

「喂，妳知道嗎？」

那是彷彿黏在耳邊的陰淫話語，憎惡從他的嘴中脫口而出。

「妳知道一個叫做達那的人類小村落嗎？」

她搖了搖頭。在這個瞬間，男人以帶有魔力的腳踢了踢她的肚子。

「那是被你們魔族燒燬的人類村莊啊！我的孩子就在那裡，兩名女兒、一名兒子。要我等妳生下來？既然妳這麼說！」

男子毆打露娜的臉。

「就讓我的孩子活過來啊！快啊！快啊！動作快啊啊啊！」

將她團團圍住的數道憎恨的目光，就像要貫穿她的身體似的瞪著。

「真不小心呢，魔族之子。」

那是非常異質的聲音。開口說話的是位在士兵們身後的金髮少女。她維持就像坐在椅子上的姿勢，以「飛行（furesu）」的魔法坐在半空中。全身散發出來的魔力與旁人相差懸殊，明顯不是人類的魔力。

「這裡的人類全都是曾被魔族奪走孩子之人，妳方才的話就只是在火上澆油喔。」

露娜看著那名金髮少女，以凝重的表情說：

「……妳不是人類呢……」

「人們稱我為破壞神阿貝魯猊攸，今後還請多多指教。」

阿貝魯猊攸輕輕展露微笑。

「話雖然這麼說，但妳也馬上就要毀滅就是了。」

這句話就像動手的信號一樣，士兵們拔出聖劍。那些散發出神聖魔力的劍刃，不論哪一把都帶有毀滅魔族的神聖力量。

「欸，我想到了一個有趣的點子喔。」

人類士兵以墮入黑暗的表情說：

「就用這把聖劍，殺掉妳腹中那個邪惡的魔族之子吧——在妳活著的時候。」

伺機逃跑的露娜使勁站起，同時跑了起來。可是士兵們繞到前方，將她團團圍住。

「就像你們魔族做過的一樣痛苦，告慰我的孩子在天之靈。就讓妳用身體好好領教什麼叫做正義。」

想要守護孩子的母親，以及要用劍刺向她的腹部殺掉嬰兒的他們，究竟何者才是正義？受到復仇心驅使的他們，甚至喪失思考的理智。

『團長（伊希斯）。』

看著眼前情況的一號（杰夫）忍不住發出「意念通訊」。

『團長（伊希斯），尊夫人她……現在還有辦法救出，你打算就這樣見死不救嗎！』

『……不太對勁。刻意讓露娜活下來，又為何要挑在這個時機點毀滅？感覺就像知道我們潛伏在這裡一樣……』

『被復仇心驅使的人是不講道理的！』

『真的是這樣嗎？在場難道沒有人在煽動他們的復仇心嗎？』

賽里斯只是冷靜地分析現場狀況。他將魔眼朝向破壞神阿貝魯猊攸，窺看祂的深淵。

『我應該毀滅掉那傢伙了。』

『現在不是說這種事的時候吧？不快去救她的話！你要是不去，就由我去。』

賽里斯朝聚落的房舍看去。

『二號（艾德）、三號（傑諾），壓制住一號（杰夫）。以露娜為餌，靜觀敵人的動向。那也是我的妻子，她會明白的。』

『什麼……！』

一號立刻就被兩名幻名騎士壓制住。

『師父，你難道就沒血沒淚嗎……』

『其他人跟我來。既然他們假裝沒發現到我們，就先去調查屋內的情況。要是潔隆家的人還活著就解放她們，讓她們一起參與戰鬥吧。』

賽里斯從廣場旁經過，來到潔隆家女王所使用的宅邸。

他解除魔法陷阱侵入屋內，發現屋裡充滿血腥味。裡頭沒有生物的氣息，也沒有人類，可是有個溢出魔力的場所。賽里斯與幻名騎士團慎重地前進，抵達了那個房間。他悄悄把門推開。

至今一直面不改色的幻名騎士團們蹙起眉頭。他們看到房內陳列著沒有頭的屍體，全都沒有根源，已經被消滅多時。潔隆一族本來就沒有頭，平時裝著的頭則被人類奪走了。儘管屍體沒有頭反倒比較自然，但這之中也包含了人類的遺體。而那個人類的遺體，也同樣沒有了頭。

「……潔隆家的人砍掉這個人類的頭……看來並非如此呢……」

四號(捷特)說：

「假如是這樣，占領這裡的人類不會把遺體置之不理。」

賽里斯環顧這個房間。這裡頭擺著各式各樣的魔法具，牆壁、地面與天花板上都畫著魔法陣。至於潔隆家的屍體，不論哪一具都被開腸破肚。

「看起來就像從內側被咬破一樣啊……」

他伸手碰觸那道傷痕，能看到上頭殘留著些許魔法陣的殘渣。

「是在做魔法研究嗎？」

賽里斯往屋內走去。他在那裡發現到潔隆家女王的屍體，而且就只有她的遺體沒被開腸破肚。

「呃、呀啊啊啊啊啊啊啊啊啊啊啊啊啊啊啊啊啊啊啊啊啊啊阿啊啊啊……！」

慘叫聲自遠方響起。那是人類發出的聲音。幻名騎士團在賽里斯的指示下離開那棟宅邸，將魔眼朝向方才的廣場。他們發現一名士兵正被漆黑火焰燃燒著。

「……可、可惡……妳這邪惡的魔族……！」

男子在以反魔法甩開漆黑火焰後，就一口氣衝向露娜，將手中的聖劍朝她鼓起的腹部刺下。聖劍發出「劈啪劈啪」的聲響龜裂了。

「……什麼……呀啊啊啊啊啊啊啊啊啊啊……！」

龐大的魔力從露娜的肚子裡溢出，將聖劍「啪嚓」一聲折斷。漆黑火焰燃燒著人類。

「……阿諾斯……」

露娜低語。她遭到士兵們不斷欺凌，全身傷痕累累——所以生氣了。

「……怎麼可能……這女人哪來這麼強大的魔力……」

「……是嬰兒……」

一名士兵就像看到什麼可怕的東西一般說道。

「剛剛在看到火焰之前，我聽到了胎動聲……看到不同於那個女人的魔力……！是她肚子裡的魔族在施展魔法……」

「你……說什麼……？」

人類們啞口無言。被派來迪魯海德的士兵全是精挑細選的精銳，他們就連在亞傑希翁也各個都是頂尖人物。正因為如此，他們的驚愕難以估計。

「……如果真的是這樣，等到他成長後，會有多麼……」

能聽到「咕都」一聲吞下口水的聲音。在場的戰士們害怕得兩眼發直。

「絕不能讓她生下來。在那個女人肚子裡的，是會讓世界被戰火吞沒的邪惡化身……」

人類們振奮起來高聲大喊：

「為了世界和平，即使犧牲生命也要在這裡毀滅他！」

「上吧——！殺了他——！為了世界！為了正義！」

一齊襲來的人類士兵，讓手中的神聖劍刃發出耀眼光芒。

下一瞬間——響起「怦咚」的胎動聲。他們一齊被漆黑火焰吞沒了。

「這是什麼火焰，滅不掉……怎麼會！封印魔族力量的結界居然……！」

「這個……這個不祥的力量，究竟是——！」

「「「唔啊啊啊啊啊啊啊啊啊啊啊啊啊啊啊啊啊啊啊啊啊啊啊……！」」」

轉瞬間，在場的人類全都化為灰燼。

「……之後就……阿貝魯猊攸……為我們毀滅掉他吧…………」

最後一人在留下這句話後，澈底化為灰燼。

「哦～是叫做波魯迪戈烏多的血統嗎？」

破壞神阿貝魯猊攸就像不怎麼在意死去的人類一般地說：

「因為接近毀滅，所以魔力增強了呢。」

祂的神眼看向露娜。隨後，漆黑火焰就像要保護母親一樣出現在她前方，化為防壁。儘管如此，破壞神的神眼輕易滅掉火焰。縱然火焰陸續出現，全部都在眨眼間消失了。

「……阿諾斯……」

露娜低語：

「夠了喔……夠了……你只要把力量用在讓自己出生就好……媽媽絕對會生下你……」

「欸。」

阿貝魯猊攸說：

「妳會毀滅喔。那個孩子也是。這是我與人類的盟約喔。」

就在漆黑火焰全部消滅的瞬間，露娜朝破壞神衝去。她儘管維持著要供給阿諾斯的魔力，還是削減自己的根源集中力量。黑暗在周圍逐漸擴散開來。

「『真闇墓地（garian）』。」

任何光都無法穿透的黑暗在此降臨。不論是味道還是聲音，就連魔眼都無法穿透的完全黑暗。

「真遺憾呢。」

在黑暗之中，阿貝魯猊攸的視線確實朝向了露娜。

「我應該說過，一切都會平等地毀滅喔。」

在那雙神眼亮起的瞬間，露娜的腹部就被視線切開。

「……啊…………」

她癱軟跪下，倒在地上。儘管如此，她還是為了守護孩子，把手擋在腹部上。

「親愛的……之後就……」

經由阿貝魯猊攸的神眼，「真闇墓地」的黑暗漸漸散去。然而，唯獨只有她背後留下一片漆黑的黑暗。之後宛如雷電劈下一般，紫電奔馳，高多迪門刺進阿貝魯猊攸的心臟。

「『波身蓋然顯現』。」

賽里斯在阿貝魯猊攸體內畫出一個球體魔法陣與九個可能性的球體魔法陣。

「『波身蓋然顯現』。」

激烈紫電發出「滋滋滋」的聲響在破壞神的體內肆虐。賽里斯朝著祂的根源，竭盡全力轟出毀滅魔法。

「『滅盡十紫電界雷劍』。」

龐大的紫電毀滅破壞神的身體與根源。

「掌管破壞的神可是不會毀滅的喔。此乃秩序本身。」

爆發後才從破壞神體內噴發出好幾道宛如星光般閃爍的紫電。下一瞬間，祂的身影就無影無蹤地毀滅殆盡。世界的色彩從紫色恢復原狀，寂靜降臨此地。

阿貝魯猊攸沒有復活的跡象——至少現在沒有。賽里斯冷靜地確認過這件事之後，慢步走到倒地不起的露娜身旁。

「親愛的……」

她奄奄一息地脫口呼喊。遭到破壞神神眼毀滅的根源大概無法治癒吧。賽里斯只是默默地注視著她的身影。

「……你就沒有什麼要說的話嗎？」

一號走到他身旁。

「最後請對她說些什麼吧！師父！好歹對即將毀滅之人有點同情心吧！」

一號滿面怒容。賽里斯則面不改色地說：

「對亡靈之妻來說，這是死得其所。」

一號半是失望半是憤怒的表情瞪著賽里斯。

「沒關係，一號。我過得很幸福。」

「……可是，師母……這也太……」

露娜緩緩搖了搖頭。

「毀滅的根源呢，波魯迪戈烏多的血統……要出生的話，就會違反這種根源……所以呢，必須要有什麼代替他們死亡……這是作為波魯迪戈烏多妻子之人的宿命喔……」

一號無言以對，只能看著露娜。她已不久人世。這只要窺看她的深淵就能一目了然。

「……毀滅的母胎……對阿諾斯是最好的……所以這樣就好。」

露娜儘管一面流淚，還是一面開心地笑了。

「……謝謝你……」

這是對誰的感謝呢？那個根源緩緩地毀滅，隨後她闔上雙眼。

「……阿諾斯，你要活下去，成為比誰都還要強大的孩子……去幫助爸爸喔……」

露娜一面把手放在被切開的腹部上，一面咽下最後一口氣。在無名騎士們守候著她離開人世時，漆黑火焰彷彿第一道啼哭般轟轟竄起。

嬰兒的手用力握住母親的手指。他伴隨著毀滅一起誕生於世——承受偉大的母愛。

這就是魔王阿諾斯．波魯迪戈烏多誕生的瞬間。

§6　【假如世界和平】

痕跡書的效果結束，過去的影像消失。

只不過所有人都沒有立即開口，就只是露出凝重的表情。這大概是因為我的出生太過悽慘了吧。

「別顯得這麼沉重，這在兩千年前是常有的事。倒不如說，光是能平安出生，我就算運氣好的了。」

回想方才在過去看到的母親面貌。

「雖是第一次看到長相，必須得感謝母親呢。」

隨後米夏就問：

「阿諾斯有意識嗎？」

「我有印象自己是從母親的遺體中出生的，因為當時的感受真的遭透了。」

甚至到現在都還能回想起當時有多麼不舒服。

「只不過，就算是我也才剛出生，會守護母親應該是基於防衛本能吧。我沒有記憶，就連賽里斯有沒有在場都沒有印象。」

「可是，剛才看到的過去，說不定曾經被竄改過對吧？」

對於莎夏的詢問，我點了點頭。

「有很多種可能性。比方說，被稱為團長（伊希斯）的男人其實不是賽里斯，而是竄改了過去，讓我們看起來像是這樣。他的語調會不一樣，說不定就是為了要配合過去。」

如果是賽里斯平時的語調，一號（杰夫）等人應該會感到不對勁吧。雖然長相不同，但因為幻名騎士團總是隱藏其真實身分，即使用上他人的長相也不會有太大的問題。

「也就是賽里斯想取代成為哥哥的父親嗎？」

亞露卡娜說。

「儘管這是很妥當的推論，卻有一個疑點。」

米夏困惑地微歪著頭。

「太好懂了？」

沒錯。就以想要隱瞞過去來說，手段稍嫌拙劣了一點。因為這樣就像在說自己不是我父親一樣呢。」

莎夏發出「嗯——」的聲音陷入思考。

「像是讓我們以為他隱瞞了真正的父親，其實隱瞞了其他事情嗎？」

「有這種可能性。」

是關於我誕生的事嗎？抑或是完全無關的其他事情？目前還沒有頭緒呢。

「要取代成為兩千年前的魔族需要相當的力量。也有可能我的父親確實就是賽里斯，竄改過去就只有改變語調而已。」

「這樣的話，是為了什麼目的呢？」

亞露卡娜感到疑問。

「這樣看到過去的我就會認為：父親說不定不是賽里斯，而是另有其人。」

「可是，讓你這樣想有什麼用意啊？」

莎夏詢問。

「天曉得，大概因為是計謀的一部分吧。比方說，也能認為他想讓我尋找不存在的父親，意圖使我落入陷阱之中。」

「確實有這種可能呢……」

「又或者，關於賽里斯的部分說不定是真的。他在過去是那種個性，然後因為成為代行者而喪失心靈，變成現在的他。」

「沒能竄改？」

米夏問。

「沒錯。即使是他也不可能大幅地竄改過去，卻能讓人以為他竄改了過去。或許也能認為他的目的是要讓我們疑心生暗鬼。」

「可是，我們並不一定會看到剛才那段過去吧？」

我點頭同意莎夏的質疑。

「是啊，他什麼也沒竄改的可能性應該很低吧。」

「倘若假設關於賽里斯的部分沒有被竄改，但是其他部分可能遭到竄改的話，哥哥覺得如何？」

亞露卡娜這樣提出質問。

「過去有什麼被竄改了——但他到底竄改了什麼？」

他確實也有可能想隱藏其他事情。

「在方才看到的過去裡，有兩個我認識的人。一個是阿貝魯猊攸，我一直以為母親是被人類殺害的，沒印象是她下的手。」

「…………她是魔王城的那個？」

米夏問。

「就是那個阿貝魯猊攸。如今則成了魔王城呢。只不過，我還是第一次看到祂以金髮少女的模樣顯現。祂在我的記憶中是『破滅太陽』，還有產生出『破滅太陽』、宛如影子般的神的模樣。」

「嗯——這樣只要去詢問破壞神，就能知道當時的情況了吧？」

「大概能知道吧，但不能讓祂復活。這或許會成為讓世界各地的毀滅增加的主因。」

「…………啊，這樣啊。這麼說來也是呢…………」

莎夏一臉自己問了蠢問題的表情垂下頭。

「另一個人是？」

米夏問。

「是一號（杰夫）。他是冥王伊杰司吧。」

「咦……！」

莎夏彷彿很驚訝似的大叫。

「真的嗎？因為冥王雖然稱不上是個壞人，可是該說是薄情嗎？一號（杰夫）是方才看到的過去中，唯一像是正常人的人吧？儘管確實覺得他們長得有點像，但因為『幻影擬態』的關係看得不是很清楚，而且他也沒有戴著眼罩吧？」

「只要立場改變，人也會跟著改變。假如投身於戰火之中，價值觀也會截然不同。就以年輕時的冥王來說，我不覺得有哪裡不對勁。」

莎夏發出「嗯——」的聲響沉思起來。大概是因為她無法把現在的冥王與一號（杰夫）聯想在一起吧。

「總而言之，由於現在不知道有哪裡被竄改，不能試著再多看一些過去嗎？」

「我也想這麼做，但今天沒辦法再看更多了。」

我這麼說完，戈盧羅亞那就點點頭。

「真的非常抱歉。痕跡神亡歿之後，如今痕跡書的力量也所剩不多，這麼遙遠的過去頂多只能回溯兩次。每當過去增加，也就是伴隨著時間經過，痕跡書的力量就會恢復，不過距離下次能觀看過去的時機，必須要等上一個星期吧。」

「……我們等不了一個星期吧……不如把猶格・拉・拉比阿茲召喚出來，搶走『時神大鐮』如何？」

莎夏提議。

「我在不久之前試過了，但或許是因為曾一度被我搶走的關係吧，祂們就算會現身，也不會再把『時神大鐮』帶來了。」

畢竟是守護時間秩序的守護神嘛。會盡可能不讓時間被擾亂，說來也是理所當然的事。

「這樣的話，也就是沒有其他方法能調查米里狄亞的事情了嗎？」

「去找伊杰司？」

莎夏和米夏說。

「碧雅芙蕾亞也跟他在一塊兒吧。至少他應該知道方才看到的過去有哪裡被竄改了，只不過他會老實回答嗎？」

話雖如此，現在難道就沒有其他線索了嗎？

不對——

「戈盧羅亞那，你知道艾貝拉斯特安傑塔的石碑之間裡所記載的隱匿文字吧？你知道那是哪一尊神寫下的嗎？」

「不……儘管知道那是古神文字，由於是只能傳達給神的文字，所以痕跡神隱匿了關於這部分的情報。」

「那麼，你現在能跟我走一趟艾貝拉斯特安傑塔嗎？說不定會需要用到痕跡書。」

「我知道了。」

在姑且離開響著龍鳴的牢房後，我們就畫起「轉移」的魔法陣。正準備目送我們離去的米蘭主教就像注意到什麼一樣地大喊：

「請等一下，阿蓋哈的劍帝迪德里希大人傳來了『意念通訊』。」

為了在到處響著龍鳴的地底連上「意念通訊」，需要以魔法具設置平時專用的魔法線。阿蓋哈與吉歐路達盧兩地之間的魔法線是在最近才設置好的。

「請連過來。」

戈盧羅亞那一開口指示，「意念通訊」就連上了。

「怎麼了嗎？」

語罷，就響起迪德里希的聲音。

『突然聯絡還真是抱歉啊，教皇。我在方才匆匆一瞥看到的未來中，看到了幻名騎士團的身影，並發現到疑似他們藏身處的地方。我接著也會通知魔王。』

娜芙妲的神眼已經無法再看到所有未來了。可是，依然有能依稀看到的未來。

「要找我的話，我人就在這裡。」

『這樣正好。地底有一處名叫甘古蘭多絕壁的地點，簡單來說，就是與天蓋連在一起的巨大岩壁。幻名騎士團的傢伙們似乎在哪裡挖了個洞窟，潛伏在裡頭的樣子。』

「有看到伊杰司或凱希萊姆的身影嗎？」

『我沒知道得那麼詳細，就只看到穿著那套全身鎧甲的傢伙們走進開在甘古蘭多絕壁上的洞穴裡而已。』

不知道在賽里斯毀滅之後，現在幻名騎士團有什麼目的？不過，既然都掌握到位置了，也沒辦法對他們置之不理。

「或許有必要搜索那個地方，但我這邊也有想先調查的事哪。此事就先暫緩一下吧。」

『在你正忙的時候打擾，還真是抱歉啊。』

結束與迪德里希的對話，我們朝魔法陣注入魔力。在施展「轉移」的魔法後，視野就染成純白一片，下一瞬間眼前出現為數眾多的石碑。我筆直走向牆壁，把手放上去。在猛然發出一陣閃光後，壁面上浮現出文字。

「——那裡是無限的夜，永遠的無——」

為了讓其他人也知曉內容，我重新將那篇文章唸誦出來。

遙遠地底誕生了神城。

但願能至少溫柔照耀著不曾開始的夜晚。

地上日輪不昇，毀滅不會到來。

生命不會誕生，世界停滯不前。

重要的是秩序還是人。

你知道答案。

「只有你知道。」

所有人都像在思考這篇文章的意思一樣陷入沉默。

「就亞露卡娜的說法，米里狄亞預料到我會前來地底。那麼，這篇文章難道不是祂留給我的訊息嗎？」

重要的是秩序還是人？就以只有神能解讀的古神文字來說，這是很奇怪的說法。如果是尋常神族，應該都會說秩序重要，不需要特別寫下來。

「戈盧羅亞那，不論多小的痕跡都無所謂，有辦法找到些什麼嗎？」

「……儘管沒剩下多少力量……我就盡可能試試吧……」

戈盧羅亞那翻開痕跡書。

「過去化為痕跡，刻劃在吾神遺留之書上。啊啊，這正是偉大的痕跡神的奇蹟，回溯刻劃在此書上的過去吧。痕跡書第二樂章〈痕跡溯航〉。」

隨後，文章的最後刻上了新的文字。

照耀光——上面這樣寫著。如果這是米里狄亞留給我的訊息，要照什麼光，就連想都不必去想。

「亞露卡娜。」

祂點了點頭，將雙手高舉起來。

「夜晚來臨，白晝逝去，明月東昇，太陽西沉。」

艾貝拉斯特安傑塔的外頭浮現「創造之月」亞蒂艾路托諾亞，其月光穿透建築物，照耀在壁面上。緊接著，壁面上就浮現出新的文字。

——為了和平，如果有必要的話。

——我將你所遺忘的過去，封印在創星艾里亞魯裡了。

——就在西方帝國，殷茲艾爾的遺跡之中。

——艾里亞魯為五顆星。

——你要當心狂亂神亞甘佐的竄改。

——可是請相信我。

——假如世界和平，請不要尋求這段過去。

——因為這是早已結束的事。

§7 【記憶所在】

「唔嗯，看來這毫無疑問是米里狄亞留下來的訊息呢。」

大概是相信我會拯救亞露卡娜，能在祂的協助下施展「創造之月」，因而留下訊息吧。

「啊，快看。消失了耶！」

如同莎夏所說，壁面上的文字漸漸淡去，很快就消失了。亞露卡娜試著用「創造之月」的光芒照耀，但沒有再度出現文字。

「祂知道你也能使用痕跡書嗎？」

亞露卡娜提出疑問。祂大概是指「——照耀光」的文字消失的事情吧。

「這段文字會被消除，並非米里狄亞的意志。恐怕是方才訊息中提到的什麼狂亂神亞甘佐搞的鬼吧。」

「被竄改了？」

米夏問。

「該說就如同以痕跡書看到的過去一樣吧。這樣想的話，也能明白米里狄亞為什麼要用這麼拐彎抹角的方法傳達訊息了。」

「呃……也就是那個叫什麼狂亂神亞甘佐的，有辦法竄改各式各樣的東西嗎？」

莎夏看向亞露卡娜，但祂一副不知道的模樣搖著頭，接著戈盧羅亞那代為回答：

「能讓萬物萬象瘋狂、錯亂、竄改的神，據說叫做狂亂神亞甘佐。基於祂的秩序，一般都會將祂視為不順從之神。只不過，儘管存在傳承，卻無人見過那尊神的模樣。」

「既然是不順從之神，也就是說祂在蓋迪希歐拉的可能性很高吧？」

「是的。也許八神選定者之一的賽里斯的選定之神就是狂亂神亞甘佐也說不定。」

是祂在妨礙米里狄亞，竄改了這段文字嗎？

「賽里斯確定是選定者嗎？」

「恐怕是……我應該也曾經以痕跡神的秩序看過他的痕跡，但過去的資訊太過龐大，在喪失神力之後，我無法保留全部的記憶。」

為了在選定審判中戰勝到最後，戈盧羅亞那大概曾經以痕跡神的力量調查過龐大的過去吧。然而，凡人之軀不可能記住這一切資訊。也就是他所保留下來的記憶，全都伴隨著痕跡神的毀滅一同消失了嗎？或是在痕跡神消滅之後，被人裝作是自然消除掉了。

「你知道八神選定者的最後一人是誰嗎？」

「不，就連這點也忘了。」

不記得了嗎？唉，就這樣吧。

「米里狄亞知道狂亂神存在，還有祂與自己敵對的事。所以為了避免遭到竄改，才會將訊息預先留在自己的秩序之中吧。」

米夏感到疑惑地微歪著頭。

「什麼意思？」

「方才的文字不是因為照耀『創造之月』的光芒才顯現出來，而是在亞露卡娜體內的米里狄亞的秩序重新創造出來的。只要沒有能竄改的對象，狂亂神的秩序也無法發揮作用。」

雖說擁有相同的秩序，亞露卡娜與米里狄亞是不同人。她能留下來的，頂多只有這段訊息吧。

「創星艾里亞魯會是五顆星，也是在防備狂亂神的竄改吧。也就是說，要是落到亞甘佐手上，就很可能會跟痕跡書一樣遭到竄改。」

「狂亂神亞甘佐是賽里斯的選定神這個推論，我覺得很有可能喔。畢竟他能在戈盧羅亞那被監禁在霸王城的時候竄改痕跡書。」

莎夏說。

「想隱藏阿諾斯過去的人就是賽里斯吧？既然如此，現在狂亂神已經沒有選定者了，所以祂不會對創星艾里亞魯出手了不是嗎？」

「最後一名選定者有可能與賽里斯有相同的目的。過去幻名騎士團存在於迪魯海德，說不定賽里斯以外的人也對米里狄亞和我有什麼意見。」

要是賽里斯至今以來的行動並非他的獨斷獨行，那麼戰鬥就還沒有結束。

「再說也不知道冥王帶走碧雅芙蕾亞的目的呢。」

「嗯……那還是儘早取得艾里亞魯會比較好吧？西方帝國殷茲艾爾在哪裡啊？」

戈盧羅亞那搖了搖頭。

「地底雖然小國眾多，但從未聽說過有哪一國自稱帝國。」

「是地上的國家。」

米夏一回答，莎夏就瞠圓了眼。

「殷茲艾爾……不在迪魯海德吧？」

「在亞傑希翁。應該是人類的盟邦之一吧。記得位於大陸西側，是一個約有三千年歷史的國家。他們據說在原本就有的古老遺跡上搭建城堡與城市，過去居住一群擅長魔法的人類。在蓋拉帝提崛起之前，曾經是亞傑希翁屈指可數的大國之一。」

我畫起魔法陣，以魔力製作出立體——地上與地底——地圖。

「亞露卡娜，方才迪德里希說的甘古蘭多絕壁位在哪裡？」

亞露卡娜倏地指出，讓雪月花飛舞起來。地底的地圖眼看著逐漸完成，在祂所指的位置上出現甘古蘭多絕壁。

「唔嗯，賽里斯早就察覺到創星艾里亞魯的存在了嗎……」

我讓位於地底的甘古蘭多絕壁，還有地上的殷茲艾爾帝國亮起紅光。

「這是……？」

莎夏忍不住驚叫出聲。殷茲艾爾帝國的正下方即是甘古蘭多絕壁。

「只要澈底搜索米里狄亞的魔力，就算不知道隱藏在哪裡，也遲早會發現。再說時間也十分充足呢。」

「這也就是說，已經被竄改過了……吧……？」

「這可不一定。即使是米里狄亞，也知道我會在兩千年後轉生。既然如此，在這之前祂應該做出了某種對策。」

我指著畫在地圖上的甘古蘭多絕壁。

「米里狄亞將創星艾里亞魯留在西方帝國殷茲艾爾裡。與其特地經由這塊絕壁過去，從地上過去還比較快吧。幻名騎士團會在這裡設置據點，也能認為這是因為他們無法在一朝一夕之間找到艾里亞魯。」

既然如此，就還有希望。

「我們先回地上一趟。我也很在意幻名騎士團的殘黨。雖然還要調查甘古蘭多絕壁，最好也同時從地上調查殷茲艾爾帝國。」

我邊說邊朝戈盧羅亞那看去。

「也幫我這樣向迪德里希轉達。」

「我知道了。」

「走吧。」

我畫起「轉移」的魔法陣，轉移到艾貝拉斯特安傑塔的外頭，就這樣施展「飛行」朝地上飛去。

「欸，話說回來，這樣好嗎？」

莎夏詢問。

「什麼事？」

「假如世界和平，就不要尋求過去——米里狄亞的訊息是這樣寫的吧？都將賽里斯毀滅了，只要再設法處理掉幻名騎士團的殘黨，就算不知道過去也沒什麼問題吧？」

「唔嗯，莎夏，世界和平嗎？」

她沉默了一下，然後開口說：

「……我覺得和平喔。與方才用痕跡書看到的那種兩千年前相比的話。」

「那說不定能變得更加和平。」

「你說更加和平，是還想要什麼變得和平啊？」

「訊息中提到那是早已結束的事吧？到底是什麼結束了？那真的結束了嗎？只要知道內容，說不定能拯救某些事物。只要拯救了，世界就會離和平更進一步。」

莎夏就像傻眼似的笑了，米夏則在一旁微笑。

「很像阿諾斯。」

「你所謂的和平，根本沒完沒了啊。」

我也發出「咯哈哈」的聲音笑了笑。

「兩千年前我只想著：只要結束地上的戰爭就好。一旦結束之後，卻得知儘管如此還是有悲劇存在。在試著前往地底之後，就變得想平息那裡發生的爭執。」

如同莎夏所說，一個接著一個沒完沒了。

「我很抱歉。儘管會讓妳們這些部下辛苦，但我無論如何都很貪心。」

「我說過想成為哥哥的力量吧？」

亞露卡娜說道。莎夏則發出「呵」的一聲輕輕笑了笑。

「魔王大人的貪婪還真讓人傷腦筋呢。」

「我會幫忙。隨時都行。」

米夏像這樣鼓勵我。

我們飛越天蓋，返回地上。我立刻向我的部下與魔王學院的學生們發出「意念通訊」。

「抱歉打擾你們休息了，但我希望你們立刻集合到德魯佐蓋多。不准說辦不到。」

這樣告知後，我施展「轉移」。轉移前往的地點是德魯佐蓋多魔王城的王座之間。

「梅魯黑斯。」

在以「意念通訊」呼叫後，留著白色長鬍子的老人就以「轉移」現身。

「關於殷茲艾爾帝國，有掌握到什麼情報嗎？」

語罷，梅魯黑斯露出一臉很驚訝的表情。

「怎麼了？」

「……沒事。就只是關於那個殷茲艾爾，老身正好有事想與阿諾斯大人商量。」

梅魯黑斯恭敬地回答。在我用眼神催促後，他立刻開始說明：

「亞傑希翁在關於要轉換成議會制度這件事上，以蓋拉帝提的人員為中心組成了勇議會，這件事老身已向您報告過了。」

勇議會是由亞傑希翁的新領導者們所組成的團體。

「他們之前曾經前往亞傑希翁的各個大國，進行關於這方面的交涉，不過老身方才收到伊卡雷斯的報告，說前往殷茲艾爾的勇議會即使期限到了也還沒回來。」

「使用『意念通訊』呢？」

「連接不上。儘管曾想過要以『轉移』靠近，然而似乎張設了過去勇者們擅長的結界，沒辦法入國的樣子。」

能封住「意念通訊」與「轉移」的結界啊……

「應該是『封域結界聖』吧。但我不覺得現在還有人類懂得施展。」

「……說不定是轉生後的勇者。或者也有可能是兩千年前的魔族藉由轉生成人類，讓自己變得能夠施展了。」

梅魯黑斯以沉重的語調說。

「儘管可以強行闖入殷茲艾爾國內，但勇議會也有可能已被抓為人質，因此沒辦法輕舉妄動。」

假如不清楚內部狀況就確實如此吧。只要有「封域結界聖」，魔眼也不太能發揮效用。

「勇議會是何時進入殷茲艾爾境內的？」

「是在一個星期前。由於原本預定在遺跡城下町艾迪特赫貝停留，因此在那裡的可能性很高……」

但無法確定嗎？

「我正打算去殷茲艾爾一趟，但這下麻煩了。也就是魔族要是隨便入國，說不定會為勇議會的人帶來危險啊……」

「誠如您所言。」

時機太糟了。不，正確來說是糟過頭了。就以偶然來說，時機太過完美。

「只能以『轉移』移動到半途上，再偷偷潛入了吧？」

「對方應該會著重在『封域結界聖』的邊界上進行偵察吧。既然無法以『轉移』侵入內側，只要加強那附近的警戒，就不必擔心會遭人潛入。」

莎夏的眼神凝重起來。

「變裝成進出殷茲艾爾的人？」

米夏一提案，莎夏就說：

「像是商人嗎？可是，如果是對方抓住勇議會，還會准許他人入國嗎？他們應該也很清楚蓋拉帝提或是我們很可能會潛入國內。」

「有收到前往殷茲艾爾的人折返回來的情報，恐怕是對出入境進行了限制吧。」

對於梅魯黑斯的說明，莎夏感到困惑似的歪著頭。

「最起碼，只要知道勇議會的人現在怎麼樣了就好……不過要是知道了，就不用這麼辛苦了呢……」

「唔嗯，我知道狀況了。」

「什麼！」

無視一臉目瞪口呆注視過來的莎夏，我畫起魔法陣。顯示在「遠隔透視（rimuneto）」上的，是某人的視野。

地點是石造的室內。光線昏暗、充滿灰塵，像是倉庫一樣的地方。

「這是誰的視野？」

亞露卡娜疑惑地問。

「勇者學院的學院長也參加了勇議會。是名叫做艾米莉亞的魔族。」

「啊……」

在莎夏驚叫後，米夏開口說：

「『意念鐘』？」

「看來有戴在身上的樣子呢。儘管還要看術者的魔力，就算是在『封域結界聖』的影響下，只要經由『意念鐘』，就能讓魔法線勉強連上。」

視線緩緩前進，看樣子是在躡手躡腳地走著。儘管看起來沒有被人抓住，卻也讓人覺得狀況不太樂觀。

「沒辦法向她搭話嗎？」

「『意念鐘』是讓配戴在身上的人發出呼喚的魔法具。姑且不論平時，在『封域結界聖』裡頭要是不由對面呼喚這邊的話，就無法對話呢。」

有東西發出聲響，艾米莉亞猛然回頭。

那裡顯示出一張陌生的臉孔。那是個帶有一頭灰金色短髮的男人，他穿著神聖鎧甲，配戴著長劍。艾米莉亞就像警戒似的退後。

「等等，我不是妳的敵人。」

那個男人為了表示自己毫無敵意，於是舉起雙手。

「我叫卡希姆。是兩千年前所屬於蓋拉帝提魔王討伐軍的勇者卡希姆。」

§ 8 【連結的意念】

「……勇者……卡希姆？」

艾米莉亞一臉就像在回憶似的喃喃自語。

「我好像在教科書上看過這個名字……我記得你是勇者加隆的師兄吧……？」

「沒錯。我轉生成龍人了。妳是蓋拉帝提勇者學院的學院長吧？」

卡希姆以認真的語調詢問。艾米莉亞儘管保持警戒，還是點頭承認了。

「雖然妳是魔族，但我不打算與妳交戰。時代已經變了。」

卡希姆沒有移動半步，維持舉著雙手的姿勢說。

「然而，這世上也有無法適應時代改變的人。抓住妳的夥伴和勇議會，在這座城市張設結界的就是其中一人。他是過去在迪魯海德支配密德海斯領的魔導王波米拉斯・黑洛斯。」

艾米莉亞就像沒聽過似的蹙起眉頭。由於阿伯斯・迪魯黑比亞那件事，使得迪魯海德的歷史仍舊存在許多缺失。

「……你說的魔導王，是兩千年前轉生的魔族嗎？」

「沒錯。他是個小心翼翼、慎重且狡猾的魔族。我認為他轉生後就立刻隱藏實力，調查這個時代的情況。」

「你的意思是說，兩千年前的魔族對勇議會懷有什麼怨恨嗎？」

「魔導王不是會因為怨恨而行動的男人，他的目的恐怕是要與魔王交涉。為此他打算取得應該存在於這座遺跡都市裡，一種叫做創星艾里亞魯的魔法具。」

艾米莉亞困惑地歪著頭。

「他打算與魔王進行什麼樣的交涉？」

「恐怕是領土的支配權吧。魔導王波米拉斯・黑洛斯隱瞞自己是魔族的事情，成為殷茲艾爾軍的元帥，唆使懷有野心的帝王，在背地裡支配著這個國家。他的目標大概是帝王的寶座吧。」

我在兩千年前雖然和魔導王毫無接觸，但以魔族來說，還真是個腳踏實地的男人。

「簡單來說，就是魔導王反對亞傑希翁的議會制度。這個制度一旦實現，王族的權力就會減弱。」

「意思是說他想成為人類國家的王嗎？明明是魔族？」

「優秀之人才適合擔任支配者，這是他的想法。他說不定打算在最後支配亞傑希翁全境，從暴虐魔王手中奪回過去自己所統治的密德海斯領。」

兩千年前不論是迪魯海德還是亞傑希翁，至少都是由強者在統治國家。而他想奪回密德海斯的心情，我也不是無法理解。

「也就是說，他因為這樣動用這種訴諸武力的方式要進行交涉嗎？」

「殷茲艾爾沒有訴諸武力以外的選擇。假如反對勇議會的決定，就只會從亞傑希翁這個盟邦中被驅逐出去。」

這是理所當然的。畢竟這是要將蓋拉帝提本來握有的主權分散開來。倘若要結束無能支配者的獨裁，會反對的國家應該很少吧。魔導王會抗拒這件事，是因為他企圖總有一天要當上蓋拉帝提的王嗎？

「然而，他的想法與這個和平的時代不合。我要作為勇者討伐魔導王，妳則要救出勇議會的夥伴，我們的目的一致。」

「……我明白了。可是，你說的話並不一定是真的。」

艾米莉亞這麼說著，施展「契約」的魔法。其內容是直到救出勇議會的夥伴為止，雙方都要互相合作。

「妳會懷疑是當然的。這反倒讓我放心了。」

卡希姆毫不遲疑地在「契約」上簽字。艾米莉亞露出些許安心的神情說：

「你的夥伴呢？」

「我沒有夥伴。為了討伐魔導王，我需要現代勇者們的力量，首先就去救出你們的夥伴。假如覺得我值得信賴，希望你們能為了打倒魔導王和我一起並肩作戰。」

「我知道了。」

「就我的調查，勇議會的人員被分別監禁在兩處牢房裡。」

卡希姆以魔力畫出地圖。那是兩人現在所處的建築物地圖。

「他們在這座艾迪特赫貝魔導要塞裡的這裡和這裡，我們現在則位於這間倉庫裡。目前這段時間，魔導王波米拉斯並不在這座要塞裡。士兵們會輪班進行看守和巡邏，時間很規律。只要知道換班時間，就能不被發現地抵達牢房。」

卡希姆以魔力標示出移動路徑。

「這邊的牢房警備森嚴，恐怕關著要職人員。」

「那就先突破另一個牢房吧。擔任我護衛的三名勇者應該就被關在那裡。都是多虧了他們，我才能逃離追捕。等救出他們後，只要集結全員的力量，應該就能突破另一個牢房。」

「了解。」

卡希姆施展「魔力時鐘」的魔法，測量正確的時間。他靠到門旁等了一段時間後，對自己與艾米莉亞施展「根源偽裝」的魔法。在偽裝成類似老鼠的小型根源後，他就開門讓兩人衝了出去。

卡希姆在石造通道上毫不遲疑地忽左忽右地奔馳一會兒後，就躲進柱子後方突然停下。監視著行進方向的士兵一面警戒地環顧四周，一面從柱子前方通過。

在經過一定時間後，兩人再度衝出。基於卡希姆調查到的看守配置與巡邏路線，他們時而前進時而停留。儘管繞了一大圈，他們還是在沒被人發現到的情況下抵達牢房前。

在似乎很堅固的鐵門前，兩名看守直挺挺地站著。

「我來當誘餌。」

「我知道了。」

艾米莉亞立刻衝出躲藏處，朝兩名看守直衝而去。

「妳這傢伙！」

就在士兵猛然驚覺而拔出劍，正要應戰的下一瞬間——

「……呃啊……」

兩名士兵就向前倒下。因為卡希姆趁他們將目光朝向艾米莉亞的瞬間，繞到兩人背後將其打暈了。

「『布縛結界封』。」

聖布將士兵重重捆起，隔絕掉對外發出的魔力。他搶走其中一名士兵持有的魔法鑰匙，插進牢房的鑰匙孔裡，門鎖「喀嚓」一聲打開。

打開門之後，在室內發現約十名左右勇議會的人們。勇者學院的學生萊歐斯、海涅與雷多利亞諾的身影也在其中，他們全都被魔法手銬銬住。

「我是勇者卡希姆，是來幫助勇議會的。」

卡希姆一施展「解鎖」的魔法，銬住勇議會人類們的手銬就解開了。

由於陌生男人的登場，使得他們瞬間露出警戒的神情，不過一看到艾米莉亞走進來，就全都變成安心的表情。

「其他看守馬上就會來了，快跟我走。」

被關在牢房裡的人們起身，同時開始移動。就在這時，艾米莉亞靠近卡希姆。

然後，她握住他配戴在腰間的長劍，將其拔了出來。

——咦？

艾米莉亞的疑惑經由「意念鐘」傳達過來。她握著那把劍，居然偏偏朝著跑過來的一名勇議會人員砍了下去。

「……嘎啊……！」

「艾米莉亞，妳在做什麼——」

艾米莉亞的劍朝著趕來的勇者學院學生——萊歐斯的心臟刺過去。

「什麼……呃……」

「灼熱炎黑(guriado)」的火焰在他體內捲起漩渦，連同他的反魔法一起灼燒內臟。

「……呃…………啊…………！」

萊歐斯立刻癱軟倒下。

「艾米莉亞學院長，妳這是在做什麼！」

「視情況而定，這件事可不會輕言了事啊！」

勇議會的成員們發出怒吼，然而艾米莉亞沒有回答。

「也就是說，他們要是得救了，妳就會很困擾吧？」

此時厲聲說道的人，是勇者卡希姆。

「難怪只有妳沒有被關進牢房裡。畢竟妳終究是魔族，也就是說妳其實是魔導王的夥伴對吧？」

——不是的。

經由「意念鐘」，再度聽到艾米莉亞的心聲。卡希姆和勇議會的人員都聽不見吧。

——身體擅自動了起來。無法說話。為什麼？

「沒錯。」

艾米莉亞就像被什麼操控一樣地說。

「暴虐魔王的目的是要澈底支配人類。藉由成立勇議會，讓有力人士集結於此。之後只要再將你們澈底剷除，目的就達成了。」

艾米莉亞發出「灼熱炎黑」。

「唔！那個『契約』原來是偽裝的嗎！」

卡希姆以反魔法打掉漆黑火焰。艾米莉亞儘管簽下直到救出勇議會的夥伴為止都要合作的「契約」，卻違背了這道契約。

「這些人可是相信妳的啊！相信時代已經改變了！」

卡希姆就像控訴般大喊。

「不惜奪走自己學生的性命也要服從魔王，這樣妳就滿足了嗎！妳和他們之間的羈絆就只有這樣嗎！」

「……喂……」

朝著憤慨的卡希姆發出聲音的人不是別人，竟然是心臟被刺傷，趴伏在地上的萊歐斯。

「……我不知道你這小子是打哪裡冒出來的……但別給我胡說八道啊……這傢伙啊，才不是會做這種事的人——」

艾米莉亞這次用劍刺穿萊歐斯的喉嚨。儘管如此，他還是說：

「……艾……米莉……亞……才……不是…………這種人……」

他微弱的聲音，只傳達給身旁的艾米莉亞。她接著襲向卡希姆，手上的劍卻被輕易架開、踢掉了。卡希姆撿起掉落在地面上的劍。

「各位！其他看守馬上就會過來巡邏了。在我壓制住她的時候，快離開這裡！」

在卡希姆的誘導下，勇議會的人員紛紛離開牢房。正當海涅一副有話想說的模樣要靠近他時，雷多利亞諾伸手制止了海涅。他用食指推了一下眼鏡。

兩人在互相使了個眼色後，便這樣說：

「這就是妳的真心嗎，艾米莉亞？」

雷多利亞諾問。

——不是。

她忍不住喊出心聲，嘴巴卻沒有動。

「……哦～果然呢。不管怎麼說，魔族就是這樣呢。」

海涅吊兒郎當地說。

「兩位也動作快。儘管很遺憾，但已經沒有時間治療他了！」

在別有含意地看了艾米莉亞一眼後，雷多利亞諾與海涅就離開牢房。

「邪惡的魔族，給我好好記住，在魔導王之後，我絕對也會將妳討伐！」

拋下這句話後，卡希姆就關上牢門，在上鎖後離開了那裡。

「……萊歐斯同學……」

艾米莉亞露出一臉驚訝的表情。

「聲音……」

大概是身體能動了吧，艾米莉亞立刻趕到萊歐斯身邊，對他施展恢復魔法，可是傷口沒有復原。或許是最初刺中心臟的那把劍的力量吧，聖痕眼看著不斷增加。

「……復原……不了……」

萊歐斯的手微微伸出，碰觸艾米莉亞的臉頰。

「……果然呢……妳……恢復……正常了……啊……」

艾米莉亞強忍淚水，緊咬下唇。然後她停止施展恢復魔法，朝著萊歐斯畫出另一個魔法陣。她切開指尖，滴下一滴血。

「萊歐斯同學，你仔細聽好。」

他儘管看起來很痛苦的樣子，還是注視著艾米莉亞的臉。

「我會先殺掉你。」

艾米莉亞還無法施展治療聖痕這種纖細的恢復魔法。她應該是判斷只能先殺掉他，再以「復活」讓他復活了吧。

「……雖然成功率不怎麼高……」

「……這個我是沒意見啦……」

萊歐斯以平靜的表情說：

「……在這之前，能先聽我說一句話嗎……？」

「不行……！」

艾米莉亞將魔力注入「復活」的魔法陣裡。

「……嘖……那就下次吧……可別失敗了喔……」

「用不著你說……！」

萊歐斯就像完全相信艾米莉亞一樣，將性命託付給她。她竭盡全身的魔力，完成了「復活」的魔法陣。她接著從收納魔法陣中取出小刀，抵在萊歐斯的胸前。

「…………我要動手了喔……」

艾米莉亞的手顫抖起來。以她現在的魔法技術來說，「復活」的成功率最高只有三成吧。萊歐斯握住艾米莉亞顫抖不已、難以下定決心的手。

「……沒事的，別擔心……妳這傢伙不會失敗啦……」

艾米莉亞點了點頭，露出下定決心的表情，然後將手中小刀用力刺進他的左胸口。萊歐斯的身體輕顫一下。

「拜託你，拜託。回來吧。」

艾米莉亞只是一心施展「復活」魔法的意念滿溢而出。

——我曾一度犯下過錯。已經不能再失敗了。

——不能再次失敗。

——回來吧。請把我重要的學生還給我。

——拜託。

「……………」

艾米莉亞倒抽一口氣。「復活」的魔法陣啟動了。以她的魔力來說，只要經過三秒，復活成功的機率就會等同於零吧。

可是——萊歐斯依舊闔著眼，傷口也沒有復原。她的淚水撲簌簌地滑落。

「誰快來……救救他……」

——拜託，誰快來救救他吧。

「……………阿諾蘇同學……」

『唔嗯，總算呼叫我了啊。我等很久嘍，艾米莉亞。』

「……………………咦……？」

阿諾蘇·波魯迪柯烏羅以「意念通訊」發出的聲音，使得艾米莉亞當場愣住。在我經由艾米莉亞呼喚阿諾蘇而完全連上的魔法線輔助她施展「復活」之後，萊歐斯的傷勢眼看著逐漸恢復。

「……嗚……啊……」

由於「復活」魔法成功，萊歐斯恢復呼吸。艾米莉亞一面看著這一幕，一面感到困惑似的對著「意念鐘」說：

「……阿諾蘇……同學……？為什麼？應該有結界擋著……」

『不過就是結界，難道妳以為與我的「意念通訊」就連接不上嗎？』

「真是的……」

艾米莉亞就像鬆了口氣一樣，露出破涕為笑的表情。

「我應該叫你要改掉那種和魔王沒兩樣的說話方式吧……」

落下的眼淚化為喜悅。

§9　【準備潛入】

清醒過來的萊歐斯僵硬地坐起身子。

我以「意念通訊」對艾米莉亞說：

『在看守來之前離開那裡，快畫出「解鎖」的魔法陣。』

艾米莉亞朝牢門畫出「解鎖」的魔法陣。在我輔助她施法、送出魔力之後，門鎖就「喀嚓」一聲打開。

「萊歐斯同學，我們要走了喔。假如發覺我們消失，追兵應該會立馬追上來，所以要盡可能離開這裡。」

「是啊。」

艾米莉亞與萊歐斯推開牢門來到牢房外頭，盡可能避免遇到士兵們地慎重前進。

「……話雖如此，看守果然很多呢……」

艾米莉亞一面躲起來窺看情況一面說。

『先回去倉庫吧。』

「我知道了。」

艾米莉亞與萊歐斯沿著她原本過來的路徑折返。由於沒有卡希姆帶路，途中不得不打暈幾名看守，但他們還是得以平安回到倉庫。

『能畫出那裡的地圖嗎？』

「這是方才勇者卡希姆畫給我看的地圖就是了。」

艾米莉亞畫出艾迪特赫貝魔導要塞的地圖，我則令其中一處散發紅光。

『儘管張設在殷茲艾爾的「封域結界聖」範圍廣大，結界相對也很不穩定。我現在標示出的地點，是這附近結界最弱的地方。雖說本來的話，不到能進行「轉移」的程度。』

「也就是如果以『意念鐘』連起魔法線，就有可能嗎？」

『勉強可行吧。』

艾米莉亞與萊歐斯死死盯著地圖，大概在思考要怎麼前往那個地點吧。

『只要抵達那裡，就能送出救援。詳情我已經通知魔王了。』

唉，雖然就是我自己。

「如果是這裡，警備大概不會太森嚴……」

「那就趕快走吧。等迪魯海德的救援抵達，只要和雷多利亞諾與海涅他們會合，把事情說明清楚就沒事了。妳剛才是被魔法或是魔法具操控了吧？」

「是啊……」

艾米莉亞露出難以理解的表情。

「可是，我到底是何時中了強制的魔法啊……心裡一點頭緒也沒有。」

『唔嗯，這點我這邊會調查。』

「那就拜託了。」

艾米莉亞與萊歐斯離開倉庫，朝結界薄弱的地點移動。由於她不再將注意力放在這裡，所以「意念通訊」中斷了。

「——雖然我從途中才開始看……」

我將視線從「遠隔透視」上移開，轉頭就發現雷伊站在那裡。辛、耶魯多梅朵、米莎、艾蓮歐諾露與潔西雅他們也都集合了。

「艾米莉亞老師是不是與卡希姆締結了『契約』啊？」

「原來如此。是『契約強制』啊？」

雷伊點點頭，向在場人們說明：

「與『契約』有所不同，那是會對簽署的人發動強制力，強迫對方實行符合契約行為的魔法喔。」

「偽裝成『契約』的魔法陣？」

米夏一說完，莎夏就接著質疑：

「也就是連契約內容都偽裝了吧……？畢竟內容本來寫說要在救出勇議會之前合作。可是說到底，施展『契約』的不是艾米莉亞老師嗎？」

「竄改了？」

「要不被發現地竄改他人的魔法，這種事……」

莎夏露出恍然大悟一般的表情。

「……也就是狂亂神亞甘佐做的嗎？」

「或許有這種可能吧。那個男人說不定是八神選定者的最後一人。」

目前只能經由「意念鐘」，透過艾米莉亞的魔眼看到現場情況。不論是狂亂神的秩序，還是偽裝成「契約」的魔法陣，都沒辦法窺看到深淵。

這點即使是雷伊也一樣吧。他甚至沒看到簽訂「契約」的瞬間，儘管如此，他還是懷疑到了卡希姆頭上。

「你為何覺得是卡希姆做的？」

我詢問雷伊。

「因為他就是這種人。卡希姆特別想要貶低勇者的存在。」

「為什麼？畢竟說到底，卡希姆也是勇者吧？」

莎夏感到疑惑地問。

「他沒能成為勇者。儘管擁有勇者的頭銜，但那不是他想當的勇者喔。其實卡希姆本來應該被靈神人劍選上，率領蓋拉帝提魔王討伐軍與暴虐魔王交戰。」

「因為沒被選上，所以嫉妒成狂了嗎？」

雷伊點了點頭。

「不論是劍技，還是勇者的魔法，卡希姆都在當時的我之上喔。因為他就是這麼努力呢。討伐魔王、終結大戰，要為了世人捨棄自我、捨棄慾望，成為真正的勇者，是他經常掛在嘴邊的話喔。人人都相信卡希姆才適合擔任勇者。」

他一臉悲傷地說：

「可是，靈神人劍選上了我。從那一天起，卡希姆就漸漸變了。」

雷伊以沉重的語氣繼續說明：

「他變得老是在做會貶低勇者評價的事情。而且似乎還經常在背地裡抱怨，說他無法相信會讓沒能力的人當上勇者。在大戰途中，就連我所指揮的蓋拉帝提魔王討伐軍都被他埋下內訌的種子。」

「在對抗魔族的時候，居然在做這麼愚蠢的事。」

雷伊露出苦澀的表情。

「最後，傑魯凱老師注意到了他的行徑。卡希姆招認了喔。在留下要將勇者拖下神壇的發言後就逃走了。我與老師追尋他的下落，在所到之處，他都以類似這次的手段四處敗壞勇者的名聲喔。最後老師消滅了他——本來應該是這樣呢。」

毀滅得不夠澈底嗎？

「等等。那麼，如果剛才艾米莉亞老師的情況是卡希姆搞的鬼，也就是說他想讓大家以為暴虐魔王是敵人，讓勇議會分崩離析吧？」

莎夏一面扶著額頭，一面這樣說。

「他恐怕想讓眾人目睹『勇者殺害對人類友好的魔族』這種情況吧。」

「做這種事想怎樣啊……？而且說到底，現在勇者有和沒有都一樣了吧？大戰已經結束，我們也不是敵人了。」

雷伊瞬間支吾了一下，然後接著說：

「……大概是時代就算改變，卡希姆也沒辦法改變吧。說不定是我把他逼瘋了。」

「我想這不是雷伊同學的錯。」

米莎說。

「至少我要是比卡希姆強，他就不會感到不合理了。」

「既然如此，那就簡單了。」

雷伊朝我看來。我對上他的視線說：

「不讓其他人出手，讓他無從抱怨，堂堂正正地打倒他吧。就讓那個只會扯他人後腿的愚蠢男人，用身體澈澈底底明白誰才是真正的勇者吧。」

「……謝謝。」

緊接著艾蓮歐諾露豎起食指，一臉悠哉地詢問：

「嗯～我是中途才來的，所以完全搞不清楚狀況。現在要做什麼啊？」

「是工作……嗎……！」

潔西雅擺出凜然的表情展現幹勁。

「接下來要前往位在亞傑希翁大陸的殷茲艾爾帝國。在那裡的遺跡都市艾迪特赫貝裡，恐怕有五個米里狄亞所留下、名為創星艾里亞魯的魔法具，是封印著我失去記憶的東西。」

「哇！在不知不覺中，事態急轉直下喔！」

艾蓮歐諾露戲謔地說。

「只不過，好像有一群人意圖阻撓我找到創星艾里亞魯。勇者卡希姆、魔導王波米拉斯，還有幻名騎士團說不定也是其中之一。敵人的數量目前尚不明朗。」

「總之就是跑一趟殷茲艾爾，把阻撓我們的傢伙打飛，拿到那個叫創星艾里亞魯的東西就好了吧？」

艾蓮歐諾露以粗糙的認知詢問。

「還要救出勇議會的人們。」

米夏淡淡補上一句。

「還有一點。在殷茲艾爾的正下方，位於地底的甘古蘭多絕壁上，發現到了幻名騎士團的藏身處。他們很有可能與這次的事件有關。」

「要兵分兩路嗎？」

辛這樣說。

「沒錯。辛，你立刻與耶魯多梅朵一起前往甘古蘭多絕壁，澈底查明幻名騎士團在那裡策劃著什麼陰謀吧。」

「遵命。」

「我將目前得到的情報傳過去，你們之後就先確認一下吧。」

我將以痕跡書看到的過去，還有米里狄亞留下的訊息等情報，經由「意念通訊」傳達給辛、耶魯多梅朵與其他人。

「咯咯咯，話說回來，你好像也把學生們叫過來了呢。」

耶魯多梅朵一邊畫著「轉移」的魔法陣一邊說：

「似乎又要發生有趣的事了不是嗎！」

耶魯多梅朵一轉移離開，辛也像是要追上他似的施展「轉移」。

「這麼說來，你把學院的學生們找來要做什麼啊……？」

莎夏就像在說她有不好的預感一般問道。

「唔嗯，全員都集合在訓練場的樣子，接下來就到那裡說吧。」

我這麼說著，畫起「轉移」的魔法陣。我們一轉移到德魯佐蓋多第二訓練場，就發現學生們早已坐在那邊等著。這是魔王的傳喚，應該是覺得不能遲到，所以急忙趕過來的吧。

「抱歉打擾各位休息了。現在發生了一點麻煩的事。」

我一這麼說，教室內就瞬間緊張起來。在緊繃的氣氛之中，一名學生開口說：

「……喂，我嚴重地有種不好的預感……」

「……我也是。該說胸口騷動不已嗎……」

「……是那個吧……」

「……十之八九是那個吧……」

學生們竊竊私語。

「看來也有人察覺到了呢。別擔心，事情沒這麼嚴重。位於亞傑希翁大陸的殷茲艾爾帝國出了點麻煩，勇議會被殷茲艾爾軍抓住了。首謀者被認為是兩千年前的魔族——魔導王波米拉斯。此外，蓋拉帝提魔王討伐軍的勇者卡希姆也是敵人。」

我將卡希姆意圖欺騙勇議會的事、敵人的全貌尚不明朗的事，以及創星艾里亞魯的事情等，簡單告訴他們現狀。

「首先要救出勇議會。」

學生們的表情變得黯淡。

「然後找出這次騷動的首謀者，將其逮捕或是毀滅。」

學生們的表情越來越陰沉。

「然後同時要找出創造神米里狄亞所留下的創星艾里亞魯。」

我將「魔王軍（gaizu）」的魔法線連在他們身上，以「意念通訊」將米里狄亞的魔力波長傳達給他們。

「假如發現和這個魔力波長相似的魔法具，就加以回收。」

學生們全都以凝重的表情聆聽說明。

「對了，還有我不會去，在現場要聽從艾米莉亞的指揮。我很期待你們的好消息喔。」

學生們的臉色陰沉到不能再陰沉。

「……不會去，是說真的嗎？就算有雷伊和莎夏大人在……」

「……話說魔導王波米拉斯……因為是兩千年前的魔族，而且還是王，也就是耶魯多梅朵老師等級的人物吧……？」

「勇者卡希姆似乎也很麻煩。哪怕是勇議會，也認為我們是敵人不是嗎？」

「才想說好不容易從地底回來了，結果這次是亞傑希翁的內亂啊……」

學生們紛紛出言抱怨。

「沒自信的人，就算辭退也無妨。」

儘管我這麼說，卻誰也沒有舉手。倒不如說，他們反而更加繃緊了表情。

「……這是在舉手的瞬間，就說『那就讓你從人生之中辭退吧』的那個吧……」

「很難說喔。是『我來幫你建立自信』也說不定喔？」

他們「咕嘟」一聲吞了口口水，露出下定決心要面對恐怖的表情。

「……也就是不論敵人是什麼樣的對手……都比暴虐魔王來得好吧……」

「哈、哈哈！沒事的、沒事的……我早就料到會有這種事，所以這一個月拚命地在練習魔法喔。」

「我也一樣。因為知道肯定還會有下一次嘛。這是預習喔，預習。為了不要死掉呢……哈哈……」

有半數以上的學生都露出只能上了的表情。看來也有人變得相當明白狀況了呢。

「那麼，在艾米莉亞抵達能施展『轉移』的地點前先暫時待命。之後阿諾蘇應該會經由『意念鐘』幫你們轉移過去，就各自做好潛入的準備吧。」

我施展「幻影擬態」與「隱匿魔力」的魔法，當場消去了身影。

「阿諾蘇……那傢伙有來嗎——」

「我在這裡喔。」

在我搭話後，學生就像被嚇到似的轉頭。我以「逆成長（kurusura）」變成相當於六歲的身體，在眾人面前現身。

「你、你又躲起來啊……別嚇人啦……」

「抱歉啦。」

我坐在自己的位置上。

「你要以阿諾蘇的模樣過去嗎？」

雷伊低聲詢問。

「因為要去見艾米莉亞，而且說不定還能讓敵人大意。」

說完，他就對我施展「根源偽裝」的魔法，將我的根源偽裝成看不出是魔王的樣子。學生們各自取出魔劍與魔法具，進行戰鬥的準備。

艾米莉亞馬上就要抵達目的地了。

§10 【兩千年前的魔族與現代的魔族】

艾米莉亞與萊歐斯在艾迪特赫貝的魔導要塞裡慎重地前進。這附近是警備薄弱的區塊，他們一面避開看守的士兵，一面前進到距離目標房間只差一步的地方。

「……是那裡啊……確實覺得結界好像有點弱呢……」

萊歐斯儘管躲藏起來，還是窺看著目的地的房間。在門外看守的士兵有兩位，他們小心翼翼地警戒四周。

「嘖……我們逃走的事，果然已經傳開了啊。看來沒辦法攻其不備了，可是畢竟聖劍被奪走了……」

通往看守士兵的通道，是一條無處藏身的直線走道。在打倒士兵之前，艾米莉亞他們的所在位置以「意念通訊」傳達給全軍的風險很高。

「時間耗得越久，狀況就越不利。就從正面上吧。」

「妳說真的嗎？」

「與龍比起來，他們算可愛的喔。」

萊歐斯「哈」的一聲笑了出來。

「說得沒錯！」

萊歐斯迅速衝出藏身處，在雙手纏繞火焰。

「『大霸聖炎（saifuio）』。」

士兵在千鈞一髮之際避開熊熊燃燒的聖炎後，連忙大喊：

「敵、敵襲！逃離牢房的勇議會──」

搶在他施展「意念通訊」之前，趕來的艾米莉亞就以小刀割斷他的喉嚨。

「……呃……哈……」

「該、該死──！」

就像要反擊似的拔劍的士兵，被她以「灼熱炎黑」燒成灰燼。兩名士兵在眨眼間就喪失作戰能力。

儘管萊歐斯還在警戒四周，艾米莉亞貼上那扇房門。她將魔眼（視線）朝向內部，豎耳傾聽。雖然她沒辦法透視內部，但是能感受到魔力吧。

「……裡頭有人呢。大概是人類……」

「是殷茲艾爾的士兵嗎？」

「以士兵來說，我覺得魔力有點弱。」

「人數呢？」

「一個人。」

兩人對看了一眼。

「那就只能上了吧。總之先壓制住裡頭的傢伙，只要把迪魯海德的救援叫來，就是我們贏了。」

「是啊，那就上吧。」

艾米莉亞握住門把，但門似乎上鎖的樣子。她畫起「解鎖」的魔法陣說：

「阿諾蘇同學，拜託你了……」

在我輔助她施法後，門鎖就「喀嚓」一聲打開。艾米莉亞朝萊歐斯使了個眼色，把門打開，他立刻衝進屋內。

「『聖炎鎧（desutoa）』！」

萊歐斯在身上纏繞起火焰鎧甲，不加思索便往室內的人影撲去。這是藉由按倒對手發動的結界魔法——

「唔喔啦啊啊——咦……？」

——在那之前，萊歐斯停下動作。他發現坐在室內地上的，竟然是個被綁住嘴巴、雙手被魔法手銬銬住的長髮少女。

「嗯——嗯——！」

少女淚眼汪汪，朝萊歐斯露出恐懼的表情。

「……這……該怎麼辦啊，艾米莉亞？」

「畢竟外頭有人看守，應該是和勇議會一樣被殷茲艾爾軍抓住的人吧。幫她解開吧。」

萊歐斯一蹲下來，少女就嚇一跳地退開。

「放心啦。我們不是敵人，是勇者學院的人。」

萊歐斯這麼說著，把綁住她嘴巴的布條拿掉。

「……謝、謝謝你……我是殷茲艾爾帝國的第一皇女蘿娜・殷茲艾爾。」

「第一皇女……？」

艾米莉亞面帶疑惑地看著蘿娜。

「這麼說來，我好像見過妳。為何第一皇女的蘿娜大人會被軍方監禁啊？」

話一說完，對方就露出沉重的表情。

「那個……我聽到了……」

「聽到什麼了？」

「……父親……殷茲艾爾皇帝夏布斯，要將前來的勇議會人員們抓起來的事情。我正想把這件事傳達給蓋拉帝提的使者……」

就被抓了啊？

「父親一定是被騙了——被軍方的波米拉斯元帥騙了。我親眼看到他的身體變成火焰的樣子。波米拉斯是魔族，肯定是他對父親做了什麼。」

「……除了是魔族以外，還有什麼波米拉斯欺騙了皇帝的證據嗎？」

艾米莉亞一這麼問，蘿娜就露出困惑的表情。

「……那個……具體來說……可是，那麼溫柔的父親，不可能做出這種事情才對……」

只要遭遇意想不到的災厄，人們就會想怪罪在其他事情上。即使彼此毫無怨恨，會認為非我族類的魔族是原因也是無可厚非的事吧。可是，夏布斯皇帝也不一定打從一開始就沒有抱持野心。

「拜託你們，能帶我到父親身邊嗎？我一定能說服他。」

「……總之，我們先移動到安全的地方吧。」

萊歐斯抓住銬著蘿娜的魔法手銬。

「說不定會有點燙，妳忍耐一下喔。」

火焰「轟」的一聲捲起，他將手銬的鎖漸漸燒斷。蘿娜瞬間痛苦地扭曲表情，但還是拚命忍到手銬解開為止。

「……謝……謝謝……」

蘿娜握住艾米莉亞伸出的手站起身來。

「裡頭還有一間房間的樣子呢。」

她看向設置在室內的另一扇門。那間房間明顯看得出來結界很弱。

「蘿娜大人，妳知道這裡是什麼房間嗎？」

「抱歉，我很少來到魔導要塞……」

蘿娜不好意思地說。

「因為裡頭感受不到人類的魔力，我想應該沒問題。」

「吵成這樣都沒人出來的話，大概沒問題吧？」

艾米莉亞與萊歐斯一面這樣對話，一面靠近內側的房門。她慎重地推開房門，房內空無一人，就只是一間擺著桌椅與家具的普通房間。

兩人鬆了口氣。

「……阿諾蘇同學，我們到了。可以嗎？」

『做得好。我立刻送出救援。』

我經由「意念鐘」分析現場的魔力環境。由於結界薄弱，所以勉強行得通吧。

在我施展「轉移」的魔法後，室內就畫出魔法陣。眼前瞬間染成純白一片，而就在這一瞬間，經由艾米莉亞視野看到的房間景色眼看著不斷變化。桌椅和家具消失，地板、牆壁與天花板上出現魔法陣。

「嘖……！」

就在萊歐斯正要折返的瞬間，眼前的房門也跟著消失，變成了牆壁。

「這是啥鬼！門居然消失了！」

縱然他一拳揮去並轟出「大霸聖炎」，經由魔法強化的牆壁也堅硬得毫髮無傷。

「艾米莉亞，該怎──」

萊歐斯正要請求她的指示，便說不出話來。眼前本來有我畫出的「轉移」魔法陣，是要將救援從迪魯海德送來的入口。那個入口如今正被球狀的火紅烈焰覆蓋，發出「轟隆隆」的聲響熊熊燃燒著。

「快滅掉火焰！否則救援會在轉移瞬間就──」

艾米莉亞畫起魔法陣，在手掌上製造出冰塊。

「『魔冰』！」

「『聖八炎結界』！」

艾米莉亞施放的冰塊襲向炎球，萊歐斯的「聖八炎結界」則構築平息火焰魔力的結界，可是一點效果也沒有。

「還真是脆弱啊。不論是現代的魔族還是勇者，都無法與兩千年前相比哪。」

聲音響起。儘管萊歐斯與艾米莉亞環顧四周，依然不見敵人的蹤影。

「在看哪裡，余就在這裡啊。」

在覆蓋魔法陣的球狀火焰上，浮現令人毛骨悚然的眼睛與嘴巴。

「真受不了。所謂的飛蛾撲火，就是這麼一回事吧。『封域結界聖』的結界只有此處薄弱之事，余不可能沒注意到吧？」

艾米莉亞的眼神凝重起來，看著那個魔族。

「你是魔導王……波米拉斯嗎……？」

「沒錯。現代的弱小魔族啊，余即是魔導王，窮極魔導的王者。」

突然其來的黑幕登場，使得艾米莉亞咬緊牙關。

「弱者啊，余有個提議，妳能聽一聽嗎？」

在這種狀況下，波米拉斯的態度意外地謙遜。艾米莉亞儘管保持警戒，還是反問：

「……什麼提議？」

「余的體內是充滿火焰的異空間，以『轉移』闖進去的人們目前還勉強留著一條命。成為余的部下吧。這樣的話，余就讓你們還有擅闖余之領土的這些愚昧之人活下去吧。」

狹小室內因為波米拉斯的火焰漸漸上升到驚人的高溫。溫度高到不論是艾米莉亞還是萊歐斯，光是站在那裡就不得不感到疲憊。

「我是暴虐魔王的部下。你打算反抗迪魯海德的支配者嗎？」

「區區的部下，就別狐假虎威了。如果想與余對等交談，就別依靠主子的力量，而是試著以自己的力量說話。這才是所謂的魔族啊。」

浮現在狂暴火焰上的魔眼（眼神）散發冰冷殺氣。

艾米莉亞被他的氣勢壓倒，因而啞口無言。她應該領悟到：假如不展現實力，雙方就不可能溝通了吧。

「這不需要考慮吧？妳有兩條路可以走。不是成為余的部下活下來，就是和被叫來這裡的夥伴們一起被本魔導王波米拉斯的火焰燒成灰燼。」

艾米莉亞沒有回答，小心翼翼地找尋勝算。看到她的反應，波米拉斯就發出「嘻嘻嘻嘻」的聲響，一面噴灑著火星一面笑著。

「愚蠢之人啊，儘管都中了這麼單純的陷阱，以為自己還有勝算嗎？倘若是兩千年前的魔族，就絕對不會轉移來這裡吧。」

就像嘲弄似的，波米拉斯的火焰之嘴扭曲起來。

「聽好了嗎，退化的魔族啊？假如連力量與頭腦的差距都不懂，就讓余來教導妳吧。」

球體的火焰上長出手臂。波米拉斯將這隻火焰手臂伸進自己的球體火焰中。

「妳就用那雙魔眼（眼睛）好好看清楚真正的魔族之力吧。余就將轉移到這裡的魔族，一個一個地燒死給妳看。」

波米拉斯用力握起火焰之手。

「首先是一個人，看吧。」

波米拉斯將火焰之手從球炎裡拔出，接著慢慢地張開手掌。

出現在他手掌上的是個人偶，臉上沒有五官，寫著「笨蛋」兩個字。

「什麼……是假……」

剎時間——

「噗噗噗噗噗噗噗噗噗噗噗噗噗噗噗、唔啊啊啊啊啊啊啊！」

波米拉斯的火焰身軀炸開，從中出現相當於六歲的魔族身姿。

「唔嗯，倘若是兩千年前的魔族，就絕對不會轉移來這裡嗎？」

炸開的火焰再度聚集起來，漸漸化為人形。

「還真是陳腐的套路呢，魔導王。這種程度的陷阱就和沒有一樣，彷彿在說『請轉移過來吧』一樣喔。」

火焰完全化為人形，浮現在臉上的火紅魔眼窺看著我的深淵。

「……哦？看來也有稍微有點骨氣的人呢。哎，就讓余好好教訓一下你吧。」

波米拉斯以雙手畫起魔法陣。

「假如你能抵擋這個魔法，就准許你在余面前報上姓名吧。你就親身體會，人稱在迪魯海德無人能匹敵、余至高的『獄炎殲滅砲』。」

他以雙手畫出的魔法陣緊密合而為一，從構築在中心的砲門朝我發射出火紅的「獄炎殲滅砲」。

「我並不打算報上名字。倘若你想知道，要我告訴你也行。」

我無畏地笑了笑，同時畫出魔法陣，從中發射出漆黑的「獄炎殲滅砲」。

火紅太陽與漆黑太陽一面互相噴灑熊熊烈焰，一面相互碰撞。我的「獄炎殲滅砲」發出「轟隆隆隆隆隆隆」的聲響，彷彿要將那顆火紅太陽燃燒殆盡似的撞出大洞，筆直地往波米拉斯射去。

「什麼……！」

波米拉斯的火焰身軀逐漸遭到漆黑火焰吞噬、燃燒。

「唔、喔喔喔喔喔喔喔喔喔喔喔喔喔喔喔喔喔喔喔喔喔喔喔喔喔喔喔喔喔喔喔喔！」

他承受不住攻擊，當場化為無數火星退開。

「……你究竟是何人…………？」

我堂堂正正地回答：

「阿諾蘇・波魯迪柯烏羅，是現代的魔族。」

§11【魔導王的警告】

擴散的火焰再度於一處聚集起來，同時化為人形。在畫出魔法陣後，波米拉斯的身體就穿上一襲古色古香的長袍。

波米拉斯魔眼發亮地開口說。

「你說你是現代的魔族嗎？」

「你一臉想說『難以置信』的樣子呢。」

「真要說的話是驚訝吧。看來余也相當習慣這個魔法時代了呢。不過，這並非不可能的事情。說到底，魔族本來就是像你這樣的強者，不論是誰都變得脆弱的這個時代的魔族才異常啊。」

他什麼都沒察覺到嗎？還是在假裝沒有察覺到？

「阿諾蘇・波魯迪柯烏羅，現代的強大魔族啊。余有個提議，你願意聽聽看嗎？」

「說吧。」

魔導王十分認真地說：

「你是否願意當余的部下？余本來就不好鬥爭，然而要是面臨危機，就不得不加以反抗。愚者也必須要受到嚴懲吧？最重要的是，這個時代太危險了──遠勝於兩千年前啊。」

火焰面容漾起滿面笑容。

「如果你真的不好鬥爭，我有個更好的提議。」

「你說好提議，是什麼樣的提議啊？」

「只要你成為暴虐魔王的部下就好了。現代的魔族不好鬥爭，人類也一樣。大戰已經結束，世界迎來和平。」

波米拉斯一面發出「嘻嘻嘻」的聲音噴灑火星，一面將我的提議一笑置之。

「和平……你說這個時代和平嗎？儘管擁有逼近余的魔力，但你果然還是現代的魔族啊。居然覺得這麼危險的世界看起來很和平。」

他在斂起笑容後，目光如炬地注視著我。

「在余離世之後的時代支配者——暴虐魔王阿諾斯·波魯迪戈烏多。阿諾蘇啊，你真的覺得他可以信賴嗎？」

居然問我能不能信賴他啊？

「我不懂你的意思。我會站在這裡就是答案。」

「隨時都能將眾神、精靈、魔族、人類與世界毀滅之人作為一個人存在，這樣真的能稱為和平嗎？」

波米拉斯以十分認真的表情詢問。

「只要暴虐魔王一時興起，世界就會在那個時候毀滅。懂了嗎，現代魔族啊？和平並非建立在這種危險基礎之上的東西。」

他一說完，艾米莉亞就立刻說：

「我覺得比起強行抓住勇議會的你來說，魔王要來得和平多了？」

「妳不懂啊，魔族之女。余雖然不好鬥爭，但也是兩千年前的魔族，一點也不打算擔任和平的使者。但是啊，世界存在絕對不能跨越過去的底線。即使是生在群雄割據、戰火四起時代的余，也有不能置之不理的威脅。」

對於瞪著自己的艾米莉亞，魔導王就像在訓誡她似的說：

「余在轉生之後，至今都不曾發起行動。不僅是幻名騎士團的賽里斯、暴虐魔王和勇者加隆，就連地底的龍人們也很棘手。假如在有他們存在的這個世界輕舉妄動，應該會立刻遭到毀滅吧。」

火星從靜靜訴說的波米拉斯全身冒起，飛揚起來。

「這就叫做世界的平衡。正因為存在不受個人想法左右的領域，才能成為鬥爭的抑止力。然而，暴虐魔王又如何呢？只要他想，就能毫不在意平衡地毀滅世界。」

「只要他不想，就與不會毀滅一樣。」

對於厲聲說道的艾米莉亞，波米拉斯立刻反駁：

「他想不想毀滅並不重要，問題在於他有辦法毀滅啊。勇議會要廢除由蓋拉帝提王族統治的君主制度，推行議會制度吧？」

「……對。」

「這是為何？或許蓋拉帝提王族獨裁統治亞傑希翁，施行了愚蠢政治，可是他們並非打從一開始就是如此，而是王族們在漫長的歲月中腐敗了。有誰能斷言暴虐魔王不會如此？」

艾米莉亞難以回答，魔導王就立刻說：

「這是很簡單的道理吧？這世上存在能毀滅世界的大魔法，然後是否要啟動這個術式，全都交由魔王阿諾斯的個人意志決定。這是多麼恐怖的一件事，作為現代魔族的你們難道不懂嗎？」

「唔嗯，那你打算怎麼做？」

「方法應該要多少有多少吧。比方說，迪魯海德也放棄由暴虐魔王統治的君王制度，改成議會制度就好。當然，這並不只是表面上，而是要將魔王的力量分配給被選上的優秀魔族。唯有讓他們擁有魔王的力量，成為彼此之間的抑止力，才能實現真正的和平。」

真正的和平啊……說得就像很有道理一樣。

「暴虐魔王只讓迪魯海德由自己支配，在亞傑希翁推行議會制度這點也令人存疑。在國家制度穩定下來之前，亞傑希翁的國力恐怕會衰退吧。」

這也是沒辦法的事。既然要建立新的體制，在上軌道之前，就無論如何都會是老舊的做法比較有效率。

「假如魔王期望真正的和平，就必須培育能成為自己抑止力的力量。也就是說，要強化勇者的力量、增強軍備，以及準備好能對抗魔王的戰力。倘若要推動議會制度，應該就完全沒有這種餘裕吧。」

「你的這種做法，簡直就像在說要發動戰爭一樣不是嗎？」

艾米莉亞一厲聲指謫，波米拉斯就發出「嘻嘻嘻」的聲音，一面噴灑火焰一面笑了笑。

「不對，我是在說發動戰爭還比較和平啊。不論怎麼增強軍備，都無法與魔王抗衡喔。

照妳的理論來說，魔王光是存在就像要發動戰爭一樣啊。」

「個人與組織並不同。」

「沒錯，確實不同。個人還比較惡質吧。魔王擁有力量——只有自己擁有、太過巨大的力量。希望和平之人為何擁有這種力量？讓亞傑希翁的國力衰退，自己為何不放棄力量？」

波米拉斯就像擔憂似的問：

「這世上存在能毀滅世界之人，你們能斷言那個人絕對不會毀滅世界嗎？」

他就像否定似的大大地左右搖頭。

「答案是否定的。現代的魔族啊，現在不是因為魔王阿諾斯強大而跟隨他的時候。我們必須團結一致，成為他的抑止力才行。要讓世界聯合起來，建立足以對抗魔王阿諾斯的軍隊。這應該要由眾神、精靈、魔族與人類，所有人同心協力才有辦法實現吧。」

「你說的話也有道理。」

我向魔導王波米拉斯拋出話語。

「然而缺乏理想呢。要讓世界聯合起來作為抑止力？這話說起來好聽，但是讓全世界一起準備戰爭要說是和平可會笑死人。」

「倘若是這樣，那麼魔王也是自相矛盾吧。因為那傢伙主張和平，卻擁有毀滅世界的力量呢。」

「世界並不會因為抑止力的名義而聯合起來。倒不如說，這將會導致引發戰爭的結果不是嗎？」

「余的意思是乾脆引發戰爭還比較好，你難道不懂嗎？」

「這沒得商量。假如你想要抑止力，有兩條路可以走。」

為了刺探波米拉斯的真正意圖，我以魔眼看著他。

「其一是不要依靠世界，由你自己成為那個抑止力，或是盡可能討暴虐魔王的歡心，讓他不想毀滅世界。就我估算，後者是離和平最接近的方法喔。」

魔導王發出「嘻嘻嘻」的聲音，將我的話一笑置之。

「你說要儘量別讓魔王發怒地討他歡心嗎？居然要將世界的命運託付在這種不確定的事情上，很像是這個時代的魔族會有的想法呢。」

「你那種力量就只能靠力量對抗的僵硬思考，也挺像兩千年前的魔族會有的作風。不過，你就先記著吧。」

我緊盯著發出嘲笑的魔導王說：

「倘若要追求和平，就去相信愛吧。這才是唯一能抵達理想的道路。」

「雖說你多少有點力量，居然對余說教起來了哪。不過就是個部下，別得意忘形了。余可是魔導王波米拉斯。余的力量或許確實不如他，只要余還健在，就絕不會讓暴虐魔王輕易支配迪魯海德。」

我確實不曾與波米拉斯交戰過，可是還真奇怪。擁有如此強大的力量，還曾經統治過密德海斯的魔族，他的死因為何沒有傳入那個時代的我耳中？這或許與我失去的記憶有關。

「你是被誰殺死的？」

波米拉斯就像感到煩躁似的，火焰的臉龐扭曲起來。

「你說什麼？」

「你是在與暴虐魔王交戰之前被殺死的吧？我問你是被誰殺死的。」

大概是我的問題惹怒他了吧，波米拉斯全身的火焰發狂似的激起波浪。

「說話最好小心點，你可沒有多少選擇啊。」

魔導王噴灑火星，讓身上的長袍飄揚開來後，將雙手大大地張開。

「看是要承認余的智慧與力量，成為世界的抑止力。還是要夾著尾巴逃走，把暴虐魔王帶過來。你就選一個喜歡的吧。」

波米拉斯體內浮現大大小小的魔法陣，進入到戰鬥狀態。他的魔力化為飛濺的火星，從全身湧出。

「那我也給你選擇吧。」

我即使在雙手染上「根源死殺（bebuzudo）」，依然窺看著波米拉斯畫出的魔法深淵。

「看你想在露出不像樣的醜態後，向我坦白兩千年前的死因。還是想在像條破抹布一樣被我蹂躪後，將關於創星艾里亞魯的事情全盤托出。」

我提出容許魔導王波米拉斯的選擇。

「選吧。我會先讓你品嘗喜歡的那一個。」

§12 【魔導的精髓】

魔導王波米拉斯發出「嘻嘻嘻」的聲音，就像在嘲笑我一樣。

「能對本魔導王誇下這麼大海口的魔族，在兩千年前可不怎麼多啊。」

他的全身就像在威嚇似的「轟」的一聲熊熊燃燒起來。

「你還是個只有魔力強大的魔族，只不過就是坐享才能帶來的好處。余可不同。本魔導王波米拉斯正是你今後花費漫長的歲月，才終於能抵達的未來姿態。你就好好領教經過悠久的時光，達到魔導精髓的真正魔族之力吧。」

深紅太陽突然從畫在波米拉斯炎體上的大大小小魔法陣中冒出。

「你們退下。要是隨便移動可是會死喔。」

我對艾米莉亞與萊歐斯張設反魔法後畫出魔法陣。

「接下余至高的『獄炎殲滅砲』吧。」

魔導王的長袍飄揚。從炎體中出現的大大小小無數「獄炎殲滅砲」，沒有瞄準目標地朝四面八方射出。

「沒別招了啊，波米拉斯？你忘了這對我並不管用嗎？」

我從正面發射「獄炎殲滅砲」，漆黑地燒掉迎面而來的深紅「獄炎殲滅砲」後，漆黑太陽仍然沒有停下，筆直往波米拉斯的身體射去。

「沒別招的是你啊，阿諾蘇。」

波米拉斯身上的長袍發出漆黑光芒。轟轟燃燒的「獄炎殲滅砲」一擊中長袍，就像遭到黑暗吞噬一樣地被吸了進去。

「『暗黑異界魔行路（dedoradonedo）』。」

波米拉斯在右手畫出魔法陣後，我發射的「獄炎殲滅砲」就從裡頭出現，朝我這方發射過來。

「原來如此。」

我以「根源死殺」的漆黑右手斬斷「獄炎殲滅砲」，以反魔法將火焰滅掉。

「也就是說那件長袍是異界啊。」

我蹬地衝出，一面避開無差別射擊的火紅太陽一面逼近魔導王。

「余認真起來，沒有魔法能造成傷害。」

他火焰的右手朝我用力揮下，而我以「根源死殺」的指尖迎擊。在漆黑的右手刺進火焰手掌的瞬間，他的手化為黑暗，使我的手臂被吞了進去。

「『暗黑異界魔行路』。」

波米拉斯在左手畫起魔法陣，從中衝出我的漆黑指尖。我扭頭避開攻擊，就像要確認似的試著用力握拳。從「暗黑異界魔行路」的魔法陣裡出現的手指化作拳頭，並不是我的手指本身被操控了。

「我曾聽說過呢。是『黑界外套』啊？」

他穿在身上的那件長袍是被稱為黑界的魔法空間。就算攻擊，也全部都只會被那個黑暗空間吞沒。而「暗黑異界魔行路」恐怕是能自由自在地扭曲那個黑界、創造出單向道，還能建立出入口的魔法吧。因此我筆直刺出的「根源死殺」經過黑界，直接從他畫出的魔法陣裡刺了出來。

「就算知道也無濟於事。一切攻擊都只會經由黑界從余身上穿過去喔。」

波米拉斯再度從體內發射深紅的「獄炎殲滅砲」。我以減弱威力的「獄炎殲滅砲」抵消他的「獄炎殲滅砲」，用右手畫出魔法陣。

「黑界裡頭或許非常廣大，那麼出入口這邊又如何呢？」

我施展「創造建築」的魔法，瞬間響起一陣「轟隆隆隆隆隆隆隆」的巨響，使得天花板與牆壁被撞破了。

「……不會……吧…………？」

萊歐斯忍不住這樣喃喃自語。我創造出來、以右手舉起的那個東西，是大到無法納入這個房間裡的巨大魔王城。

「哎呀哎呀，可不能讓要塞毀了啊。」

魔導王一畫出魔法陣，室內就被「次元牢獄」吞噬，化為廣大的空間。

「咯哈哈，現在是擔心要塞的時候嗎？」

我發出「咚隆隆隆隆」的聲響破壞變寬的室內，使勁地將魔王城往波米拉斯砸去。

「太嫩了。」

「黑界外套」大大展開。在覆蓋住魔王城後，它就輕易地將整座城吞噬進去。

「這就是現代魔族所想得到的膚淺智慧吧。本魔導王的魔法可是沒有極限的喔。」

波米拉斯將右手的魔法陣朝向我。

「『暗黑異界魔行路』。」

巨大魔王城尖端突然竄出，我立刻用「森羅萬掌」的蒼白左手按住。

「嘻嘻嘻，你巧妙接住了哪。不過，就到此為止了吧。在自己接住自己攻擊的狀態下，你可抵擋不了余的魔法。」

魔導王就像勝券在握般得意地說，畫出比至今為止還要更大的多重魔法陣。

「殺之可惜的小子，能與余交戰這麼久的魔族，就連在兩千年前也不怎麼多。只要你肯向本魔導王宣誓忠誠，要余放你一條生路也行。」

「看來你還沒弄清楚狀況啊，波米拉斯。被逼上絕路的可是你喔。」

在魔力發出「咕——」的聲響迸發後，魔王城就再度膨脹。

「……唔……………！」

「怎麼了？假如不擴大『暗黑異界魔行路』，出口會卡住喔。」

縱然波米拉斯將「暗黑異界魔行路」的魔法陣擴大成兩倍，然而魔王城卻再度發出「咕——」的聲響膨脹開來，變成了三倍大。

「這就是極限了嗎？看樣子出口比入口來得狹窄呢。」

儘管我放開「森羅萬掌」的手，魔王城卻沒有從「暗黑異界魔行路」的魔法陣中出來。由於體積太大，所以堵在黑界裡頭，沒辦法再穿出來。

「我的魔王城可是沒有上限的喔。」

在響起魔力粉碎的「啪嚓」聲後，「暗黑異界魔行路」的魔法陣就被破壞了。由於出口承受不住無止盡擴大的魔王城，因此自行崩塌了。

魔王城的尖端當場消失，大概是回到黑界裡頭了吧。

「好了，這樣就只剩一個入口了。就來試試看能擴大到何種程度吧。」

我從右手創造出來的巨大魔王城，有一半以上進到大大展開的黑暗——「黑界外套」之中。我讓那座魔王城更加擴大，在城堡發出「咕——」的聲響膨脹開來的瞬間，「黑界外套」就展開得更大，要將我整個人覆蓋起來一般襲來。

在我蹬地跳開後，那個黑暗就吞噬掉魔王城。

「雖然想法相當不錯，但還真遺憾。兩千年前也有人和你想到一樣的方法。沒錯，擁有無窮無盡空間的『黑界外套』的弱點，就在於出入口的部分喔。跟你想得一樣，只要將入口擴張到超過容許量，入口就會被破壞。」

「哦？居然自曝弱點，還真是精神可嘉。」

「這是只要窺看深淵，就能輕易得知的事喔。不論弱點還是特性，魔法全都要端看用法而定。余不可能任由你這麼做吧。」

「這樣啊。然而很抱歉，我要針對的可不是什麼弱點呢。」

我豎起三根指頭。

「那是什麼？如果要懇求余等你三秒，哎，余也不是不能考慮。」

「是三倍。每過一秒，被你吞進黑界的魔王城就會擴大三倍。」

波米拉斯大概想像了那個情況，頓時變得面無表情。

「好啦，現在魔王城究竟會變得多大呢？」

「還以為你是要說什麼。一秒變三倍？意思是說你的魔王城不過幾十秒，就會變得遠比這個世界還要大上許多嗎？這種虛張聲勢對余不管用……」

他說話的同時，波米拉斯身上的「黑界外套」被撕裂成碎片了。

「……什……什麼……？」

長袍的碎布片翩翩飄落在地。那件長袍已經失去原本的異界之力。

「唔……唔啊……！」

我趁他愣住的瞬間露出破綻，將「根源死殺」的指尖刺進他失去守護的炎體裡。

「看來雖說是黑界，也放不下我的魔王城呢。」

儘管炎體遭到貫穿，他還是勉強讓根源的要害避開攻擊，然後就像要拉開距離似的飛到空中。

「只要你回答我全部的問題，就算要我保證不滅了你也行喔？」

魔導王發出「嘻嘻嘻」的聲音嘲笑起來。

「你在得意什麼？看看周圍吧。」

因為我掄起魔王城而變得破爛不堪的「次元牢獄」的房間裡，飄浮著好幾顆深紅太陽。

那是他一開始射出的「獄炎殲滅砲」。

「預測對手的第二步第三步，是兩千年前的戰鬥方式啊。」

火紅太陽衝出火焰，大量「獄炎殲滅砲」以線連接起來，當場構築起熊熊燃燒的立體魔法陣。然後從大大小小、大量「獄炎殲滅砲」上照射出來的熱線，紛紛集中在波米拉斯身上。炎體燃燒得更加猛烈，化為散發燦爛光芒的太陽。

「害怕嗎，年輕的魔族啊？你在想些什麼，余可是瞭若指掌喔。你應該以為『獄炎殲滅砲』是炎屬性最上級魔法，不知道在這之上居然還有其他魔法吧。為何這個魔法至今都沒有流傳開來，只要動動腦，答案就不言而喻了。」

波米拉斯一面噴灑火星，一面張開雙手。

「感到光榮吧。見過余使用這個魔法的人全都毀滅了。你已獲選成為他們當中的其中一人了啊！」

在「轟隆隆隆隆隆」的聲響下，波米拉斯漸漸變成球體，自身彷彿化身成「獄炎殲滅砲」。散發足以讓空間扭曲的熱霾，成為太陽的波米拉斯朝我落下。

「領教魔導的精髓吧。『焦死燒滅燦火焚炎』(abuiasutan jjara)。」

我畫出一百門魔法陣，胡亂發射「獄炎殲滅砲」。射向波米拉斯的漆黑太陽，全都被他化為「焦死燒滅燦火焚炎」的炎體燃燒殆盡，消失在虛空中。

「嘻嘻嘻嘻，你怕得無法瞄準了喔，阿諾蘇・波魯迪柯烏羅。」

我將右手的「根源死殺」刺向筆直撞來的波米拉斯。火紅烈焰纏繞上來，使得漆黑指尖漸漸焦化，原因是「根源死殺」的魔法燃燒起來了。

「沒用喔。化為『焦死燒滅燦火焚炎』的余乃無敵，不論什麼樣的魔法都無法對抗。」

「唔嗯，那麼這樣如何？」

我發射出去的漆黑太陽畫出魔法陣，熱線集中在我的右手上。

「嘻嘻嘻嘻嘻！還以為你要做什麼，能將術式構築到這種程度縱然很出色，但是要更仔細地窺看深淵啊。『焦死燒滅燦火焚炎』這個魔法，因為是余的炎體才有辦法施展，憑藉血肉之軀無法控制住火焰。」

「你才更應該仔細地窺看深淵吧。」

我在指尖上一口氣注入魔力，讓漆黑太陽附加在右手上。

「『焦死燒滅燦火焚炎』。」

波米拉斯的炎體遭到發出「轟隆隆隆隆隆隆隆隆隆隆隆隆」聲響的烈炎貫穿，漆黑地燃燒起來。

「什…………什麼……怎麼會……這是什麼……！」

我凝縮「焦死燒滅燦火焚炎」之力的右手，刺進波米拉斯的燃燒球體中轉動。燦爛閃耀的漆黑火焰眼看著燃燒起他的身體。

「……怎、怎麼會……！這、這種事，這是不可能的啊啊啊啊啊啊啊啊啊啊啊啊啊啊啊啊啊啊啊啊啊啊啊啊啊啊啊啊啊啊啊啊啊！」

因漆黑的「焦死燒滅燦火焚炎」而燃燒，波米拉斯的炎體眼看著逐漸化為灰燼。

「真不愧是魔導王波米拉斯的壓箱寶。在『獄炎殲滅砲』之上的說法，看來是真的。」

在我抽回手臂後，波米拉斯的炎體恢復成人形，無力地跪倒在地。他垂著頭說：

「……不……可能……為何……為何你……能以血肉之軀施展……施展『焦死燒滅燦火焚炎』……」

一副怎麼樣都無法理解的樣子。

「這沒什麼，我只是稍微改良一下術式上的缺點，消除不變成炎體就無法施展的條件並且提高威力，相對地就變成起源魔法了呢。」

纏繞在波米拉斯身上的深紅光輝黯淡下來。因為他的「焦死燒滅燦火焚炎」被我的黑炎之手燃燒殆盡了。

「……你說……改……良……？余不斷轉生，經過數千年的歲月抵達的魔導精髓……被才剛看過的你嗎……？」

「如今這個魔法時代，建立在自古的魔族們累積到現在的事物上。魔導王是如此，暴虐魔王也是如此，在祖先累積的眾多死亡與眾多鑽研的盡頭，使我們抵達了更深的深淵。」

火焰持續不滅，波米拉斯會連同根源燃燒下去。「焦死燒滅燦火焚炎」的火焰不會熄滅，會一直延續到對象燃燒殆盡為止。

「這就是現代的魔族，魔王學院所走的道路。」

§13【開始行動】

魔導王波米拉斯的炎體眼看著化為灰燼，一點一點地逐漸崩落。在半身燒起來後，火勢也仍舊不停增強，只見「焦死燒滅燦火焚炎」的火焰終於延燒到他的根源上。

「好啦，波米拉斯。照這樣下去，你將會毀滅。」

我把「契約」的魔法陣擺在他眼前。

「簽字吧。只要說出兩千年前是誰殺了你，或是關於創星艾里亞魯你所知道的事情，我就幫你滅掉一半的火。」

也就是說，假如想要滅掉全部的火，就必須兩個問題都回答。可是瀕臨毀滅的波米拉斯卻發出「嘻嘻嘻嘻」的聲音，一面從嘴裡噴灑出火星一面笑了起來。

「你想知道殺害余之人的名字啊？這是魔王的命令嗎？」

「天曉得。」

「居然會轉生失敗、喪失記憶，暴虐魔王也意外地丟人呢。」

看到波米拉斯簽下「契約」，萊歐斯喃喃地說：「沒你這麼丟人吧……」

「去跟魔王說吧。兩千年前逼得余不得不轉生的人，是賽里斯・波魯迪戈烏多。而派他過來的人，就是你啊。」

他說了無法理解的事。不過既然有「契約」為證，那麼他就沒有說謊。

「也就是說，幻名騎士團其實是魔王的部下嗎？」

「你難道以為魔王是聖人君子嗎？魔王與他們的目的一致。」

波米拉斯就像在批評似的說：

「無名騎士們就宛如亡靈，在暗處將與魔王為敵之人葬送於黑暗之中。就連魔王的心腹都不知情這個事實，也沒讓他們察覺到吧。在短期間內當上迪魯海德支配者的魔王阿諾斯，幻名騎士團恐怕就是他的黑暗面吧。」

我不記得有這種事。然而，他依舊沒有說謊。

「以述說和平來說，他的手段太骯髒了。喂，現代的魔族啊。你難道不這麼覺得嗎？」

「唔嗯，你想埋下我對魔王的疑心嗎？」

我儘管這麼問，還是依照「契約」幫他將「焦死燒滅燦火焚炎」的火滅掉一半。

「余想說的是，他是個就連一度拉攏成夥伴之人，只要派不上用場了，就會輕易地將人抹殺的男人。這種王真的值得信賴嗎？」

「為了和平拉攏成夥伴，為了和平將人抹殺。這樣有什麼問題嗎？」

波米拉斯的火焰面容扭曲起來。他大概想都沒想過，竟然會從習慣和平的現代魔族口中聽到這種話吧。

「假如流於情感，無法讓部下毀滅，這樣才沒資格述說和平。」

「只會到處散布毀滅的血族後裔，還真是追求著與自己不相稱的事物啊。就連在波魯迪戈烏多一族之中，魔王阿諾斯也是令人忌諱的存在。他是伴隨毀滅出生的破滅之子，只會是無法納入魔族框架之中的災厄啊。」

縱然「焦死燒滅燦火焚炎」已經減弱，他還是被焚燒著全身，使得魔導王的臉孔一點一點地崩落。

「你就仔細轉達給他吧。擁有毀滅世界之力的暴虐魔王，不論你要主張什麼樣的理想，都無法逃離這個事實。」

波米拉斯沒有要回答另一個問題，就這樣持續燃燒下去。

「假如他真的要追求和平，最後將會發現他只能毀滅自己吧。」

伴隨著這句話，他的最後一片火焰燃燒殆盡，化為灰燼。「次元牢獄」遭到解除，我們回到原本的室內。

「……他、他死了嗎……？」

艾米莉亞一副戰戰兢兢的模樣詢問。

「已經毀滅了。現在即使要走動也無妨喔。」

我一解除反魔法，艾米莉亞就朝這裡走來，看向波米拉斯的灰燼。

「……居然這麼輕易就消滅掉兩千年前的魔族……阿諾蘇同學真的是天才呢……」

「沒什麼，那是因為對方主動告訴我將自己燃燒殆盡的魔法。假如不是這樣，要毀滅那個炎體恐怕會十分棘手吧。」

不愧是被稱為魔導王的人物。倘若他知道我是暴虐魔王，就會再稍微慎重一點吧。不對……就算考慮到這點，也有點太好對付嗎？

雖然毀滅是毀滅了，但他不一定是本尊。未查明敵人的實力就突然襲擊過來這點也很輕率。而且他還是個至今都按兵不動、潛伏起來的那種傢伙。

還是別以為事情會就這樣結束比較好吧。

「障礙清除了，來吧。」

我像這樣發出「意念通訊」後，現場就陸續顯現魔法陣。下一瞬間，魔王學院的學生們就轉移到這裡來了。雷伊、米夏與亞露卡娜她們也在其中。

「艾米莉亞老師。」

雷伊走到艾米莉亞與萊歐斯兩人身旁。

「阿諾斯要我盡可能協助勇議會。我們主要有三個目的。第一個是救出勇議會，然後壓制殷茲艾爾軍，找出這起事件的主謀。」

「……方才阿諾蘇同學毀滅的魔導王，難道不是主謀嗎？」

「我想他是主謀之一，但是不一定沒有其他主謀。殷茲艾爾的皇帝也是主謀吧？」

艾米莉亞一臉凝重地點頭後問：

「另一個目的是什麼？」

「要找出被認為是創造神米里狄亞留在這座遺跡都市裡的創星艾里亞魯。艾里亞魯共有五顆，裡頭封印著阿諾斯失去的記憶。殷茲艾爾軍恐怕也在尋找艾里亞魯吧，他們應該已經發現到了才對。」

艾米莉亞陷入沉思，然後接著說：

「……殷茲艾爾第一皇女的蘿娜大人，說不定知道些什麼……雖然她就在對面的房間裡等著。」

不過房門消失，維持著牆壁的模樣。雷伊一喚來靈神人劍伊凡斯瑪那，就朝牆壁揮出一劍。「隆隆」巨響響起，被劈斬成四角形的牆壁往內側倒下。往牆後看去，便發現像是嚇了一跳似的注視過來的少女——蘿娜就站在那裡。

「請安心，蘿娜大人，我們成功叫來救援了。」

艾米莉亞鑽過被挖空的牆壁。就在這時，原本的房間瀰漫起魔力粒子。就像警戒似的，艾米莉亞與魔王學院的學生們用魔眼（眼睛）凝視周圍。

「『封域結界聖』增強了。」

米夏喃喃說道。莎夏則一副有討厭預感的模樣露出凌厲的眼神。

「喂……這該不會是……？」

「已經無法在這裡施展『轉移』了。」

「這樣豈不是回不去了……」

也無法把新的救援叫來。是讓轉移過來的人孤立無援的雙重陷阱啊？

「看來敵人還綽綽有餘的樣子呢。」

就目前所知，除了波米拉斯之外，敵人還有殷茲艾爾軍與勇者卡希姆。然而除了他們，就算還有兩千年前的魔族在此也不足為奇。

「無妨，反正只靠我們就夠了——關於創星艾里亞魯的事情？」

我一看向艾米莉亞，她就朝第一皇女蘿娜詢問：

「夏布斯皇帝曾經提過什麼關於創星艾里亞魯這個魔法具的事情嗎？或是最近有沒有做過像是在遺跡找東西的舉止？」

蘿娜微微低頭尋思。

「我記得曾經看過士兵們走進最古老的巴吉拿遺跡裡。由於以調查遺跡來說，人數實在太多了，當時覺得很不可思議……」

很可疑呢。

「最古老的遺跡位在哪裡？」

「艾迪特赫貝的遺跡是越往地下走，找到的東西就越為古老。如今已經能從設置在城下町的四十七個豎洞進入遺跡，而能通往最古老遺跡的是第七號豎洞。」

聞言莎夏接著說：

「可是創星有五顆吧？它們全都在那個最古老的遺跡裡嗎？」

米夏直眨著眼睛。

「這樣分成五顆就沒意義了。」

「認為其他地方也有會比較妥當吧。」

「對不起，除此之外我就沒有印象了……」

蘿娜不好意思地說。哎，算是發現到一個有可能的地方了。

「要兵分兩路嗎？」

「我和米莎就與艾米莉亞老師一起去追卡希姆，救出勇議會並壓制殷茲艾爾軍喔。然後還有夏布斯皇帝。」

雷伊說道。其他學生也說要和艾米莉亞一起行動。殷茲艾爾軍是人類士兵，對現在的他們來說應該是能輕鬆對付的對手吧。

「那我們只要去找其餘的創星就好了吧？」

莎夏說。要去尋找創星艾里亞魯的人除了她之外，還有米夏、艾蓮歐諾露、潔西雅、亞露卡娜與我。

「蘿娜，第七號豎洞在哪裡？」

艾米莉亞在一旁說著「注意言詞！」提醒著我。我稍微當耳邊風，以魔力畫出艾迪特赫貝的街道圖拿給蘿娜看。關於城市地圖，儘管是向一般大眾公開的內容，很不巧沒有連豎洞的編號都刊登上去。

「在這裡。」

那是離魔導要塞最遠的豎洞。我以魔力在這裡打上記號。

「艾米莉亞，魔王說要將魔王學院學生們的指揮權交給妳。妳就借用他們的力量，漂亮地脫離這個困境吧。」

「我知道了。阿諾蘇同學才是，不要掉以輕心嘍。你在這種地方與魔王很像，早晚會被人鑽空子呢。然後還有禮貌，你有點太自以為了不起喔。這樣在亞傑希翁只會吃虧。雖然我已經不介意了，但是在其他人面前要注意一下，聽到了嗎？」

艾米莉亞這樣碎碎唸。自從開始到學院就讀的時候起，就經常被她這般那般嘮叨個不停。然而很不可思議的是，現在不會感到不愉快了。

「我會放在心上的。」

我一這麼說出口，艾米莉亞就一副出乎意料的模樣瞪圓雙眼。她就像很開心似的微微笑了笑。

「那就約好嘍？」

我無視這樣的她推開房門，附近不見士兵的蹤影。即使「封域結界聖」是會自動強化的術式，都引發這麼大的騷動了，對方應該早就知道我們已經侵入這裡。因為覺得半吊子的戰力無法對抗我們，所以在某處埋伏嗎？

哎，要是這樣我們也會方便行動，根本再好不過了呢。

「兩千年前的未了之事，這要是最後一件就好了呢。」

站在我身旁的雷伊低聲說。

「彼此都是呢。」

我們當場分開，彼此朝不同的方向前進。

§ 14　【甘古蘭多絕壁】

我將視野移到辛的魔眼上，他位在地底世界。與天蓋連結的絕壁一直延續到大地上，一望無際的巨大岩塊座落在那裡，那就是甘古蘭多絕壁。辛與耶魯多梅朵兩人輕盈降落在此，仰望聳立在那裡的岩壁。

「咯、咯、咯，還真是不可思議到極點了不是嗎？在那個災厄之日，化為不滅神體的天蓋明明就落下來了，這種岩壁居然還能留下來！」

當時天蓋落到險些就要壓毀地底的高度。就算假設蓋迪希歐拉位在地底最高的位置，甘古蘭多絕壁也要被壓毀一半以上才顯得自然吧。

「也就是說，只有這裡的正上方不是天蓋嗎？」

辛說道。

「原來如此、原來如此。總而言之，這個甘古蘭多絕壁就是早就落下的天蓋吧。」

一部分天蓋作為震雨落下、堆積起來後，久而久之就在這裡形成甘古蘭多絕壁。假如上方是空洞，那麼天蓋就算在災厄之日落下，也不會壓垮這塊岩壁。

「遺跡都市艾迪特赫貝的一部分或許就在這裡呢——連同吾君要找的東西一起。」

辛將視線朝向設置在絕壁山腰處的洞穴。那應該就是迪德里希預見未來所看到的洞窟入口吧。

「那裡有的究竟是福還是禍？咯咯咯咯，真教人雀躍不是嗎！創造神米里狄亞所留下的魔王記憶。哎呀哎呀，說到底裡頭究竟藏著什麼啊？」

耶魯多梅朵旋轉手杖刺在地面上。

「那個魔王阿諾斯，那個暴虐至極、隨心所欲蹂躪世間萬物的那個男人！居然失去了記憶啊！到底是誰奪走的？不對，到底是如何奪走魔王的記憶啊！」

辛沒有理會熾死王的話語，施展「飛行」飛往洞窟入口。

「咯咯咯咯咯，阻擋在那個男人面前，沒錯，那是敵人，是敵人不是嗎？很可疑，很可疑喔，很可疑不是嗎？危險的氣息撲鼻而來啊！」

耶魯多梅朵儘管就像要追上辛一樣地飛去，還是一副愉快到不行的樣子高喊著。

「我嗅到魔王之敵的味道。」

兩人降落在洞窟入口。在用魔眼看去後，前方是深不見底的通道。

「有新留下的足跡呢。」

辛看向洞窟地面。只要用魔眼看過，就能看出地上留有魔力的足跡。

「多半是幻名騎士團的不是嗎？」

耶魯多梅朵與辛毫不遲疑地往那個洞窟裡走去。裡頭很暗，沒有照明。縱然幻名騎士團可能潛伏在某處，毫不在意的兩人就像在探索周遭似的行走。

「熾死王，你知道幻名騎士團的事嗎？」

「是說兩千年前存在的幻名騎士團吧？」

「嗯。」

耶魯多梅朵就像在調查什麼似的，一面用手杖敲著地面一面往前走。

「雖然我不知道幻名騎士團這個名字，卻曾經耳聞無名騎士們存在的傳聞。還有魔族的強者們當中，有好幾個是被他們幹掉的傳聞。可是，他們沒有留下證據。儘管我知道魔王的部下中，甚至也曾經出現一群不曾公開過身分的魔族。」

「你認為他們是同一批人？」

「終究只是可能與傳聞。不過，你好好想想吧。就算我知道好了，也會因為與賽里斯的『契約』而沒辦法全盤托出不是嗎？」

即使術者毀滅，「契約」的效力也會持續下去。耶魯多梅朵的話就只能聽進一半。

兩人在洞窟內走了一會兒，不久後來到一個分岔口。

「話說回來，魔王的右臂。安靜地偷偷探索和盛大地探索，你喜歡哪一種啊？」

「如果這裡是敵人的據點，現在才安靜下來也無濟於事吧。對面應該早就知道我們潛入進來了才對。」

耶魯多梅朵咧嘴一笑，旋轉起手杖。手杖一溢出有如紙花般的魔力粒子，就開始將洞窟裡照得閃閃發光。儘管他早已放開手，手杖仍在獨自旋轉，誇張地發出「鏘鐺鏘鐺鏘鐺鏘鐺」的熱鬧聲響。

熾死王此時伸出雙手，就像要拉長一般用力地左右張開後，旋轉的手杖就增加到五支。

「『杖探查惡顯眼知（heiheidohei）』。」

耶魯多梅朵拍起手來。緊接著，一面發光一面旋轉的手杖就增加成十支。

「是魔法生物啊？記得我在兩千年前也曾經看過。」

辛露出就像在說「那原來是熾死王的魔法啊」的眼神看著他。

「這個『杖探查惡顯眼知』在探索上很優秀。因為非常顯眼，所以情報收集能力也出類拔萃。不過要說是代價吧，直到回到手邊為止，都得不到它們取得的情報。」

以探索的目的來說，這似乎是非常難以運用的魔法。因為要光明正大地探索。

「不過，只要拍拍手，就會增加一倍。」

耶魯多梅朵拍起手來。緊接著，旋轉的手杖就增加一倍變成二十支，噴灑著閃閃發光的紙花。

「去吧。」

「杖探查惡顯眼知」發出「鏘鐺鏘鐺鏘鐺鏘鐺」的聲響分成各半，往分為左右的岔路飛去。耶魯多梅朵隨意選了右邊的道路，規律地發出「啪啪」的聲響拍著手前進，而辛跟在他身旁。附近一帶被旋轉手杖的華麗照明與「鏘鐺鏘鐺鏘鐺鏘鐺」的聲響弄得吵雜不已。

「咯咯咯，已經有五十支被幹掉了。幻名騎士團這不是很優秀嗎？」

耶魯多梅朵抓住回到手邊的一根「杖探查惡顯眼知」，當場畫起地圖。他稍微查明甘古蘭多絕壁的內部構造，地圖上存在許多紅點。

「這些光點是手杖被幹掉的地點，也就是敵人潛伏的地方。不過，他們現在大概已經離開了吧。」

「沒有要過來的跡象呢。」

「在設置陷阱不是嗎？他們肯定企圖讓魔王的右臂與本織死王巧妙地落入陷阱之中，然後再加以毀滅吧。」

如果他們評估正面無法打贏，那麼冥王與詛王說不定就不在這裡。

「咯、咯、咯，有個好消息喔。」

熾死王抓住另一支回來的「杖探查惡顯眼知」說：

「發現到奇妙的房間，裡頭張設無法以『杖探查惡顯眼知』調查的結界，有著強大魔力的氣息。創星艾里亞魯說不定就在那裡，哎呀哎呀，但也說不定是陷阱。」

「無所謂。假如是陷阱，應該只要早早斬斷就能解決。」

辛果斷地說。

「很好、很好，真是太棒了。這樣才是魔王的右臂啊，辛・雷谷利亞。要不是這樣就不有趣了。」

耶魯多梅朵就像在稱讚辛一般拍手，某處傳來「杖探查惡顯眼知」增加的聲響。

「跟我來吧。」

耶魯多梅朵施展「飛行」的魔法浮起，在洞窟裡低空飛行。辛緊緊跟在他身旁，宛如疾風般奔馳。不久後，他們眼前出現一個大型豎洞。

即使抬頭仰望，那個豎洞也高得看不見盡頭，或許是通往地上也說不定。耶魯多梅朵一毫不遲疑地在豎洞裡往上飛去，辛就踢著牆壁，就像左右彈跳一般往上移動。

從好幾個挖出的橫洞之中，熾死王選了一個飛了進去。不久後，他們抵達狹小通道前方有廣大空間的地方。

「就是這裡。」

入口張設結界，沒辦法看到裡頭。耶魯多梅朵抓住旋轉中的「杖探查惡顯眼知」往結界一戳，那支手杖就在眨眼間被燒斷。

「很危險喔。」

在他開口的同時，辛早已拔出斷絕劍。他踏出一步，將散發徹骨寒光的劍劈下。「啪嚓」一聲響起，結界脆弱地粉碎了。

「走吧。」

他們向前邁步走去。好幾支「杖探查惡顯眼知」發出「鏘鐺鏘鐺鏘鐺鏘鐺」的聲響，也一起進到房間裡照亮四周。黑暗中浮現大量柱子，而被釘在上頭的竟然是無數的遺體。

「全都是神族呢。」

這些神就像標本一樣被釘在柱子上。

「雖然幾乎全是守護神級的樣子？」

耶魯多梅朵走向其中一尊，用魔眼看去。在用手杖掀開掛在遺體上的布後，他發現腹部留有奇妙的傷痕，上頭畫著魔法陣。

「這是什麼？」

「咯咯咯咯，是瘋子的行徑啊。居然切開神的腹部加以改造啊。雖然不知道是什麼樣的術式，或許就和這裡有關不是嗎？就是兩千年前賽里斯．波魯迪戈烏多在潔隆聚落發現到的那個遺體。」

陳列在潔隆聚落裡的無頭遺體，那些遺體上也有腹部被切開的痕跡。

「也就是有人從那一天起，一直持續那個魔法研究到現在。當時陳列在那裡的遺體是人類與魔族的吧？而到了現在，到底將神當作實驗材料了。咯咯咯咯，究竟是擁有多麼恐怖的力量之人，在進行何種禁忌的研究，光是想像就讓人雀躍啊！」

耶魯多梅朵就像在說他很愉快且痛快一樣地揚起嘴角，將手杖前端指向房間深處。

「出來吧，躲在那裡的魔族。」

耶魯多梅朵厲聲說道。辛也早已將視線往那裡看去。

「你是否有資格成為魔王之敵，就讓本熾死王來確認一下吧。」

手杖前端突然亮起，發出照明。房間深處隱隱浮現出一道人影。

「呵呵呵……」的笑聲響起。在尚未現身的強敵面前，熾死王大概想像對方是足以成為魔王之敵的存在，因而露出充滿歡喜的表情。

「真沒想到啊。」

出現在兩人面前的，是穿著華麗法衣與大帽子的魔族。他的身體呈現凝膠狀，整張臉也幾乎都是平的，從頭到腳讓人感到非常眼熟。他是過去在大精靈之森阿哈魯特海倫，沉沒在魔法淺灘裡的男人，四邪王族之一緋碑王基里希利斯·德洛。

「還以為是魔王的部下過來，沒想到居然是汝等哪。」

基里希利斯一面扭曲、變形他那凝膠狀的臉孔，一面得意揚揚地說。他全身上下都洋溢傲慢的自信。

「不過對如今的吾輩來說，來者不論是誰都一樣呢。哪怕來的是魔王也一樣。」

耶魯多梅朵以非常冷淡的魔眼看著那個男人。

「……太失望了……」

熾死王露出過去從未見過一般的失望表情。

§ 15 【小丑的魔法】

「熾死王，汝還是老樣子呢。」

基里希利斯傲慢地扭曲凝膠狀的臉孔說。耶魯多梅朵發出「唉」的一聲，誇張地嘆了口氣。他背對基里希利斯向辛說：

「這是多麼狡猾恐怖的陷阱不是嗎！居然讓我如此失望。哎呀哎呀，這要是某人寫出來的劇本，那還真是了不起啊。」

緋碑王凝膠狀的臉孔扭曲變形，魔眼充滿憤怒。

「吾輩是在說，汝那鄙視吾輩、微不足道的輕率大意還是老樣子啊！」

基里希利斯的全身才剛充滿魔力，房間裡就浮現古文文字，密密麻麻寫滿整個空間，散發出蒼白的光芒。

「『殲黑雷滅牙』。」

那是在阿哈魯特海倫讓緋碑王自己嘗到敗北滋味的魔法。漆黑雷牙一面發出雷鳴，一面猙獰地襲向耶魯多梅朵，咬住他的肩口。

「魔王開發的古文魔法的滋味如何呢？對如今的吾輩來說，要模仿那傢伙的魔法可是易如反掌啊。」

那道雷牙一面發出「劈啪劈啪」的聲響噴灑黑雷，一面用力咬著熾死王的身體。他儘管受到攻擊，還是一臉無謂地注視咬在身上的雷牙。

「畢竟『殲黑雷滅牙』是效率很好的魔法嘛。一旦被咬住，直到毀滅敵人為止都不會放開。吾輩也為了逃離這個魔法而辛苦了一番喔。」

基里希利斯以心滿意足的模樣說：

「吾輩知道喔，熾死王。汝得到天父神的力量了吧。好了，就展現出來吧。讓吾輩來告訴汝，如今的吾輩是連神都能凌駕的存在喔。」

緋碑王敞開雙手，向碑石注入魔力。「殲黑雷滅牙」咬破耶魯多梅朵的反魔法，貫穿了他的身體。

「呵呵呵，怎麼了？要是不再快一點，根源可是會被咬住喔。」

耶魯多梅朵把手伸向頭上的大禮帽。

「話雖然這麼說，但你的問題比大意還嚴重不是嗎，緋碑王？」

熾死王以魔力拋出大禮帽，使其在空中盤旋。「熾死沙漏」發出「啪答啪答」的聲響落在基里希利斯周圍，構築出死亡詛咒的束縛。

「只要沙不漏完就不會發揮效力的不便詛咒是沒意義的喔。」

就在基里希利斯扭曲著凝膠狀臉孔的瞬間，「砰」的一聲響起愚蠢的聲響，煙霧覆蓋住熾死王。就像在變魔術一樣，鴿子從煙霧中振翅飛出，鴨子一步一步走出來。

「是『煙似卷苦鳥』啊？汝施展了一點也不新奇的魔法呢。」

基里希利斯沒有動搖，揮手讓「殲黑雷滅牙」咬住在地上行走的鴨子。

「徒步的鴨子與飛天的鴿子——這樣當然任誰都會以為汝變成速度快的鴿子飛離，但汝是個瞧不起人的傢伙。正確答案是鴨子呢。」

漆黑雷牙發出「劈啪劈啪」的聲響咬破鴨子，就再度「砰」的一聲冒出煙霧。

「汝的魔法只不過是虛張聲勢的魔術啊。就連要稱為魔法都覺得可笑，不是吾輩一味邁向遙遠深淵的對手哪。」

在基里希利斯這麼說的瞬間，冒出的煙霧之中再度飛出鴿子、走出鴨子。

「不論再來多少次都一樣哪。」

「殲黑雷滅牙」咬住鴨子，緊接著飛走的鴿子就消失了。鴨子的所在位置發出「砰」的一聲，再度冒出煙霧。經由「煙似卷苦鳥」，鴨子與鴿子再次出現。

「這個魔法吾輩在兩千年前就看過了喔，熾死王。這是讓人以為不論攻擊多少次都沒用，進而使人放棄攻擊的計謀吧？然而這個低俗的隱蔽魔法是儘管受到傷害，讓人看起來像是沒受到傷害一樣罷了，很像汝會做的虛張聲勢呢。」

基里希利斯接二連三攻擊出現的鴨子，使得「煙似卷苦鳥」再度發動。

「只要爭取到時間，『熾死沙漏』的沙就會落盡——汝想讓人這麼以為吧？不過還真是遺憾呢。以『煙似卷苦鳥』變身的時候無法使用魔法具。也就是假如不知道這件事，應付起根本不會發動的詛咒，就會被汝趁虛而入呢。」

基里希利斯扭曲變形著凝膠狀的臉孔，讓魔眼亮起。

「吾輩的魔眼（眼睛）可是看得一清二楚喔。不成熟的魔法術式——汝做的一切，都盡是在虛張聲勢啊。」

基里希利斯就像看透一切地笑著將他的魔眼（視線）朝向辛。

「就只是在一旁看著好嗎，辛・雷谷利亞？只要熾死王現出神體與汝二人一起上，或許就能戰勝現在的吾輩喔？」

「不需要。倘若覺得熾死王一直落於守勢，你的命也不長了。」

基里希利斯不快地扭曲著凝膠狀的臉孔。

「吾輩知道那傢伙的伎倆喔。畢竟以前曾經吃過他的苦頭呢。像這樣把不存在的東西裝得與真的存在一樣。儘管曾經被騙過一次，但這種東西不能說是魔法。要將不存在的東西創造出來才叫做魔法啊！」

基里希利斯這麼說著，用漆黑雷牙咬破鴨子。然而這次並沒有冒出煙霧，就只是鴨子消失了。

「是忍不住變成鴿子了嗎？也就是說，汝已經差不多到極限了呢。」

緋碑王就像勝券在握般揚揚得意地讓「殲黑雷滅牙」咬住鴿子。在漆黑雷牙發出「咯吱咯吱」的聲響咬破鴿子後，鴿子便化為魔力粒子消滅。然而，到處都不見熾死王的身影。

「……原來如此。也就是將計就計的將計就計呢。在最初施展『煙似卷苦鳥』時，就只有當時即使消滅了鴨子，鴿子也沒有消失……」

基里希利斯朝天花板看去。

「也就是說那並非誘餌，而是本體呢。」

他的視線前方停著一隻鴿子。

「只要以正攻法對付，汝就不足為懼喔。無法開發了不起的魔法，也並非精通魔劍或魔法具，頂多很擅長借用培育出來的部下力量。賣弄小聰明，只會讚揚魔王的小丑——」

基里希利斯的雙手分別出現兩道「殲黑雷滅牙」。

「汝可是四邪王族之恥啊！」

漆黑的四道雷牙響徹「滋滋滋滋滋滋」的驚人雷鳴，一口咬住天花板上的鴿子，將其撕成碎片。可是熾死王沒有現身，鴿子只是化為魔力粒子消失了。

「…………什麼……？」

緋碑王無法理解地用他的魔眼（眼睛）環顧四周。沒有鴿子也沒有鴨子，然後到處都不見耶魯多梅朵的身影。

「這樣啊、這樣啊。」

緋碑王露出銳利的眼神看著辛。

「神隱的精靈杰奴盧……是吧？也就是汝一面假裝不會出手，一面將熾死王藏起來了，辛・雷谷利亞。」

辛無精打采地垂著斷絕劍，沒有將其舉起。他就只是回望著基里希利斯。

「哎，吾輩無所謂呢。倘若是這樣，也只要先收拾汝就好了喔。」

緋碑王將雙手大大敞開，在左右手上舉著「殲黑雷滅牙」。

「看來你的魔眼（眼睛），只看得到魔力與魔法術式的樣子呢。」

辛靜靜地說。基里希利斯回以一句「無聊」，對他說的話一笑置之。

「只要能看到這些就夠了呢。為了逼近魔法深淵，吾輩可沒時間將魔眼（目光）朝向除此之外的事物上喔。」

「你應該待在魔法工作室裡，而不是到戰場上來。」

「害怕了呢，魔王的——」

就像瞬間發不出聲音一樣，基里希利斯的嘴巴不斷張合。他的雙腳突然無力倒下，用雙手撐著地面。

「……什……麼……！這、這是…………？」

緋碑王看向周圍的「燼死沙漏」。沙已漏盡，詛咒發動了。

「……這是不可能的啊……術者在其他空間的狀態下，不可能使用『燼死沙漏』……吾輩對術式的理解不可能會出錯…………？」

「咯、咯、咯，既然連這都知道的話，那就像對好答案了一樣不是嗎？」

耶魯多梅朵的聲音響起，其來自最初冒出的「煙似卷苦鳥」煙霧之中。在那陣煙霧忽然被風吹走後，燼死王就旋轉著手杖站在那裡。他「咚」的一聲把手杖撐在地上。

「……什麼……………………？到底是什麼時候……？是在哪個時間點……不對，是施展了什麼魔法……？『轉移』？不對呢。『幻影擬態』與『隱匿魔力』？不對，吾輩沒有看漏啊。假如杰奴盧不可能，就是他在這兩千年間開發了能騙過吾輩魔眼(眼睛)的新魔法──」

「他的話，打從一開始就一直站在那裡喔。」

「……打從……一開始……………？」

辛若無其事地說完，基里希利斯就露出傻眼的表情。

「咯咯咯，你就連這個都不知道，誤以為我變成鴨子、變成鴿子的，自行把『殲黑雷滅牙』朝向錯誤的方向。」

基里希利斯就像終於注意到一樣，臉上充滿屈辱。也就是說，最初咬住熾死王的「殲黑雷滅牙」，是他自己放開的。

不論是詛咒不會在沙漏完之前發動的條件，還是以「煙似卷苦鳥」變身時無法使用魔法具的限制，全都是耶魯多梅朵特意暴露出來的誘餌，好在敵人採取對策感到安心的時候，用各式各樣的手段攻其不備。

「只不過，緋碑王。假如我是小丑，你就是很好的客人不是嗎？因為只要展現新的魔術，你就每次都會被我騙倒呢。」

§ 16 【最接近魔的深淵之人】

耶魯多梅朵看著用手撐地的基里希利斯，嘴角微微揚起。

因為他發現到異變。

「無法理解嗎？『熾死沙漏』的沙明明已經漏盡，為何吾輩還沒有死呢？」

緋碑王在地上畫起魔法陣，緊接著漆黑極光覆蓋住他的周圍化為魔法屏障。

那是四界牆壁（beno iebun）。耶魯多梅朵興致勃勃地注視著那個魔法。

「覺得不可能嗎？認為憑吾輩的根源，應該無法施展這個需要龐大魔力的魔王魔法。」

基里希利斯緩緩站起身。他布下的「四界牆壁」將「熾死沙漏」的詛咒完全封殺。

「吾輩應該說過呢。熾死王，汝的魔法只不過是虛張聲勢的魔術伎倆。這種東西可是怎麼樣都無法殺害逼近魔法深淵的吾輩喔。」

魔力眼看著充滿基里希利斯凝膠狀的身體，變化為帶著灰色的鮮綠色。耶魯多梅朵以魔眼窺看著他的深淵，愉快地發出「咯、咯、咯」的笑聲。

「僥倖，僥倖，這是不幸中的僥倖不是嗎！看到了嗎，魔王的右臂？那個基里希利斯，根源渺小到讓他人望塵莫及的程度，如此平凡至極的男人居然施展了『四界牆壁』啊！」

相對於難掩興奮之情的耶魯多梅朵，辛冷冷地說：

「比起在阿哈魯特海倫的時候，魔力顯著提升了呢。」

「沒錯，沒錯！就跟你說的一樣。可是他的根源早在兩千年前就已趨近完美，可以說完全沒有成長的空間。結果怎麼了？看看那個魔力。好啦、好啦，他到底做了什麼呢？」

基里希利斯得意揚揚地扭曲著凝膠狀的臉孔。

「想知道嗎？」

「咯、咯、咯，問你有什麼用啊，緋碑王？反正得到的回答，就是看你把他人的功績當成自己的魔法研究成果一樣吹噓不是嗎？嗯？」

對於熾死王隨興的挑撥，基里希利斯煩躁地瞪大魔眼(眼睛)。

「哎呀哎呀，基里希利斯。哎呀哎呀哎呀，我並不是瞧不起你喔。我當然想聽你說明，可是無法保證你說的是實話不是嗎？」

耶魯多梅朵就像要更加激怒基里希利斯一樣地說。

「如果你簽下今天一天都不會說謊的契約，要我相信你也不是不行——」

熾死王將「契約」的魔法在他面前晃了一下。

「——不過，這是不可能的呢。即使你再怎麼嘲笑虛張聲勢與故弄玄虛的手段，你也沒有實力能在正面對決的魔法戰中奮戰到底。畢竟你與不論是什麼樣不利的「契約」，都會從正面加以壓制的暴虐魔王不同啊！」

就在他要將「契約」的魔法收回去時，緋碑王發出魔力在上頭簽字了。

「要是小看吾輩可就傷腦筋了。與汝不同，吾輩可不需要說謊呢。」

基里希利斯展現明顯的自信。耶魯多梅朵則滿意地笑了笑。

「那你就說吧。緋碑王，你為何能得到如此強大的根源？」

「汝等應該看到擺在這間房間裡的神族遺體了吧？」

緋碑王得意揚揚地開始述說：

「這是賽里斯・波魯迪戈烏多的研究。那個男人踏入更深層的『轉生』深淵中。不只是繼承力量，而是要讓根源擁有的魔力更加提高、進化。那些遺體全是為了這個目的而存在的母胎喔。」

為了轉生而存在的母胎嗎？兩千年前在潔隆聚落的母胎恐怕也是這樣吧。賽里斯在那裡獲得了這項研究嗎？還是說，那是遭到竄改的過去呢？

「『母胎轉生(gijierika)』是藉由使用母胎的根源，來促進進化的魔法呢。儘管吾輩即使說了，汝等也聽不懂，但這是能繼承母胎的力量，或是藉由與母胎之間的干涉，引發根源突變的根源魔法。」

基里希利斯就像在發表魔法研究的成果一般饒舌地說：

「然而，賽里斯研究的『母胎轉生』其實還尚未完成。儘管能以人類或魔族當作母胎，但是關於神族還有諸多問題呢。也就是說，那個男人來拜託吾輩，詢問吾輩能否幫他完成這個魔法喔。」

也就是基里希利斯知曉「母胎轉生」的研究後，自己搶著去做啊？對於想要克服弱小根源的他來說，這簡直就是一場及時雨吧。當然，賽里斯肯定料到了這一點。

緋碑王雖然一點也不適合戰鬥，但是關於魔法研究擁有大量的知識。儘管不具獨創性，卻很腳踏實地。賽里斯應該是判斷他能在已經打好基礎的研究上做出貢獻吧。

「然後，吾輩終於讓能達到深淵之底的魔法——『母胎轉生』完成了啊。」

基里希利斯扭曲變形凝膠狀的身體，散布魔力粒子。其中確實能發現他身上伴隨著類似神的秩序的力量。

「明白嗎？吾輩一直在尋找與自己根源相稱的母胎，於是改造了那尊神的腹部，讓自己轉生了喔。結合魔族之力與神的秩序，最接近魔法深淵的存在，這就是本緋碑王——不對，就讓吾輩斗膽自稱吧。」

基里希利斯高聲大喊：

「超越暴虐魔王，最接近魔的深淵之人——深淵王基里希利斯·德洛！」

他將指尖指向辛與耶魯多梅朵並畫起魔法陣。

「滿足於擔任魔王部下的汝等，怎麼樣都不會是吾輩的對手呢。」

基里希利斯的身體才剛發出亮光便說：

「秩序魔法『輝光閃彈（jiotsuseromu）』。」

耀眼光線從他的指尖射出。辛看出射線，避開以光速逼近的光線，然而耶魯多梅朵迎面中了這一招。

「……唔呼……」

接著他開心地發出慘叫。

「看到了嗎？就連輝光神吉翁賽利亞的秩序，如今的吾輩也能作為魔法施展。也就是說，吾輩就連這種事都辦得到呢。」

他在全身畫起魔法陣，得意揚揚地說：

「秩序魔法『輝光加速』！」

剎時間，他的身體開始以光速移動。

「呵呵呵，看得到嗎？吾輩以光速移動的姿態。話說在前面，吾輩想讓你們見識的並不是這種簡陋的魔法。這終究只不過是為了之後要披露的究極魔法在做準備哪。」

基里希利斯一面以光速到處奔馳一面從全身射出「輝光閃彈」，在房間裡持續刻下光的魔法文字。

「與只會毀滅的魔王魔法不同，這可是塗改世界秩序的魔法。一切的魔力、一切的魔法，都會隸屬、服從吾輩。最接近深淵的秩序魔法，其名為『魔支配隸屬服從』！」

「輝光閃彈」畫出的魔法陣一發揮效力，空氣中的微量魔力就開始慢慢往緋碑王聚集。

「看吧。見證一切的魔、所有的魔法，全都在服侍吾輩的瞬間。就連汝等的根源也很快就會受到影響，向吾輩俯首稱臣。不是魔王，而是向本深淵王基里希利斯．德洛立下絕對服從的誓言——唔噫呃呃諤呃！」

以光速到處奔馳的基里希利斯以光速飛走了。就在緋碑王因為辛的掃腿而狠狠摔了一跤，撞在牆壁上正要起身的瞬間，斷絕劍提魯特洛茲將他刺穿。

「嘎呀啊啊……！」

「還有什麼想問的嗎？」

辛隨手封住基里希利斯的行動，轉頭看向熾死王。大概是察覺到他的憤怒吧，耶魯多梅朵一副隨你高興的態度聳了聳肩。

「基里希利斯．德洛。」

辛以冷冽的眼神注視緋碑王。

「你那超越吾君的不敬發言，足以死千萬遍。」

劍光一閃，辛將基里希利斯的根源斬斷。轉瞬間，他以「根源再生(aguronemuto)」復活。

「呣唔……」

基里希利斯才剛復活，辛就斬斷他的根源，然後他再度復活。

「嘎啊啊……」

基里希利斯將根源分割成七份。只要根源不是瞬間全部毀滅，他就能以「根源再生」不斷復活。

不過辛並不在乎，持續揮動魔劍。其速度遠遠超乎光速，眼看著不斷加速。在喘息之間達到千次，並在下一瞬間加速成兩倍，如今已經超過五千次。

他的魔力化為虛無。

「斷絕劍，祕奧之四——」

在眨眼間，他揮出一萬次斷絕劍的劍刃。

「『萬死』。」

「嘎叭叭叭叭叭叭叭叭叭叭叭叭叭叭叭叭叭叭叭叭叭叭！」

超越「根源再生」的再生速度，辛瘋狂切砍基里希利斯的根源，讓他當場化為烏有。剎那間，他往一旁投以凝重的眼神。

那裡有顆散發神聖魔力的巨大石眼。那是魔眼。那顆眼睛狠狠地瞪著辛。無須窺看深淵就知道那顯然是神族。

「『神座天門選定召喚（guara nate fuoruteosu）』。」

基里希利斯的聲音響起，從那顆石眼中出現凝膠狀的身體。選定盟珠在他手指上閃閃發光。他應該是召喚了神，在瀕臨毀滅之前將自己救出來了吧。

「咯、咯、咯，怎麼，緋碑王。原來你是最後的八神選定者嗎？」

對於耶魯多梅朵的詢問，緋碑王就像在炫耀似的回答：

「因為魔王被選上了，這是理所當然的呢。吾輩是八神選定者之一，受到這尊魔眼神傑尼多弗克選上的探求者喔。」

§ 17　【獲三神選上之人】

魔劍閃耀。在緋碑王得意揚揚地說道時，辛早已逼近距離，對著那顆巨大石眼——魔眼神傑尼多弗克劈下斷絕劍提魯特洛茲。

「斷絕劍，祕奧之二——『斬』。」

尖銳的金屬聲「鏘」的一聲響徹開來。能斬斷萬物的魔劍——斷絕劍提魯特洛茲，其祕奧被突然出現在魔眼神傑尼多弗克面前的莊嚴之劍擋了下來。

那是一把浮現美麗刃文的魔劍，醞釀足以為周圍帶來寂靜的神祕。刃文僅僅只是閃耀晃動，就溢出大量魔力。那是神的秩序。

「呵呵呵，與魔王不同，選上吾輩的神可不只一尊哪。」

緋碑王基里希利斯就像勝券在握一樣，得意地大喊。在不知不覺中，他的手指戴上第二顆選定盟珠。

「魔劍神黑吉安德。」

伴隨基里希利斯的呼喊，那把莊嚴魔劍附上一隻閃耀的手。就像光從魔劍裡滲透出來一樣，在那裡顯現出來的是由光構成的人形姿態。其握劍的架勢，不存在絲毫破綻。

「黑吉安德是統轄魔劍的劍技之神呢。手持的魔劍是流崩劍阿特科阿斯塔。這是即使收集了千把破爛魔劍，也怎麼樣都無法對抗的真正魔劍喔。」

基里希利斯就像在爭論地說。

「這樣啊。」

斷絕劍提魯特洛茲被流崩劍阿特科阿斯塔正面擋下，緊接著辛就將光之人形——魔劍神黑吉安德的劍打掉，用斷絕劍提魯特洛茲朝祂後頸揮出一道劍光。可是劍就像被什麼絆住一樣戛然而止，黑吉安德的流崩劍則反過來撕裂辛的脖子。

縱使鮮血飛濺，他依然在千鈞一髮之際抽身避開了致命傷。辛的魔眼（眼睛）瞪向擋住斷絕劍的結界。

「呵呵呵，先前應該說過，與魔王不同，選上吾輩的神可不只一尊哪。」

基里希利斯的手指上再度出現第三顆選定盟珠。

「結界神里諾羅洛斯。」

將辛的劍擋下來的是結界神的秩序。神聖且透明的布匹纏繞在斷絕劍提魯特洛茲上，而布條的前端能看到一名以布匹裹住裸體的淑女。

「動手吧，里諾羅洛斯、黑吉安德。祢們就去讓區區的迪魯海德第一劍士見識一下神的劍技吧。」

緋碑王讓選定盟珠散發亮光、發出命令。隨後，結界神里諾羅洛斯的身體變為透明布匹，宛如蜘蛛網一般朝四面八方延伸，將辛與魔劍神封閉在結界內側。

「里諾羅洛斯的結界布不論從外部還是內部，都絕對不會被打破呢。甚至會賜予我方能撐過世界毀滅的加護，給予封鎖敵人行動的詛咒束縛喔。」

在基里希利斯一面扭曲變形表情一面解說時，辛以斷絕劍的祕奧之二「斬」將纏繞在魔劍上的結界布斬斷了。他逼近到魔劍神黑吉安德身旁將劍劈下，斷絕劍與流崩劍在喘息間撞擊好幾次，迸發出無數的火花。

「劍技之神的名號看來是名不虛傳呢。」

辛的連擊眼看著不斷加速，可是掌管劍技之神輕易跟上他的劍速。魔劍神黑吉安德的身姿同樣是發光的人形，不會說話，甚至沒有表情。然而祂的劍雄辯地在述說著什麼。

「斷絕劍，祕奧之四——」

剎那之間，斷絕之刃發出一萬次劍光。

「『萬死』。」

面對發出祕奧的辛，黑吉安德以本來的實力將「萬死」之刃悉數打掉。這是因為辛的劍速受到里諾羅洛斯的結界布妨礙了。就算彼此以劍換劍、撕裂著身體，魔劍神也因為結界而毫髮無傷。辛則反而每次交鋒都會增加傷痕。

在祕奧結束之際，黑吉安德的身體輕輕晃動。人形手中的流崩劍傳來微弱的潺潺水聲，一面薄薄的水鏡出現在他與那尊神之間。

倒映著辛的水面上再度傳來潺潺水聲。彷彿一滴水珠落在水鏡上一般，一道小小波紋在他手中的斷絕劍提魯特洛茲劍尖上泛起。緊接著，流崩劍阿特科阿斯塔就貫穿水鏡刺來。儘管辛利用提魯特洛茲打掉這一劍，魔劍神發出的這道突刺卻分毫不差地貫穿方才掀起波紋的劍尖。

「啪里」一聲響起。就像薄冰破裂一樣，辛手中的斷絕劍粉碎四散，就連碎片也不剩地從手中滑落。連同根源一起斬斷，就算時間經過、給予魔力，也已經不可能再生回來了吧。魔劍毀滅了。

「……流崩劍的祕奧……嗎……」

辛打開魔法陣，從中出現斬神劍古涅歐多羅斯的劍柄。才剛再度聽到潺潺水聲，他面前就出現一面水鏡。在水鏡泛起波紋後，流崩劍阿特科阿斯塔就立刻斬斷收納魔法陣。

雖然辛的手同時被斬傷且流著鮮血，但仍然能動。他立刻跳開，以凝重的眼神看著阿特科阿斯塔。就以毀滅提魯特洛茲的一擊來說，這一劍太弱了。這恐怕是在波紋展現的瞬間，用來破壞魔法陣的祕奧吧。

「呵呵呵，那邊就等同分出勝負一樣呢。」

說完，欣喜的聲音響徹開來。

「魔王的部下與吾輩的部下即使同為劍士，孰優孰劣也已經很清楚了啊。」

緋碑王基里希利斯站在石眼——魔眼神傑尼多弗克的上頭說。

「咯、咯、咯，要判斷還太早了不是嗎，基里希利斯？你對自己微不足道的力量感到自負，正眼也不瞧對手一眼，所以才老是輸掉啊。」

耶魯多梅朵的頭髮變成金黃色，魔眼（雙眼）發出有如燃燒般的紅光，背上聚集魔力粒子形成光翼。他一讓黃金火焰從手掌上竄起，神劍羅德尤伊耶就從火焰中被創造出來。

「去吧。」

可是朝辛猛烈射出的羅德尤伊耶在碰觸到里諾羅洛斯的結界之前就在空中戛然而止。

「太慢了呢。『魔支配隸屬服從』已經幾乎完成了喔。」

緋碑王伸出手後，羅德尤伊耶就反轉一圈，將劍刃朝向耶魯多梅朵。

「即使是神的魔力、神劍，在『魔支配隸屬服從』之前也只有服從一途呢。」

「原來如此、原來如此。真不愧是魔眼神傑尼多弗克。也就是說，你能構築出如此複雜的魔法術式，是因為借用了那尊神的魔眼啊。」

對於耶魯多梅朵指出的事實，基里希利斯一臉不快地扭曲著凝膠狀的臉孔。

「就算腦袋能夠理解，憑你的魔眼也無法看到這個術式。」

「嘴硬不認輸還真是難看呢。不會有人來救汝喔。只要『魔支配隸屬服從』完成，汝就是吾輩的狗。就讓汝今後都只能汪汪叫吧。」

他以那個隸屬魔法讓羅德尤伊耶飛射出去。儘管熾死王在被射中之前避開這一劍，劍刃卻轉了一圈，從背後貫穿他的胸口。

「在這之前，吾輩可是會盡可能折磨汝喔。」

熾死王即使被劍刺穿胸口，還是笑了。

「還沒有完成嗎？」

「這又怎麼了嗎？」

緋碑王不耐煩似的說。

「不不不，我就只是想說你的魔法不適合實戰啊。不僅要在牆壁上畫出這麼大規模的魔法陣，還得花費這麼多時間。倘若進一步來說，魔法陣沒有冗餘性。只要稍微破壞一點，就能阻止『魔支配隸屬服從』發動了不是嗎？」

「還在嘴硬不認輸嗎？假如汝有辦法阻止，就儘管試看看。」

耶魯多梅朵發出「咯、咯、咯」的聲音笑了出來。

「你眼睛長到哪裡去了？我已經阻止了不是嗎？」

基里希利斯露出無法理解的反應，眼神凝重起來。

「好啦，好啦好啦好啦！就用你自豪的魔眼神，仔細看清楚本熾死王的身體吧！」

沒錯，確實很奇怪。羅德尤伊耶儘管刺穿耶魯多梅朵的身體，他卻沒有流血。就連一滴也沒有。

耶魯多梅朵在彷彿作秀一般誇張地張開雙手後，就將刺在自己身上的神劍羅德尤伊耶拔了出來。不論是他的胸口還是劍上，果不其然都滴血未沾。

「『熾死王遊戲答推理（erudomedoran）』。」

「我就來說明遊戲規則吧！」

熾死王以誇張的動作說完，用手杖指著基里希利斯。

「你要回答我的問題，回答時間是十秒。只有你回答時，你的攻擊才會對我有效。我會預測你的答案，在你回答之前寫在這張卡片上。」

耶魯多梅朵從大禮帽中拿出黑色卡片。

「只要我一字不差地猜對，你的攻擊就會反過來襲擊你自己。詢問最多三次，要是一次都沒猜對，我就會因為懲罰遊戲而死。」

耶魯多梅朵將卡片轉一圈藏進手裡，然後再度拿出來。黑色卡片增加為三張。

「憑藉天父神的秩序，熾死王耶魯多梅朵定下規則。」

他揚起嘴角愉快地說：

「神的遊戲乃是絕對的。」

熾死王的遊戲魔法就像瞧不起人一樣。他應該是利用天父神帶有強大力量的話語，讓這個術式實現的吧。

「還真是無聊的魔法呢。要猜對吾輩的回答？就算吾輩因為『契約』而無法說謊，汝能一字不差地猜對嗎？只要猜錯三次就會死，汝那個魔法才是缺陷魔法啊。」

「那就趕快開始吧！最初的問題，基里希利斯。」

耶魯多梅朵完全無視基里希利斯的發言說：

「你因為懷抱憧憬、感到嫉妒不已，所以才想要超越他的偉大魔族。請以全名說出他的名字吧。」

基里希利斯啞口無言，用魔眼（眼睛）瞪著耶魯多梅朵。

「假如沒有，只要回答沒有就好嘍。啊啊，當然，答案要一字不差。所以『是阿諾斯．波魯迪戈烏多喲』和『是阿諾斯．波魯迪戈烏多呢』會被視為不同的答案。即使是本熾死王，這部分到底也讓我很煩惱呢。」

熾死王一面用喉嚨發出「咯咯咯」的笑聲，一面將魔力送到黑色卡片上寫下文字。

「其實我早就向未來神娜芙妲與預言者迪德里希問過答案了。唉，雖然現在那兩人的預知也變得相當困難，不過在這種狀況下，你的答案有百分之九十九是固定的──」

基里希利斯的魔力就像動搖似的搖晃一下。

「──這句話是騙你的啦！好啦，好啦好啦好啦。還剩下三秒。時間一到，就要進行懲罰遊戲！」

「吾輩的回答是——」

基里希利斯開口的同時從全身發出魔力。

「——誰會奉陪這種無聊的遊戲啊！」

基里希利斯向「熾死王遊戲答推理」發動「魔支配隸屬服從」。只要讓熾死王的遊戲魔法隸屬於他，這個遊戲本身就不會成立。或許是看穿只要在被猜對回答之前，就怎麼樣都有辦法反抗吧。房間內的魔法陣亮起，「魔支配隸屬服從」干涉起熾死王畫出的「熾死王遊戲答推理」的魔法陣。

「呵呵呵，還真是遺憾呢。就像吾輩說過很多次，汝的魔法終究只是在虛張聲勢與故弄玄虛啊。因為吾輩的魔法甚至沒有必要奉陪汝玩這種遊戲哪。」

基里希利斯的魔力即將侵入「熾死王遊戲答推理」，經由「魔支配隸屬服從」讓這個魔法隸屬於他。基里希利斯就像勝券在握一般得意地扭曲變形著凝膠狀的臉孔發出嘲笑。然而就在這之後，「魔支配隸屬服從」的發動戛然而止，畫在房間內的魔法文字倏地接連消失。

「……為…………為什麼……？」

緋碑王傻眼地發出詢問：

「術式應該萬無一失啊……！為什麼？為什麼沒有發動！到底哪裡出錯了……？吾輩構築的理論與術式竟然有遺漏……」

「喂喂喂，你怎麼還在說這種話啊？」

熾死王邁開步伐，將在牆壁附近旋轉的手杖——「杖探查惡顯眼知」拿在手上。手杖發出的光源消失後，投射在牆壁上的魔法文字就消失了。

「……被……改寫了……………！不對……這不可能……擁有魔眼神魔眼（眼睛）的吾輩不可能會輕易看漏……！」

「因為擁有魔眼神的魔眼（眼睛），所以不可能沒注意到——你的這種傲慢，在我提出魔王之名時變成了盲信啊。要說為什麼的話！」

耶魯多梅朵「噠」的一聲撐著手杖高聲大喊：

「因為你憧憬、嫉妒著那位可怕的魔王，對他抱持漆黑的慾望啊。」

耶魯多梅朵將杖尖指向緋碑王。

「這是必然，必然，完全就只是必然不是嗎？在那個魔王面前，不論是誰都會心煩意亂。你在我提問的瞬間，唯獨不想說出這個答案來。只要你肯說，遊戲就是你贏，就能不費吹灰之力贏過本熾死王。啊啊，然而，但是，但是啊，緋碑王。」

熾死王咧嘴一笑對他直言：

「這會讓你打從心底承認自己輸給魔王。」

耶魯多梅朵取出三張黑色卡片，一下增加、一下減少地在手上把玩。

「你唯獨不想承認這件事。太過於這麼想、太過於滿腦子都是魔王的事，進而讓魔眼（目光）從術式上離開片刻，於是我趁著這個機會改寫了魔法文字。而無法認同魔王也無法說謊的你，會說出的回答只有一個。」

耶魯多梅朵將卡片翻過來。寫在上頭的文字是——

「『不回答』。你也許想藉由不回答問題來勉強保住自尊心，但是緋碑王。無法簡單回答出阿諾斯．波魯迪戈烏多的你，不覺得比誰都還要讚揚、嫉妒著那位魔王嗎？」

「……你在……開什麼玩笑………」

熾死王用手杖將牆上被改寫的魔法陣恢復原狀。

「你的攻擊會回到你身上。」

向「熾死王遊戲答推理」發出的「魔支配隸屬服從」反彈到緋碑王自己身上。也就是說，基里希利斯將會隸屬於耶魯多梅朵。

「喂，基里希利斯。『魔支配隸屬服從』要等多久才會生效啊？」

基里希利斯臉色大變，一面胡亂扭曲著臉孔一面大叫：

「黑……黑吉安德、里諾羅洛斯！快在一分鐘內幹掉這傢伙！」

基里希利斯將視線投向那尊神的方向，在下一瞬間啞口無言。一面薄薄的水鏡在魔劍神黑吉安德與辛之間形成。面對在剎那間揮出劍光的流崩劍阿特科阿斯塔，辛的右胸泛起波紋，就這樣赤手空拳地前進，伸手握住那把劍的劍柄——彷彿他早就知道魔劍神的劍刃會怎麼揮來一樣。

「出現在水鏡上的是破滅的波紋。」

辛使勁握住劍柄，將全部魔力注入流崩劍。黑吉安德正要退開，他宛如水流行進般自然地從祂手中輕易奪走那把魔劍。

「你是追尋著使用者的徬徨劍神。我就收下祢的靈魂吧。」

辛砥礪魔力，將流崩劍阿特科阿斯塔制伏下來。他在讓那把魔劍屈服後，就像要作為證明一樣使勁揮下一劍。

就在這時，光之人形——魔劍神黑吉安德失去光輝，突然無力地當場倒下。溢出人形身體的光芒就像要回歸原位一樣，被流崩劍阿特科阿斯塔吸了進去。魔劍散發的魔力飛躍到超乎尋常的境界。

「……怎麼會……汝……汝在做什麼啊！黑吉安德！汝可是與吾輩締結盟約的神，祢打算向區區的魔王部下投降嗎！」

「不論存在什麼樣的盟約，哪裡有魔劍會侍奉連劍都不會拿的主人啊？」

這句話使得基里希利斯露出困惑的表情。

「更何況還是魔劍的秩序。選擇相稱的使用者是理所當然的事吧？」

也就是魔劍神黑吉安德的本體並非那個發光人形，而是流崩劍阿特科阿斯塔。在以劍對話之下，辛察覺到這件事。魔劍神無法言語，基里希利斯大概從來都不知道那尊神在追求什麼吧。

「夠、夠了！汝這沒用的傢伙！一點都派不上用場！里諾羅洛斯、傑尼多弗克，給我殺光他們！」

「方才你好像認為，魔王的右臂會不如區區的神的劍技。」

水鏡才剛在辛的面前瞬間出現，就微弱地響起潺潺水聲。他用手裡的魔劍斬斷靜靜泛起的兩道波紋，里諾羅洛斯變化的透明布匹脆弱地粉碎，朝他衝去的魔眼神傑尼多弗克就像薄冰碎裂一般崩塌下來。兩尊神在流崩劍阿特科阿斯塔之前毀滅、消失了。

「什麼………」

辛走向基里希利斯，用流崩劍阿特科阿斯塔指著他的臉。

「看來你死了千萬遍也不足夠呢。」

水鏡出現在兩人之間。基里希利斯就像充滿恐懼一般顫抖著凝膠狀的身體。

「咯咯咯咯，威嚇就到此為止吧，辛・雷谷利亞。」

辛一回頭，熾死王就咧嘴一笑。

「時間已經到了不是嗎？」

「嗚唔呃呃……！」

基里希利斯雙膝跪下，就像頭痛似的按著頭。

「……嘎……啊啊…………嗚啊啊…………」

「魔支配隸屬服從」發動，在基里希利斯與耶魯多梅朵之間連結起隸屬的鎖鍊。他已經沒辦法抵抗了。

「你是條狗，基里希利斯。」

這麼說完，緋碑王的凝膠狀身體轉眼間逐漸變成四隻腳，同時長出尾巴。一隻漂亮的狗就出現在那裡。

「回答是什麼啊？」

基里希利斯發出「汪」的一聲搖起尾巴。

§18 【協助者】

我們離開魔導要塞，南下往艾迪特赫貝遺跡都市而去。

『雖然依你的個性，我想都看在眼裡了，看樣子緋碑王除了「母胎轉生」的魔法之外，幾乎一無所知。』

耶魯多梅朵的聲音以「意念通訊」傳來。在讓基里希利斯隸屬之後，熾死王將他所知道的情報都問出來了。

「唔嗯，跟預期的一樣啊。他被賽里斯利用了呢。」

『但是！「母胎轉生」的魔法很有意思喔。就連那個基里希利斯都能獲得如此強大的魔力！賽里斯．波魯迪戈烏多到底有什麼的企圖，是想創造出什麼樣的魔王之敵呢！光是想像就——嗚唔！』

儘管能聽到熾死王呼吸變得困難的呻吟聲，他還是不退縮地說：

『或許，或許喔。我們也能認為已經誕生了不是嗎！』

這樣就麻煩了。就算失去主人，怪物四處徘徊也很令人困擾。

「碧雅芙蕾亞曾說過，她讓暴食神蓋魯巴多利翁在肚子裡轉生成霸龍了。」

『啊啊，等等。我這就去確認。這傢伙只會汪汪叫，還真教人傷腦筋。應該要讓他能稍微說點人話嗎？』

明明是自己做的，熾死王卻像這樣發牢騷。

『……原來如此，原來如此。』

耶魯多梅朵大概直接調查基里希利斯的記憶了吧，他立刻開始說明：

『就和推測的一樣，他說那是「母胎轉生」。碧雅芙蕾亞讓腹部接受改造，生下霸龍。根據母胎與孩子的組成，轉生時獲得的特性會不同的樣子。』

也就是說，碧雅芙蕾亞其實是讓暴食神轉生成霸龍的母胎啊。

可是——

「我不認為僅止於此。」

『的確、的確。冥王伊杰司和詛王凱希萊姆擄走碧雅芙蕾亞。你是這麼想的吧，魔王。她是為了產下什麼的母胎。會以「母胎轉生」讓暴食神轉生成霸龍，只不過是要將她改造成更優秀的母胎副產品吧！』

耶魯多梅朵以興奮的語氣大喊，就像在請求「尚未現身的敵人誕生吧」一樣。

『危險，飄來了危險的味道不是嗎！咯——咯、咯、咯、咯！』

「在那之前抓住碧雅芙蕾亞吧。她在甘古蘭多絕壁的可能性很高。連同創星艾里亞魯一起找出來。」

『……在那之前啊？原來如此、原來如此……』

耶魯多梅朵覺得可惜地拖延答覆，辛就簡短回答：

『了解。幻名騎士團的餘黨該如何處理？』

「交給你了。」

『遵命。』

我們切斷「意念通訊」。在前方往來的行人之間，能看到像是黑霧的東西。

「停。」

聽到我的聲音，米夏與莎夏等人停下腳步。黑霧變成六隻角的魔族。

「是凱希萊姆……」

莎夏立刻警戒起來，將魔眼（眼睛）朝向他。

「等等！」

他這樣喊道。周遭的人類們一副「發生什麼事了？」立刻轉過頭來。那名魔族慢慢走了過來。

「我想和魔王談談，能讓我見他一面嗎？」

「……姬斯緹？」

米夏喃喃低語。就如她所說的，對方現在的根源是姬斯緹。應該是人格切換了吧。

「拜託你們。我想幫助凱希萊姆大人。我沒有說謊，就算要簽訂『契約』也無所謂，也會告訴你們創星艾里亞魯的所在位置！所以，請聽我說。」

姬斯緹以迫切的語調懇求。米夏直直注視著她，偷偷拉了我的衣袖一下。

「……悲傷的心情……」

她就像看出姬斯緹的感情一樣說：

「……重要的人要消失了……」

哎，既然是姬斯緹的人格，那就不需要太過警戒。

「來吧。」

這麼說著，我們移動到無人的巷弄裡。姬斯緹老老實實地跟了上來。

「凱希萊姆怎麼了？」

我邊說邊施展「契約」，其內容寫著不准說謊。

「現在正在睡覺喔。不過，我不知道他何時會醒來。」

姬斯緹毫不遲疑地在我的「契約」上簽字。

「那個……魔王大人在哪裡？」

「就是我。」

我施展「成長（kurusuto）」的魔法，讓身體恢復到十六歲左右。姬斯緹看似驚訝地瞪圓大眼。

「所以，凱希萊姆怎麼了？」

「……啊，嗯。那個，你知道冥王大人曾待過迪魯海德無名騎士團嗎？」

我點頭表示肯定後，她接著繼續說明：

「我曾聽冥王大人說過，必須將亡靈作為亡靈地葬送在黑暗之中。他說無名騎士團的亡靈至今仍在這個時代徬徨，他無論如何都不能原諒這件事。」

「是指賽里斯．波魯迪戈烏多活著的事嗎？」

「我不清楚。我曾經試著詢問是不是在說賽里斯．波魯迪戈烏多，冥王大人卻說不是。因為他不願意告訴我詳情，所以關於那個亡靈的事，我不是很清楚。可是呢，冥王大人說他從兩千年前就一直在尋找那個亡靈，為此還協助了賽里斯。」

為了將亡靈葬送在黑暗之中，而協助不合自己心意的人嗎？

「我想他之前會待在阿哈魯特海倫，也是在尋找那個亡靈。」

「他總算在地底找到那個亡靈了嗎？」

「我想大概是吧。」

幻名騎士團的亡靈。既然如此，這肯定與賽里斯．波魯迪戈烏多有關。

「……凱希萊姆大人說了，冥王大人會輸……」

「輸給那個叫什麼亡靈的？」

姬斯緹點了點頭。伊杰司並不是什麼尋常魔族，即使要挑戰比自己強大的對手，他應該也不是會毫無勝算就動手的愚者。儘管如此，對手卻讓詛王一口咬定他會輸嗎？

「他說冥王大人擁有就算同歸於盡也要打倒對方的覺悟，所以到時候就是自己出場的時候了。」

「意思是凱希萊姆要代替冥王死去？」

「沒錯。」

假如是凱希萊姆的詛咒魔法，就能將敵人的攻擊吸引到自己身上。

「凱希萊姆大人說過，他欠冥王大人一份人情喔。他說那份人情就算要用命去換，也不得不償還。」

「我還是第一次耳聞他們感情這麼好。」

姬斯緹露出苦笑。她的這道笑容讓人感到很溫暖。

「因為凱希萊姆大人是個任性、旁若無人，又不坦率的人。不過，雖然有許多讓人傷腦筋的地方，但他其實非常重情重義。」

足以讓他決意要捨命的人情啊？還真是讓人在意呢。

「總之我們只要搶在冥王與詛王之前找出那個亡靈，把他毀滅掉就好了吧？」

姬斯緹點了點頭。

「我想如果是魔王大人，就一定辦得到。」

「為何那個叫冥王的魔族之子不來拜託哥哥呢？」

亞露卡娜問。

「賽里斯與幻名騎士團在阻礙和平，對哥哥來說應該也是個障礙。」

「嗯——這麼說也是呢。倘若目的一致，冥王一直都很願意協助我們，為什麼唯獨這件事沒有來向阿諾斯求助啊？」

莎夏感到疑惑地歪著頭。

「冥王大人曾經說過，這件事唯獨不能向魔王大人求助喔。」

「這麼說，意思是除了阿諾斯弟弟以外，誰都可以嗎？」

艾蓮歐諾露詢問。

「是……對抗意識……！」

潔西雅儘管聽不太懂，還是強行插入對話。

「他說這是自己繼承下來的職責喔。說不論是兩千年前還是現在，魔王與亡靈的道路都不會交錯。」

還真是兜圈子的說法呢。說不定就只是在糊弄姬斯緹就是了。

「其實這件事要是跟魔王大人說，會被凱希萊姆大人罵……可是，我總覺得再這樣下去，他們兩人都真的會死。」

姬斯緹一臉擔心地說。

「別擔心，我兩人都會幫。」

「真的？」

在我點頭後，姬斯緹就笑了。

「感謝你，魔王大人！老是求助於你，真的很抱歉。」

「要怎麼找？」

米夏問道。大概是在問要怎麼找亡靈吧。

「兩千年前似乎有關於幻名騎士團的線索。他們目睹了我的誕生，外加上波米拉斯說過的話，所以我和他們之前至少曾經有過某種關聯。只要回想起這個部分，找到亡靈的可能性就很高。」

「那要做的事情結果還是一樣，先把創星艾里亞魯找出來就好了吧？」

莎夏就像要確認一下似的問。

「是啊。」

我一轉向姬斯緹，她就開口說：

「創星艾里亞魯就埋在遺跡的各個地點喔。要挖掘出來好像需要時間，所以詛王大人和冥王大人被吩咐要守著這些地點。」

「誰吩咐的？」

「是魔導王大人喔。波米拉斯大人曾經與賽里斯攜手合作，就連在他消滅之後，幻名騎士團也仍舊持續提供協助的樣子。」

是冥王的指示嗎？也就是協助波米拉斯，能幫助他打倒亡靈啊？

「可是，魔導王已經被阿諾斯弟弟打爆了喔。」

艾蓮歐諾露一豎起食指，潔西雅就露出一臉揚揚得意的表情。

「艾里亞魯……是我們的東西……！」

說完，姬斯緹就左右搖了搖頭。

「我想魔導王大人應該沒有毀滅喔。他擁有讓火焰身軀分離的分體，如果分體毀滅，魔導王的根源就會複製到其他分體上，據說只要不消滅所有分體，他就不會徹底毀滅。」

「要是毀滅就複製……這已經是別人了吧？」

莎夏說。

「唔嗯，哎，假如擁有相同的人格、相同的魔力，對我們來說就是同一個人吧。」

果然不出所料，他採取對應毀滅的策略了啊……不愧是兩千年前被稱為魔導王的人物。

「創星艾里亞魯的位置在哪裡？」

「魔導王大人吩咐凱希萊姆大人守護的，是艾迪特赫貝的第十二號豎洞。我想那裡現在警備很薄弱喔。」

因為凱希萊姆不在那裡呢。

「還有伊杰司大人所處的第三十號豎洞。再來就是，我曾聽聞城堡最深處的遺跡壁畫上埋著創星喔。」

從第一皇女蘿娜口中問到的第七號豎洞、凱希萊姆守護的第十二號豎洞、伊杰司守護的第三十號豎洞、艾迪特赫貝城最深處的壁畫，以及假如辛他們所處的甘古蘭多絕壁也有一個的話，這樣就合計五個了嗎？

「去城堡是雷伊他們比較近，我們先去占領其他地方。」

我一用魔力畫出地圖，姬斯緹就在上頭標示出豎洞的位置。

「艾蓮歐諾露、潔西雅、亞露卡娜，妳們前往第十二號豎洞。米夏與莎夏則前往第七號豎洞。」

她們各自點頭，開始行動。

「亞露卡娜妹妹，一起打起精神努力吧！」

「……我會努力看看……」

「……創星……要第一個……拿到……！」

艾蓮歐諾露、亞露卡娜與潔西雅離開。
「小心點。」
「話說回來，就在我們要去的地方不知道有沒有創星耶。」
米夏與莎夏朝第七號豎洞的方向離去。
「姬斯緹，妳跟我來。」
我緩緩邁出步伐，朝著背後說：
「我們去伊杰司那裡。」

§ 19　【繼承下來的詛咒】

我與姬斯緹朝著伊杰司守護的第三十號豎洞走去。
儘管仔細觀察過城市裡的情況，不過並沒有特別奇怪之處，是這個時代隨處可見的和平光景，也完全聽不到像是在對戰爭吐露不安之類的對話。
民眾恐怕並不知情，殷茲艾爾軍抓住勇議會意圖反叛蓋拉帝提的事情吧。在和平盛世，沒有人樂意掀起戰端。儘管如此，倘若要自行將艾迪特赫貝化為戰場，事前告知民眾就是作為王最低限度的義務吧。假如就連告知都沒有，這場戰爭就沒有民意。
「姬斯緹，關於凱希萊姆欠下的人情，妳心裡有底嗎？」

「我想大概是凱希萊姆大人的師父的事喔。你知道諾魯・多夫蒙德大人嗎？」

「是精通詛咒魔法的多夫蒙德一族之首啊？擁有魔法老師的別名。我曾經見過他一次，不過當時他對自己施咒過度，已經命不久矣了。」

大概是因為如此吧，多夫蒙德一族就連在大戰最為激烈的時候，也沒做出什麼引人注目的舉動。不論與人類還是魔族都毫無關聯，一味注視著自身魔法的深淵。雖然很罕見，偶爾也會有這種學者性格的魔族。

「凱希萊姆大人是多夫蒙德一族的後裔，在一族之中是個異類呢。因為他堅持要讓多夫蒙德的力量在迪魯海德揚名立萬，所以遭到諾魯大人斷絕關係了。凱希萊姆大人接受終生不得以多夫蒙德自稱的詛咒後，投身於迪魯海德的戰亂之中。」

於是他自稱凱希萊姆・姬斯緹，一路爬升到四邪王族之一——詛王的地位。

只不過姬斯緹的人格是何時出現的，就不知道了。

「大戰結束之後，也就是魔王大人轉生之後呢，多夫蒙德的城堡突然溢出大量詛咒，開始毀滅他們。由於諾魯大人瀕臨死亡，本來受到他抑制的詛咒開始溢出根源之外了喔。」

諾魯・多夫蒙德為了研究魔法，試著對自己施加詛咒。他那代代繼承下來的根源，生來就帶著詛咒。儘管對詛咒擁有強大的抵抗力，在面臨毀滅時，終究還是抑制不住了吧。

「諾魯大人生前向弟子們說，在自己的壽命走到盡頭時，為了儘量不讓這身詛咒對迪魯海德的人民造成困擾，希望有人能在最後一刻咒殺他。還說希望有人能繼承自己窮極一生窺看深淵所得來的詛咒。」

這句話很像一味追求深淵的老師會說的臺詞。

「可是呢，諾魯大人雖然弟子眾多，城裡的弟子不論是誰都沒辦法阻止他的詛咒。侵蝕諾魯大人的詛咒出乎意料地強大，一下子就將多夫蒙德的城堡吞沒了。他們除了逃命之外，完全束手無策喔。」

這也是沒辦法的事。那可是諾魯·多夫蒙德窮極一生累積下來的詛咒，憑半吊子的力量與覺悟根本無法阻止。

「凱希萊姆大人得知此事後，想返回多夫蒙德的城堡喔。可是，他感到迷惘了。他說自己是遭到斷絕關係之人，所以不能實行諾魯大人的遺言。因為必須讓能正式繼承多夫蒙德之名與魔法之人阻止諾魯大人才行。」

「不過，正式的弟子們全都在那個詛咒之前束手無策，這想必讓他心急如焚。」

姬斯緹點了點頭。

「凱希萊姆大人探訪諾魯大人的弟子們，煽動他們去實行遺言了喔。但是大家都被諾魯大人的詛咒嚇壞了，完全不想靠近城堡附近。相當於長兄的弟子對凱希萊姆大人說：『你要是沒去追求什麼名聲，事情就不會變成這樣了。』」

姬斯緹露出悲傷的表情。

「凱希萊姆大人只是想讓世人知道諾魯大人的魔法，向大家炫耀而已。他是個就像小孩子一樣的人，所以不太能理解過著隱居生活的諾魯大人的想法呢。其實他只是想跟大家說『本大爺的師父很厲害』罷了。」

居然因為這種理由而一路爬升到四邪王族的地位，還真是個很有魔族風範的男人呢。

「凱希萊姆大人雖然從來沒說出口，但他非常後悔呢。當時他只能遠遠看著詛咒不斷擴大的多夫蒙德城堡，就在這時候，冥王大人來找他了。」

姬斯緹帶著淺淺的微笑說：

「冥王大人說有這種會散布詛咒的城堡只會給人添麻煩，所以要他協助毀滅。」

這很像冥王會說的話。

「當然，凱希萊姆大人不可能立刻答應。兩人簽訂『契約』，進行了決鬥。倘若是冥王大人贏了，凱希萊姆大人就要協助毀滅多夫蒙德城的詛咒。假如是凱希萊姆大人贏了，冥王大人就要當他的部下。」

「也就是冥王贏了。」

「是的。於是凱希萊姆大人不甘不願地一起前往多夫蒙德城了。其實呢，能找到理由去城堡讓他很高興喔。他說因為遭到斷絕關係，他無法作為弟子去阻止這個詛咒。可是因為決鬥輸了，所以他是沒辦法才去的。」

詛王說不定在等著某人從背後推他一把吧。

「冥王大人用魔槍將多夫蒙德城裡充斥的詛咒一一送到異次元後，要凱希萊姆大人設法處理掉從諾魯大人的遺體上發出、最為強大的詛咒。凱希萊姆大人將那個詛咒收進自己的根源之中，然後以自己的詛咒毀滅了諾魯大人的根源。於是，最後的詛咒就發動了。諾魯大人低語：『做得漂亮，我的弟子啊。我的魔法將會詛咒你一生吧。』」

這是追求詛咒魔法深淵的師父，為弟子送上的最大讚賞吧。

「原來如此。如果只是送到次元盡頭，就連冥王的槍也能做到吧。」

姬斯緹帶著微笑點了點頭。

「是啊。我想冥王大人其實一個人也能消滅掉多夫蒙德的咒城，可是他特意找來凱希萊姆大人。注意到這件事的凱希萊姆大人就問冥王大人為什麼要賣他這個人情。」

「他怎麼說？」

姬斯緹露出溫柔的表情說：

「他說『就只是順勢而為』喔。」

冥王還是老樣子啊。

「不過在這之後呢，他說了『諾魯．多夫蒙德在臨終前希望你來的樣子』後，就把迪西多亞提姆拿給凱希萊姆大人看了喔。因為長槍上浮現詛咒文字。」

姬斯緹說：

「上頭寫著『凱希萊姆．多夫蒙德』喔。」

諾魯．多夫蒙德很清楚能阻止自己的弟子會是誰。所以他在臨終前原諒凱希萊姆，希望他能來繼承自己的詛咒。

「冥王大人最初是獨自前往多夫蒙德城的呢。他在擋下城堡發出的詛咒時，看到長槍上浮現的文字之後折返了喔。」

所以他才會去邀請凱希萊姆一起來啊？伊杰司大概也一樣，不想說自己是為了詛王才這麼做的吧。

「凱希萊姆大人儘管繼承了詛咒，果然還是很消沉呢。冥王大人就對這樣的凱希萊姆大人說了一句話：『活過戰亂時代的師父心情，不成熟的弟子不會懂得啊。』」

「這就是凱希萊姆所說的人情啊？」

「大概是吧。不過，我想就只有這件事了喔。諾魯大人的事情對凱希萊姆大人來說非常重要。我想冥王大人肯定也懷抱與當時的凱希萊姆大人一樣重要的事情，擁有無論如何都不得不去做的事情喔。」

那件事也就是要葬送亡靈啊？目的只是要葬送嗎？還是在那之後會發生什麼事呢？

『哥哥。』

『找到像是創星艾里亞魯的東西了喔。』

我收到亞露卡娜與艾蓮歐諾露兩人傳來的「意念通訊」，隨即將視野移到亞露卡娜的魔眼（眼睛）上。

那裡是她們鑽進遺跡豎洞之後的場所，看起來就像一座設置在地底的神殿，並排著拱形的石造門。門後立刻就是另一道門，等間距地不斷排列下去。在通過所有的門後，能看到一面古代壁畫。

那是夜晚的天空。這並非畫出來的，而是壁畫本身就是一片夜空。其中心有一顆散發藍光的星星，鑲嵌在周圍的群星閃爍著星光。而這些星星創造出守護藍星的神聖結界。

「嗯～這顆藍色的大概就是創星艾里亞魯，有人想在這裡設法挖掘出這顆星星吧。」

艾蓮歐諾露朝壁畫附近的固定魔法陣看去，那是比較近期畫出來的。魔法陣上設置著不是用來破壞，而是為了解除壁畫結界的術式。我用魔眼看向結界的術式後，發現那好像是在強行破壞後，創星艾里亞魯就會傳送到其他地方的構造。也就是說，為了不讓創星消失，必須耗費漫長的時間解除強大的結界啊？

『只要使用米里狄亞的秩序就能解除結界吧。』

於是亞露卡娜說：

「只要使用『創造之月』亞蒂艾路托諾亞，確實能夠解除，但是這麼做恐怕也會被魔導王察覺。」

『無訪。』

「就依哥哥說的。」

亞露卡娜把手舉到頭上。

「夜晚來臨，白晝逝去，明月東昇，太陽西沉。」

神的秩序作用在艾迪特赫貝的遺跡都市。太陽緩緩西沉，白晝開始變成黑夜。外頭在被黑暗封閉之後，「創造之月」浮上夜空，讓月光耀眼地照進遺跡的豎洞裡。隨後「創造之月」出現在壁畫的夜空上，才剛發出柔和的光芒，鑲嵌在周圍的群星光芒就消失無蹤，只留下藍星在壁畫上頭。

亞露卡娜一伸出手，那顆藍星——創星艾里亞魯就飛出壁畫，落在祂的掌心上。

「上頭封印著記憶。」

『就試著窺看吧。』

亞露卡娜點了點頭後說：

「星辰的記憶閃爍，過往的光芒照耀大地。」

在亞露卡娜窺看創星的魔眼（視野）中，顯示出過去的景象——

§20 【背叛與不講理支配的世界】

那是兩千年前，或是更早以前的迪魯海德。

戈內爾山的山腳處搭設著帳棚，燃燒著篝火。在此處野營的是一群穿著大衣的魔族——幻名騎士團。倘若是他們的魔法，要以「創造建築」在那裡準備舒適的居所根本輕而易舉，然而為了徹底隱藏他們的存在，幾乎刻意不使用魔力。只要不使用魔力，甚至幾乎不用擔心會被強者的魔眼（眼睛）發現。

又有一個穿著大衣的男子走了過來。那個人是他們稱為團長（伊希斯）的首領——賽里斯・波魯迪戈烏多。

「報告吧。」

幻名騎士團們沒有擺出恭敬的態度，拖拖拉拉地持續進行野營的準備，表現得就像毫無秩序一樣。

「不見統治戈內爾領的冥王伊杰司・柯德的蹤影。」

二號（艾德）把鍋子放在篝火上，一面煮菜一面說：

「部下的訓練水準相當高。而城市的治安也很好，沒有潛入的餘地。只不過有件事不太對勁。」

「什麼事？」

對於賽里斯的詢問，三號（傑諾）回答：

「有人知道亡靈的手法。我們會抓不到他的尾巴，大概就是因為這一點。」

幻名騎士團們潛入戈內爾領徹底調查支配該地的冥王伊杰司，然而他的真實身分依舊不明。他們掌握到的都是冥王所準備的假情報，本人就像海市蜃樓一般消失了。

「我們之中有人違反禁令。」

四號（捷特）說：

「無法徹底成為亡靈的背叛者。」

賽里斯以冰冷的表情注視在場的所有幻名騎士團。這時響起撥開花草的「沙沙」聲響，又一名無名騎士來到那裡。

「你很慢喔，一號（杰夫）。」

二號（艾德）說。可是一號（杰夫）聞言露出了疑惑的表情。

「我沒讓一號（杰夫）參與這次的調查。因為他恐怕沒辦法好好辦事吧。」

賽里斯一說完，他就轉頭過來。

「這是什麼意思？是什麼的調查？」

一號向前逼問賽里斯。

「就是調查統治戈內爾領的冥王伊杰司。傳聞他是迪魯海德第一的魔槍高手。」

對於賽里斯的話語，一號一臉認真地聽著。

「你也很清楚對吧？」

「……是的。」

「冥王伊杰司將領土交由部下統治，鮮少出現在眾人面前。就連二號他們都掌握不到真實身分的澈底程度，還有就像知道我們手法似的行動模式。看樣子在我們之中，似乎有無法澈底成為亡靈的愚者。」

一號面不改色地默默聽著。賽里斯就像威脅似的說：

「你有頭緒嗎，一號？」

儘管被彷彿能看透內心的魔眼注視，一號還是淡然地回答：

「沒有。」

「來到戈內爾領後，你馬上就前往城市了呢。你去做什麼了？」

他沒有回答，賽里斯就接著說：

「你在意那小子消失到哪裡去了嗎？」

聞言，一號才首次出現動搖。

「你知道阿諾斯的下落嗎？團長，你該不會做了什麼吧！」

「一號（杰夫）。」

賽里斯冷冷喊道，以「根源死殺」的手指抓起一號（杰夫）的喉嚨。

「……嗚唔唔唔…………！」

「要我說幾次才會懂？是要我說幾次才會懂？你可是亡靈啊。我應該叫你別和那個小鬼扯上關係，你瞞著我去見過他好幾次了？」

一號（杰夫）縱然被掐著喉嚨、感到很痛苦，還是勉強擠出話語說：

「……把自己的孩子捨棄在無依無靠的城市裡，儘管幸好被戈內爾的兵團撿到……假如待在那種沒有後盾也沒有實力的魔族們身邊，阿諾斯遲早會死……」

「要是死了就死了。」

一號（杰夫）用力抓住賽里斯的手臂說：

「意思是沒有力量的魔族，即使是自己的兒子也沒有活著的必要嗎？」

「沒有力量？居然會蠢到流於情感，連深淵都不會窺看了。那小子可比你想得還要強上許多啊。」

賽里斯一放開一號（杰夫）的喉嚨就調轉步伐。朝著露出一臉困惑表情的他，賽里斯說：

「跟我來。」

賽里斯以「幻影擬態」與「隱匿魔力」隱藏身影邁步向前。一號（杰夫）在同樣施展「幻影擬態」與「隱匿魔力」後追在他身後。他們一心一意登上戈內爾山，不久後開始響起「轟隆轟隆」的雷鳴，看到滾滾燃燒的赤紅熔岩流動的景象。

這裡的別名叫做雷雲火山。充滿魔力的火山口噴出的噴煙會在空中形成雷雲，使得山頂一帶被紅雷澈底籠罩。這些紅雷會形成自然的結界，擾亂周圍的魔力場，所以在這座山頂上會難以施展魔法，就連魔眼的效果都會受到阻礙。

兩人衝進紅雷結界中來到火山口，中央滿溢著發出「咕嘟咕嘟」的沸騰聲響、充滿魔力的岩漿。

「團長(伊希斯)……我們要去哪裡……？」

就在一號(杰夫)出口詢問時，岩漿就發出「嘩啦啦啦啦啦」的聲響，像是噴泉一般噴出。而從岩漿裡被頂出來的，是在岩漿裡游動的魔物——魔鯨狄拉赫米爾。

「得手嘍。」

稚嫩的聲音響起。從熔岩裡猛烈衝出的六歲小孩，竟然是阿諾斯・波魯迪戈烏多。他在手上注入魔力，輕易貫穿飛到半空中的魔鯨狄拉赫米爾的身體，然後朝魔物體內發出「灼熱炎黑」，眨眼間就將棲息在岩漿海裡的魔鯨烤成焦炭。

「……這是……」

一號(杰夫)像是很驚訝似的瞠大雙眼。

「雖說是幼兒，但聰明之人會明白自己所置身的處境。這小子知道自己被你關注著，所以隱藏實力，像這樣鍛鍊著自己。」

在兩千年前的迪魯海德，弱者不論何時受到什麼樣不講理的對待、慘遭殺害都不足為奇。強大、聰明是讓自己活下去的最好方法。就如同幻名騎士團這麼做一樣，這是個假如不隱藏實力，就連強者都會立刻遭人獵殺的時代。儘管阿諾斯還是個孩子，卻已經察覺到這件事了吧。所以才會在儘量不讓人察覺到自身力量的情況下，躲在這座能擾亂魔眼的雷雲火山裡鍛鍊實力。

「那小子已經漸漸能夠運用自如，他那與生俱來帶有毀滅的根源之力。」

賽里斯一邊這麼說，一邊朝阿諾斯看去。

「甚至讓人感到後生可畏呢。只要再過數年，應該就會成為連要像這樣偷看都辦不到的高手吧。」

話一說完，賽里斯的眼神就微微凝重起來——因為阿諾斯轉頭看來。儘管已經施展「幻影擬態」與「隱匿魔力」，他的魔眼（視線）還是明確捕捉到無名騎士。

「在那裡的是誰？」

阿諾斯問道。別說是一號（杰夫），就連賽里斯都難掩驚訝之情。隱藏身影、隱匿魔力是他們幻名騎士團最為擅長的魔法。即使是兩千年前的強者，只要沒有特別警戒防備，就非常難以察覺，一個未成年的小孩卻察覺到他們。這甚至輕易凌駕賽里斯的估算，別說數年，他現在就已經達到這個境界。這並不是尋常的才能。

「一號（杰夫）。」

賽里斯低聲說：

「我確信了。這小子是帝王之才，絕對會成為這個迪魯海德的支配者吧……」

就像在說這不是值得高興的事一樣，賽里斯露出陰沉的表情。

「你就留在這裡吧。他還沒辦法辨別人數。」

賽里斯這樣囑咐一號（杰夫），走下阿諾斯所在的火山口，解除「幻影擬態」與「隱匿魔力」現出身影。阿諾斯直直注視著賽里斯，以稚嫩的聲音凜然地說：

「報上名來。」

「只是徬徨的亡靈，不需要名字。」

「找我有什麼事？」

賽里斯在距離數公尺的位置停下腳步，與阿諾斯對峙。

「小子，我要教育你。」

「不需要。」

阿諾斯一口回絕，但賽里斯繼續說：

「你方才看穿的魔法是『幻影擬態』與『隱匿魔力』。不論你怎麼哭叫，我都會從現在開始讓你用身體牢牢記住這些魔法。你必須隱藏實力。在這個魔族國度裡，蔓延著會不斷追求你的才能、你的根源的亡者們。」

「你也是其中一人嗎，亡靈？」

賽里斯突然發出「拘束魔鎖」綁住阿諾斯的身體代替回答。

「閉嘴聽話。假如擁有如此水準的魔眼，就應該知道你贏不了我吧。」

「灼熱炎黑」的火焰發出「轟隆隆隆」的聲響燃燒魔力鎖鍊。阿諾斯用手一把扯斷變得脆弱的「拘束魔鎖」。

「我拒絕。」

阿諾斯蹬地逼近，用指尖狠狠刺向賽里斯。漆黑指尖抓住稚嫩手指用力捏爛，阿諾斯的手指濺出鮮血。

「我叫你聽話。」

「我說了拒絕。」

雖然阿諾斯刺出左手，依舊被賽里斯的「根源死殺」抓住捏爛。不論怎麼強大，假如是未經戰事的小孩子，光是這樣就會哭著認輸吧。可是阿諾斯毫不退縮，用魔眼（眼睛）瞪著賽里斯。

「小子，你想知道雙親的事嗎？」

阿諾斯表現出些許興趣。

「關於你母親與父親的事。」

「你知道嗎？」

「這是你被亡者們盯上的理由之一。」

「快說。」

「當你成為迪魯海德的支配者時，我就告訴你吧。」

儘管視線迸出火花，兩人還是互相瞪視著。不久後，阿諾斯靜靜地將手收回，一面以恢復魔法恢復傷勢一面說：

「亡靈，告訴我一件事。」

賽里斯默默注視著阿諾斯的臉。

「一直看著我的人是你嗎？」

「言詞能輕易地說謊。」

賽里斯冷漠地說：

「什麼都不要相信，用你的魔眼（眼睛）一心一意窺看深淵就好。然後去了解，這個世界是由背叛與不講理所支配。」

他一點兒也不打算表明自己是父親的事，以冰冷的表情注視著阿諾斯。

§ 21 【過去的門衛】

儘管將魔眼（視線）朝向創星的影像，我還是與姬斯緹一塊兒走著。走過艾迪特赫貝的小徑後，能在往來行人變少的地帶看到遺跡神殿。組成圓形的石頭上帶有太古的魔力，莊嚴的石柱排列開來。當中有一些柱子崩塌，或是斷裂倒在地上。遺跡神殿沒有屋頂，不知是本來就沒有，還是因為漫長的歲月風化了。我們走向遺跡神殿的中央，發現那裡開著一個豎洞。

螺旋狀的石造階梯綿延不絕地往下層延伸。這是伊杰司等待的遺跡都市第三十號豎洞。我與姬斯緹慢步走下這個石階，此時「意念通訊」在腦海中響起。

『嗯～創星的記憶就到剛剛為止嗎？』

『還不清楚，我調查看看。』

艾蓮歐諾露與亞露卡娜在對話。

『有……阿諾蘇……！』

潔西雅一喊道，艾蓮歐諾露就發出「嗯嗯」的話語同意她說的話。

「雖然賽里斯也出現了，果然說話方式和個性都與前陣子完全不同的樣子喔。」

『……是被……竄改了嗎……？』

『嗯～是怎樣呢？雖然嘴巴很壞，好像教導了阿諾斯弟弟魔法的樣子呢？』

聞言，亞露卡娜就說：

『在創星顯示出記憶時，能看到創造神以外的秩序。和痕跡書的時候一樣，說不定是狂亂神的秩序。』

『那果然是遭到竄改了啊。』

「我不覺得能這麼輕易辦到。米里狄亞的結界還在運作，要是能竄改，應該只要趕緊把創星奪走就好才對。』

『是假裝成被竄改了嗎？』

亞露卡娜問。

「這麼想應該很妥當吧。即使無法干涉創星艾里亞魯的內容，在顯示出記憶時，偽裝成同時有其他秩序在運作的程度，說不定就有辦法做到。」

『沒有……被竄改……！』

潔西雅得意揚揚大喊。

「只不過此事與賽里斯有關，所以無法斷言。也可以認為過去被竄改了，然後為了讓我相信這是真正的過去，所以才特意做出這種偽裝吧。」

『我討厭……複雜的……事……！』

潔西雅受不了地投降了。記憶十之八九沒有被竄改。這終究只是萬一的情況。腦海中會浮現這種想法，是因為這是那個男人留下的麻煩嗎？

「不需要急著做出結論，等確認過剩下的創星後再來判斷吧。」

『我想找看看有沒有留下被竄改的痕跡。』

亞露卡娜這麼提議。

「就交給妳了。」

「話說回來，魔王大人。我好像還沒提過……」

跟在我背後的姬斯緹說：

「冥王大人是八神選定者之一的求道者喔。他被水葬神亞弗拉夏塔所選上，我也看過他戴著選定盟珠的樣子喔。」

「……這就怪了啊。」

大概沒料到我會這麼回答吧，姬斯緹遲了一會兒才問：

「為什麼？」

「八神選定者一如其名有八個人。亞希鐵、卡傑魯、戈盧羅亞那、迪德里希、碧雅芙蕾亞、賽里斯，然後再加上我的話，這樣就已經有七個人了。」

「最後一人不就是冥王大人嗎？」

「就在方才，辛在地底發現到基里希利斯。他也是選定者，是被魔眼神傑尼多弗克所選上呢。」

關於至今以來的選定者，幾乎沒有可疑之處。雖然唯獨沒有確認到賽里斯的神與選定盟珠，即使假設賽里斯說謊，相對地冥王才是選定者，那麼與狂亂神亞甘佐締結盟約的人是誰？當然，就算不是作為選定神，神也會協助人類，兩千年前魔族與人類相爭的大戰也是如此。或者也能認為，狂亂神就和天父神一樣，是依循著自己的秩序採取行動的吧。

然而，如此一來就怎麼樣都令人費解。那時賽里斯謊稱自己是選定者有什麼意義嗎？而戈盧羅亞那雖然已經記不清楚了，應該也利用痕跡神的力量確認過賽里斯是選定者。我有種最初提出的事實，在之後遭到塗改一樣的焦慮感。

「……這是怎麼回事啊？」

「不清楚。只要一一去確認，答案自然就會出現吧。」

我們往下走了一會兒後，在螺旋階梯的途中發現橫向通道。姬斯緹看向那條通道點了點頭。試著用魔眼（眼睛）凝視後，就看到強大的魔力像在威嚇我一般從通道裡滿溢出來。

「看來被發現了呢。」

我緩緩踏出步伐，走進那條通道裡，不久後來到一個視野突然開闊的地方。周圍畫滿各式各樣的壁畫，密密麻麻地一路延伸到高聳的天花板為止。中央有一座寬廣的石造階梯，階梯上頭有遺跡神殿。然後在階梯途中，有一個戴著大眼罩的魔族手持長槍站在那裡。那個人是冥王伊杰司。

「居然趁凱希萊姆睡著的時候把魔王叫來，真是令人傻眼的女人啊。」

他以獨眼看向姬斯緹。

「求求你，請聽我說吧，冥王大人！雖然不知道有什麼樣的理由，但你不需要這麼一意孤行吧？即使是冥王大人想毀滅的亡靈，魔王大人也肯定會設法解決。」

「消滅亡靈是亡靈的職責，沒有生者出場的餘地。」

伊杰司朝我投來凌厲的視線。

「這之後可是天真的你無法干涉的領域喔。」

「伊杰司。」

我筆直走向他所站立的石階。

「你為何要擄走碧雅芙蕾亞？」

「明知故問。就只是余的目的需要她。」

「為了毀滅亡靈嗎？」

「我沒有義務回答你。」

他冷淡地說。

「所謂亡靈，指的是誰？」

「此事與你無關，這是余的問題。你就回去擔心迪魯海德的和平吧。等時機一到，勇議會的人就會返回蓋拉帝提吧。」

「與我無關？」

我停下腳步，在石階的最下方仰頭看著伊杰司。

「既然如此，你為何要守著創星艾里亞魯？」

「別以為問了我就會回答。」

「為了打倒亡靈嗎？你會為了目的變得冷酷無情。然而在與我相遇之前，你並非如此。不論是以痕跡書看到的你，還是以創星艾里亞魯看到的你，原本都是個重情重義，有時還會流於情感的強悍魔族。儘管置身在那個殘酷的時代，也仍然不忘溫柔。」

伊杰司不發一語，以他的獨眼直直地瞪著我。

「兩千年前發生了讓你改變的事，而且那件事還與我有關。也就是說，創星艾里亞魯所封印的過去，將會闡明我與你，還有亡靈的關係不是嗎？」

面對我的詢問，伊杰司卻沒有回答。

「你是為了不讓我知道這件事而守在那裡的。儘管這麼做說不定也是為了你的目的，但這是與你的信念一致的行動。」

只要目的一致，即使是立場不同的對象也能合作。冥王伊杰司不是任何人的敵人與夥伴，就只是依循自身的信念而行動的男人。

「要怎麼想像是你的自由，不過余就給你一個忠告吧，魔王阿諾斯。假如你打算以余是自己人的天真想法通過這把長槍，就只會讓你毀滅。」

伊杰司在石階上舉起紅血魔槍迪西多亞提姆。這也就是不容爭辯啊。

「你難道以為，你的長槍能阻止我的步伐嗎？」

「能不能不在余的考慮內。假如你拘泥於這一點，魔王啊。余窮極一生鍛鍊出來的這把亡靈之槍，就會貫穿你吧。」

即使從這裡看過去，也能清楚明白他的心有如利刃一般變得越來越鋒利。冥王的意識只集中在手上的魔槍與下方的我身上，沒有迷惘，也沒有激昂。他連自己的性命都置之度外，僅是化為一把長槍──就宛如一切都只是為了完成使命的亡靈。

這是累積鍛鍊、不停磨練槍技的冥王伊杰司所抵達的境界。達到這種境界的魔槍，想必會展現出超乎想像的精湛槍技吧。

「在我面前能不去想像自己的末路還真是了不起。不過，假如你忘記了，不論幾次我都會讓你回想起來。」

我從全身放出魔力，以視線貫穿伊杰司。

「兩千年前，你究竟輸給了誰。」

§ 22 【掌管次元的紅血之槍】

地下遺跡靜得鴉雀無聲。就像受到伊杰司敏銳的集中力影響一般，寂靜被喚來了這裡。

等注意到時，冥王的魔力已極為自然地化為虛無。

「紅血魔槍，祕奧之四——」

就像在說他不需要耍小伎倆一樣，伊杰司亮起獨眼，發出魔槍的祕奧。

「——『血界門』。」

迪西多亞提姆刺出的槍尖消失。突然間，伊杰司的全身遭到撕裂，飛濺出大量的鮮血。這是因為伊杰司以他的魔槍刺穿了自己。流下的血水宛如生物般蠢動、變形，在伊杰司前方形成一扇高聳巨大之門。

血門靜靜開啟，冥王在門後舉著長槍。

「你要找的創星艾里亞魯就在這扇門後面，走完石階之後的前方神殿裡。想要記憶的話，就穿過這扇門吧。」

冥王泰然地注視著我。他的魔槍沒有間隔。既然沒有先發制人，也就是說那個「血界門」是只會對想穿過那裡的人造成影響的結界吧。

「唔嗯，那就讓我通過吧。」

我慢步走上石階，只是直直地走過去，但他就連要刺出手上長槍的跡象都沒有。

我來到「血界門」前，毫不遲疑地朝門後踏出一步。我的腳落在門的內側，接著我就在石階的最下方了。

「能通過『血界門』的只有亡靈喔。」

「原來如此，也就是門內側的時空扭曲了吧。」

我畫出一門魔法陣，發射「獄炎殲滅砲」。漆黑太陽在進入「血界門」的瞬間忽然消失，在下一瞬間發出「轟隆隆隆隆」的聲響擊中石階下方。我用側眼確認到這一點，就再度走上石階，在門前停下腳步。

「居然能無視我的反魔法讓我超越次元，還真是了不起的祕奧。作為代價，就連你那把能超越時空的長槍也無法從那裡刺來。」

伊杰司舉著長槍戒備，全身上下血流不止。只要我什麼也不做，就這樣與他對峙下去，他就會流盡鮮血而死吧。賭命的祕奧，能因此發揮出極大的力量。

「你不惜這麼做，是在守護什麼？」

「明知故問。淪為亡靈的男人所守護的，只有留在這世上的依戀啊。」

我朝門的內側踏出一步。即使「血界門」扭曲空間，我也用「破滅魔眼」瞪著扭曲的空間。我朝內側踏出第二步。

「不過就是扭曲了空間，難道你以為就能扭曲我的步伐嗎？」

「當然——」

紅色閃光以目不暇給的速度奔馳。

「——不覺得！」

紅血魔槍迪西多亞提姆筆直刺向我的臉。我將「四界牆壁」纏繞在右手上，擋下了這一擊。緊接著，魔槍的槍尖就化為液體，鮮紅血液附著在「四界牆壁」上。

「紅血魔槍，祕奧之五——『血門槍』。」

纏繞在右手上的「四界牆壁」被傳送到遙遠時空的另一端，並在我展開下一道屏障之前，再度凝固的迪西多亞提姆貫穿了我的右手。

「消失吧。」

槍尖化為紅血沾滿我的右手，邀請我前往時空的另一端。

「『血門槍』。」

我立刻用左手斬斷右手臂。沾到「血門槍」的右手臂被吞沒到時空的另一端，忽然消失。我踏下第三步，逼近到伊杰司面前。

「『根源死殺』。」

早在他把長槍抽回之前，我就用漆黑指尖刺進冥王的肚子。

「紅血魔槍，祕奧之六——」

儘管口吐鮮血，冥王也毫不退縮。

「——『血中槍牙』。」

被指尖貫穿、噴出的冥王之血，化為長槍朝我襲擊而來。我張設起「四界牆壁」，不過就在擋下長槍的瞬間，這把長槍就和「血門槍」一樣變回血液沾滿「四界牆壁」。我的身體連同「四界牆壁」一起扭曲了。經由驚人的魔力，周圍一帶被傳送到遙遠時空的另一端——在那之前，我蹬地跳到「血界門」外側。

「唔嗯，和我想得一樣啊。」

「血中槍牙」的效果沒有發動，我的身體也沒有被傳送到遙遠次元的盡頭。他方才施展的種種祕奧，全都只能在「血界門」內側發揮效果。雖說是內側，但也有極限吧。只要走完石階到最上方，就不會受到力量影響。

由於是限定得以使用空間的招式，因此擁有極大的力量，能將世間萬物輕易地傳送到另一個時空。

「想通過門的話，就在那裡等到余的血流盡為止吧。」

冥王用獨眼緊盯著我。發出「咕嘟咕嘟」的聲音流下的鮮血是他的魔力。

「人稱冥王的你捨棄性命，就只是為了要爭取時間啊？你在等什麼？」

伊杰司從正面回應我瞪過去的視線。或許，他並沒有在等待什麼。只要我不打算通過那道門，這個戰法就不管用。他藉由爭取時間讓我以為會發生什麼事，引誘我通過那道門。這是有如走在薄冰上的策略。

同時也是若不以身涉險，就無法傷到我的冥王志氣吧。倘若只是想贏，只要像這樣對峙下去就好。不過——要蹂躪一切才是所謂的魔王。

「稱你為亡靈確實很適合。這不是還有未來的生者辦得到的戰法。」

我施展「總魔完全治癒（eishiearu）」治療傷勢。切斷的右手出現在傷口上，同時接合回去了。

「然而即使這麼做，你也還是遠遠追不上我。」

我緩緩踏出步伐。

「我可沒有要留給什麼亡靈的時間啊。」

我再度踏進「血界門」內側。

「不論試多少次都一樣喔。」

紅色閃光奔馳而出，筆直刺出的那把長槍瞄準我的左胸。我像鑽過那一槍與之交錯，一口氣拉近距離。

「總之只要不碰長槍、不沾到血地逼退你就好。」

我以右手畫出魔法陣。

「『次元門衛(baroika)』。」

伊杰司背後出現一道不祥的漆黑之門，那是我模仿「血界門」創造出來的魔法。

「你這樣做是在白費工夫喔。儘管以次元魔法來說，真不愧是你會有的水準，但還是差余一步！」

「次元門衛」發動，打算將伊杰司傳送到時空的另一端，「血界門」卻噴出鮮血加以阻礙。門與門使得魔力衝突，次元的扭曲互相碰撞。

「唔唔！」

伊杰司在猛力推開我的肩膀後，拉開距離讓長槍一閃。

「『血門槍』。」

我一用「四界牆壁」擋下長槍的鮮紅槍尖，上頭就再度沾滿血液。

「你無法逃過余的長槍。」

「真厲害。」

然而這次「四界牆壁」沒有被傳送到其他次元，就和伊杰司防禦住「次元門衛」一樣。

這次是「次元門衛」在對抗「血界門」，讓時空的扭曲勉強恢復原狀。

「你要與余鬥次元魔法嗎？真是可惡的魔王啊！」

迪西多亞提姆化為閃光，幾乎是同時刺向了我的頭頂、喉嚨與腹部。我偏頭避開其中兩道攻擊，用「根源死殺」的手指抓住朝腹部刺來的槍柄。迪西多亞提姆融成血液，從我的手中穿了過去。在這瞬間，我以「魔冰（shieido）」將血液連同伊杰司的手一起凍結起來。

「抓到你嘍。」

在我要把長槍舉起時，伊杰司以雙手用力支撐下來。

「力氣到底很大啊。」

在我讓右手散發出漆黑的魔力粒子並且更加使勁之後，伊杰司的身體就輕飄飄地浮在空中。就像要讓他與我交換位置一樣，他就這樣把長槍往後方砸下去。石階儘管發出「轟隆隆隆隆隆」的聲響被砸毀，在那之前伊杰司就已經用血刃將凍結的長槍斬斷，降落在地上。

可是我站在比他更高的石階上。為了不讓我登上最高一階，伊杰司不顧一切衝上階梯。大概是因為那裡不會受到「血界門」的效果影響吧。

然而——

「……呃啊…………」

我沒有走上階梯，而是以「根源死殺」的指尖貫穿朝我衝來的他的心臟。

「我應該說過，你追不上我。」

「……沒……什麼，余打從最初就是為了這個目的！」

伊杰司一面吐血一面說。在「根源死殺」的手撕裂他的根源之後，鮮紅的冥王血液就從那裡猛烈噴出。那是足以將體內之血、根源之血耗盡的大量鮮血。然後這些鮮血，就在我的背後形成另一道「血界門」。

「紅血魔槍，祕奧之七——」

「啪答」一聲，兩道「血界門」關上，冥王流下的血在門與門之間形成血泊。不對，那早已是血池了。

「——『血池葬送』。」

只有我的身體緩緩沉入血池之中。雙腳已沒了知覺，是因為被傳送到其他次元了。

「你就在次元的盡頭腐朽吧。」

伊杰司在舉起手後，飄在空中的血水就化為迪西多亞提姆。他將這把迪西多亞提姆用力刺進血池中，血沫激烈地濺起，我的身體被時空吞沒、消失了。伊杰司以長槍為杖，沉重地吐一口氣，兩道「血界門」化為紅霧消失了。

「……魔王大人……」

姬斯緹看到戰鬥結果忍不住擔心地喊道。

「用不著擔心喔。既然是那個男人，哪怕是次元的盡頭也一樣會回來吧。等到那時，一切都已經結束了吧。」

伊杰司拖著傷痕累累的身體說。就像在說還有最後一件工作一樣，他的眼睛帶著覺悟。

「唔嗯，既然如此，那我回來得有點太早了啊。」

我拋出的話語使得伊杰司臉色大變地抬頭看來。而我就站在走完石階的最上方。

「……！…………你做了什麼……？」

伊杰司儘管提出質疑，還是衝上石階。作為魔力源頭的血液流盡，他的力量已所剩不多。既然我的位置離創星艾里亞魯較近，他也無法再次創造「血界門」擋住去路。

「到底無法抵禦如此強大的祕奧，所以我就額外推了一把，以『次元門衛』讓時空的扭曲加速了。」

我輕鬆避開刺來的迪西多亞提姆，抓起他的喉嚨。

「姆唔……」

伊杰司仍想要刺出長槍，但我以「獄炎鎖縛魔法陣」綁住他的全身。炎鎖將他的身體牢牢綁起。

「也就是時空繞了一圈恢復原狀，稍微殘留下來的扭曲將我傳送到了這裡。」

「獄炎鎖縛魔法陣」畫起施展大魔法的魔法陣。

「好啦，伊杰司。姬斯緹很擔心你會被亡靈殺害，以及凱希萊姆會代替你去死呢。」

冥王就連在這種狀況下也沒有放棄，用獨眼看著我，窺伺起死回生的機會。

「現在的話，就有個方法能輕易防止這件事。你知道是什麼方法嗎？」

伊杰司使盡全力打算扯斷獄炎鎖，然而這並不是精疲力盡的他有辦法對付的東西。

「……你打算做什麼…………？」

我無畏地笑了笑，同時說出答案。

「這是最後一擊。我要在那之前先殺了你。」

§ 23 【詛咒的友情】

「『永劫死殺闇棺（beheriusu）』。」

漆黑之暗在被「獄炎鎖縛魔法陣」綁起的伊杰司背後瀰漫開來，形成棺材。

「這是只要蓋上棺蓋，就會重複永劫死亡的闇棺。要從永恆給予的死亡痛苦中解脫，除了打開棺蓋之外別無他法。」

黑暗構築出闇棺，將冥王的身體裝了進去，現今就只有棺蓋還沒形成。

「『永劫死殺闇棺』是以裝進棺內的遺體魔力在維持強度，而棺蓋只有術者能夠開啟，也無法從外部讓棺內的人獲得解脫。」

我以指尖在「永劫死殺闇棺」畫出十字。接著沿著我畫出的十字，黑暗粒子覆蓋在闇棺上頭。

「這本來是用來拷問的魔法，不過對象在持續死亡的期間內會極為安全。」

遺體在闇棺中會永久地重複死亡。換句話說，就是會成為一直保持在剛死之際的新鮮遺體而不會毀滅。就算要為了讓拷問結束而破壞棺材，收納遺體的「永劫死殺闇棺」也受到強力的魔法屏障與反魔法保護。以死為能量的守護很堅固，所以必要時也會用在保護要員上。也就是在危機解除之前，讓人邊死邊等待危機過去。

「假如不想這樣，你要和我合作，一起打倒亡靈嗎？」

「儘管人稱暴虐魔王，卻比任何人都天真的男人啊。你沒辦法打倒亡靈。」

他不是會在這裡投降的男人吧。

「埋葬。」

我這樣下令後，漆黑的十字線就展開，覆蓋住棺材。十字線在眨眼間化為棺蓋，將伊杰司完全裝進棺材裡。「轟轟」響起，「永劫死殺闇棺」壓毀石階，有如埋葬一般埋進土裡。

可是埋葬在途中戛然而止，從闇棺的隙縫之間滲出黏稠的黑泥。那不是普通的泥土，上頭帶有魔力，而且還不是伊杰司的魔力。

「開窗。」

在向「永劫死殺闇棺」下令後，棺材上的小窗開啟。此時棺內裝的不是伊杰司，而是長著六隻角的魔族——詛王凱希萊姆。

『——你殺了本大爺呢，魔王——』

凱希萊姆死了。儘管如此，他的詛咒依然發動，傾洩而出。

『你殺了本大爺呢，魔王。』

——殺了呢，將本大爺。你殺了本大爺呢。將本大爺。殺了呢，魔王。將本大爺。

毛骨悚然的怨恨聲層層疊起，不斷迴響開來。詛咒的魔力從他的遺體、他的根源之中滿溢出來。

「『死死怨恨詛殺咒泥城（gyagi gigyoru gigiga）』。」

不祥咒泥突然朝周邊溢出，將闇棺吞沒下去。我跳開閃避如怒濤般湧來的這些詛咒。

「唔嗯，還真是在棘手的時候醒來。」

我朝方才姬斯緹所在的位置看去，發現那裡覆蓋著一片黑霧。才剛有一把紅槍揮過，冥王伊杰司就從霧中出現。大概是「永劫死殺闇棺」的棺蓋蓋上之後，凱希萊姆用魔法代替了他吧。

「竟然做這種蠢事。」

伊杰司手持長槍衝上石階。

他或許是想去拯救代替自己裝進「永劫死殺闇棺」的凱希萊姆吧。然而，為了不讓他這麼做，詛咒之泥就像牆壁一般覆蓋住所有石階。我與冥王被完全隔離開來了。

——快逃！

詛咒的話語強力、執拗地侵入冥王腦內。這甚至突破伊杰司的反魔法，發揮出足以讓他腳步停下的強制力。

——別管本大爺，別管別管別管別管別管別管別管別管別管別管別管別管別管別管別管別管別管！

——快逃！伊杰司伊杰司伊杰司伊杰司伊杰司伊杰司！

『快逃，伊杰司！』

然而冥王就像要擺脫強制的詛咒一般說：

「不准叫。這是余的戰鬥，死的人沒道理是你啊。」

伊杰司以迪西多亞提姆斬斷詛咒之泥，傳送到遙遠時空的另一端。

「假如想到凱希萊姆身邊，我就幫你吧，伊杰司。」

我從反方向畫出一百門魔法陣，朝詛咒之泥胡亂射出「獄炎殲滅砲」。漆黑太陽發出「轟隆隆隆隆隆隆隆隆隆隆隆」的聲響炸開泥漿，將其接二連三燒掉。

——要償還人情。償還、償還。要償還你的人情！

——償還償還償還償還償還償還償還償還償還償還償還償還償還償還償還！

「倘若是指諾魯・多夫蒙德那件事，我們就只是剛好目的一致，你不必感到無意義的恩情啊。」

『閉嘴。』

——閉嘴閉嘴閉嘴閉嘴閉嘴閉嘴閉嘴閉嘴閉嘴閉嘴閉嘴閉嘴閉嘴閉嘴閉嘴閉嘴閉嘴閉嘴閉嘴！

一面響起「嘰嘰嘰、嘰嘰、嘰嘰嘰嘰」的詭譎聲響，詛咒一面宛如海嘯般襲向伊杰司。即使紅血魔槍將這些泥傳送到其他次元，泥浪也來勢洶洶，更重要的是還無窮無盡地溢出，使得伊杰司被泥沖走了。

「……唔唔……………」

伊杰司以長槍撐住身體，瞪著眼前的詛咒。

——看到了嗎，冥王？這正是、這正是。我的師父，我魔法的師父。

——諾魯。諾魯．多夫蒙德。

——諾魯．多夫蒙德繼承給我的詛咒。侵蝕根源的詛咒！

室內充滿所有的泥。這些泥朝周圍散布死亡詛咒，牆壁、天花板、地面以及遺跡才剛接觸到，就全部逐漸變成相同的咒泥。假如不一直施展「破滅魔眼」與反魔法，就連我的這副身軀都會變成泥吧。

——你也有。也有也有也有也有也有也有也有也有也有！

——冥王，你也有。伊杰司應該也有！伊杰司，冥王，你也有！

『你也有繼承下來的東西吧！』

夾雜著詛咒，凱希萊姆強烈的意念化為聲音迴蕩開來，飛濺的泥有如雨點般朝我襲擊而來。我一用「獄炎殲滅砲」將這些泥巴燒盡，散布在周圍的漆黑太陽就連成火焰之手構築出立體魔法陣。飄在空中的好幾顆「獄炎殲滅砲」將熱線聚集在我的右手上。

——去吧。這是詛咒。施加在你身上。

——這是詛咒。無法逃離，也不讓你逃。這是本大爺的詛咒。絕不原諒。

——這是本大爺繼承下來的多夫蒙德之魂。去完成吧。

——去吧！

「『焦死燒滅燦火焚炎』。」

右手一面發出黑光，一面熊熊燃燒起來。在我輕輕揮動右手後，火焰就點燃詛咒之泥在眨眼間延燒開來。

——縱使根源毀滅，詛咒也不會毀滅。去吧。

——絕不原諒絕不原諒絕不原諒！跨越本大爺的屍體，承受本大爺的詛咒吧！

——去吧，邁向自己的目標。收下這個詛咒吧。

——絕不原諒、絕不原諒，本大爺絕不原諒你停下腳步！

『去吧！朋友！』

持續受到永劫死亡的凱希萊姆，他的詛咒伴隨著時間經過越來越強烈。

即使要以「焦死燒滅燦火焚炎」燒燬，咒泥也從不知沉在泥池哪裡的棺材中不斷滲出，充斥著室內。這些泥在這裡一點一滴建造起城堡。這道詛咒連自己的根源都會侵蝕，到最後甚至連復活都不可能吧。儘管如此，詛咒的話語依舊響起。

——去吧！

——去吧去吧去吧，伊杰司！

『別管本大爺，去實現目的吧，伊杰司！』

——去吧！

——跨越本大爺的屍體吧。這是詛咒。

——逃離不了，本大爺與你絕對逃離不了的詛咒！

——去吧，伊杰司！

「……還真是個囉嗦又多管閒事的男人啊……」

冥王用力握緊長槍柄。

「你的詛咒我就收下了。」

伊杰司突然轉身，要逃離這個室內。我將充斥室內的泥牆以「焦死燒滅燦火焚炎」的手燒光，一口氣逼近伊杰司。

「『神座天門選定召喚』。」

選定盟珠出現在伊杰司的右手上，擁有水的身體、性別不詳的武人阻擋在我面前。我右手刺出的「焦死燒滅燦火焚炎」，被他以手中的水之長槍打掉。是水葬神亞弗拉夏塔啊？

——不准逃。不准逃，魔王。不准逃不准逃！

——承受本大爺的詛咒吧，魔王！

——不准逃不准逃不准逃不准逃不准逃不准逃不准逃不准逃不准逃不准逃不准逃不准逃不准逃不准逃不准逃不准逃不准逃！

大量的咒泥從背後朝我撲來。我一用「焦死燒滅燦火焚炎」燒燬這些咒泥，水葬神亞弗拉夏塔就伸長長槍。水之長槍有如流水般變化自如地變形，才剛朝臉上刺來，就在命中之前突然改變方向，刺在我的腳邊。噴泉發出「唰啪啪啪啪啪！」一聲湧出，使得視野遭到大量的水與魔力所覆蓋。

伊杰司一用紅血魔槍製造出次元裂縫，就朝裡頭一躍而入。倘若是現在，還能輕易追上。然而──

「唔嗯。」

我朝著將碰觸到的一切都變成泥的「死死怨恨詛殺咒泥城」，還有在登上石階之後位於前方的壁畫看去。

「不能置之不理啊。」

我朝著闇棺中的凱希萊姆看去。

「你要感謝詛王啊，伊杰司。」

在他製造的次元裂縫關閉後，大概是被再度召喚了吧，冥王的選定神亞弗拉夏塔轉移離開了。儘管他的目的應該已經達成了，詛咒之泥還是從四面八方向我襲來。

凱希萊姆早已死去，詛咒依照他臨死前發動的怨念在持續運作。假如這裡沒有人，就會前往地上開始侵蝕眾人吧。首先必須找出沉入泥沼裡的闇棺。我在身上纏繞起最低限度的反魔法，特意讓襲來的泥把我吞沒。

在委身於咒泥的水流之後，我的身體不斷往下沉去。沉得越深，泥的詛咒就越強，眼看就要侵蝕到身體與根源。反魔法遭到突破，泥碰觸到我的身體。倘若抵抗，就無法抵達所要前往的地方。

「就詛咒我的根源吧。」

我交出根源代替身體，將詛咒之泥容納進根源之中。反胃作嘔的痛苦襲來，幾乎要把人逼瘋的詛咒縈繞在耳邊久久不去。此外我的身體還在下沉，詛咒變得越來越強。凱希萊姆在死時嘗到的痛苦化為好幾倍回到我身上來。在我忍受這份痛苦與詛咒之聲並靜靜等待後，眼前能看到詛咒的源頭——裝著凱希萊姆的闇棺。

「『焦死燒滅燦火焚炎』。」

我立刻以閃耀著黑炎的手燒光詛咒。在以「破滅魔眼」注視著泥，將它們毀滅殆盡後，通往裝著凱希萊姆的「永劫死殺闇棺」的道路就清了出來。我搶在泥再度覆蓋住道路之前向下飛去，讓手摸到闇棺。

「開棺。」

在我向闇棺滴下一滴血後，棺蓋就「嘎砰」一聲挪開，化為魔力粒子消失了。

「『復活』。」

我復活凱希萊姆，停下詛咒的發動條件，同時畫出另一道魔法陣。

「『咒詛解滅（benerisuku）』。」

我將留在凱希萊姆身上的詛咒魔力與詛咒的魔法術式解除，逐一將它們毀滅。泥自背後朝我逼近，讓身體再度受到詛咒。儘管如此我也毫不在意，專心地對闇棺施展魔法。詛咒一點一點地退去，泥漸漸風化消失。在花費數分鐘讓「咒詛解滅」完成後，充滿室內的泥就澈底消失無蹤了。

「好啦。」

凱希萊姆已失去意識。雖說復活了，但也相當疲憊，應該暫時不會醒來吧。伊杰司就算現在追上去，也不可能找得到人。抬頭仰望後，我發現自己沉到比踏進這裡時還要更深的地底之中。

我就從這個宛如被挖掘出來的地方飛上去，回到遺跡的石階上，發出「咚」的腳步聲落地，前往位於深處的神殿。往神殿裡走了一會兒後，在那裡發現到夜空的壁畫。鑲嵌在周圍的群星構築出結界，藍星在中心閃耀著光芒。就和艾蓮歐諾露她們前往的豎洞裡發現到的是同樣的壁畫。

「亞露卡娜，我找到創星艾里亞魯了。」

我發出「意念通訊」。

『我知道了。』

在她回覆後，「創造之月」亞蒂艾路托諾亞就穿透牆壁灑下白銀月光，壁畫的夜空上浮現出「創造之月」。在發出柔和的光芒後，鑲嵌在周圍的星光就一顆顆滅掉，不久壁畫上就只剩下藍星。我伸出手後，創星艾里亞魯就從壁畫上脫落，落到我的手掌上。

『星辰的記憶閃爍，過往的光芒照耀大地。』

伴隨著亞露卡娜的聲音，祂的魔力化為月光灑落。創星艾里亞魯將過去映照在我的魔眼（眼睛）之中——

§24 【亡靈得到的名字】

兩千年前，密德海斯城王座之間——

兩名魔族在相互對峙。他們是魔導王波米拉斯與賽里斯・波魯迪戈烏多。大概是戰鬥已經來到尾聲了吧，室內儘管張設了強力的反魔法與魔法屏障，卻被破壞得面目全非，燃燒著火紅烈焰。才剛響起「咚咚」的聲響，被烈焰烘烤的柱子就倒了下來。柱子就像要介入兩人之間般撞擊地板，朝周圍濺出碎片。

趁著視野被遮住的一瞬間空隙，賽里斯蹬地衝出。他在眨眼間接近魔導王，刺出萬雷劍高多迪門。刺出的劍身被波米拉斯身上的長袍纏住，眼看著被包覆起來。通往異界的「黑界外套」漸漸吞噬掉高多迪門，賽里斯反射性地將魔劍放開。

「得手嘍。」

魔導王波米拉斯化為火星大大地向後退開。

「『焦死燒滅燦火焚炎』。」

熱線從構築在周圍的「獄炎殲滅砲」立體魔法陣上發出，集中在波米拉斯的炎體上。在化為閃耀著深紅光芒的太陽之後，波米拉斯就一直線地往賽里斯衝撞而去。可是，這是他設下的圈套。賽里斯把手伸進球體魔法陣中，用力握緊拳頭。魔法陣在手掌上被壓縮，凝縮起來的紫電朝周圍發出「劈啪劈啪」的聲響散布雷光。雷光畫出的魔法陣有十道，全都從中竄出紫電。魔法陣與魔法陣互相連結，構成一道巨大的魔法陣。

「『灰燼紫滅雷火電界』。」

連結起來的紫電魔法陣發射出去，這個魔法將波米拉斯創造出來的「獄炎殲滅砲」以及「焦死燒滅燦火焚炎」澈底覆蓋起來。世界染成紫色。伴隨著就連魔眼也會目眩的壓倒性強光，激烈的雷鳴響徹開來。一切火焰都因這道毀滅之雷悽慘地撕裂、消滅，城堡劇烈地不斷搖晃。

不久後雷鳴止歇，留在那裡的只剩下漆黑的灰燼。賽里斯把手伸向落在地上的「黑界外套」，將萬雷劍從異界中拔了出來。

「露出破綻了啊！」

應該就在方才化為灰燼的魔導王的聲音響起。王座後方發出「轟隆隆隆」的聲響出現火紅烈焰，往賽里斯的方向衝撞過去。波米拉斯的身體一度毀滅了。他以此作為觸發條件，將根源複製到新的火焰分體上。

「我們就一起死吧，團長（伊希斯）。」

魔導王將賽里斯吞進炎體之中，畫出某個魔法陣。那是「根源光滅爆（gabueru）」，是連根源所具有的未來可能性都一起引爆，藉此消滅敵人的自爆魔法。

「不過余就算毀滅，也能不斷復活呢。」

波米拉斯露出彷彿勝券在握的笑容。賽里斯則淡然地說：

「一號（杰夫）。」

閃光奔馳。

「嗚、呃唔……！」

伸長的魔槍貫穿波米拉斯的根源。現身的是幻名騎士團的一號（杰夫）。他讓魔槍縮短後，波米拉斯的身體就跟著被拖了過去。

「……居然讓部下代替自己去死，很像你會做的事……」

「你的分體全都處理掉了。」

賽里斯的話語使得波米拉斯的火焰臉孔慘白起來。他確認自己的分體，魔法線的前端卻什麼都沒有。

波米拉斯將平時活動以外的分體藏在自己的領土——密德海斯各地。只要一個分體毀滅，就會將根源複製到其他分體上進行活動。看在旁人眼中，魔導王感覺就像不死身吧。這些分體的庫存，遭到幻名騎士團一個也不留地毀滅了。

「……你以為這樣就能令余屈服嗎？」

「本體也找到了。」

一號（杰夫）畫出魔法陣，從中取出一根古老的蠟燭，上頭點著紅色火焰。這根蠟燭正是波米拉斯的本體。他讓本體沉睡在蠟燭之中，隱藏身影、遮蔽著魔力。儘管在沉睡時會變得毫無抵抗之力，由於沒有魔力，因此要找出來也很困難。他將本體藏在安全地點，只讓複製自己根源的分體進行活動。

「……怎麼會……？」

「魔導王從未離開過密德海斯。說是和平主義固然很好聽，實際只不過是留下無力的本體離開會讓你感到不安罷了。」

賽里斯做出推測：他將本體藏在密德海斯領的某處。而且那裡還是個難以想像，會讓他人偶然接觸到的地方。只要追究到底，隱藏地點就自然有限。

「……嗜血的亡靈們……察覺到余的祕密了啊……」

波米拉斯剩下一個分體。由於本體還在沉睡，要毀滅根本易如反掌吧。

「在毀滅之前說吧。」

賽里斯緩緩走去，站在波米拉斯的分體面前。

「你把他藏到哪裡去了？」

「……他是指？」

賽里斯一言不發地瞪著波米拉斯。由於那股殺氣，魔導王遭到壓制。

「你應該很清楚。就是在潔隆聚落的那傢伙。」

「……我不清楚你在說什麼……你是不是有什麼誤會啊？」

賽里斯畫出「契約」的魔法陣。

「只要你說，我就不在這裡毀滅你的本體。」

宛如深思般陷入沉默後，魔導王開口說：

「……余勸你不要對他出手。」

「看你要說出所在位置，還是遭到毀滅。選吧。」

賽里斯就像不想聽他說話一般逼他選擇。

「……暴虐魔王，是叫做阿諾斯吧？」

波米拉斯忽然提起這個名字。

「你這個只是到處毀滅遊走的無名亡靈所協助的年輕人。」

賽里斯只是默默瞪著波米拉斯。

「余總算想起來了。他是波魯迪戈烏多的血統吧？」

賽里斯沒有回答，波米拉斯則繼續說：

「你一直在隱藏。隱藏那股力量，隱藏能夠一統魔族的支配者。你盡可能不讓余發現，在成長之前不讓人注意到他的存在。」

儘管身陷絕境，波米拉斯還是說：

「你在策劃什麼事情？只要有魔王的力量，或許就能讓這個暴徒橫行的迪魯海德變成比現在更好的國度，你難道不希望這樣嗎？畢竟只要失去鬥爭的場所，亡靈就沒有存在的意義了呢。」

賽里斯沒有理會他的話語，只是以冰冷的眼神看著魔導王。

「假如那個魔王是波魯迪戈烏多的血統，放任他自己成長的話，將來就會成為和你一樣的亡靈啊。你要毀滅余，是想趁現在預先摘除掉和平的嫩芽嗎？」

「你說夠了嗎？」

賽里斯讓紫電竄上萬雷劍，將其對準波米拉斯。

「選吧。」

波米拉斯就像死心似的嘆了口氣，然後在「契約」上簽字。

「他在戈內爾領的雷雲火山。」

「動手，一號（杰夫）。」

波米拉斯露出凝重的表情。簽訂「契約」的只有賽里斯，倘若是一號（杰夫），確實能毀滅魔導王。然而，他就像遲疑似的，沒有立刻揮下長槍。

「你在做什麼？快動手，一號（杰夫）。」

一號（杰夫）在一臉苦澀地望向魔導王後低頭，然後說：

「……沒必要毀滅不是嗎？」

「什麼……？」

「就像魔導王說的，魔王說不定會帶來新的時代。如果魔族相爭的時代就要結束，為什麼還需要毀滅呢？」

「如果你想說的只有這些，就等毀滅之後再去想吧。」

「……師父，你不希望新的時代到來嗎？」

「動手。」

波米拉斯發出「嘻嘻嘻嘻」的笑聲。

「沒用的、沒用的，一號（杰夫）。這世上存在不會改變的人，存在覺得現在這個時代很美好的人。憎恨和平、對毀滅感到歡喜——因為這就是波魯迪戈烏多的血統。」

波米拉斯伸出他的火焰之手，一把抓住本體的蠟燭。

「你沒必要對這種男人講人情道義啊。是吧，一號。不，冥王伊杰司。」

在如此被稱作冥王的瞬間，一號動搖了。他看向自己的師父。

「你也是想要改變時代，而選擇了異於亡靈的生存之道吧？既然如此，就趕緊和他分道揚鑣吧。這個男人不論到哪裡，都只是個充滿瘋狂的亡靈啊。」

波米拉斯的炎體延燒到蠟燭上。蠟燭的火發出「轟隆隆隆隆」的聲響激烈燒起，溢出的龐大魔力化為火星升了起來。

「那麼，團長。你的時代也差不多要結——嘎啊……！」

賽里斯將萬雷劍刺進波米拉斯正要逃離的分體上，以紫電消滅了他。只毀滅分體的話，就在「契約」的規範之外。

「去死吧。」

劍光一閃。在斬斷蠟燭、以紫電化為灰燼後，波米拉斯的本體就死了。然而賽里斯遵循「契約」內容，並沒有毀滅他。

「……可惡……你給我記住……」

波米拉斯在紫電的纏繞之下被封住「復活」，施展「轉生」的魔法轉生了。

戰鬥結束。可是，照理來說一號應該要毀滅波米拉斯，他卻沒有這麼做。

賽里斯一看向一號，他就尷尬地別開視線。兩人就這樣默默佇立著。不知過了多久，最

後
一號就像認命似的開口說：
「……是事實……波米拉斯說的事……」
他坦承自己就是冥王伊杰司。
「我知道。」
一號一臉驚訝地看著他。賽里斯則冷冷地繼續說：
「無法澈底成為亡靈的愚者。儘管曾說過你要為了我毀滅，但你已經沒有用了。」
賽里斯將萬雷劍收進魔法陣裡轉過身去。
「你就儘管與新的名字一起活下去吧。」
在他離去之後，只剩下一號留在原地。

§ 25　【勇者失格】

這裡是一間昏暗的房間。室內的門「喀嚓」一聲開啟，光照射進來。踏入室內的是個灰金色短髮的男人——勇者卡希姆環顧室內。這裡是武器庫，裡頭擺放各式各樣的魔法具，還有劍、槍與弓。當中也有聖劍。
「沒問題，大家就各自回收自己的武器吧。」
卡希姆一這麼說，勇議會的人員們就進到武器庫裡。他們大概已經突破另一個牢房了吧，他們之中也能看到擔任勇議會會長的洛伊德．埃格里艾。

除了艾米莉亞與萊歐斯之外，勇議會全員都聚集在此的樣子。他們回收被奪走的武器與魔法具。

「來吧，我的聖劍。」

大聖土劍賽連歐與大聖地劍傑雷飛到海涅手中，然後看了一眼靠在旁邊的聖炎熾劍卡流馮多。海涅若無其事地回收後，立刻將其收進魔法陣裡。

「雷多利亞諾，有找到貝因拉梅提嗎？」

海涅一走到雷多利亞諾身旁，就發現他在直直注視著武器庫後方。掛在牆上的油燈上停著一隻隼鳥。海涅一轉頭看向雷多利亞諾，他就點了點頭。

「為了小心起見，那個還是處理掉比較好吧。」

卡希姆走來，拔出佩戴在腰間的劍。

「請放心。」

雷多利亞諾用食指推起眼鏡，隨後隼鳥就飛過來停在雷多利亞諾的手臂上。

「這是我的使魔。」

「這樣啊。」

卡希姆移動到武器庫後方，就這樣用劍斬斷牆壁。在踢了一腳後，被挖出的牆壁就往外側倒下。此時能看見天空，牆壁往下掉落了。

「動作快。他們應該馬上就會注意到。」

卡希姆發出催促，想要讓勇議會先逃。會長洛伊德首先施展「飛行」飛走，其餘成員依照職位高低一一逃離魔導要塞，最後留下卡希姆，還有雷多利亞諾與海涅。

「好了，你們也快走吧。」

在海涅先走一步、雷多利亞諾跟著往外飛離後，稍微遲了一會兒的卡希姆立刻以「飛行」追上眾人。這是因為他用「創造建築」的魔法將牆壁復原了。他們一飛離魔導要塞的範圍就立刻著地，盡可能不引人注目、不施展魔法地跑走。

在艾迪特赫貝的遺跡都市跑了一陣子之後，他們在無人的廣場上停下腳步。

「各位請聽我說。」

卡希姆向勇議會的眾人凜然地說：

「就與這裡半數的人目擊到的一樣，勇者學院的學院長艾米莉亞・路德威爾其實是反抗亞傑希翁的反叛者。」

勇議會的眾人全都臉色凝重，唯獨海涅與雷多利亞諾兩人冷靜地聽他說話。

「我不會說魔族全都很邪惡，不過她是在迪魯海德的暴虐魔王阿諾斯・波魯迪戈烏多的安排之下，當上勇者學院學院長的魔族。她的背叛很顯然是魔王的指示吧。」

周圍嘈雜起來。為了平息狀況，勇議會的會長洛伊德說：

「……可是，實在難以想像那個艾米莉亞學院長竟然會做出這種事情。她一直以來都不辭勞苦地為了亞傑希翁努力不懈，不僅在學院裡的評價很高，也深受學生們的愛戴。是不是有哪裡弄錯了啊？」

「我能理解你們的困惑。畢竟擅長背叛之人，最拿手的就是取得他人的信賴，他們魔族十分精通此術。很遺憾，艾米莉亞學院長是……」

卡希姆過意不去地說：

「只要見到魔導王，一切就會水落石出。他恐怕也和魔王串通好。要是不打倒魔導王，就連想返回蓋拉帝提都難以如願吧。」

他以毅然的態度向勇議會訴求：

「現代的勇者們啊！請你們助我一臂之力。那些無法跟上時代變化的兩千年前的魔族們，本人勇者卡希姆要親手將他們討伐。為此，我現在需要你們的力量。」

勇議會的眾人就像不知道該如何是好的樣子。會長洛伊德說：

「我很感謝你的救助，但沒辦法全盤相信你說的話。儘管覺得有違禮儀……」

洛伊德畫起「契約」的魔法陣，上頭寫著禁止說謊，要在返回蓋拉帝提之前全面協助勇議會的內容。假如違背契約，就要以魔法將自己拘束起來。

「沒問題，這是當然的懷疑。」

卡希姆毫不遲疑地在上頭簽字。

「我方才所言全屬事實。我在此發誓，會作為勇者基於正確的正義之名挺身而戰。直到死亡為止，勇者卡希姆一直都會是正義的一方。」

假如方才這段話是謊言，卡希姆照理說就會違背「契約」而遭到魔力拘束。看到他沒有受到任何力量影響，勇議會的眾人鬆了一口氣。

另一方面，他們露出複雜的表情，大概是想到艾米莉亞的事吧。

「你覺得如何？」

洛伊德露出迷惘的態度。隨後，雷多利亞諾靠過去對他耳語：

「……儘管難以置信，但也不得不信了。不管怎麼說，就先擊退那個叫魔導王的人物，和他一起合作離開這裡吧。」

「感謝。不過在這之前，必須先確定一件事。」

卡希姆畫出「契約」的魔法陣。

「在這之中，有與魔王合作的背叛者。」

勇議會的眾人更加嘈雜了。

「怎麼會……」

「只有艾米莉亞學院長是魔族。就連她的背叛都讓人覺得會不會有哪裡弄錯了，怎麼會有其他可能與魔王共謀的人……」

「我們勇議會全都是為了亞傑希翁而挺身而出的人，在這裡背叛亞傑希翁，到底有什麼好處啊？」

他們的表情難以置信地看著彼此。在他們的眼神中，已經被埋下些許疑心的種子。

「假如沒有也沒關係。不過，這是為了小心起見。為了讓彼此能夠安心，麻煩各位在這份『契約』上簽字。只要不是背叛者，就沒有影響。」

那份「契約」內容寫著：當簽字者其實是背叛者時，必須將自己受到誰的委託、要做什麼事情一五一十地招認出來。

「首先，也是呢。是叫做雷多利亞諾吧。就由你先簽字吧。」

雷多利亞諾隔著眼鏡瞪著「契約」的魔法陣。他大概是覺得很可疑吧。艾米莉亞在牢房的舉動，對他來說恐怕是難以置信的事情。他能想像得到，意圖救出雷多利亞諾等人的艾米莉亞在途中遇到卡希姆，並為了互相信賴而簽訂「契約」的情況。既然如此，會懷疑那份「契約」暗藏什麼玄機，可以說是理所當然的事情吧。

因為他即使對這種魔法毫無頭緒，也親身體會過兩千年前是個遠遠超出自身常識的世界。可是憑他的魔眼，不論怎麼凝視，都沒辦法在卡希姆的「契約」上看出什麼問題來。

「怎麼了？有什麼不能簽名的理由嗎？」

卡希姆就像懷疑似的看向雷多利亞諾。周圍勇議會的眾人也以疑惑的眼神看著他。

「怎麼可能會有啊。」

雷多利亞諾正要開口，海涅就先插嘴說：

「只是看不下去有人因為是兩千年前的勇者，就突然冒出來充當老大罷了。」

「是我失禮了。不過，唯獨這件事想請你讓我先做完呢。能由你先簽字嗎？」

「是可以啦。但能請你也一塊兒簽字嗎？」

卡希姆露出疑惑的表情。

「我應該已經證明自己是夥伴了才對？」

「那不是很好嗎？是為了小心起見啦，為了小心起見。因為你可是兩千年前的勇者大人嘛。想說你或許還懂得施展什麼能騙過我們魔眼（眼睛）的魔法呢。」

海涅就像試探一般地說。

「既然是這樣的話，我無所謂。」

「那就同時喔。預備——」

兩人同時在那份「契約」上簽字，勇議會的眾人倒抽一口氣。

「然後——」海涅說。

「啊啊～直覺這麼敏銳還真是討厭呢。我確實是魔王的手下喲。為了支配人類，要將勇議會一網打盡呢。」

海涅從魔法陣中拔出兩把聖劍，就像被看不見的魔法操控了一樣。

「什……什麼……！勇者學院的學生竟然是魔王的手下……」

洛伊德露出一臉驚訝的表情。由於同時簽字的卡希姆沒受到影響，更加深了海涅是魔王手下的可信度。卡希姆就像要保護洛伊德一樣站在他前面。

「退下，此人由我來處理。」

「勇者卡希姆，你還真是個棘手的傢伙。與暴虐魔王為敵的你，就給我去死吧。」

就在海涅向前踏出一步的瞬間，他全身突然溢出鮮血，「喀答」一聲癱跪在地上，當場倒了下去。

卡希姆沒有拔劍。豈止如此，還露出像是不知所措的反應。

「……笨蛋……」

海涅說道。卡希姆的脖子被聖海護劍貝因拉梅提抵住了。

「誰是背叛者，看來這下很清楚了呢。」

雷多利亞諾說。

「……你也是魔王的手下嗎？」

「還不明白嗎？海涅會倒下，是我的『契約』效果。」

卡希姆露出恍然大悟的表情。

「我推測你的『契約』暗藏某種玄機。可是，高明到艾米莉亞都無法看穿的程度，就連我也沒辦法揭穿你的機關吧。所以，我們事前簽訂了『契約』，要是海涅遭人操控身體，就會使得魔力失控，像那樣變得無法動彈。」

雷多利亞諾畫出魔法陣，將那份「契約」的內容展現給卡希姆與勇議會的眾人。

「不是我。是魔導王配合我的『契約』設下了陷阱吧。為了讓我看起來像是背叛者。」

卡希姆毅然地說。

「雙方都有可能。所以為了小心起見，請讓我把你拘束起來。倘若你真的是勇者，應該會遵從吧？」

「……我知道了。」

「請把他拘束起來。勇者加隆很快就會到了。」

剎時間，「鏗」的一聲響起劍與劍的碰撞聲，聖海護劍貝因拉梅提飛到半空中。這是因為卡希姆以目不暇給的速度拔劍將其打飛了。

「要是被騙的話，就不用死了啊。」

卡希姆的劍筆直刺穿雷多利亞諾的胸口。

「……唔嗚嗚…………！」

即使鮮血溢出、浮現聖痕，雷多利亞諾也毫不在意地抓住卡希姆的手臂。

「快逃！快！」

聽從雷多利亞諾的指示，勇議會的眾人立刻跑了起來。

「你很擅長假裝勇者啊。居然扮演著要犧牲自己，拯救他人的正義。」

卡希姆把劍刺得更深，使勁壓在雷多利亞諾的胸口上轉動。

「嘎哈啊啊……！」

巨大的聖痕浮現在這道傷口上，劇痛向他襲來。儘管如此，為了讓夥伴們逃走，雷多利亞諾依然沒有放手。

「你知道這種充滿虛偽的行為叫做什麼嗎？」

卡希姆甩開雷多利亞諾的手，拔劍朝他亂砍一通，使得他全身噴血，浮現出大量聖痕。

「就叫做白白送死啊。」

雷多利亞諾用盡力氣，當場倒了下去。

「你的勇氣得不到回報。因為那是充滿欺瞞的勇氣。」

卡希姆以劍尖畫起三十門魔法陣，從中出現神聖的火球。那是「大霸聖炎」。強大到無法與萊歐斯相提並論的聖炎，從背後瞄準著跑走的勇議會眾人發射出去。廣場爆炸開來，在眨眼間化為一片火海。

「沒能守護住呢。你們也是勇者失格。」

「很遺憾——」

卡希姆朝聲音的方向看去。他才覺得「大霸聖炎」瞬間消失了，就發現漆黑極光在守護著勇議會的眾人——他們一個也沒死。

有兩名男女的身影，他們分別是雷伊與現出真體的米莎。

「就算你不承認，他們也是勇者喔，卡希姆。遠比你還要像個勇者。」

雷伊一面走向過去的師兄一面說：

「因為他們的勇氣與羈絆識破你的奸計，守護住在這裡的全員呢。」

§26 【沒被選上的是……】

雷伊的視線貫穿卡希姆。就像要避開這道視線一般，他瞪向在空中盤旋的隼鳥。

「那隻隼鳥原來是你的啊？」

卡希姆曾說過要打倒魔導王。姑且不論這是不是事實，既然他這麼說的話，那麼在救出勇議會全員之後，應該就會去回收被奪走的武器。雷伊預料到這一點，搶先一步讓隼鳥潛伏在武器庫裡。他之所以沒有親自埋伏，是因為不能在敵地中心的魔導要塞動手。

一如雷伊所料，勇議會平安逃離魔導要塞。之後他經由隼鳥使魔的眼睛確認位置後，追到了這裡來。

「你為什麼這麼想貶低勇者啊？」

雷伊一臉認真地詢問卡希姆。

「貶低？你這句話還真是奇怪。」

卡希姆不改正經的表情回答：

「你才是最清楚答案的吧。虛偽的榮耀、沒有實體的英雄、人類所捏造出來的偶像，這就是勇者。我只是在揭穿這個真相。」

「儘管這之中說不定確實有捏造出來的部分，但這是為了要守護人們、帶來勇氣。兩千年前，對於深受魔族侵略所苦的民眾而言，即使是謊言，他們也需要勇者這個童話故事。」

雷伊從正面反駁卡希姆的言論。

「需要總有一天能為人們帶來和平的英雄喔。也有生命因此而獲救。」

「謊言就是謊言。以錯誤手段拯救的生命，究竟有何意義？」

卡希姆如此一口否定，同時繼續說：

「人類應該死去。倘若要因為謊言而獲救，懷抱真實死去才是人道。不惜依靠謊言也要活下去，是身為人類的恥辱。」

雷伊以混雜憤怒與悲傷的眼神注視卡希姆。

「生命沒有這麼廉價喔。不論怎麼做、不論是用什麼樣的手段，想要救人的心意，難道是這麼錯誤的事情嗎？」

「不惜犯錯也要活下去，這麼做要是沒有罪惡感，就是人類失格。假如活得這麼放縱，就和家畜沒兩樣。我們人類必須活得堅強、嚴厲，比什麼都還要正確才行。」

「如果你被靈神人劍選上，還能說出一樣的話嗎？」

「你誤會了。不是靈神人劍沒有選上我，而是我沒有選上靈神人劍。」

卡希姆自豪地、凜然地，就像在表明自身的正義一樣地說。

「因為勇者和靈神人劍都是錯誤的。」

「……哪裡錯了？」

「就像我方才說的一樣，它們是充滿虛偽到令人作嘔的巨惡。我要討伐讓人們墮落在謊言之中的勇者與靈神人劍。不是作為勇者，而是只是做為卡希姆這個名字的正義之下。」

雷伊看著倒下的海涅與雷多利亞諾。

「就算勇者是錯的，你要做的事情也不是正義喔。欺騙人心，加以扭曲、傷害，這樣你就滿足了嗎？你一面宣揚正義，一面同時在說謊。」

「我只不過在進行調整。勇者扭曲了世界，我只是讓美化的勇者之名恢復原樣。假如勇者要演出充滿謊言的生，我就同樣地讓他們面對充滿謊言的死。」

「傷害無辜之人算什麼調整啊？」

雷伊加重語氣質疑，繼續追問：

「這是不惜傷害他人也必須做的事嗎？這種事怎麼樣都好不是嗎？」

「他們有罪。擁有靈神人劍和你所犯下的罪。」

卡希姆果斷地說：

「先祖的因果要由子孫來償還，是你們暴行的結果。我只不過是讓錯亂的世界恢復原狀。所謂的勇者，本來並不值得崇拜。居然將虛偽的英雄視為目標加以尊敬，沒有比這看起來還要可悲的人了。」

他一臉正經，以毫無動搖的語氣高聲宣揚：

「加隆，你說不定打算怪罪到他人身上，但這是你們犯下的罪。身為現代勇者的他們在這裡倒下，假如將我定為邪惡，應該會感到很輕鬆吧。然而，如果你真的是勇者，逃避現實可就傷腦筋了呢。」

卡希姆一副就像在說正義在我的模樣。

「你說這種事怎麼樣都好？這是想消除自身罪孽之人才會說出的自私臺詞喔，加隆。」

「……卡希姆，戰爭已經結束了。被靈神人劍選上一事，如今已經沒有任何意義。就算沒被選上，你也確實作為勇者拯救了許多生命，所以已經夠了。」

「你要我說幾次啊？」

卡希姆以嚴厲的語調放聲說：

「是我沒有選上靈神人劍！因為我看穿那把聖劍充滿虛偽啊！」

卡希姆一抬手，周圍就出現一群把火箭搭在弓上的人類。他們不是士兵。從魔力弱小的程度與服裝看來，大概是市內毫無關係的居民吧。他們應該是受到「契約強制」操控了吧。

「我要揭穿你，加隆。揭穿你的謊言，揭穿靈神人劍錯誤的選定。」

火箭一齊朝雷伊射出。居民們紛紛拔劍，對雷伊進行特攻。

「你想說，只要傷害毫無關係的人類，就是勇者失格嗎？」

米莎說道，以魔法屏障擋下火箭。漆黑鎖鍊綁住發出特攻的數十人，接著纏繞上射出火箭的人類們，瞬間將他們毫髮無傷地拘束起來。可是趁著這瞬間的破綻，卡希姆做好逃跑的準備，在他們面前消失無蹤。

「逃得還真快呢。」

米莎一對海涅與雷多利亞諾畫出魔法陣就消去聖痕，施展起「總魔完全治癒」。

「海涅同學！雷多利亞諾同學！」

艾米莉亞臉色大變地跑過來，身後還跟著勇議會的眾人與魔王學院的學生。

「無須擔心喔。」

艾米莉亞在鬆了口氣後，厲聲詢問雷伊：

「勇者卡希姆怎麼了？」

「被他逃了，不過還能追上。」

米莎輕輕露出微笑，同時指著天空。

「我讓使魔去追了喔。」

「現在開始分頭行動。我們去追卡希姆，艾米莉亞老師去見夏布斯皇帝。」

「我知道了。」

雷多利亞諾與海涅的傷勢完全恢復，兩人悠悠醒來。他們茫然看著艾米莉亞等人，接著抓住雷伊伸出的手站了起來。

「雷多利亞諾同學、海涅同學，你們就和萊歐斯同學一起盡可能移動到安全的地方，保護勇議會的眾人。詳細情形請詢問萊歐斯同學，我要與魔王學院一起去阻止夏布斯皇帝。」

「我知道了。」

雷多利亞諾回答。海涅從魔法陣中拔出聖炎熾劍卡流馮多遞給萊歐斯。

「瞧，我幫你撿回來了喔。」

「謝啦。」

艾米莉亞回頭後，原本在遠處圍觀、打量情況的魔王學院學生們便聚集過來。第一皇女蘿娜也與他們在一起。

「蘿娜大人，能請妳盡可能以最短的距離帶我們到王宮嗎？途中的士兵全都會由我們處理。儘管說不定會伴隨著危險……」

「……沒問題。我一定會說服父王給妳看……」

艾米莉亞點了點頭。即使是她，也不覺得事情會這麼順利吧。當然，能夠說服夏布斯皇帝是再好不過了。

「走吧。」

在蘿娜的引領下，他們往王宮的方向而去。

「雷伊同學、米莎同學。如果是你們，我想應該不用操任何心，但請不要太勉強喔。」

雷伊帶著笑臉點點頭。

「我會的。」

「老師才是，要小心一點比較好喔。敵人並不一定只有人類。」

艾米莉亞以認真的表情回應：

「是啊，我知道。」

雷伊與米莎施展「飛行」飛上天空。儘管很顯眼，假如慢慢來就會讓他逃走。兩人追著以使魔監視著的卡希姆飛去。

「他打算去哪裡啊？」

「他進到遺跡都市的豎洞裡了喔。是第四十一號。」

「應該是陷阱吧。」

「是陷阱呢。」

不難想像他在那個豎洞裡設下了某種陷阱。

「米莎，有件事我想拜託妳，可以嗎？」

「我不會出手喔。會讓你能分出勝負，只在一旁守候。請讓那個因為嫉妒而扭曲的男人好好認清現實吧。」

雷伊一臉悲傷地微笑。以高速飛在空中的他們眼前，能漸漸看到遺跡的豎洞。兩人衝進洞中，眼看著不斷下降。

「每當我想到卡希姆，就總是會這麼想呢。」

雷伊靜靜地說：

「如果被靈神人劍選上的是卡希姆，我會變得怎麼樣呢？」

「哎呀，居然在想這種事啊？」

兩人朝著越往下方就越為細小的豎洞落下的同時相互依偎，握起彼此的手。

「我很在意呢。想去理解，是什麼讓他改變了嗎？我說不定就只是運氣好而已。」

「如果兩千年前雷伊沒有被靈神人劍選上，會變得怎麼樣嗎？這個答案很簡單喔。」

雷伊就像吃驚一般瞪圓雙眼，探頭看著她的臉。米莎輕輕微笑，就像理所當然地說：

「即使如此，你也一樣會和魔王戰鬥，並且與我相戀喔。」

§ 27 【魔王學院的成長】

艾迪特赫貝王宮內——

當雷伊與米莎追著卡希姆進到豎洞時，艾米莉亞和魔王學院的學生們就在第一皇女蘿娜的帶路下，順利地朝著夏布斯皇帝所在的房間而去。

「不太對勁呢……」

儘管不停前進著，艾米莉亞還是疑惑地低語。她為了毫無遺漏地警戒四周，忙碌地移動視線。

「那個……怎麼了嗎？」

如此詢問的，是讓小龍托摩古逸坐在肩膀上的少女——娜亞。

「入口也是如此，一路上完全看不到警備的士兵。不管怎麼說，這麼安靜太異常了。」

娜亞露出有點害怕的表情。

「……也就是說，有陷阱嗎……？」

「我想恐怕是。說不定在哪裡埋伏著……」

一直線的通道在不久後出現轉角。艾米莉亞等人儘管姑且停步警戒，還是慎重地通過那個轉角。就在這一瞬間，響起「喀鏗」一聲，從天花板落下一個巨大鐵籠。這應該是打算將艾米莉亞等人關起來吧。

「快破壞鐵籠！『魔炎』！」

依照艾米莉亞的指示，學生們一齊對空發射魔法砲擊。在受到比起威力更加重視射速的「魔炎」集中砲火後，落下的鐵籠便在著地之前燃燒起來，黏糊糊地融化得不成原樣。「魔炎」的流彈則在天花板上打出好幾個破洞。

『上當啦，該死的魔族！』

不知從何處傳來人類的聲音。大量的水從破洞的天花板上傾注而下，而且那還不是一般的水，而是魔族弱點——聖水。

「快避開！」

艾米莉亞迅速下令。可是聖水不只從上方，還從通道的前後兩方洶湧地沖來。在沖來的水流上漂浮著木筏，大批的人類士兵乘在上頭而來。

「反抗夏布斯皇帝的愚蠢魔族啊，這裡就是你們的墓地！」

「就為小看我們，大搖大擺現身一事感到後悔吧！」

人類使用聖水的魔力，以地、水、火、風的魔法陣將魔王學院的學生們封閉在結界中。

「是『四屬結界封（de ijjeria）』！在這個結界中，我們魔族的力量會降到一半以下！請一面抵禦敵人的攻擊，一面優先擊破風的魔法陣！」

「別想得逞——！發射——！」

人類士兵一齊發射「聖炎」。縱使威力很弱，仍舊形成宛如豪雨般的彈幕。艾米莉亞敞開雙手擋在最前方，展開反魔法。神聖火焰陸陸續續擊中，劇烈的衝擊撼動著她。

「趁我擋住攻擊的時候，快將『四屬結界封』的魔法陣——咦……？」

魔王學院的學生們發出的「魔炎」發出「轟隆隆隆隆隆隆隆隆隆隆隆隆隆隆」的聲響將「聖炎」輕易吞沒，還接著讓士兵們也燃燒起來。

「「呃啊啊啊啊啊啊啊啊啊啊啊啊啊啊啊啊！」」

「「呀啊啊啊啊啊啊啊啊啊啊啊啊啊啊啊啊！」」

一百名以上的士兵遭到火焰吞沒，那裡已經淪為迴蕩著淒厲慘叫的地獄繪圖。

「擋、擋不下來！我方的反魔法完全不是對手！太、太強了！」

「你說什麼！這怎麼可能，那可是在『四屬結界封』裡頭啊！他們的魔力應該就連一半也不到才對……！」

「前來救援的不是魔王學院的學生嗎！我們收到兩千年前的魔族沒有參與救援的情報。不過就是學生，怎麼會有這麼強大的力量……！」

「他們毫無疑問是學生沒錯！」

人類士兵接二連三束手無策地燃燒起來。戰況像是扭動嬰兒手臂一般單方面的蹂躪。

「……魔、魔王學院是怪物嗎……？到底進行了什麼樣的教育才會變成這樣。」

「啥？我們是怪物？你在說什麼蠢話啊？」

拉蒙將「灼熱炎黑」纏繞在雙手上說：

「一年二班裡啊，真的就像怪物一樣的傢伙可是多的是啊！我們在那些人當中完全就是劣等生，單純是你們太弱了啦——！」

漆黑火焰將士兵們一掃而空。他們一面發出慘叫，一面當場相繼倒下。

「艾米莉亞老師！這些傢伙看來是拖時間的雜兵！在真正可怕的傢伙過來之前，趕緊將他們收拾乾淨吧！快給我指示！」

「那個……你是拉蒙同學的……雙胞胎哥哥嗎？」

「為啥會認錯啊！我是拉蒙啊，拉蒙。別因為去了勇者學院就輕易把學生給忘了啦。說到底，我才沒有什麼雙胞胎哥哥！」

艾米莉亞仔細看著拉蒙的臉，一臉像是想說「你有這麼強嗎？」的表情。

「好了，快給我指示。還是說，妳有什麼主意嗎？」

「不……各自一面優先破壞魔法陣，可能的人一面將敵人殲滅！」

說完，粉絲社的學生們就拿起長槍衝出去。

「大家，要上了嘍！」

「誰教我們只有鍛鍊擅長的突刺呢！」

「讓他們升天吧！」

「「「騙你的——根源死殺！」」」

她們以與之前判若兩人的動作，刺穿持劍的士兵們。

「呀啊！」「唔呼……！」「咳、咳哈啊啊……！」

士兵們一個接著一個被撂倒。「四屬結界封」的魔法陣一下子就被學生們破壞掉，讓他們從結界中解放。然後在不到一分鐘之內，就以「拘束魔鎖」的魔法將敵兵統統綁住。

這毫無疑問是壓倒性的勝利。儘管如此，依然沒有人掉以輕心。倒不如，他們對壓倒性的勝利感到疑惑，展露出警戒心。

「別大意，千萬別大意啊。不可能這麼簡單就結束……！」

「……是啊。之前不是天空落下來，就是下起岩石雨來，搞得非常悽慘呢……」

「那道超厲害的紫色雷電，讓我以為世界已經被毀滅了呢。絕對不會只有這樣吧。接著會是什麼……？」

他們好歹也經歷過生死危機，表情越來越像能獨當一面的戰士。關於這次的戰鬥，可以算他們及格吧。

「總、總而言之，對方一點也不強真是太好了呢。」

娜亞露出安心的表情說。

「……不強……嗎？」

艾米莉亞看向曾是成績最差的劣等生娜亞，一臉困惑的樣子。

「啊，對不起。必、必須繃緊神經才行呢。就是說呢。因為這是比大魔王教練還要危險許多的實戰呢。」

「大魔王教練……」

艾米莉亞看著娜亞警戒四周的模樣喃喃自語：

「……那個魔王……到底上了什麼樣的課啊……」

「老師？」

「沒事，我們快走吧。」

他們再度沿著通道前進。不知是為了這個陷阱幾乎投入所有兵力，還是又在其他地方準備發動陷阱，感受不到增援立刻就會抵達的跡象。不久之後，眾人能在通道途中看到巨大的雙開門。

「蘿娜大人，這裡通往哪裡？」

「是通往王宮最深處的某座遺跡。因為艾迪特赫貝的建築物全是以讓遺跡完整保留下來的形式建造，與皇帝所在的位置是不同的地方。」

「這樣啊。那看來應該沒關係了呢。」

艾米莉亞這樣說，打算繼續往前走。

「啊，艾米莉亞老師，請等一下。」

愛蓮彷彿注意到什麼事一樣大喊。

「……怎麼了嗎？」

艾米莉亞有點尷尬地問。這也難怪。她過去曾傷害過粉絲社的少女們，甚至還打算殺害她們，她應該很在意這件事吧。可是，這不是目前要在敵陣說出來的事。艾米莉亞一面假裝冷靜，一面注視著愛蓮的臉。

「我想在這深處的遺跡壁畫上，大概有創星艾里亞魯。阿諾蘇同學以『意念通訊』這麼說了。」

與之相反，愛蓮則一副完全忘記過去發生過什麼事的態度對待艾米莉亞。

「是魔王的記憶吧……我知道了。我們就去回收吧。」

艾米莉亞把手放在雙開門上，門「嘰」的一聲發出老舊聲響後開啟。門後像是廣大的中庭，能看見天空，還有像是古老遺跡的階梯與柱子。

「要走嘍。」

由艾米莉亞領頭，魔王學院的學生們謹慎地走在這座遺跡裡。他們儘管以魔眼環顧四周，但沒特別感受到人員或陷阱的氣息。

『真可疑，真可疑不是嗎？』

這道聲音使得艾米莉亞瞪圓雙眼，回頭看向娜亞。

「不、不是我不是我！是這個。」

娜亞一畫出魔法陣，就從中取出一根手杖。握柄處裝著骷髏頭，骷髏頭發出「喀答喀答」的聲音震動著下頜。

『真可疑，真可疑不是嗎？』

艾米莉亞的眼神變得凝重起來，看著那顆骷髏頭。

「……這是什麼？」

「這是熾死王老師送給我的『知識之杖』。裡頭裝著老師的智慧與知識，只要發問就會告訴我許多事情。不過就算沒有發問，也會像現在這樣擅自說話。」

「……會擅自說話嗎？」

艾米莉亞一副像是想說「真是莫名其妙的魔法具」的表情。

「有點像熾死王老師吧。聲音也很像。」

『真可疑，真可疑不是嗎？』

「不過擅自說話的時候，大致上都有意義。」

娜亞這麼說著，對手杖注入魔力，然後向它問道：

「是什麼真可疑啊，杖老師？」

『咯咯咯，是龍啊。這裡有龍不是嗎？是個大傢伙。』

「龍？」

娜亞微歪著頭，看向停在肩膀的小龍托摩古逸。緊接著，托摩古逸就發出「咕嚕嚕嚕」的聲響小聲地叫了叫。這時她恍然大悟。

「大、大家停下來！」

娜亞一大聲喊道，魔王學院的學生們就停下腳步。

「怎麼了嗎，小娜？」

諾諾問。

「在這前面，地底下大概有龍。」

說完，某人就毫不遲疑地拍著拉蒙的肩膀。

「該你上場啦，拉蒙。」

「啥！為什麼是我！」

另一名學生也拍起拉蒙的肩膀。

「去吧。你很擅長不是嗎？」

全體學生的視線刺在拉蒙身上，使得他很不甘願似的一個人往前方跑去。

「死掉的話，要立刻復活我喔！限三秒以內喔！」

拉蒙特意踏出腳步聲跑過去後，地面就發出「轟隆隆隆」的聲響裂開，從中出現一頭巨龍。那是帶有藍色鱗片與皮膚的異龍。

「嗚呀啊啊啊啊啊啊啊啊啊啊啊啊！」

拉蒙在千鈞一髮之際飛撲起來，勉強避開異龍來自地底的衝撞。

「老師！快施展『龍縛結界封（de jieriasu）』！」

「我知道！」

艾米莉亞立刻畫起魔法陣，張設綁住藍色異龍的魔法線。

異龍一面發出吼聲，一面遭到「龍縛結界封」綑綁。結界發出「嘰——嘰——」的聲響，不斷削減著牠的力量。然而，這頭藍色異龍強得超乎尋常。綁住牠的「龍縛結界封」魔法線只是碰觸到龍，就立刻凍結起來。假如魔法線全部凍結就會發不出聲音，結界的力量就會減弱吧。魔法線被扯斷是時間早晚的問題。

「支撐不了太久……雖然只要能撐到回收創星艾里亞魯就好……」

「沒問題。那個可以吃喔，托摩！」

小龍托摩古逸發出「咕嚕嚕嚕」的聲響叫了一聲後，隨即響起「沙沙」的奇妙聲響。托摩古逸以吃掉聲音之龍的神龍時所獲得的能力，轉眼間將異龍的身體不斷縮小。霎時間，那個龐大身軀就變成能放在掌心上的大小了。

「咦……？」

無視艾米莉亞的疑問，托摩古逸把異龍一口吞了下去。從牠心滿意足的嘴裡，「呼～」地漏出藍色冷氣。

「對了，這孩子。只要是龍，大致上就什麼都吃得掉。如果是那種大小的龍，分量好像就剛剛好。」

娜亞向目瞪口呆的艾米莉亞說明。

「…………這樣啊……」

艾米莉亞儘管露出一臉「搞不懂這是怎麼一回事」的表情，還是振作起來，向前走去。

在登上漫長的階梯後，盡頭的牆壁上畫著一整面的巨大壁畫。那是畫著夜空的壁畫。

「……奇怪，沒有耶……？」

愛蓮一說，潔西卡也跟著同意。

「對啊。雖然好像有魔力的殘渣……」

縱然能看到些許米里狄亞的魔力，但是在那裡的是普通的畫。不論是以魔法創造的夜空、鑲嵌在周圍的群星結界，還是創星艾里亞魯，都統統不在那裡。

已經被某人拿走了。

§ 28　【被奪走的創星】

我在離開伊杰司之前所在的第三十號豎洞後，站在建於遺跡都市艾迪特赫貝裡的瞭望臺上一覽這座城市。

『阿諾斯。』

米夏傳來的「意念通訊」響起。

『抵達豎洞最底層了。』

『這裡大概就是最古老的遺跡巴吉拿了吧。』

莎夏說。

「有看到艾里亞魯嗎？」

『雖然有壁畫……』

我將視野移到米夏的魔眼（眼睛）上後，發現周圍是以古老魔石搭建的神殿。眼前是畫著夜空的壁畫，不過是沒帶有魔力的普通畫作。創星艾里亞魯大概已經被人拿走了吧。

「第一皇女說她曾看到許多士兵進來這裡，所以這裡的艾里亞魯先被人挖走了吧？」

『唔嗯，王宮壁畫上的艾里亞魯也被拿走了。也就是說，這樣至少已經有兩顆艾里亞魯落在某人手中了啊……』

「嗯——既然不想讓阿諾斯知道，那麼早就已經被破壞了吧？」

『這點還不清楚。』

不想讓我取回記憶的是賽里斯。可是，我不覺得他只是單純破壞掉艾里亞魯就會滿足，而且也不一定是落到賽里斯的手中。比方說，假如是落到魔導王手中，也能認為他會用來與我交涉吧。

『要是挖出艾里亞魯，比起藏在某處，放在強者手邊最安全。假如讓人拿著，勇者卡希姆或魔導王波米拉斯的可能性很高。』

「卡希姆那邊雷伊應該會設法解決，所以我們只要把波米拉斯找出來就好了吧？」

『就和創星艾里亞魯顯示出的過去一樣，他除了分體之外還擁有本體。平時讓複製了根源的分體活動，本體應該藏在安全的地方——以讓魔力歸零的狀態呢。』

不論消滅掉多少分體，只要找不到本體就會沒完沒了。

『應該就在這座城市裡的某處。』

「嗯——可是，既然他讓魔力消失的話，要找起來也會很辛苦吧？」

莎夏在呻吟之後轉過身。

「總之待在這裡也無濟於事，就先離開吧。來想想要怎麼找出波米拉斯的本體。」

莎夏正要離開最古老的遺跡，忽然停下腳步。米夏仍直直盯著壁畫。

「怎麼了嗎，米夏？」

「有什麼東西在。」

她走到壁畫旁，把臉靠過去，以那雙魔眼（眼睛）瞪著牆壁與畫在上頭的壁畫。

「在這後面。」

「真的嗎？我完全感受不到魔力耶？」

莎夏儘管歪頭困惑，還是與米夏一樣將魔眼（眼睛）朝向牆壁。確實看不見魔力。

『既然如此，就更有可能了吧。畢竟他都特意把本體的魔力消除了吧？所以不會藏在明顯很可疑的地方。』

米夏轉身，倏地遞出雙手。莎夏點了點頭，牽起她的手。她們將彼此畫出的半圓魔法陣接合起來，從上方再畫出另一個魔法陣。

「「『分離融合轉生（deino jikusesu）』。」」

兩人的身體伴隨著光芒合而為一，化為銀髮少女愛夏。

「要上嘍！」『透明之冰。』

愛夏眼中浮現的「創滅魔眼」，將廣大的神殿在轉眼間變成冰。不只是壁畫，包括天花板、牆壁、柱子、地面與地底，就連埋在底下的石頭都變成了冰冷的冰。這些冰完全透明，連內部都看得一清二楚。在壁畫的方向、沉在相當底下的位置上，有一個唯一沒有變成冰的物體。那是點著火焰的蠟燭。

「那個是……？」『魔導王的本體。』

就和過去看到的一樣，那根蠟燭很古老，而且連形狀與裝飾都一樣。

愛夏朝那個方向一瞪，一部分的冰變成了水。

「過來。」

伴隨著米夏的聲音，水從壁畫中溢出，蠟燭順著這個水流流了過來。明明浸泡在水裡，蠟燭的火卻沒有要熄滅的跡象。不久後，愛夏拿起從壁畫裡飛出的蠟燭。

「還真簡單呢……魔導王在覺醒之前都毫無抵抗能力吧？」『要怎麼做？』

『兩千年前，波米拉斯被幻名騎士團找出本體所在，差點在拿出實力之前遭到毀滅——我不覺得他會重蹈覆轍。』

「啊……聽你這麼一說，確實是呢。也就是說，要是毀滅了，就會發生什麼事嗎？」

『只要魔導王不是笨蛋的話吧。』

「變成冰晶？」

那根蠟燭的機制就是透過轉移分體的火焰，來喚醒本體的根源。

只要以「創滅魔眼」將蠟燭完全變成其他東西、封住根源，就什麼事也做不到了吧。就算採取被毀滅時的對策也沒用。

『就這麼做吧。妳試試看。』

愛夏點了點頭，將魔眼(眼睛)朝向手上的蠟燭。

「假如行得通，這樣就結束了吧……」『冰晶。』

蠟燭並沒有設下陷阱，輕易地就變成了冰晶。

「……不見了……」

米夏的聲音響起。因為在變成冰晶的瞬間轉移到其他地方，蠟燭裡的根源消失無蹤。

『原來如此。對本體設置了稍有異變時，就轉移地點嗎？』

不論是要毀滅，還是以結界封印，結果都一樣吧。

「不過，有一瞬間看到了吧……」『那裡。』

愛夏轉頭指向牆壁。我試著在腦海中與地圖對照，那個方向延伸到第四十一號豎洞，是米莎與雷伊追著勇者卡希姆進入的場所。

「我過去吧。」

我將視野切換回來，從瞭望臺上瞪著第四十一號豎洞。沒有障礙物，從這裡過去是一直線。我在腳下使勁，以雙腳蹬地衝出。瞭望臺上方「砰隆隆」一聲凹陷，我的身體宛如彗星一般衝進豎洞。

「妳們去找找有沒有其他蠟燭。只要將他的轉移地點全部毀掉，他就無處可逃了。」

『交給我吧！』『看過一次了，要找很容易。』

假設魔導王的蠟燭是他可能轉移的地點，也就是說，當本體所在的蠟燭發生什麼事，根源之火就會轉移到其他蠟燭上。認為這些蠟燭十之八九藏在他的勢力範圍內不會有錯。既然設置了會讓根源在毀滅之前轉移的機關，那麼把蠟燭藏在陌生的地方就會有風險。賽里斯過去曾說過，由於留下本體的蠟燭離開會感到不安，魔導王才從未離開過密德海斯。

我不覺得膽小慎重的個性會這麼輕易改變。而且那個蠟燭本身幾乎不帶有任何魔力，是利用艾迪特赫貝的遺跡溢出的魔力，組成將根源從蠟燭上轉移到其他地方的術式吧。

我儘管在豎洞裡一個勁地下降，還是將視野轉移到位在前方的米莎的魔眼上。

「你已經無處可逃了喔，卡希姆。」

兩個男人在相互對峙。他們一方是雷伊，另一方則是卡希姆。周圍是與其他豎洞十分相似的神殿——本來應該是吧。也許有什麼在那裡肆虐過了吧，遺跡被破壞得破爛不堪，幾乎不成原樣。卡希姆被雷伊與米莎逼入絕境，無路可逃了。

「來分出勝負吧。」

雷伊筆直注視著卡希姆說：

「由於當時是我比較弱，所以你才無法認同我是適合與魔王交戰的勇者吧。你說不定覺得虛偽，說不定感到不合理。」

雷伊以強硬的眼神看向卡希姆，明確地斷言：

「不過，現在可不同了喔。」

「……有什麼不同？」

「我比你強。我就向你證明：靈神人劍並非看著現在，而是看著我的未來這件事吧。」

「你這句話還真有趣。你們有兩個人，我則是一個人。而且那個女的雖說是冒牌貨，也擁有魔王的力量。在這種情況下，你說要證明你比我強嗎？」

卡希姆露出一臉就像在說「令人作嘔」的表情。

「你們勇者一直以來都在使用這種卑鄙的手段啊！」

「我不會出手喔。」

米莎輕輕展露微笑。

「只會在一旁看著。」

她以「飛行」遠離兩人。

「我會贏過你。不光只是打倒，還要讓你的劍與你的心屈服──不是一對一比拚就沒意義了。」

雷伊喚來靈神人劍插在地面上。他接著把手伸到自己胸前取出六顆淡淡發光的球後，讓這些球飄浮在靈神人劍旁邊。他將七個根源之中的六個從身上分離出來了。

「我不會使用伊凡斯瑪那，根源也只有一個。我雖然是魔族，但你也成為了龍人，條件應該一樣喔。」

「好吧。」

卡希姆總算放棄逃跑，投來警戒的眼神。

「假如你是認真的，那就來吧。你那不成熟的劍傷不了我。」

「這還很難說呢。」

雷伊帶著微笑走向卡希姆。兩人的距離縮短，還差幾步就會踏入劍的攻擊距離──地面裂開，鮮紅烈焰有如噴泉般湧出。

遭到發出「轟隆隆隆隆隆隆隆隆隆隆隆隆隆隆」聲響的熊熊烈火吞沒，使得雷伊連同身上的反魔法一起被焚燒全身。

「卑劣的勇者受到卑劣陷阱的報應。這是對於要是沒有靈神人劍的加護早就死去的你，所做出的調整！」

打算立刻展開追擊的卡希姆拔劍，蹬地衝出。雷伊為了拔出一意劍而打開收納魔法陣。然而，火焰就像擁有意志一樣，將收納魔法陣的術式燃燒殆盡。

雷伊的眼神凝重起來，窺看這道鮮紅火焰的深淵。那竟是魔導王波米拉斯。

魔力比分體還要強。

「嘻嘻嘻嘻嘻！以為是一對一，結果大意了吧，勇者加隆？在余的體內可不會讓你隨心所欲。你就一面遭到鮮紅烈焰焚燒，一面就這樣在同胞的劍下毀滅──嘎咳啊啊啊啊啊啊啊啊啊啊啊啊啊啊啊啊啊！」

竄起的鮮紅烈焰遭到漆黑的「根源死殺」之手貫穿、一把抓住後，從雷伊身上被扯了下來。米莎沒有動作，是從遠方高速飛來的我將魔導王的炎體一把搶走了。

「我正好在找這傢伙呢，我帶走嘍。你就盡情動手吧，雷伊。」

卡希姆瞥了一眼逐漸遠去的我，露出氣憤的表情。

「……說要一對一的同時讓魔王事先潛伏起來，你還真是了不起的勇者啊，加隆！」

卡希姆的劍筆直地朝赤手空拳的雷伊刺出，不過下一瞬間，劍旋轉地飛上了天空。

「什麼……！」

剎那間拔出的一意劍在打掉他的劍後，緊緊抵在卡希姆的喉嚨上。

「要認輸了嗎？」

隔了一會兒，卡希姆把頭垂下。

「……是啊，我明白了……我不可能贏過你。」

卡希姆隨手握住一意劍。聖布從他手中竄出，層層裹住席格謝斯塔的劍身。

「——我不可能會這麼說吧。這是圈套。你的本事就連我在手下留情都沒注意到啊。」

卡希姆以「布縛結界封」束縛住席格謝斯塔，就這樣朝雷伊踢出一腳。雷伊放開席格謝斯塔，蹲低身子避開卡希姆猛然踢來的這一腳。

「別輕易就把劍放開。」

卡希姆將「布縛結界封」抽回，把手伸向席格謝斯塔。他大概打算搶走武器吧。

可是這條聖布在空中碎裂、飄散開來。這是因為上頭早已留下席格謝斯塔的切痕。

「什麼……」

雷伊握住正好落下的一意劍，砍了卡希姆的身體一劍。

「唔嗚嗚……！」

「你還在手下留情嗎？」

雷伊沒有追擊退開的卡希姆，如此說道。對方的眉頭抽動了一下。

「別老是設圈套，差不多該拿出真本事來會比較好咿喔。要是以為我和以前一樣，可就沒有下一次了。」

§29 【調整者的正義】

卡希姆一面以「治癒」恢復傷勢一面說：

「沒有下次？不過就是留下一道擦傷，你想說自己比我高明嗎？」

「聽起來不像嗎？」

卡希姆瞪著立刻回話的雷伊。

「別自大了。你從來沒有贏過我。不論是劍術，還是魔法；不論是以前，還是以後。」

卡希姆展現右手。在他的食指上發光的，是讓人相當眼熟的戒指——選定盟珠。

「……那是真的嗎？」

雷伊會這麼問也無可厚非。八神選定者早已八人全都出現了。

「你就仔細看好吧。『神座天門選定召喚』。」

在對選定盟珠注入魔力後，立體魔法陣就在內部層層疊起。伴隨著神聖光芒，遺跡神殿激烈地震動起來。出現在那裡的是一道莊嚴的門。那道門長著手腳，浮現令人毛骨悚然的臉，從微微開啟的門後溢出神的魔力。

「我是獲選定神天門神卡特納阿米拉所選上的八神選定者之一，調整者卡希姆。」

選定盟珠是真的，「神座天門選定召喚」和神也都是真的。正因為如此才無法理解。

八神選定者有九個人。不對，或許賽里斯也是其中一人，所以總共有十人嗎？

「接招吧。我要將過度的勇者正義，正確地進行調整。」

卡希姆赤手空拳地跑了起來。此時響起「嘰」的一聲，在他前方的天門神卡特納阿米拉開啟身上的門。神聖光芒從門後溢出，使得魔眼（眼睛）看不清楚。

在卡特納阿米拉的門後，稍微窺看到城市的景觀。那是蓋拉帝提。卡希姆就這樣跳進卡特納阿米拉的門內。

「真是遺憾啊，加隆。你沒有趕上。殷茲艾爾覆蓋著『封域結界聖』，沒辦法施展『轉移』。我的目的就是要把你引誘到這裡來。」

卡希姆就像在宣布勝利一樣待在門裡頭說：

「目標打從一開始就是勇者學院亞魯特萊茵斯卡。」

卡特納阿米拉的門緩緩關上。

「就趕快追來吧。你作為勇者給予了多少虛偽的救濟，我就會在那裡陳列多少絕望。你就看好蓋拉帝提的正確模樣吧。然後切身體會到──」

那扇門「啪答」一聲關上了。

「靈神人劍選上你是錯誤的。」

留下這句話──數秒後，卡特納阿米拉的門再度開啟，卡希姆從門裡出現。

「好啦，這樣總算就──什麼……？」

看到眼前的雷伊，卡希姆露出驚訝的表情。

「雖然我說過不會出手，可沒說會坐視你逃走喔。」

在遠離兩人的位置上旁觀的米莎如此拋出這句話。她事先展開魔法陣，所發動的魔法將這裡以半球形包覆起來，構築出黑暗結界。

「即使在『封域結界聖』中，或許只要使用那個卡特納阿米拉的門就能轉移也說不定，但是在我的『闇域(demera)』之中可辦不到喔。」

這是阿伯斯．迪魯黑比亞過去張設在密德海斯一帶的結界魔法。藉由縮小範圍、將對象局限在天門神上，防止了神的轉移。也就是開門後應該會出現在蓋拉帝提的卡希姆，因為魔法沒有生效，於是就這樣回到了這裡。

「我不會讓你逃跑喔，卡希姆。」

雷伊以毫無破綻的步法朝卡希姆走去。

「我要將你澈底擊敗，從沒意義的勇者詛咒中解放。」

「逃跑？我嗎？要逃離你嗎？」

「是逃離現實喔。你一直都在逃避。摀住耳朵、別開眼睛。你應該早就知道，就算做這種事也無法改變什麼。」

雷伊在劍的攻擊距離一步之外停下腳步。

「我從來沒有逃跑過，直到現在都還在戰鬥——為了糾正勇者過度的正義。」

「那只要直接與我戰鬥就好。還是說，你就這麼害怕承認嗎？」

雷伊將一意劍席格謝斯塔的劍尖筆直對準卡希姆。

「——你已經贏不了我的事實。」

「不是依靠自己的力量，就只是受到聖劍與七個根源協助的男人，居然自大到這種程度啊？只要看著你，就能十分清楚勇者充滿虛偽。」

卡希姆伸出手，在手上注入魔力。耀眼光芒聚集在手掌上，隱約能看到一把劍。

「來吧，聖想重劍艾克斯納西斯。」

回應他的叫喚，被召喚來的是長度恐怕有一般長劍兩倍長的聖劍。卡希姆將艾克斯納西斯高舉向天，這次在選定盟珠上注入魔力。

「『神座天門選定召喚』。」

神聖光芒附著在聖劍劍尖上。發出超乎常理的魔力，新的神就要在那裡顯現。

「『神具召喚(puresezu)』・『選定神(奧斯拉比亞)』。」

聖想重劍艾克斯納西斯發出神聖光芒。因為他讓名叫奧斯拉比亞的神附在那把聖劍上，使得聖劍強化了。

「別以為這樣就結束了。」

接著卡希姆的身體迸出魔力。

「『附身召喚(azeputo)』・『選定神(卡特納阿米拉)』。」

天門神卡特納阿米拉的門完全敞開，逼近卡希姆的身體。就這樣讓他穿過門後，卡特納阿米拉的身影倏地消失無蹤。天門神附身在卡希姆身上了。

「就讓我來告訴你吧。」

卡希姆一面發出「咻咻」的聲響，靈活舞動著艾克斯納西斯的長劍身，一面就像扛著似的把劍舉起。

「——敗北的滋味。」

雷伊一臉悲傷地微笑。

「已經清楚到不能再清楚了喔。因為我早已輸過不計其數了。」

雷伊舉起一意劍，注意卡希姆的動作。

「真正的敗北是死。輸了卻還活著叫做卑鄙吧？你應該要高潔地毀滅。弱小的你應該要將靈神人劍讓給下一個持有者。」

「如果這樣能拯救人們……如果高潔地毀滅能讓某人獲救，我早就這麼做了喔。」

雷伊朝著自己揮劍的攻擊距離踏出一步。卡希姆就像料到他會踏過來似的退後一步，同時將聖想重劍艾克斯納西斯橫向斬出。那個長劍從攻擊距離之外輕易地捕捉到他。

「呼……！」

他以一意劍席格謝斯塔揮出一劍，打掉長刃。相對於更加前進的雷伊，卡希姆再次後退，然後伸出左手畫出魔法陣。

「『聖域熾光砲（teo toraiasu）』。」

光之砲彈擊出，雷伊立刻趴下避開。背後的柱子被射穿，牆壁輕易遭到破壞。其威力強大到牆上的破洞深不見底，不知挖穿到哪裡去。

「艾克斯納西斯是能讓意念重疊的聖劍。雖然能提高『聖域』的效果，本身能產生的意念卻只有一個。」

也就是說，光只有艾克斯納西斯的話，意念會不足。別說是「聖域熾光砲」，就連「聖域」也無法施展。儘管如此，卡希姆還是再度擊出「聖域熾光砲」。

雷伊以一意劍撥開那道光之砲彈。他一面聽著牆壁發出「轟隆隆」的聲響遭到破壞，一面迅速前進。

「這是讓那個叫奧斯拉比亞的神附在聖劍上的效果嗎？」

縱然卡希姆不斷後退，還是將艾克斯納西斯橫向斬出。雷伊以席格謝斯塔擋下這一劍，沒有消去力道，而是使勁地將劍鍔推過去。

「複製神奧斯拉比亞複製了聖劍的意念，複製出來的意念被聖劍重疊起來。」

卡希姆一面以力量對抗雷伊的力量一面說：

「與你那不依靠他人就無法施展的不完全的『聖域』不同——」

意念經由複製神奧斯拉比亞的秩序不斷增加，卡希姆在身上纏繞起耀眼光芒。他以經由「聖域」強化的臂力，將雷伊的席格謝斯塔推了回去。

「——我的『聖域』毫無破綻！」

相對於沒有「聖域」的雷伊，卡希姆以神力獲得「聖域」的恩惠。或許在力量的衝突上略占下風吧，雷伊的腳陷入地面，稍微屈下膝蓋。

「……呼……！」

雷伊放棄從正面互相推擠，儘管撥開力道，還是在卡希姆的長劍擊中之前踏向前方。他以技巧輕易封住那把長劍，將卡希姆捕捉到自己揮劍的攻擊範圍內。

「這也是圈套。」

卡希姆更是拉近距離，接近到就連雷伊的劍都無法揮動的極近距離。縱使處於不好動作的姿勢，可是一意劍的劍刃依舊揮出了。卡希姆看穿雷伊揮劍的動作前兆，壓住他的手輕易地封住這一劍。

「不論打多少次，你都贏不了我。不論是劍術，還是魔法。」

兩人的身體維持前進的形勢交錯。卡希姆為了將雷伊撞飛到自己背後，以手肘推著他的背，就那樣順勢與他擦身而過。兩人以互相背對的姿勢拉開距離，再度來到卡希姆揮劍的攻擊距離。

「你全身都是破綻啊。」

他轉了一圈，利用離心力揮出艾克斯納西斯。雷伊則失去平衡，依舊背對著他。

「……哈……！」

「鏗」的金屬聲響起。雷伊頭也不回地用席格謝斯塔擋下從背後揮來的長劍。

「……什……麼……？」

雷伊利用揮來的力道，一面旋轉一面闖進卡希姆的懷中，在他的心臟上刺了一劍。

「……咳呼…………！」

鮮血沿著席格謝斯塔，發出「咕嘟咕嘟」的聲響滴落地面。

「你的劍術確實比以前的我高明呢。」

雷伊對著施展「復活」魔法的卡希姆冷冷微笑。

「不過比起魔王的右臂，簡直就像小孩子的嬉戲喔。」

§30 【慈愛之劍】

卡希姆咬緊牙關，狠狠瞪著雷伊。

「不過是取得了一勝，就想說你看清我的實力了啊，加隆。」

「因為對過劍了呢。」

看到立刻回答的雷伊，卡希姆露出凝重的表情。

「我已經很清楚了喔，關於你這個人。」

這句話被卡希姆一笑置之。

「不論再怎麼鍛鍊魔眼、窺看深淵，表面上的魔力與劍技都無法左右勝負。能將阻擋在前方的險惡困難打破的意念之力才是勇氣。」

「你覺得只要有勇氣，就能顛覆任何戰況嗎？」

雷伊維持刺穿卡希姆心臟的姿態向他問道。只要不拔劍，他就必須一直施展「復活」。

「你覺得只要勇敢挑戰，為了夥伴挺身而出的話，就能擺脫劣勢嗎？」

「人稱勇者的你，居然到現在都還在問這種問題，真是可悲。」

「我們的敵人也懷著勇氣，為了某人挺身而戰喔。這不是我們專屬的力量。我完全無法想像單方面斷定敵人沒有勇氣的你，能贏過揮舞著忠義之劍的他。」

卡希姆的眉頭挑了一下，雷伊對他拋出強硬的話語說：

「你什麼也不懂——因為從戰鬥中逃走了。」

「什麼也不懂的人是你啊，加隆！早在你和我挑起一對一的戰鬥時，你的敗北就十分顯而易見！」

卡希姆橫向斬出寬長的劍——艾克斯納西斯，但雷伊輕易制住他揮劍的手。

「在這個距離下，艾克斯納西斯可是派不上用場的喔。」

「倘若是以前的我的話。」

魔力粒子從卡希姆身上迸發，溢出神的秩序。

「『天門(amusu)』。」

長劍從雷伊的背後刺出。在偏頭避開這一劍後，就像要追擊似的再度刺出兩把劍，這次劍擊瞄準了雷伊的腳與身體。雷伊將劍拔離卡希姆，側跳避開攻擊。在往背後看去後，就見三道小門飄浮在哪裡，並從門中刺出三把艾克斯納西斯。這是讓天門神附身的卡希姆的魔法——「天門」的效果吧。

「你使用以複製神奧斯拉比亞複製的聖劍，從那個『天門』之中發出斬擊吧？」

「別以為這是一般的次元魔法。」

魔法陣出現在卡希姆與雷伊兩人之間，「天門」出現在那裡。

「喝啊！」

刺出的艾克斯納西斯在穿過天門的瞬間纏上光芒，宛如疾風般加速。

「呼……！」

雷伊以一意劍打掉這道突刺。魔力與魔力衝突，激烈的火花飛濺開來。

「『天門』。」

三道「天門」出現在雷伊的死角上，從中刺出艾克斯納西斯的劍刃。他就算跳開躲過攻擊，也會再度出現三道「天門」，就像在追逐著雷伊一樣發出「咚咚咚咚」的聲響，不斷將劍刃刺在地面上。雷伊儘管在地上打滾，還是持續避開攻擊，最後在滾了一圈後再度站起。

卡希姆將集中「聖域」的左手朝向「天門」。

「『天門聖域熾光砲（amusu teo toraiasu）』。」

發出的光之砲彈在穿過「天門」的瞬間化為讓室內充滿耀眼光輝的極粗光線，朝著不斷避開長劍的雷伊照射過去。由於「天門」能強化魔法，所以同時也是魔力增幅門吧。「天門聖域熾光砲」膨脹到一般「聖域熾光砲」的數倍之大。

「一意劍，祕奧之二——」

雷伊舉起一意劍，專心一意讓那把劍化為斬光之刃。

「——『萬魔兩斷』。」

就像以劍分開大海一般，湧來的光芒被席格謝斯塔劈成兩半。

「你的力量全是借來的，是人類捏造出來的虛偽勇者。」

卡希姆在雷伊周圍接二連三創造出「天門」，以半球狀將他包圍起來。

「假如沒有靈神人劍，就沒辦法斬斷宿命；假若沒有七個根源，甚至不是不死之身；要是不將夥伴的意念化為『聖域』，就沒辦法好好施展魔法。」

「這樣你也是假如沒有天門神與複製神的力量，就沒辦法好好戰鬥。」

雷伊朝著露出凝重表情的卡希姆微笑起來。

「——我不會這麼說喔。我過去借用各種力量受到優待，你現在借用神力進行調整，這樣才總算公平了——你想這麼說吧？」

「終於連演都不演啦？居然墮落到這種程度，還真是難看啊，加隆。」

「反正要贏的話，我希望能讓你更加找不到藉口呢。」

卡希姆的太陽穴位置抽動了一下。

「什麼？」

「我想調整到你找不到藉口的程度——為了不讓你在輸了之後，才在那邊講這果然不公平呢。」

卡希姆的眼中浮現憤怒。

「……你在小看我嗎？」

「我理解了喔，關於你這個人。不論贏過你多少次，你都不會承認，也不願意承認。因為你打從一開始就沒有要對決的意思，只是個待在安全的地方，如此這般譴責他人的膽小鬼。這就是你。」

卡希姆蹙起眉頭，表現出煩躁的情緒。

「所以不論要用上什麼樣的手段，你都想占有優勢——直到你願意進行對決的程度呢。所以不論你打算做什麼，不論會多麼不利，我都會正面斬斷這一切，然後告訴你喔。」

雷伊漫不經心地眺望持續增加的「天門」，靜靜地舉起一意劍。

「沒有與魔王戰鬥的你，打從那一刻起就是敗北者。」

「雖說分成敵我，居然如此毀謗好歹也是年長者，而且還是你師兄的人，你還真是個讓人瞧不起的男人啊，加隆。真不想承認我們師出同門。」

卡希姆如此唾棄。

「卡希姆，儘管我身處在兩千年前那場悲慘的大戰中，還是學到了一件事。」

剎時間，卡希姆在聖想重劍艾克斯納西斯上注入魔力。從包圍住雷伊的無數「天門」之中，突然冒出複製的劍刃。劍身伸長，劍刃從門中一齊刺出。上下左右，到處都無路可逃。劍刃之壁一面包圍雷伊，一面在眨眼間逼近，刺出無數的突刺。

「這世上存在就算要澈底制伏，也必須讓他獲得教訓的人。」

可是雷伊在喘息之間便將從全方位刺來的無數把艾克斯納西斯統統斬斷。大量的聖想重劍悉數彈開、斷裂，或是粉碎，紛紛掉落在地面上。

「『聖域熾光砲』。」

卡希姆伸出左手。光之砲彈沒有從那隻手上發射出去。「聖域熾光砲」從包圍住雷伊的「天門」中射出。光之砲彈宛如豪雨一般發出「嘩啦啦啦啦啦啦啦」的聲響朝雷伊傾盆落下。雷伊以「萬魔兩斷」將這些光之砲彈斬斷或是避開，筆直地朝卡希姆走去。擊中地面的「聖域熾光砲」揚起沙塵，覆蓋住視野。

「這是看不見的劍刃。你能做到與方才一樣的事嗎？」

艾克斯納西斯的劍刃再度從「天門」中出現並刺出。無數劍刃這次沒有直接瞄準雷伊，而是緊貼著他揮劍的攻擊距離邊緣，接連不斷地刺著。

或許在阻止雷伊前進的同時，打算限制他的行動吧。一百道「天門」更進一步開啟，從門內發射出光之砲彈。在狹窄的空間裡，雷伊將這些攻擊打掉、斬斷、撥開，就連一發也沒有擊中他。

「戰鬥要看穿對手的下一步。光是應付一時的攻擊而不斷逃避，可贏不了我。」

卡希姆將艾克斯納西斯以大上段姿勢高舉過頭，並在劍上纏繞「聖域」。三道比那把寬大長劍還要高聳許多的「天門」構築在他面前。

「『天門聖域大熾光劍（amusu teo torugatoron）』！」

艾克斯納西斯猛烈劈下的斬擊，在伸長通過第一道「天門」後加速。接著在通過第二道「天門」後再度加速，劍上的「聖域」膨脹開來。最後在通過第三道「天門」時，斬擊化為耀眼的閃光。

雷伊周圍的「天門」發出「吱嘎嘎嘎嘎嘎嘎嘎嘎嘎嘎嘎嘎」的聲響，全都只因為「天門」的斬擊餘波而粉碎。不過他在被擊中之前避開「天門聖域大熾光劍」足以將遺跡地面大大削掉一塊的一擊。

在斬擊的餘波之下，就連封鎖他行動的艾克斯納西斯的劍刃也一併被轟飛了。這是因為他沒有著急，配合這些被轟飛的劍刃，冷靜地避開這一擊。

「打不中的喔——只有這種程度的話呢。」

「我說過要看穿對手的下一步了。」

說完，「天門」就接二連三自上方落下，「砰」的一聲掉落在雷伊與卡希姆之間。夾在他們之間，總共有九道「天門」落下。

卡希姆拋開聖劍，拿出一顆發出藍色光芒的小星展示著。

「這是本來在王宮壁畫上的創星艾里亞魯。你能守護住嗎？」

卡希姆將創星艾里亞魯筆直拋向雷伊。艾里亞魯穿過九道「天門」，朝著雷伊描繪出平滑的拋物線。

「『天門聖域熾光砲』。」

光之砲彈就像要追上創星艾里亞魯一樣射出，每當穿過「天門」，其光芒就會接連膨脹好幾倍。假如要以「萬魔兩斷」斬斷這道光之砲彈，就連創星艾里亞魯的魔力也會被劈成兩半吧。就連封印在裡頭的過去也不會平安無事。

察覺到這點的雷伊並沒有揮劍，而是伸手溫柔地接下飛到自己手邊的艾里亞魯。緊接著光之洪水將雷伊的身體吞沒，連同九道「天門」一起崩塌，背後牆壁開出深不見底的洞口。

「可別誤會啊，這只是採取如你所願的手段。」

卡希姆就像確信自己勝利了一樣轉過身去。

「就算不這麼做，我的勝利也毫無動搖。」

「聽你這麼說我就安心了喔。」

「……什麼？」

卡希姆停步轉身。光之洪水漸漸退去，不久後消失無蹤。站在那裡的是纏繞上光芒的雷伊，他將「聖愛域」像防護壁一樣展開，從卡希姆的「天門聖域熾光砲」之下保護住艾里亞魯與自己。

「結果還是這樣啊。」

卡希姆將「聖域」纏繞在聖想重劍艾克斯納西斯上猛力劈下。

就像要對抗一樣，雷伊將「聖愛域」纏繞在一意劍上，正面擋下這一劍。魔劍對上聖劍，雙方上演劍鍔相撞的力量衝突。

「我感到很失望喔，加隆。結果你還是證明自己：假如不借用他人的力量，就沒辦法擔任勇者。」

「你很高興呢。」

嘮叨多話的卡希姆因為這句話而一言不發。

「難道不是與『你想要失望』搞錯了嗎？」

「你就這麼想貶低他人嗎？不論你說什麼，你施展了『聖愛域』都是不可動搖的事實。還是你想狡辯說，只是意念，就不算借用他人的力量嗎？」

卡希姆在身上纏繞起「聖域」光芒，用力推著雷伊的魔劍。

「我只是想要理解你。」

「理解？充滿虛偽的你，就算花上一輩子也不可能辦到吧。就在方才，因為你借用了那個女人的力量，讓你的話語就和死了沒有兩樣。擁有這種膚淺心靈的人竟然會是勇者，你知道這讓我有多麼失望嗎，你不可能知道！」

卡希姆將雷伊連同魔劍一起推開，就像追擊似的刺出手中的長聖劍。雷伊以席格謝斯塔迎擊筆直刺向心臟的艾克斯納西斯。

「如果你是勇者，如果你是真正的勇者——你明白我有多麼希望嗎！想說假如你是個能託付希望的男人！」

劍刃相接，雷伊輕易斬斷那把長聖劍。

「我明白你的心情喔。」

被斬斷的劍尖在空中旋轉飛舞，刺在地面上。卡希姆緊緊咬著牙關。

「……就算你怎麼用劍制伏我，你都不可能明白。不需要再繼續戰鬥下去，答案已經出來了。在劍與魔法之前，最重要的是，你缺少決定性的要素！」

卡希姆拋開被斬斷的聖劍，在右手上注入魔力。隨後，他手上再度出現聖想重劍艾克斯納西斯。那是複製出來的吧。

「無法理解他人心情的你，根本勇者失格！」

「呼！」

猛力劈下的艾克斯納西斯被再度打飛到空中，雷伊用魔劍指著失去武器的卡希姆。

「勇者的職責就只是打倒敵人嗎？不去試圖理解我的想法，而只是斬殺的話，這樣就滿足了嗎？假如只要蹂躪，那麼你和邪惡的魔王有什麼區別！」

「我理解了喔。」

「……居然虛榮到這種地步……」

卡希姆就像感到失望似的嘆了口氣。

「你就更加仔細地窺看深淵吧。窺看我『聖愛域』的深淵。」

「就算看了也……」

卡希姆一面聽從雷伊的要求用魔眼看著他，一面在藏於背後的手上再度複製艾克斯納西斯。他大概在伺機揮出起死回生的一擊吧。

「……這個意念…………？」

卡希姆的臉色變了。

「不是那個女的……？」

「沒錯。」

雷伊的「聖愛域」沒有使用米莎的意念。卡希姆環顧起四周。

「……那麼是從哪裡……？」

「如果你也是勇者，就應該明白這是什麼樣的愛魔法吧，卡希姆。這個『聖愛域』是你的愛。我打從心底理解你對我的扭曲感情，以慈愛接受了下來。」

卡希姆一臉就像在說「這不可能」的表情看著雷伊。

「『慈愛世界（rioru asuku）』。」

「聖愛域」的光芒化為白色的葉牡丹，揚起紛飛的花瓣。

「作為勇者不斷鑽研的你卻沒有被靈神人劍選上。你看到至今以來極力讚揚你的許多人突然翻臉不認人的模樣，內心受到傷害了呢。讓你陷入沒有人需要自己的錯覺。因為只有身為勇者這件事是你的驕傲，而且也是你的一切。」

「我應該說過了！不是靈神人劍沒有選上我，而是我沒有選上靈神人劍！」

就像要蓋過雷伊的話語一樣，卡希姆大喊：

「就算擁有力量，要是不公正的話，我就不需要那種東西！」

卡希姆握住複製完成的艾克斯納西斯，把劍橫斬出去。雷伊用一意劍擋下這一劍後，無數的葉牡丹花瓣就飛舞起來。

「這是你錯誤的開端。你變得只有深信自己沒有選上靈神人劍，心靈才能維持平衡。」

「你想得太邪惡了。這樣還算勇者嗎？」

雷伊簡直就像讀取卡希姆的心一樣，以一意劍盡數擋下他揮出的連擊。

「就算言詞會說謊，你的劍也會將內心想法傳達過來。這把一意劍呢，能夠明白這種事情喔。」

在經過與辛的戰鬥後，他學到如何以劍對話，而現在他更加潛入一意劍的深淵之中。對於現在的雷伊，應該能經由劍敏銳感受到對方的想法吧。

感受到那把劍所發出的想法，感受到對方隱藏的真正心情。

「自己沒有選上靈神人劍。因為深信這件事，使你扭曲了自己的正義。正確的是自己，錯誤的是靈神人劍與勇者們。你本來想不用聖劍打倒魔王來證明這一點，可是不論你怎麼努力，都贏不過阿諾斯。所以，你藉由貶低勇者，認為自己在勇者之上。」

「胡說八道！你終於瘋了啊，加隆！」

一意劍與聖想重劍發出「鏗」的一聲互擊。

「你假裝沒有注意到這個事實。假如注意到了，你就無法保持內心的平穩。所以你從自己的行為上別開目光，淪為只是在貶低勇者的醜陋怪物。這樣說不定能讓你感到一時的痛快，但你沒有注意到這樣同時也是在貶低你自己。」

「妄想就到此為止吧！我已經看不下去，就像發瘋似的不斷胡言亂語的你。就讓我來送你上路吧！」

雷伊悉數打掉卡希姆不斷刺出的連擊。每次打落，葉牡丹的花瓣就會散落。

「你不可能會承認呢。我很明白你的這份心情喔。」

雷伊帶著慈愛說：

「可是這些葉牡丹的花瓣，毫無掩飾地展現出你的內心。卡希姆，倘若我不理解你，『慈愛世界』就無法成立。」

「你不可能會明白！在求助的時候有人幫助你，你是不可能明白我的心情。居然一臉好像很明白的嘴臉說這種話，真是讓我失望！」

劍與劍互擊，葉牡丹——無數理解的花瓣紛飛。

「在讓人失望之前，想先對人失望。因為不論怎麼假裝沒注意到，你內心某處其實都知道，自己已經成為一個爛人。」

卡希姆注視飄落的花瓣，瞬間露出畏懼的表情。他立刻從花瓣上別開目光，只朝著雷伊筆直投去憎恨的眼神。

「你注意到自己是個不會被任何人接受的愚蠢人類。所以，你覺得只要先對對方失望，對方就不會對自己失望了。」

劍擊聲響起。花瓣紛飛起來，遠比之前還要多上許多。

「加隆，不要再說了。我聽不下去了！」

「我應該說過了喔，我要制伏你。我要用這把慈愛之劍，制伏你那扭曲的心。你的身體與你的心靈，不論是哪裡都無處可逃。」

雷伊轉守為攻，揮出慈愛之劍。卡希姆儘管退後，還是把這一劍打掉，表情再度微微扭曲。大量的花瓣在空中飛舞。

「你並不是什麼調整者。這種事怎麼樣都好。無法獲得憧憬的你，只是想把那份憧憬貶低成和自己同樣的存在來感到安心。可是，儘管如此你其實還是注意到了。不論怎麼貶低，你自己都不會有任何改變。」

雷伊的一意劍穿過卡希姆的長劍刺向肩口。就連噴出的血都化為葉牡丹的花瓣了。

「注意到自己離憧憬很遙遠，什麼人也不是，就只是個器量狹小的平凡人類。」

「就說我聽不下去了！」

卡希姆竭盡全力揮出艾克斯納西斯。一意劍輕巧地擋下這一劍，花瓣飛舞。

「胡說八道！」

雷伊擋下卡希姆的劍。葉牡丹的花瓣飛舞，將他的腳邊掩埋起來。

「你懂什麼……！」

雷伊已不再開口。那把猙獰的劍毫不留情地襲來。

「明白我什麼啊！」

卡希姆一面揮劍，一面在上方創造出三道「天門」。卡希姆冷靜地憑藉自身的劍技，將雷伊巧妙地逼入絕境。只要擋下三次揮出的劍，他就會站在那個位置上。不對，要說是他特意依照卡希姆所願地被誘導過去會比較正確吧。

「砰」的一聲響起地鳴聲，三道「天門」排成一列，其對面站著雷伊。

──「天門聖域大熾光劍」。穿過神門劈下的斬擊，將會發揮出驚人的威力。

「這樣就──」

卡希姆早已將聖劍以大上段姿勢高舉過頭。

「結束──」

就在他要把劍劈下的瞬間，翩翩飄落的純白花瓣掠過卡希姆的眼前。瞬間朝著花瓣飛來的方向看去的他臉色慘白。

他的腳被掩埋起來——被一片葉牡丹的花田、被虛偽的心所創造出來的花瓣之海。以時間來講還不到一秒。這段時間恐怕讓他覺得超乎尋常地漫長吧。艾克斯納西斯就像滑落似的從卡希姆的手中鬆脫。那把劍無聲無息地沉入花瓣之海。

「……住……手……」

他一直在逃避，一直不肯面對現實。

「……快……住手………」

不肯面對與理想不同的現實，只是依靠空想而活。儘管他一直抱持著扭曲的感情，然而——已經無法再逃了。不論他怎麼想逃，他的罪都化為葉牡丹的花朵在眼前盛開。就算想別開目光，這些理解的花瓣也一整片地呈現在他眼前。

「……不准……可憐我……」

卡希姆癱跪下來。

「快給我住手啊——！」

他雙手撐地，就像喪失戰意一樣大叫：

「……我……想要被選上……！」

他就像回憶起兩千年前般如此說道。這樣一來，就再也停不下來了。一直堵塞在心裡的意念，就像潰堤似的一口氣傾洩而出。

「……我，這樣的我應該要被選上……！只要有靈神人劍，我就會與魔王戰鬥！那份榮耀、那些稱讚，建立這個和平時代的！本來全都屬於我！」

雷伊站在垂頭喪氣的卡希姆面前說：

「你沒被選上。沒被選上的人是你啊，卡希姆。打從一開始，這些就都不屬於你喔。」

他閉口不語，以呆滯的目光注視著眼前的葉牡丹。

「……住手……快住手……」

卡希姆就像硬擠出聲音來　般說：

「……是我……輸了……所以，快讓這些……！」

他一把抓住葉牡丹的花朵用力捏爛。

「快讓這些葉牡丹的花朵消失啊！」

遭到花瓣淹沒，卡希姆就像個恐懼的小孩一樣顫抖，就連戰鬥的精力也早已完全萎縮。

這其實是他最後的壁壘。勇者加隆是真正的勇者，所以他無法理解弱者的嫉妒與羨慕。無法理解弱者，還算什麼勇者啊——這個想法一直守護著他弱小的自尊。

於是，這些清清楚楚呈現在他眼前的憐憫之花，為他帶來了最大的敗北。

§ 31 【魔導王的真正實力】

「……唔姆……！」

由於想把我甩開，魔導王波米拉斯一面發出呻吟，一面激烈地噴灑火焰。我用漆黑指尖抓住炎體，同時以「飛行」在豎洞裡不斷下降。炎體雖然沒有固定形狀，由於我連同根源一併抓起，所以火焰不得不追著根源一起過來。

「唔嗯，魔力比方才的分體還要強呢。看來你是本體吧。」

「……方才……？」

也就是說，儘管不知是什麼樣的魔法，但他是從那根蠟燭上頭轉移到這裡來的吧。

「……原來如此，原來是這樣啊。」

他一臉氣憤，但也像是能夠理解一樣喃喃地說：

「余就覺得奇怪，但這下明白嘍，暴虐魔王阿諾斯·波魯迪戈烏多。」

那雙火焰魔眼（眼睛）狠狠地瞪著我。

「你居然偽裝成部下，侵入艾迪特赫貝了啊。方才和余交手的那個名叫阿諾蘇的現代魔族就是你吧？」

「咯哈哈，你總算發現了啊？儘管被稱為魔導王，但你還真是遲鈍。」

波米拉斯的炎體發出「轟隆隆隆隆」的聲響變形，魔力增強。猛烈膨脹的火焰將我包覆起來。

「哦？」

「別以為會和分體一樣啊。複製的根源會劣化，遠遠不及本體的魔力。假如余能發揮真正的實力，才不會被賽里斯·波魯迪戈烏多所殺。」

波米拉斯將我包覆起來的炎體更加地膨脹、擴散，開始以火海填滿遺跡的豎洞。

「這個艾迪特赫貝就與過去的密德海斯一樣，是余的地盤。姑且不論其他地方，魔導王絕不會在此地敗北。」

火星從畫在各處的固定魔法陣「轟」的一聲溢出，開始構築起強化波米拉斯的結界。

「你就在余體內永眠吧，暴虐魔王。『魔火陽炎地獄(borugubuegumu)』。」

在波米拉斯施展魔法的同時，視野被染成一片鮮紅。火焰搖曳，空間扭曲。突然間，下方出現了地面。降落到那裡後，周圍竄起好幾根火柱，魔導王波米拉斯在眼前現出身影。

「嘻嘻嘻嘻，這裡就是你的墓地喔。在魔導王的體內，別以為你能勝過余。」

「真是了不起的自信。」

我蹬地衝向波米拉斯。

「你太不小心了吧，魔王。」

在他發話的同時，竄起的火柱朝著波米拉斯的炎體照射熱線。他的身體漸漸變成閃耀的火焰，驚人的魔力在他身上聚集起來。

「在『魔火陽炎地獄』中不需要多餘的機關。接下吧，至高的魔導王魔法。這才是真正的『焦死燒滅燦火焚炎』。」

波米拉斯化為鮮紅閃耀的火球朝我撞來。

「這是不具炎體的你絕對不可能達到的魔導極地啊！」

「『波身蓋然顯現』。」

無數的可能性的「獄炎殲滅砲」出現，畫起可能性的魔法陣。看不見的熱線照射著我的右手，使得閃耀著漆黑光芒的火焰附著在上頭。

「『焦死燒滅燦火焚炎』。」

「……………這怎麼……可能……！」

鮮紅火球被我以漆黑的「焦死燒滅燦火焚炎」之手貫穿，燃燒殆盡。

「就算沒有炎體，也只要一個可能性就夠了。」

我抓起波米拉斯體內的根源燃燒著。

「嘎咳喔喔喔喔喔喔喔喔喔喔喔喔喔啊啊！」

波米拉斯的根源伴隨著淒厲的慘叫燒燬，當場散去。

「以本體來說太好對付了啊。」

在我環顧四周時，應該毀滅的波米拉斯炎體就發出「嘻嘻嘻嘻」的笑聲噴灑著火星再度現身，而且還不只一個。他讓毛骨悚然的「嘻嘻嘻嘻、嘻嘻嘻嘻」笑聲迴蕩開來的同時，三十個以上的波米拉斯宛如包圍著我的前後左右和上方般的出現。

「唔嗯，讓人不覺得剛剛那個是冒牌貨啊。」

我將魔眼（眼睛）朝向飄在周圍的波米拉斯的身體。然而，他的根源確實就在那裡。

「可別以為隱蔽魔法是無名騎士們的專利喔。足以騙過你的魔眼（眼睛）的熱霾，這才是『魔火陽炎地獄』的真本事。」

波米拉斯一面高聲大笑一面說：

「這當中的其中一個是真正的余。好啦，你的魔眼（眼睛）有辦法看穿嗎？」

的確，將我團團包圍的三十個以上波米拉斯，不論哪一個看起來都擁有與本人一樣的根源，就算用魔眼（眼睛）凝視也分辨不出來。假如這是隱蔽魔法，那麼水準還真是厲害。

「你已經毫無勝算。就連賽里斯．波魯迪戈烏多都畏懼『魔火陽炎地獄』，在余的本體覺醒之前將余殺害。你將會和這些鮮紅熱霾持續戰鬥，在痛苦掙扎中燃燒毀滅喔。」

唔嗯，就算除掉這些熱霾，也無法保證波米拉斯不會在那瞬間再度轉移到其他地方。

倘若要打倒他，就得像幻名騎士團在過去做的一樣，先斷絕他的後路啊。

既然如此——

『阿諾斯。』

此時收到雷伊傳來的「意念通訊」。雖說遭到「魔火陽炎地獄」吞沒，魔法線仍然連著的樣子呢。

「怎麼了？」

「嘻嘻嘻，你還有進行『意念通訊』的餘裕嗎？」

無數的波米拉斯朝我畫出魔法陣。

「接下吧，余鮮紅的『獄炎殲滅砲』。」

巨大的「獄炎殲滅砲」從波米拉斯身上射出，拖曳著鮮紅的尾巴朝我衝來。我一用「破滅魔眼」將這些攻擊毀滅、以「四界牆壁」彈開後，就靠向附近的波米拉斯，賞他一記「焦死燒滅燦火焚炎」。

『正在忙嗎？』

「不，沒這麼忙。」

波米拉斯才剛破爛不堪地化為灰燼，就像熱霾一樣消失了。是冒牌貨啊？雖然方才也一樣，但手感完全不覺得是冒牌貨。

「怎麼了？」

『我和卡希姆分出勝負了喔。本來在王宮壁畫上的創星艾里亞魯是由他持有。雖然想問你要不要看一下過去，看樣子等你忙完會比較好呢。』

「不，你來得正好。能就這樣給我看嗎？」

『你不是正在和波米拉斯交戰嗎？』

「我早就看穿他的實力，邊看邊打就夠了。」

從火柱中竄起更強烈的火焰。周圍所有的波米拉斯全都露出憤怒的表情。

「就算你是迪魯海德的支配者，也別得意忘形了啊，小子。」

波米拉斯就像受到挑釁一樣，從全身噴灑出火焰。

「你將會體會到：假若小看活過比你還要悠久歲月的余，會有什麼樣的下場。」

「假如想以活過的歲月自豪，就在那裡跪下，宣誓忠誠吧。」

我指著大地說：

「作為獎賞，我就將你自豪的長生賞給你。」

波米拉斯全身揚起火星，同時將魔眼朝向我。儘管一個一個的表情都不一樣，但都確實表現出憤怒。不只是魔力，連感情都創造出來了嗎？而且還不是在模仿本體。完成度高得果然讓人不覺得那是熱霾。這樣一來——答案就只有一個吧。

「余要讓你品嘗地獄的折磨，暴虐魔王。」

三十個左右的波米拉斯受到火柱發出的熱線照射，全都化為閃耀著鮮紅光芒的火球。

「你不可能逃得過如此數量的『焦死燒滅燦火焚炎』。」

一面發出「轟隆隆隆隆隆隆隆隆隆隆隆隆隆」的巨響，化為「焦死燒滅燦火焚炎」的波米拉斯一面從四面八方衝了過來。我將雙手化為「焦死燒滅燦火焚炎」，並且慢條斯理地舉起來。

「亞露卡娜，將雷伊的創星顯示出來。」

我立刻就收到她回覆的「意念通訊」。

『星辰的記憶閃爍，過往的光芒照耀大地。』

「創造之月」的光芒照向雷伊的所在位置。

「好啦，這次會看到什麼樣的過去呢？」

在雷伊的視野裡，創星艾里亞魯發出閃耀光芒。我儘管分心注視著逼近的波米拉斯，以「焦死燒滅燦火焚炎」消滅他們，還是窺看起過去的景象——

§ 32 【第十七次的來訪】

兩千年前——

波米拉斯亡歿後，密德海斯領在強大魔族之間掀起爭奪戰。對魔族們來說，充滿魔力的肥沃大地、穩定且方便居住的魔力環境與氣候、埋藏在土地裡的資源與廣大的領土，以及波米拉斯所留下的遺產充滿魅力。

知名魔族們從各地舉兵前往密德海斯。密德海斯領的居民們害怕他們的到來，擔憂起自己的下場。這裡將會淪為戰場吧。眾多魔族將會爆發激烈的衝突，展開前所未有的大規模戰鬥吧。

有辦法逃的人早已逃離，他們做好會遭到戰火吞沒的覺悟。然而，密德海斯領的居民們悲觀認為的未來沒有到來。魔王阿諾斯搶先抵達密德海斯，在那裡建起作為恐怖象徵的魔王城德魯佐蓋多。

然後，他迎擊進軍而來的知名強豪們，將他們加以毀滅。這是僅僅不到一天的壓倒性蹂躪。他沒讓任何一名敵人踏上密德海斯的土地。

阿諾斯率領的魔王軍，將迪魯海德無人能出其右的事實明明白白地呈現在世人眼前，讓他們早已名聞遐邇的恐怖之名再度威震國內。

這是戰鬥結束那一天發生的事。阿諾斯佇立在王座之間，這或許是在為死去的人們獻上默禱吧。

不知過了多久，魔王開口叫喚：

「辛。」

作為魔王右臂的劍士在他身後跪著。

「在來到這裡之前，有許多人喪失了生命。無法轉生的部下甚至不只一兩人。」

他只是一直活著。一個勁地走在自己的道路上，將受到他的生存之道吸引的人們一視同仁地迎為部下。打倒看不順眼的魔族、擊退襲來的人類，一直隨心所欲地活著。隨著要守護的人增加，阿諾斯變得越來越冷酷且殘暴。等注意到時，他已被世人稱為暴虐魔王並恐懼，在迪魯海德名聞遐邇。

他覺得這樣就好。只要惡名昭彰，敵對之人就會減少，得以守護部下。然而，與抬頭的年輕王者敵對的魔族、不樂見魔王成為迪魯海德支配者而策劃奸計的人類、協助人類的精靈，以及意圖將擾亂秩序的阿諾斯除掉的神族等，目前還剩下許多敵人。

「破壞神阿貝魯猊攸殞落了，『破滅太陽』已不會在天空閃耀。如祂所願，破壞的秩序消失了。」

辛就這樣跪在地上，默默地傾聽主人說的話。

「在占領密德海斯之後，如今迪魯海德有一半是我的領土。我曾經以為自己不會想要得到更多呢。」

這些本來就不是因為他想要，因而取得的領土。有人為了獲得魔王的庇護而交出自己的領土，有人則激怒他而被奪走一切。因為無法捨棄住在那裡的人們，於是阿諾斯成為了他們的王。在群雄割據的迪魯海德擁有大約一半的領土，就幾乎等同於支配了這個國家。如今不論是誰，人人都尊敬魔王阿諾斯，並且心存恐懼。

「我改變主意了。首先攻下四邪王族，接著讓其餘的有力魔族歸順於我，將這個迪魯海德全都納入我的支配之下。」

「謹遵諭令。」

辛低頭說：

「我乃吾君的右臂、吾君的劍，會將阻擋在前的障礙統統斬斷。」

阿諾斯轉身再度說道：

「等到統一迪魯海德之後，找機會和創造神米里狄亞、大精靈蕾諾，還有勇者加隆進行會談。」

這大概是很意外的提案吧。可是辛面不改色，默默地傾聽著。

「向他們提議讓這場大戰結束。」

這條路還很漫長。不過阿諾斯此時決意要走上這條道路。

「或許暫時不會有任何改變吧。這是持續了如此漫長的戰爭。就算說要結束，也預想不到那是什麼時候才會實現的事。」

「倘若是吾君，肯定能實現這個宏願吧。」

對於辛的極大信賴，阿諾斯微微揚起笑容。

「辛，暫時離開一會兒，不准讓任何人進來。」

「遵命。」

他一這麼回答，就施展「轉移」離去了。看到他離開後，阿諾斯轉頭注視著虛空。

「我屏退他人了，你可以進來了。」

眼前的空間微微晃動。轉移過來的這個男人不僅以「幻影擬態」透明化，還以「隱匿魔力」隱藏著魔力。那個人是賽里斯。

「你讓破壞神殞落，將祂變成了城堡啊？」

他這樣提出話題。

「小子，你和創造神談了什麼？」

「你這個男人還是老樣子。才想說你來了，沒想到就只是自顧自地講起自己的事。從我小時候到現在，你一點兒都沒變。」

阿諾斯明確地將魔眼（眼睛）望向以「幻影擬態」與「隱匿魔力」隱身的他。

「魔導王波米拉斯好像被什麼人殺掉的樣子，那是你下的手嗎？」

「我沒必要回答你。」

賽里斯冷淡地說。

「亡靈，這是你第十七次來見我了啊。」

「這又怎麼了？」

「沒什麼，只是我隱約掌握到你的真實身分了呢。還有你為何會淪為亡靈。最初見面時雖然完全摸不著頭緒，現在能稍微看出你的想法。」

賽里斯默默回望著阿諾斯的雙眼。

「我要改變世界喔。」

阿諾斯說。在互瞪數秒後，賽里斯說：

「你改變不了。至今以來，一直都沒有改變，所以亡靈才會誕生。我們永遠都會在這個迪魯海德一直徬徨下去。」

「既然如此，就由我來毀滅。」

阿諾斯意有所指地說：

「我要毀滅亡靈，改變這個荒亂的世界。為了不讓這種愚蠢之人再度出現呢。」

他倏地指向賽里斯的臉。

「我要毀滅你。」

「小子，你以為能辦到這種狂妄的事嗎？」

「會覺得這樣很狂妄，就只是你的力量不足。世界至今以來一直都沒有改變？這是當然的。因為至今以來的世界沒有我啊。」

阿諾斯懷著傲慢的自負斷言：有自己的世界與沒有自己的世界不同。兩人就像固執己見似的再度讓視線迸出火花。彼此悠久地、漫長地瞪著對方，就在從旁看來幾乎要陷入時間停止的錯覺之中時——

「——波魯迪戈烏多。」

賽里斯喃喃說出這一句。阿諾斯放緩凝重的眼神，宛如詢問一般看著他。

「你是波魯迪戈烏多的後裔，母親的名字叫做露娜·波魯迪戈烏多。」

魔王感到有意思似的露出淺淺的笑容。

「我還沒支配迪魯海德喔。」

「所以只說出一半。」

魔王阿諾斯將一半的迪魯海德收為領土，因此雙親的名字之中只說出母親的名字——他大概想這麼說吧。

「假如你成為迪魯海德的支配者，另外一半我也會告訴你。」

賽里斯畫出「轉移」的魔法陣。

「不是找我有事嗎？」

「本來想給笨蛋一個忠告，但他比我想得還要笨，不論給什麼忠告都已經太遲了。」

賽里斯的身影消失。阿諾斯追著他的魔力痕跡，讓魔眼飛了出去。那裡是德魯佐蓋多魔王城後方的魔樹森林。

「轉移」的魔法陣才剛冒出來，賽里斯就轉移過來。他將視線望過去後，就看到幻名騎士團在那裡等著。

他們分別是二號（艾德）、三號（傑諾）和四號（捷特）三人。即使賽里斯出現，他們依舊坐在樹根與岩石上。

「魔王怎麼說？」

二號（艾德）問。

「據說要毀滅亡靈，改變世界。」

聽到這句話，他們全都笑了。

「如果辦得到，還真希望他挑戰看看呢。」

三號（傑諾）說。

「亡靈終究是亡靈，並不會改變。」

四號（捷特）這樣接著說。

「就剩下三人嗎？」

他們點了點頭。

「走吧。這是至今以來最大的獵物。不論是魔族還是人類，我們都會永無止境地追求鮮血。就去讓那個被寵壞的小子知道，此乃天理的事實吧。」

幻名騎士團的三人緩緩站起。在賽里斯的帶頭之下，他們離開魔樹森林。

§ 33　【魔導王的交涉】

景色消融——創星艾里亞魯顯示出來的過去，從視野之中漸漸消失。

十七次，是我與兩千年前的賽里斯見面的次數。以要叫他父親來說，未免太少了。

那個男人不願說出自己的名字，以及身為父親的事實，對他來說，就連兒子的存在，都只是為了達成目的的道具嗎？既然如此，那他是為了什麼目的而來找我？我說了要毀滅他，說了要毀滅亡靈。聽到我這麼說，賽里斯看起來就像理解了什麼事情。而當時的我，也覺得像是察覺到了什麼事情。

是我在與他見面的十七次之中，逼近到他內心的深淵嗎？在我們的對話背後，說不定隱藏著其他意思。兩千年前不是安全的時代。即使是德魯佐蓋多的王座之間，也不知道何時有人會潛伏在那裡偷聽。不論怎麼鍛鍊魔眼，也總是會有大意的時候。

就像我這麼做過的一樣，有各種魔眼（眼睛）與耳朵在探查敵人的內情。因此要將想說，但是無法隨便說出口的事情隱藏在對話之中，我想那也是類似的對話。

可是搞不懂。我當時到底注意到賽里斯的什麼事情？

「好啦。」

朝周圍望去後，這裡是排列著火柱的波米拉斯體內——「魔火陽炎地獄」之中。

三十個左右宛如熱霾一般現身的波米拉斯，已經在我看著過去的時候隨手燒燬，幾乎全部化為漆黑灰燼。剩下來的只有一個。

只剩下我現在用「焦死燒滅燦火焚炎」的右手貫穿的波米拉斯。

「創造得極為精巧的幻體。波米拉斯，雖然你說是熱霾，但是也難怪會這麼精巧了。因為這才不是什麼隱蔽魔法，出現的全都是你的分體，全都複製了根源呢。」

我用力壓下閃耀著黑炎的手，一面燃燒火焰分體，一面捏爛他的根源。

「……呃……啊……！」

火焰臉龐痛苦地扭曲，波米拉斯奄奄一息地說：

「……怎、麼、會……你打從最初就知道了嗎……？是向賽里斯·波魯迪戈烏多打聽了余的祕密嗎……？」

「早就知道？你在說什麼啊，波米拉斯？我應該說過，假如要對付你，只要邊看邊打就夠了。」

波米拉斯的炎體破爛不堪地崩潰，化為漆黑灰燼。火柱突然接連消失，空間扭曲變形。景色回到原本的豎洞，能看到波米拉斯化為火星往上方逃去的身影。他被我事先設置好的「四界牆壁」擋下，沒辦法繼續前進。

「……唔嘎啊啊啊……！怎麼會……有這種事……！居然一邊做其他事，一邊對付余……對付本魔導王波米拉斯……」

火星聚集在一處形成炎體。早在他畫出魔法陣之前，我就飛天逼近，用「焦死燒滅燦火焚炎」的手一把抓住他的臉。

「能將根源複製上去的分體只有一個。只要本體覺醒，分體就無法動彈。也就是只要讓敵人這樣認定，在將對方吞入『魔火陽炎地獄』時，就能一面隱藏複數分體的存在，一面進行占有優勢的戰鬥吧。」

分體是他的護身符，也是生命線。慎重的波米拉斯居然會將分體毫不吝嗇地大量投入，不是能輕易判讀到的事情。畢竟他沒有能無限創造出分體的魔力呢。

假如全部都被消滅，就沒有東西能守護他的本體。反過來利用這點，要一口氣決定勝負的豪賭就是「魔火陽炎地獄」了吧。

「……嗚唔……嘎啊……」

「轟隆隆隆隆隆」──我以「焦死燒滅燦火焚炎」燃燒波米拉斯的本體，將他漸漸化為灰燼。他扭曲著火焰臉龐，憤恨地瞪了過來。

「雖說一邊看著過去的景象，難道你以為我就看不穿嗎？」

「……可惡的波魯迪戈烏多的血統……你果然是那個亡靈的後裔啊……」

儘管被化為灰燼，波米拉斯的火焰宛如燒盡之前的燭火變得更加強烈。臨欲滅時，光明更盛，以更盛之光克服燈滅。他瀕臨毀滅的根源，如今正以超越過往魔力的極限閃耀著。

「擁有如此強大的力量，身上帶有毀滅魔力足以輕易對付身為魔導王的余，這種人說要和平？還真虧你能厚顏無恥地說出這種話來啊！」

波米拉斯在體內畫起大大小小無數的魔法陣，從身上噴灑出「獄炎殲滅砲」。

「你的存在正是爭執的種子。擁有就算毀滅世界都還有剩的力量之人存在，對希望和平之人來說正是最大的不安要素不是嗎！」

噴灑出來的「獄炎殲滅砲」化為魔法陣，讓他施展出「焦死燒滅燦火焚炎」。化為鮮紅炎體的波米拉斯好不容易才從我的手上逃離，降落在地面上。我也追著他降落到地面。

「我也不是不懂你的主張，然而光是唉聲嘆氣也無法改變任何事喔。你要是有什麼好提議，就說說看吧。」

「余實在不覺得你會答應。」

魔導王把手伸進畫在自己身上的魔法陣裡，取出小瓶子來。裡頭裝著黑色的液體，以魔力維持著像山一樣的形狀。

「你就收下吧。」

波米拉斯將那個小瓶子拋給我。我試著收下後，感受到類似「黑界外套」的魔力。

「這是余經過長年研究出來，名為『魔導分水嶺』的魔法具。只要喝下去，從根源溢出的魔力就會像被分水嶺分開一樣地流下。一部分會一如往常地流向自己的身體，然後另一部分會流向黑界。」

「你要分開魔力讓我弱化啊？」

「假如你真的要追求和平，就不需要這麼強大的力量吧？就和余再三強調的一樣，這世上沒有暴虐魔王還比較接近和平。」

我拿起「魔導分水嶺」直瞪著瞧。

「為什麼不簽訂『契約』？」

「嘻嘻嘻嘻，『契約』只要有毀滅的覺悟就能毀約吧？倘若是你的力量，說不定就連毀約時的毀滅都能克服。」

這麼說也挺有道理的。

「意思是，如果我想追求和平，就把這個喝下去？」

「你不會喝吧。你追求和平的同時不肯放棄力量。不肯放棄對和平的世界來說不需要的那股力量哪。這裡存在一個矛盾。」

波米拉斯以火焰手指指著我的臉。

「只要沒有你，余也不必像這樣訴諸武力。雖然好像誰也沒有發現到的樣子，但是這個矛盾，到頭來是你真正的想法啊。和平只不過是你想要盡情施展自身力量的權宜之詞。」

就像在說他早就看穿我的內心一樣，波米拉斯歪斜他的火焰之嘴。

「喂，欺凌弱小很快樂吧，暴虐魔王啊？揮舞名為和平的正義蹂躪他人，想必很痛快吧？你只是戒不了這種行為罷了。余就在此證明這件事吧。」

「哦？」

波米拉斯施展「遠隔透視」的魔法，上頭顯示著和艾米莉亞他們一起在王宮內移動的第一皇女蘿娜。

「她是余的分體。」

唔嗯，原來是這麼一回事啊？

「我讓自己作為夏布斯皇帝的女兒出生。」

「原來如此。也就是說，蘿娜想要說服夏布斯皇帝的發言完全是謊言吧。」

「沒錯。夏布斯很久以前就被余扔進牢裡了。殷茲艾爾早已在余的支配之下。」

也就是必要時，將由波米拉斯偽裝成皇帝出面啊？假如這是事實，只要打倒魔導王，一切就結束了。

「蘿娜帶他們前往的可是墓地喔。由於你的部下高手雲集，所以不好隨便出手，不過卡希姆那傢伙好好地幫我把人引開了。現在和蘿娜在一起的你的部下裡，沒有一個是兩千年前的魔族吧？」

由於和雷伊他們分開了，所以在那裡的只有艾米莉亞與二班的學生們。

「而作為余本體的這個根源，能自由地移動到分體上。你明白這是什麼意思吧？」

「你想說，你可以立刻轉移到蘿娜身上，將我的部下全部殺光嗎？」

波米拉斯就像勝券在握一樣發出「嘻嘻嘻嘻」的笑聲，得意地噴灑火星。

「在無法轉移的這裡，你要趕過去少說也要花上數秒鐘吧？只要有這點時間，余就能輕易毀滅他們。」

「你以為我會讓你這麼做嗎？」

「當然，在轉移到分體之前，你說不定就能消滅掉余。可是，余不可能沒有對此做出防備吧？」

我將魔眼朝向他的根源後，能看到上頭畫著魔法陣。

「當這個根源要毀滅時，魔導王最後的魔法就會發動，會將瀕臨毀滅而變得強大的根源複製到分體上。而擁有超乎本體力量的蘿娜，就會去襲擊你的部下們吧。」

魔導王克服毀滅的魔法。正確來說魔導王的本體毀滅了，但是更加強大的冒牌貨會複製到分體上。然後冒牌貨就會取代本體，以魔導王的身分活下去啊？或許他就是不知第幾個冒牌貨的其中一人，依靠這種方法一直變強。

想要澈底毀滅他，就必須先清除完分體，然後再毀滅本體。

「你能毀滅余，然而這樣就只能犧牲部下的性命。假如你真的想追求和平，就喝下『魔導分水嶺』吧。」

波米拉斯畫出「契約」的魔法陣。

「只要你喝下去，余就保證不會毀滅你的部下。」

倘若我的力量減弱，波米拉斯就能從這裡逃走。也就是說，如果他在追求針對暴虐魔王的抑止力，這樣就能充分達成目的了。只不過——

「你就試試看吧。」

「什麼？」

「假如你能用你的分體殺掉我的部下，那你就試試看吧。」

「嘻嘻嘻嘻！果然啊。你果然是這種男人。不惜對部下見死不救，也不願放棄力量。你是追求鮮血，波魯迪戈烏多的血脈啊。這樣好嗎？就算我將這件事告訴你的部下也沒關係嗎？你至今以來的謊言全都會化為泡影吧。這次就當作我們平手如何？」

魔導王就像要提出交涉地說。

「你是在誤會什麼？」

波米拉斯無法理解地扭曲著火焰臉龐。

「我的意思是，憑你的分體殺不了我的部下。」

我將魔力注入到「焦死燒滅燦火焚炎」的右手上後，魔導王的魔眼（注意力）就對我的右手抱持著最大限度的警戒。

我在他的視野死角畫起魔法陣。炎鎖在大地上奔馳出去。

「……嗯……！」

趁著他被我的右手引開注意力的破綻，「獄炎鎖縛魔法陣」綁住魔導王的身體。

「……你會後悔喔，魔王。現代的脆弱魔族要是對上余的分體，不消數秒就會化為灰燼。這麼簡單的道理，你不可能不懂……」

「這很難說呢。我所知道的是，當你在那裡的分體被幹掉時，你就無處可逃了。」

我慢步走去，瞪著被「獄炎鎖縛魔法陣」綁住的波米拉斯。

「我為何不願放棄力量？在說明這點之前，必須先讓你明白一件事。」

只要他意圖轉移到分體上，就會在那瞬間被我毀滅。就算本體的根源會複製過去，那也只是擁有相同思考的冒牌貨。不是復活，也不是轉生。以他個人來說，應該很想活下去吧。所以現在還不會有所行動。

「明白這個時代的魔族力量。別小看魔王學院啊，魔導王。」

§ 34 【魔王學院對魔導王】

我將視野移到艾米莉亞的魔眼（視野）上後，發現他們在一道巨大門扉面前。

在她身後的第一皇女蘿娜說：

「這裡是父皇——夏布斯皇帝所處的皇務之間。他平時會在這裡辦公，緊急時刻也會成為司令室，所以……」

假如艾米莉亞他們侵入王宮，認為他會在那裡指揮是很妥當的判斷吧。這裡的防備應該會比其他地方多，建造得更加堅固。不過這是夏布斯皇帝還健在的情況。

「這裡說不定已經被放棄了呢。」

艾米莉亞說。她會這麼想，是因為在最初的襲擊之後，士兵們就不再發動攻擊吧。

「……走吧。」

艾米莉亞把手放在門上，可是門就像鎖上了一樣推不開。

「如果是我，大概能打開。」

蘿娜伸手碰觸門扉上的魔法陣。她送出魔力後，門鎖就偵測到是她，響起開鎖的聲音。大門緩緩開啟。

「相當大呢。」

大概是蓋在遺跡上吧，皇務之間莫名地廣大。裡頭擺放著古老的石像、臺座，以及像是象徵什麼的石盾與石劍。在廣人房間的後方還有一道門。

「各位，請提高警覺。」

艾米莉亞他們一面警戒四周，一面向前走去。他們用魔眼凝視古老石像之類的物品。雖然殘留著些許魔力，但完全沒有會發揮魔法效果的東西。

「夏布斯皇帝就在裡頭嗎？」

「我想大概是……」

在短暫對話後，他們再度往前走。

儘管都這麼深入敵地了，還是沒有警備士兵趕來的跡象。這種情況反而讓艾米莉亞和魔王學院的學生們更加緊張。不久後，他們來到這個房間的中央一帶。愛蓮一踏出步伐，就響起「嘎砰」一聲，石板地面的一部分陷了下去。

「啊……？」

「怎麼了嗎，愛蓮？」

「抱歉！我踩到什麼了！大家小心——」

「嘎嘎嘎嘎嘎嘎！」——足以將愛蓮的聲音在中途蓋過的震動聲響起，室內劇烈地搖晃起來。只見古老的石像、臺座與石劍等物品一個接著一個地消失。不對，是掉下去了。一面發出「啪答啪答」的聲響，皇務之間的地板與立足點全都崩塌下去，接二連三地往地下掉落。看到附近開出的大洞，愛蓮大叫：

「這底下是空洞！就像阿諾斯大人一樣！」

「也就是深不見底嗎！」

「喂，這種時候別用會讓人誤解的方式說話啦……！」

「大家快飛！使用『飛行』！」

艾米莉亞想往上飛去，卻沒辦法好好飛行，失去了平衡。

「這是怎麼了……！」

經由魔眼看去後，就會明白魔力場就像亂流一樣被激烈擾亂，妨礙著「飛行」。要在這裡飛行，就連兩千年前的魔族都極為困難。假如大家要施展「飛行」飛起來，身體就會面向奇怪的方向，不是互相撞在一起，就是撞在牆壁上。

「快防備落下時的衝擊！假如想要飛行，陣形就會瓦解，自取滅亡！」

地板發出「轟轟轟轟轟轟轟轟」的聲響完全崩塌，將艾米莉亞他們拋到空中。如同愛蓮說的一樣，底下是空洞，深得看不見底。這原本說不定是遺跡的豎洞。艾米莉亞他們防備落下時的衝擊與在下方等待的陷阱，展開反魔法與魔法屏障。

「蘿娜大人……請將手……！」

儘管正在墜落，艾米莉亞還是勉強施展出微弱的「飛行」，把手伸向蘿娜。然而蘿娜始終露出呆滯的眼神，完全不打算握住艾米莉亞的手。

「……蘿娜大人？妳還好嗎？」

艾米莉亞為了更加靠近蘿娜，以「飛行」在空中逐漸移動過去。

『快逃吧。』

骷髏頭的嘴巴「喀答喀答」地動著，墜落中的「知識之杖」說：

『頭也不回地快逃吧。』

娜亞聽到這句話，立刻恍然大悟。

「艾米莉亞老師，不行過去！托摩，拜託你了！」

火紅烈焰在墜落的學生們面前擴大開來。艾米莉亞在要被烈焰吞沒之前，悠哉飛在被擾亂的魔力場裡的托摩古逸就咬住她的衣服，隨後用力一拉。

「什麼……啊……」

千鈞一髮之際，艾米莉亞就在要被烈焰燒到之前，被托摩古逸拉了回來。可是，她的臉上充滿驚訝。蘿娜的身體就像翻過來一樣，整個人逐漸變成炎體。就連早有心理準備的學生們都忍不住倒抽一口氣。

「……不會……吧……」

「……雖然本來就覺得不會太簡單就結束，居然偏偏是……」

「這不是魔導王嗎……！」

那個分體魔導王發出「嘻嘻嘻」的笑聲邊噴灑火星說：

「才這種程度的魔力場紊亂就連『飛行』也施展不了，還真是不像樣的魔族們啊。」

波米拉斯在自己體內畫起大大小小的魔法陣，火紅太陽浮現在魔法陣的砲口之中。那是「獄炎殲滅砲」。憑藉學生們的反魔法，應該會連骨頭都不剩地毀滅吧。

『咯咯咯，危機啊，這是危機啊，這是危機不是嗎！』

「知識之杖」愉快地大喊：

『好啦、好啦，這可是賭命的問題啊，留校的！從紊亂的魔力場、音韻龍息、大量的豎洞，以及橫洞相連的這個地下遺跡的結構之中，導出同時進行迴避與逃跑的手段吧。答出正確答案之人，就能獲得稍微苟延殘喘的時間！』

「居然要余不要小看這些雜兵。看來你雖然擁有力量，卻沒有看人的魔眼（眼光）啊，魔王。」

波米拉斯亮起魔眼說：

「儘管對你們來說太奢侈了，但就收下臨死前的禮物吧。余至高的『獄炎殲滅砲』。」

火紅太陽突然從魔法陣的砲塔中出現，朝著艾米莉亞他們一齊發射出來。

「快以全力抵消！」

艾米莉亞一發出「灼熱炎黑」，學生們也全都在同一個位置集中發射炎屬性的魔法。可是，艾米莉亞與學生們以相乘效果膨脹開來的火球，被波米拉斯的「獄炎殲滅砲」輕易吞沒了。她的眼中瞬間閃過絕望。

「托摩！音韻龍息，盡情擾亂魔力場！」

托摩古逸發出「咕嚕嚕嚕」的叫聲，大大張開嘴。才覺得響起「嘰——————！」的刺耳巨響，波米拉斯的身體就搖晃了一下。

這是因為魔力場變得更加狂亂，達到連他都難以控制「飛行」的程度。受到音韻龍息與狂亂魔力場擾亂，筆直逼近的「獄炎殲滅砲」在途中轉了方向。這些「獄炎殲滅砲」全都偏離目標，一一擊中豎洞的牆壁，在爆炸、燃燒的牆壁上開出洞口。這些洞深得看不到盡頭，恐怕連到了相鄰的豎洞。

「大家，往那裡跑！托摩，吹吧！」

托摩古逸發出「咕嚕嚕嚕」的叫聲，再度以音韻龍息將學生們吹向炸開的洞口裡。雖然在他們身上不斷留下裂傷，但現在不是在意這種事的時候。學生們與艾米莉亞踢著牆壁，或是刺出劍與長槍，好不容易才飛進洞裡。

「托摩，回來吧。」

娜亞說道。托摩古逸在魔力場紊亂的空中展開翅膀，輕快地飛行，魔導王卻逼近到牠的正上方。

「該死的龍，毀滅吧。」

「……嘰……」

魔導王發出的「獄炎殲滅砲」將托摩古逸吞沒，就這樣往豎洞下方輾壓而去。

「托摩！」

「娜亞同學，不行！」

娜亞想回去魔導王所在的豎洞，卻被艾米莉亞抓住了手。

「快放開我！我得去救托摩才行！」

就在這時，遠方傳來「咕嚕嚕……」的小小叫聲。不知從何而來的音韻龍息在娜亞面前颳起，把她推進了洞裡。

「啊……！」

大概是想守護主人吧。艾米莉亞用力握住她的手，一臉嚴肅地對她說：

「……走吧。現在不逃的話，就會讓那頭小龍的行動徒勞無功。」

「…………好的……」

艾米莉亞與娜亞以全速逃走。由於穿過魔力場紊亂的場所、來到能施展「飛行」的位置，所以他們為了盡可能地遠離波米拉斯，在錯綜複雜的地下遺跡內飛行。

一如「知識之杖」的說明，這裡相鄰著許多又大又深的豎洞，並以細小的橫洞相連起來的樣子。逃了十幾分鐘，他們從最初的豎洞往隔壁移動了約九個豎洞。

「全員都在嗎？」

艾米莉亞確認學生們的人數。儘管所有人都疲勞不堪、受到不少創傷，全員平安無事。

「看來回到地面上比較好呢。娜亞同學，那個『知識之杖』知道些什麼嗎？」

娜亞握住手杖，注入魔力。

「杖老師，拜託你了。」

『不行，當然不行啊！你們想往地上逃的想法，對方也十分清楚不是嗎？既然如此，就該認為他的魔眼（眼睛）會一直盯著出口。假如想要離開，十之八九會被發現吧。如果在這裡讓你們逃走，他可就不會被人稱作魔導王嘍。』

這句話帶來沉重的沉默。

「……那我們只能等人來救了吧……」

「阿諾蘇、雷伊和莎夏大人。不論是誰都好，假如注意到，就會來救我們不是嗎？」

「可是啊，在那之前我們逃得過那個傢伙嗎？」

「必要時，他只要往這個豎洞裡放火就完蛋了吧？」

隨後，「知識之杖」再度開口說：

『答對了、答對了，一百分滿分啊！既然逃過最初的陷阱，放火逼你們出現就是他的下一步吧。哪怕是現在，你們的退路也在不斷減少。看是要被火燒死，還是要逃往出口被魔導王直接殺掉，是二選一啊！』

「……我還是第一次拿到，這麼讓人不開心的滿分……」

寂靜再度掠過他們之間。艾米莉亞也像是想不出什麼好主意似的，一直沉默不語。這是以兩千年前的魔族為對手，確實讓他們感到走投無路了吧。

時間一分一秒地過去，就在他們像這樣煩惱時，火焰也在豎洞裡延燒。魔導王為了毀滅他們，正在一步一步進行準備吧。

「那個……」

娜亞就像下定決心一樣開口說：

「……我們難道贏不了嗎……？」

學生們全都露出一臉驚訝的表情。

「妳說贏，小娜。是指贏過波米拉斯嗎？」

「可是，那個火焰人是兩千年前的魔族喔？」

潔西卡與諾諾說。

「因為要是逃走了，就救不了托摩了……」

娜亞眼裡泛著淚光說：

「牠肯定還活著！應該在等著我去救牠。」

「我明白妳的心情，但就算主動出擊，那也不是我們能對付的對手……」

艾米莉亞說。娜亞用力擦拭眼淚，露出做好覺悟的表情，展現出盟珠戒指。

「我能施展召喚魔法。雖然還無法好好地運用自如……但是，現在要是不做……」

「而且──」她接著說。

「我想阿諾斯大人大概希望我們打倒魔導王。」

「……妳為什麼會這麼想？」

「因為……如果不是這樣，我們根本不可能陷入這種狀況。波米拉斯的計謀居然比阿諾斯大人的設想還要棋高一著，有可能會有這種事嗎？」

所有人都在這時露出恍然大悟的表情。

「……唉，應該不會吧……才不可能有這種事咧……」

「就是說啊。也就是說，怎麼？要我們去打倒嗎？那個魔導王？」

「該死……還是一樣老是強人所難……那可是兩千年前的魔族耶，兩千年前的。而且還是大人物不是嗎？……」

「……可是……我們打得贏吧？根據方法……」

隨後愛蓮說：

「我想就和小娜說的一樣！阿諾蘇同學說過了吧？如今這個魔法時代，建立在自古的魔族們累積到現在的事物上。」

對於一臉露出疑惑表情的學生們，她以明快的聲音接著說：

「魔導王是如此，暴虐魔王也是如此。在祖先累積的眾多死亡與眾多鑽研的盡頭，我們抵達到更深的深淵。」

「……阿諾蘇是那個啦，因為那傢伙太過天才了啦……」

「不是喔。這一定是因為阿諾蘇同學最早注意到阿諾斯大人的想法喔。」

娜亞投來疑惑的眼神。

「阿諾斯大人的想法？」

「也就是不能一直輸給兩千年前的魔族。我們必須超越兩千年前的魔族喔！因為這是阿諾斯大人的心願啊。」

潔西卡詢問：

「他為什麼會有這種心願？」

「這我就不知道了。」

「不知道嗎！」

「不是啦，因為我覺得他有什麼深遠的想法！深遠的想法。我們無從揣測的感覺。」

潔西卡冷冷看著愛蓮。

「所、所以呢！先不管這點，重要的是阿諾斯大人懷著期待——對於我們的期待。所以才會親自擔任教師鍛鍊我們。」

諾諾以尋思的表情低下頭。

「說不定是這樣吧。」

「所以，讓我們回應期待吧。沒問題的！既然阿諾斯大人什麼也沒說，就表示光靠我們就綽綽有餘！一定贏得了喲！」

學生們全都發出「嗯——」的聲音沉思起來。

「儘管大家說得也很有道理，但我不能讓各位去面對毫無勝算的戰鬥。」

艾米莉亞說：

「不過，就讓我們先試著思考一下吧。各位比起老師所認識的你們還要成長了許多。只要大家同心協力，說不定就能想出什麼能度過這個難關的方法。」

大概是愛蓮樂觀的想法抒解了艾米莉亞僵直的思考吧，她的表情變得積極起來。說不定有勝算——她是這麼想的吧。

「請將各位能做到的事告訴老師吧。」

學生們點了點頭，然後開始和艾米莉亞說起自己學會的魔法與特技。

§35【魔王學院的祕策】

艾迪特赫貝的豎洞——

這裡是個緊密排列著石造臺座與石板的場所，角落堆著大量瓦礫，形成一座山丘。臺座上擺放著石造的劍、豎琴、帽子與靴子等雕像。這些雕像幾乎都破損了，也有些已經損壞到不成原樣。這些散發哀傷感的石雕像是墓碑吧。設置在豎洞內部的這裡，是比兩千年前還要古老的人們所長眠的古代墓地。

粉絲社的少女們一面望著這些墓碑，一面繃緊身子警戒。這一帶很寬廣。她們尋找豎洞內最寬廣的地方，來到了這裡。

「有焦味呢。」

潔西卡說。燃燒著什麼的味道從遠方飄來。

「就和小娜的『知識之杖』說的一樣，應該是魔導王在放火吧。」

「是啊……」

王宮地下的遺跡有複數的豎洞相鄰，經由細小的橫洞連結起來，整體看來非常寬廣，能躲藏的地點也很多。他應該是判斷要到處追著人數眾多的魔王學院學生們跑會很麻煩，所以打算用「獄炎殲滅砲」將豎洞整個燒燬吧。黑煙隨著時間經過越來越濃密。

通往地上的道路應該早就化為火海才對。要從這裡活著回去，就只能打倒魔導王波米拉斯。粉絲社的少女們互相背對著背，全方位警戒著。火紅烈焰從豎洞的上方顯露出來。

一面響起「轟隆隆隆隆隆隆隆隆隆隆隆隆隆隆隆隆」的刺耳巨響，深紅的太陽一面從遙遠的上方燃燒過來。噴灑著火星，發出「嘻嘻嘻嘻」笑聲的炎體出現了。

「原來躲在這裡啊？沒想到是在墓地呢。作為妳們的喪命之處應該剛剛好吧。」

魔導王波米拉斯一面緩緩晃動身體的火焰，一面降落在地上。他用魔眼（眼睛）仔細盯著手持長槍警戒的少女們。

「其他人逃到哪裡去了？嗯？」

這裡只有粉絲社的八名少女。在這個廣大墓地裡，到處不見其他學生的身影。

「你覺得在哪裡？」

「現在已經逃到地上去了？」

「或許立刻就會叫來救援？」

「不去找他們行嗎？」

少女們紛紛說道。不過，波米拉斯依舊一副處之泰然的模樣。

「你們要從余的手中逃走，哪怕天地逆轉大概都不可能吧。倘若是兩千年前的魔族，不論是誰都知道，一旦擅自闖入余的地盤，就只有毀滅或宣誓忠誠兩條路可以走。」

波米拉斯將火焰指尖指向少女們。

「說出其他人的位置吧。余就等十秒。先說出的那一個人，余就饒她一命。」

波米拉斯朝愛蓮看去。經歷過兩千年前那場大戰的波米拉斯確實身經百戰，他的魔眼之中帶著足以讓人靈魂凍結的殺氣。

「如何啊？」

「我拒絕！」

愛蓮輕易擺脫波米拉斯的殺氣立刻回答。

「哦？覺得不能背叛夥伴啊？不過，信賴可是脆弱且容易崩潰的事物。特別是在本魔導王面前呢。」

波米拉斯朝著潔西卡看去。他的詢問之中帶著死亡的氣息。緊迫的氣氛以他的炎體為中心擴散開來，沉重地將這裡逐漸吞沒。

「我拒絕二！」

潔西卡立刻回答。不管是不是死亡的氣息，她們都一樣不會看氣氛。

「看妳們能逞強到什麼時候。」

魔導王這次朝諾諾看去。

「妳怎麼樣啊？」

他居高臨下般地詢問。是生是死都操之在波米拉斯手中，他應該十分清楚這件事吧。這裡的支配者毫無疑問是自己。

兩千年前支配著密德海斯，讓眾多魔族為之恐懼的魔導王，就像當年一樣將霸者之姿展現在她們面前。

「那我就拒絕四。」

「不要跳過啦！是三吧，三！」

「話說，反正都要拒絕，所以大家一起講不好嗎？」

「因為他都特地一個一個問了嘛。」

「對啊、對啊。這樣的話，還是爭取時間會比較好吧？」

「我拒絕八嗶。」

「妳在嗶什麼啦。」

波米拉斯嘆了口氣，露出傻眼的表情。他的眼中流露出對輕視自己之人的憤怒。

「還真是讓人傻眼。妳們所處的乃是死地啊。在這個賭上性命的戰場上，不僅毫無緊張感，還一副這種德性。簡直是粗心大意的極地。」

波米拉斯閉上眼，一面噴灑著嘆息的火星一面左右搖了搖頭。

「假如這是兩千年前，妳們早就沒命——」

「「「我拒絕之根源死殺————！」」」

粉絲社少女們的態度突然一變，迅速衝過去刺出長槍。

「唔呃……！」

八支長槍刺進波米拉斯嘴裡。

「假如這是兩千年前，你就死了吧？」

「對啊、對啊。假如方才的是真正的『根源死殺』，完全就是被阿諾斯大人了。」

「兩千年前的魔族，只要一開玩笑就會馬上大意呢。是不是不習慣現代的氣氛啊？」

「轟隆隆隆隆隆隆」的一聲，波米拉斯的身體瞬間長出八隻手，一把抓住所有長槍柄。

然後在她們面前將八支長槍用力折斷。

「「「呀啊啊啊啊啊啊啊啊啊啊啊啊啊啊啊！」」」

同時，他的火焰襲向少女們，燃燒身體。被猛力轟飛的她們一個接著一個當場倒下。

「余儘管如此也相當溫厚了。因此，余再問一次。其他人到哪裡去了？倘若不說，余就讓妳們體會到被活生生一直焚燒的痛苦，殘忍地殺掉妳們喔。嗯？」

「……別……小看我們了……」

在波米拉斯面前倒下的八名少女，其中一人搖搖晃晃地站了起來。那個人是愛蓮。

意志。

「就算是我們，也不會這麼輕易就被殺掉……！」

愛蓮散發強硬的視線。其他七名少女儘管站不起來，還是抬起頭，在眼中浮現出戰鬥的意志。

「要上嘍，各位！」

「「「喔！」」」

少女們畫起魔法陣，把手伸進正中央裡。下一把武器出現了。就像個兩千年前的魔族，波米拉斯立刻將魔眼望去，窺看那樣武器的深淵。然而，儘管波米拉斯絕對不想再掉以輕心，到底還是藏不住心中的輕蔑。畢竟她們拿在手上的武器，就只是根棒子。

那是在迪魯海德的某座城市裡販賣，平凡無奇的木棒——阿諾斯棒棒。

「嘻、嘻嘻嘻、嘻哈哈哈哈！」

輕蔑立刻轉變為憤怒，波米拉斯忍不住揚起冷笑。

「妳們還真是一群瞧不起人的傢伙啊。雖然不知道妳們打算做什麼，不過本魔導王還是第一次受到這麼大的屈辱。」

不是魔劍，也不是魔法具，甚至不是刀劍。受到這種武器挑戰，恐怕還是他有生以來頭一遭，會認為這是侮辱很理所當然。

「夠了。本想等到抓到全員之後再動手，但妳們是魔王聖歌隊，深受暴虐魔王寵愛的人們。假如一個一個毀滅妳們，應該能和魔王進行不錯的交涉吧。」

炎體噴灑火焰，波米拉斯的身體膨脹到兩倍大。

「等毀滅掉五人時，即使是那個男人，也會開始考慮答應余的提議。」

他的視線盯上唯一站著的愛蓮。

「就從妳先開始。」

波米拉斯的火焰之手熊熊燃燒起來，膨脹到了三倍大。他毫不在意手上的木棒，以要一起燒燬的力道揮出火焰手臂。

「……誰會扯阿諾斯大人的後腿啊……！」

愛蓮將阿諾斯棒棒刺向火焰之手的中心，緊接著激烈的火柱竄起。

「就在深紅烈焰的燃燒之下，後悔侮辱了本魔導王──」

本來勝券在握的魔導王，話才說到一半就啞口無言了。竄起的深紅烈焰被染成漆黑，腐爛脫落了。

「…………什麼……？」

才想說火柱被腐蝕殆盡，舉著阿諾斯棒棒的愛蓮就站在那裡。她絲毫沒有受到半點燙傷，黏稠的黑光纏繞在那根棒了上。

「為何？不過就是根棒子，看余折斷──」

波米拉斯的火焰之手一把抓住阿諾斯棒棒，用力彎折。

「折斷？絕對不可能辦得到喔！」

「「「絕對不可能！」」」

少女們將意念團結一心地大喊。儘管波米拉斯打算以驚人的臂力折斷木棒，卻遭到黑光侵蝕，反過來使得他的手一塊一塊地腐爛脫落了。

「……什……麼……！怎麼會！就憑這些傢伙的魔力，居然能傷到余的炎體……！」

波米拉斯當機立斷放開阿諾斯棒棒並退開，然後以魔眼窺看她們的深淵。

「……這是勇者們的……『聖域』……？」

「雖說是魔族，難道你以為就無法施展愛魔法嗎？」

愛蓮將黏稠黑光纏繞在阿諾斯棒棒上衝了過去。

「騙你的根源死殺——！」

「嘚唔唔……！」

波米拉斯或許覺得到底不能受到直擊吧，他在炎體上造出空洞避開這一擊，揮出火焰的右手。可是，愛蓮以阿諾斯棒棒擋下攻擊，腐蝕著火焰。

「可惡……不過是雜兵，居然耍這種小聰明……」

波米拉斯以「飛行」往上飛去，逃到阿諾斯棒棒的攻擊距離外。

「不過，就到此為止了。」

魔導王在眼前畫出巨大魔法陣，對準愛蓮等八名少女。

「毀滅吧，『獄炎殲滅砲』。」

巨大的火紅太陽猛烈射出，筆直地衝向愛蓮。

「各位！……意念還不夠喔！將阿諾斯棒棒當成阿諾斯大人……更加地！」

「理創像（edonika）」的特訓，成為讓粉絲社少女們學會獨自施展「狂愛域（garudo asuku）」的契機。她們從地底

歸來後，也一直在鑽研這個魔法。她們的意念泉源是近乎瘋狂的忠義。在以魔王阿諾斯為對象施展「狂愛域」時，由於忠義的對象與魔法的對象相同，所以能發揮出最大限度的效果。

然而，要是將「狂愛域」集中在愛蓮身上，情況就不同了。假如忠義的對象是魔王阿諾斯，而魔法的對象是愛蓮，效率就會非常低劣。本來應該無法發揮出正常的威力，她們卻以驚人的創意克服了這一點。

那就是那個阿諾斯棒棒。讓愛蓮拿起名字和魔王阿諾斯很像的那根棒子，宛如偶像崇拜一般將忠義傳達給愛蓮與棒子，還有在那前方的主人——經由愛蓮。間接的意念會很弱，但她們塗改了這個常識。

這麼做簡直可以說是神乎其技。而最該驚訝的，是她們無與倫比的想像力吧。她們只因為名字相似，光是這樣就能把那根棒子當成魔王阿諾斯。她們擁有兩千年前的魔族所沒有的某種事物。

「以間接『狂愛域』——」

愛蓮一高高舉起阿諾斯棒棒，七名少女就同樣高高舉起阿諾斯棒棒。少女們將棒子的尖端對準逼近而來的「獄炎殲滅砲」。

「「「騙你的根源死殺——！」」」

黏稠黑光模仿太陽，與火紅的「獄炎殲滅砲」撞擊在一起。烈焰噴灑，腐蝕的鏽渣四處飛散。「獄炎殲滅砲」與「狂愛域」的衝突幾乎不相上下，不對，是粉絲社略占上風。

「……行得通！行得通喔……！我們也能與魔導王戰鬥……！」

「……就這樣……繼續下去……」

「……還差一口氣！……」

她們的意念一增強，火紅的「獄炎殲滅砲」就一塊一塊地遭到腐蝕。

「……可惡啊……被妳們這種傢伙……」

火紅熱線從豎洞遙遠的上方聚集在波米拉斯身上，分別來自為了斷絕退路而讓火焰蔓延開來的大大小小無數的「獄炎殲滅砲」。這些「獄炎殲滅砲」構築起魔法陣，將魔力的熱量照射在波米拉斯身上。

「狂愛域」的太陽將「獄炎殲滅砲」完全腐蝕，就這樣往波米拉斯逼近。

就在這瞬間——

「『焦死燒滅燦火焚炎』。」

魔導王全身閃耀著深紅光芒。「狂愛域」發射出去的黏稠光芒才剛碰觸到他，就在眨眼間燃燒毀滅了。

「這下就結束了吧。看來是余小看妳們了。這要說是賠罪也很不好意思——」

魔導王的炎體漸漸變成有如太陽一般的球體。

「——就讓妳們在來不及感到痛苦的瞬間化為灰燼吧。」

堆積起來的瓦礫發出「轟隆隆隆隆隆隆隆」的聲響飛散開來。波米拉斯從球體恢復成普通的身體，迅速朝那個方向看去。

一隻巨大的石頭手臂從堆成山丘的瓦礫底下伸出。瓦礫發出「轟、轟轟、轟隆隆隆隆隆

隆隆隆隆」的聲響崩塌，更加地飛散開來。以「創造建築」建造出來的魔王城從中現身，在長出手腳後站了起來。

魔王城搖晃龐大的身軀，「嘎砰」一聲踏出一步。

「要上嘍，波米拉斯——」

艾米莉亞的聲音響起。那是經由「魔王軍」的魔法，魔王學院全體學生共同創造出來的巨人兵。

§ 36 【總體戰】

巨人發出「砰、砰、砰」的腳步聲行走。波米拉斯將魔眼（眼睛）朝向走動的魔王城，窺看著它的深淵。

「……不是臨時建造的城堡啊？你們是如何累積魔力施展這麼大規模的『創造建築』，同時躲藏起來的？」

雖說埋在瓦礫堆底下，只有這樣是無法騙過波米拉斯的魔眼（眼睛）。艾米莉亞與學生們儘管將魔力注入在那座魔王城上，卻沒有讓他察覺到，一直潛伏在那裡。

「怎麼做到的？別問這種無聊的問題啦。我們這邊可是打從一開始就知道要和怪物戰鬥，當然會集中鍛鍊要用來逃跑的魔法啊！」

其中一名學生堂堂正正地說：

「我的拿手魔法『幻影擬態』是從阿諾斯大人的『理創像』那裡學來的。我在放學後可是會花上八小時嚴格特訓喔。」

「我是八小時的『隱匿魔力』。打從地底回來後，我的訓練課程就是早上『隱匿魔力』、下午『隱匿魔力』，然後晚上『隱匿魔力』喔。」

「雖然無法像阿諾蘇那樣變得透明，魔力也無法完全消除，只要躲在魔石的瓦礫堆中，至少能想辦法蒙混過去喔。」

「畢竟我們本來的魔力很少啊！也就是說，會和魔石的魔力混在一塊兒而看不出來。」

「「哈、哈、哈——！」」

這是近乎自暴自棄的笑聲。「隱匿魔力」是魔力越少的人發揮的效果越好。他們反過來利用魔力很少這件事，儘量不讓魔導王發現到，一點一點地建築魔王城。尤其還是埋在魔石的瓦礫堆底下，因此讓他們的存在變得更加稀薄了。

雖說還不熟練，但波米拉斯沒料到學生們能施展「隱匿魔力」，因為太過相信自己的魔眼而沒發現到這座魔王城。

「這種人偶能做什麼？你們難道忘了嗎？余是魔導王波米拉斯，是兩千年前支配密德海斯的男人啊。」

波米拉斯畫出一門魔法陣，發射出「獄炎殲滅砲」。火紅太陽有如彗星一般拖曳著火焰尾巴逼近巨人兵。

「快展開魔法屏障！」

艾米莉亞一發出指示，學生們就立刻施展魔法。

「收到，展開第一層。」

「展開完畢。」

一片巨大的黑鉛板出現在巨人兵面前。

「展開第二層。」

無數正六角柱的黑鉛出現在那片黑鉛板後側，緊密地鋪在上頭，其結構宛如蜂巢一般。

「展開第三層。」「展開完畢。」

最後在後側也放上一片巨大的黑鉛板蓋起。

「展開真空層。」「展開完畢。」

在構築出來的黑鉛板內部，蜂巢結構的空洞裡展開真空的反魔法。

「「「『黑鉛蜂巢魔壁（kaniamu torute）』！」」」

學生們各自擔任各個術式的一部分，最終讓一連串的魔法施展在瞬間完成。那是相當於兩千年前的魔族形成術式的速度。他們構築出來的多重結構魔法屏障是「黑鉛蜂巢魔壁」。

猛烈逼近的火紅太陽發出「轟隆隆隆隆隆龍」的聲響撞擊在那片黑鉛魔壁上。魔導王自負的最強魔法「獄炎殲滅砲」不僅沒有燒掉「黑鉛蜂巢魔壁」，也沒能破壞地被擋了下來。

多重結構的那片魔法屏障在耐火、耐衝擊上很優秀。換句話說，這是針對魔導王的攻擊方式特化過的盾牌。可是，光是擋下並無法抵消「獄炎殲滅砲」的衝擊，「黑鉛蜂巢魔壁」

漸漸被往後推開。

「快挪開！」

在艾米莉亞的指示下，「黑鉛蜂巢魔壁」傾斜移動。沿著那道壁面，火紅太陽的路徑遭到偏離，擊中巨人兵後方的牆壁，引起猛烈的爆炸。

「……耍這種小聰明……」

飄在空中的魔導王看向下方的粉絲社少女們。有三名魔王學院的學生跑過去，並對她們施展恢復魔法。

「喂，被發現嘍。」

「上吧，拉蒙。」

被另外兩人拍打肩膀，拉蒙就像自暴自棄地狂奔起來。

「哈哈——魔導王波米拉斯大人還真是丟人現眼呢！居然被魔王城的大小嚇到，沒注意到不在裡頭的我們——！」

「嘻嘻嘻，愚蠢的傢伙。你以為余會上這種挑釁的當嗎？」

就戰力來說，應當優先解決粉絲社少女們吧。軍隊魔法「魔王軍」能提高以集團施展的魔法效果，假如讓她們進到那座魔王城裡，就會變成對波米拉斯來說更加棘手的敵人。他沒有理會拉蒙，朝少女們畫出魔法陣。

「看到這個項圈了嗎？我是魔王養的狗，是條笨狗啊——！被狗畜生騙過去的感覺如何啊？快看啊，魔導王，打你的屁屁！」

拉蒙奔跑的同時靈活地露出屁股，而且還用手拍打。波米拉斯的臉色變了。他臉上的表情簡直就像在說他被激怒了一樣。

「毀滅吧，垃圾。」

他改變目標，朝拉蒙射出「獄炎殲滅砲」。

「……拜託嘍，羈束項圈——……！」

拉蒙施展「契約」的魔法。內容寫著：假如他沒有躲過這次的攻擊，就要再度作為反抗組織的成員致力於讓皇族派復活。這是對自己的契約。綁在拉蒙脖子上的「羈束項圈夢現」溢出魔力，將他瞬間帶到夢中的世界。

那個「羈束項圈夢現」是綁在曾是反抗組織成員拉蒙身上的魔法。要是他在讓皇族派悔改的過程中走上歧途，那條項圈就會發動效果，讓他陷入夢境。除非走上正確的道路，否則無法從夢中醒來。在拉蒙施展「契約」的此刻，「羈束項圈夢現」讓他看到狀況與現在完全相同，是波米拉斯發出「獄炎殲滅砲」的夢。

在這個完全重現現實的夢境中，除非走上避開「獄炎殲滅砲」的正確道路，否則拉蒙就會不斷作夢。在瞬間重複無數次的死亡後，拉蒙醒了過來。

「嗚呀啊啊啊啊啊啊！」

拉蒙勉強避開「獄炎殲滅砲」。這是數百次之中只會成功一次的迴避吧。不過在夢中完美預習完畢的拉蒙，漂亮地掌握到這百分之一的機會。

「……什麼……不過就是個垃圾……！」

儘管波米拉斯接連發射「獄炎殲滅砲」，拉蒙還是不斷發出慘叫，持續避開攻擊。

「可惡……為何打不中……！」

「嘿嘿～打你的屁屁！」

波米拉斯就像勃然大怒似的在渾身上下畫起大大小小無數的魔法陣，胡亂發射著「獄炎殲滅砲」，使得拉蒙到底還是無路可逃了。

「「「『黑鉛蜂巢魔壁』！」」」

魔法屏障展開，擋住射向拉蒙的「獄炎殲滅砲」。他在險些就要被轟死之前，好不容易進到魔王城裡頭。

「沒用的、沒用的！」

愛蓮的聲音響起。趁著拉蒙擔任誘餌的空檔，恢復傷勢的粉絲社少女們站在巨人兵的肩膀周邊。

「這個魔王巨兵阿諾加德，可不會被這種攻擊打倒喔！」

「畢竟這是集結我們魔王學院眾人力量的軍隊魔法呢！」

「不光只是受，就讓你見識一下也很擅長攻的一面吧！」

少女們打開位於附近的門，一一進入魔王巨兵阿諾加德之中。

「「『狂愛域』。」」

黏稠黑光出現在魔王巨兵面前，化為一把長槍。

「要上嘍！」

艾米莉亞一出聲大喊，魔王巨兵就抓起「狂愛域」長槍。那個巨人的腳一面踏出地鳴，一面往波米拉斯走去。

「艾米莉亞老師！吶喊聲是『騙你的根源死殺』喔！」

愛蓮說。

「……我應該和『狂愛域』無關吧……」

「雖然是這樣，姑且必須讓意念團結一心！」

「因為信心對『狂愛域』來說很重要。」

「……雖然不懂，但我知道了！只要喊出來就好了吧？那我就喊吧！」

「狂愛域」長槍被用力刺出。

「騙……騙你的——」

「「「根源死殺——！」」」

漆黑巨槍伴隨著「轟隆隆隆隆」的聲響劃破天空。波米拉斯在險些被刺中之際避開這一槍，炎體再度浮現大大小小的魔法陣。

「暴虐魔王開發的可恨軍隊魔法。雖然弱者高呼什麼同心協力，哪怕渺小的存在團結起來，也遠遠不及本魔導王。」

無數「獄炎殲滅砲」從炎體射向四面八方。展開第一層、展開第二層、展開第三層……聲音在魔王巨兵體內此起彼落。

「「「『黑鉛蜂巢魔壁』！」」」

出現在阿諾加德面前的魔法屏障，依舊將「獄炎殲滅砲」統統撥開了。

「沒用的、沒用的！」

「玩不出新把戲了啊。你們以為余會一直使用同一招嗎？」

朝四面八方射出的「獄炎殲滅砲」畫出弧形回到波米拉斯身邊，大量的火紅太陽相繼打在他身上。

「『火加延燒獄炎體(gureizu abuneru)』。」

每當火紅太陽擊中，魔導王的身體就會將太陽吞沒、膨脹起來。這彷彿火勢延燒一般，吃下好幾顆「獄炎殲滅砲」攻擊的波米拉斯眼看著巨大起來，膨脹到比魔王巨兵還要大上一圈的大小。

「嘻嘻嘻，看來你們只有體型大這個優點呢。才這點程度就得意起來，終究是脆弱的現代魔族啊。」

「你這傢伙……！」

艾米莉亞大聲叫道。魔王巨兵阿諾加德打算揮出長槍的手臂，遭到巨大化的波米拉斯伸手壓住。波米拉斯伸出另一隻手襲向阿諾加德。為了擋下他的手，魔王學院展開「黑鉛蜂巢魔壁」。

「『焦死燒滅燦火焚炎』。」

熱線從上方照射下來，使得波米拉斯的龐大身軀化為火紅閃耀的烈焰。他的右手燒穿「黑鉛蜂巢魔壁」，抓住魔王巨兵的肩口。深紅烈焰發出「轟隆隆隆隆隆隆隆隆」的聲響燃燒阿諾加德。儘管位於裡頭的築城主學生們拚命地重新構築燒掉的部位，魔導士試圖以反魔法將火滅掉，火勢仍然不斷延燒。魔王巨兵的外牆一塊一塊地燃燒、掉落。

「嘻嘻嘻嘻，這下就結束了吧。」

「老師，就是現在！」

「我知道。」

伴隨著艾米莉亞的聲音，魔王巨兵阿諾加德就這樣衝向波米拉斯。纏繞在那個龐大身軀上的，是黏稠黑光──「狂愛域」。

「看招啊啊啊啊啊啊啊啊啊啊啊啊啊啊啊啊！」

阿諾加德的雙手被燒斷，發出「砰咚」一聲崩落。艾米莉亞對此不以為意，讓魔王巨兵連同身體一起撞過去。「狂愛域」的黏光撞上化為「焦死燒滅燦火焚炎」的波米拉斯，發出「嘩啦啦啦啦啦啦啦啦啦啦啦啦」的聲音迸發著魔力的火花。

「大家，使出全力──！」

「「「唔啊啊啊啊啊啊啊啊啊啊啊啊啊啊啊啊啊啊啊啊！」」」

就像要竭盡最後的力量一樣，阿諾加德就這樣推開波米拉斯，伴隨「轟隆隆隆」的聲響使之陷入牆壁裡頭。轉瞬間，那面牆壁就被波米拉斯的炎體不斷融化。

「這就是全力嗎？賭命的自殺攻擊徒勞無功，就連余的一根寒毛都沒傷到樣子。而這個『狂愛域』也無法維持太久。魔法中斷時，就是你們的末路喔。」

如同波米拉斯所言，「狂愛域」微微減弱，開始遭到火紅烈焰吞沒。

「小娜，就拜託妳了！」

波米拉斯納悶地扭曲火焰臉龐。魔王巨兵的頭上出現肉身的魔王學院學生——娜亞。

『要孤注一擲嗎？還是不要？怎麼樣啊，留校的？』

骷髏頭發出「喀答喀答」的聲響動著嘴巴，「知識之杖」這樣說。

「我想救托摩。」

她高舉盟珠戒指說：

「『使役召喚（riterude）』。」

神聖光芒突然照亮這附近一帶，四尊守護神出現在那裡。

手持兩根手杖，頭髮異常地長的幼女——再生守護神奴帖菈·都·希安娜。

長著翅膀的人馬淑女——天空守護神雷織·娜·依魯。

背上背負著巨大盾牌的彪形大漢——守護守護神傑歐·拉·歐普托。

持有槍、斧、劍、矢、鐮等數十種刀刃的黑影——死亡守護神阿特洛·劫·西斯塔邦。

「還以為是什麼，原來是地底龍人們使用的『使役召喚』啊？」

魔導王發出「嘻嘻嘻」的笑聲噴灑著火星。

「只不過，看來妳沒辦法控制的樣子。只要看這些守護神的樣子，就能十分清楚祂們並不想聽從妳的命令。縱使能讓祂們聽從，倘若是四尊守護神的程度，對余來說也是小事一樁。居然拿這種東西當作殺手鐧，本魔導王還真是被小看了啊。」

波米拉斯打算先收拾掉魔王巨兵，伸出「焦死燒滅燦火焚炎」的手。儘管「狂愛域」瞬間擋住他的手，黑光卻不斷遭到火焰燒燬，使得阿諾加德的腹部燃燒起來。

「是你們輸了。余就將你們一個個送下地獄吧——直到魔王答應交涉為止。」

魔王巨兵「喀答」一聲癱跪在地，外牆七零八落地崩落下來。假如不是魔導王打算拿學生們進行交涉，如今全員早就一起被燃燒毀滅了吧。

「……我要救牠……我要……去救托摩……」

娜亞喃喃地說：

「我要救大家……！我要去救！」

『那就命令吧，留校的。』

娜亞用左手覆蓋住盟珠，就像祈禱般說：

「『附身召喚』．『再生守護神（奴帖菈．都．希安娜）』！」

再生守護神化為光芒附在娜亞身上。

「嘻嘻嘻，雖然妳好像能施展『附身召喚』，但這又怎麼了？妳還來不及再生就會被余毀滅喔。」

「『附身召喚』．『守護守護神（傑歐．拉．歐普托）』！」

剎時間，魔導王啞口無言了。

「……什麼………………？」

那張火焰臉龐目瞪口呆，一副這超出他理解範圍的表情。

「……這是……怎麼回事……？同時讓兩尊神附身這種事，是不可能——」

「『附身召喚』．『天空守護神（雷織・娜・依魯）』！」

波米拉斯的火焰臉龐變得更加驚愕。

「……三尊……同時附身……？這怎麼可能……妳做了什麼……？讓神附身的行為就像將自己的根源作為容器，把水注入進去一樣……就算是守護神，那也是足以被稱為世界秩序的力量，不可能注入三尊……」

「『附身召喚』．『死亡守護神（阿特洛・劫・西斯塔邦）』！」

「……唔啊啊啊…………！什、什……什麼……居然四尊……同時…………！」

伴隨著波米拉斯的驚恐，「知識之杖」發出「喀答喀答」的聲音笑了笑。

『咯、咯、咯！沒錯、沒錯，你說得沒錯！假如是普通人，最多只能讓一尊神附身。光是擁有這麼大的容器，就是值得驚嘆的才能不是嗎？但是！那種渺小的容器，可沒辦法和留校的娜亞相提並論啊！因為她的根源，咯咯咯咯——！』

骷髏頭愉快地發出「喀答喀答」的聲音笑起來。

『可是空的啊、空的啊、空的啊——！』

娜亞踏著立足點，跳到半空中。

「莫名其妙的傢伙，原來妳也是兩千年前的魔族嗎！」

「……我是這個時代……微不足道、弱小、一點用也沒有的吊車尾……」

娜亞就像在空中散步般輕易避開「焦死燒滅燦火焚炎」的手。

「可是，我想要救助朋友！」

娜亞筆直衝向波米拉斯的身體。

「愚蠢！」

他的炎體從胸口長出火焰之手，將衝來的娜亞一把抓住。

「看來妳就算能讓四尊神附身，也不懂得要怎麼戰鬥，啥——？」

波米拉斯的身體就像被什麼東西壓住一樣低下頭。

「……怎、怎麼了……？身體——唔喔喔喔喔喔喔喔喔喔喔喔喔喔喔喔喔喔喔喔喔！」

遭到超乎尋常的力量壓垮，波米拉斯跪下膝蓋，火焰頭部被壓在地面上摩擦。

「……這個魔法……這個秩序……是什麼……？」

波米拉斯就像陷入混亂似的自問。

「……附身上去的守護神，應該沒有一尊擁有這種權能，而且還是足以將余強行壓垮的……咳呃……這、這、這種力量啊啊……」

『咯、咯、咯，魔導王。你方才不是自己說了嗎？讓神附身的行為就像將根源作為容器，把水注入進去一樣。假設在同一個容器裡分別注入不同顏色的水吧，那麼答案——』

波米拉斯被一口氣壓得更扁，只見他的身體就像被看不見的力量折疊起來一樣變得越來越小。

『就・是・這・個・啊！』

骷髏頭發出「喀答喀答喀答」的聲響愉快地笑著。

「這、這不……這不可能啊啊啊啊！余可是魔導王波米拉斯……兩千年前支配著密德海斯的魔族之王啊……！」

娜亞站在已經被壓扁到小石子大小的波米拉斯上方，讓他露出充滿屈辱與絕望的表情。

「居然被這個時代，而且還是個連要怎麼戰鬥都不清楚的吊車尾……」

「……我要……拯救大家……」

娜亞以呆滯的眼神看著波米拉斯。只不過這就是極限了。大概是耗盡全力了吧，只見她的身體搖晃一下，然後就伴隨著聲響向前倒下。

魔導王看到趴在地上、一動也不動的娜亞，放緩恐懼的表情。

「……嘻、嘻嘻嘻……沒錯，余可是魔導王。好啦，就趁現在……殺……？」

一道影子覆蓋住魔導王。波米拉斯就像生鏽的魔法人偶一樣，僵硬地看向後方。那裡站著身負灼傷、渾身傷痕累累的托摩古逸。雖然是頭小龍，對現在的波米拉斯來說已經夠大了。那頭龍大大地張開嘴巴。

「等……等——唔呃……！」

托摩古逸狼吞虎嚥地吃著魔導王。隨後，牠的灼傷就漸漸恢復，就像呼吸似的從口中吐出紅色火焰。托摩古逸發出「咕嚕嚕嚕」的聲音叫了叫，舔起娜亞的臉頰。

她微微睜開眼睛。

「…………托摩……太好了……你果然……沒事呢……」

娜亞搖搖晃晃地伸手撫摸托摩古逸。

「……只吃龍……原來是在挑食嗎…………？」

托摩古逸發出「咕嚕嚕嚕」的聲音叫著。

§37　【魔王學院追求的道路】

「……不……不……可能…………」

豎洞中空虛地響起茫然的呢喃。

「……余的分體……本魔導王波米拉斯居然會被現代的脆弱魔族……！」

波米拉斯遭到「獄炎鎖縛魔法陣」束縛，扭曲那張火焰臉孔。他的臉上交雜著憤怒、侮辱與驚愕，確實是一張很符合屈服的表情。

「就如你說的一樣，這個力量並不適合和平的時代。」

我不斷張握著右手，一面把玩著魔力粒子一面向他拋出話語。

「我需要抑止力，所以才會就讀魔王學院。」

我將魔眼（眼睛）望向波米拉斯後，他便畏縮起來。他的性命早已掌握在我手中。

「他們已經成長到足以消滅你的分體。雷伊、米莎、米夏、莎夏、亞露卡娜、艾蓮歐諾露與潔西雅也在各自擅長的領域上，漸漸取得足以逼近我的力量。」

我不會要他們成長到能獨自與魔王匹敵的程度，但會讓他們達到只要團結起來就能與我為敵的水準。

「成為魔王的抑止力，就是魔王學院追求的道路。」

波米拉斯沉默不語，就像在思考著什麼事情。數秒後他說：

「……這只不過是在給自己方便。他們終究是你的部下不是嗎？既然如此，威脅就只會越來越強，你只是在找藉口不放棄力量。」

「藉口嗎？」

在我就像撫摸似的用「破滅魔眼」看起波米拉斯後，他的炎體緩緩地開始消散。

「唔、嗯、唔、唔嗯嗯嗯……」

「好吧。你這麼說也有道理。」

我打開「魔導分水嶺」的蓋子湊到嘴邊，抬起瓶子將它一飲而盡。喝完的空瓶「匡啷」一聲落在地面上。

「這樣你就滿意了吧？」

我解除「獄炎鎖縛魔法陣」放開波米拉斯，向他伸出手。

「只要我放棄力量，我們就沒有理由再爭執。我們彼此應該對和平時代擁有不同的想法，但只要找到妥協之處就好，不需要一決雌雄。」

波米拉斯就像困惑似的注視我的臉，然後露出安詳的表情。

「……這樣余也總算能卸下肩膀上的重擔了啊……」

那張臉上微微揚起笑容。魔導王發出「嘻嘻嘻嘻」的笑聲噴灑火星。

「總算能卸下和平主義者這個煩人的重擔了啊……」

波米拉斯將魔眼（眼睛）朝向我，譏笑一聲「笨蛋」。他就像要發洩至今以來的鬱憤一樣，粗暴地大喊：

「笨蛋，笨蛋笨蛋笨蛋笨蛋，你這個大笨蛋——！完全被余騙了啊！」

光芒在波米拉斯的火焰之手聚集，同時出現一枚戒指。那是選定盟珠。

「余乃受征服神格赫德畢齊選上的八神選定者之一——王者波米拉斯！你喝下的『魔導分水嶺』裡可是溶入了征服神格赫德畢齊啊。」

波米拉斯就像勝券在握似的得意地笑了。這就是他不簽訂「契約」的真正理由嗎？

「征服神將會征服你的根源，獻給身為王者的余。儘管照你本來的力量看來辦不到，假如是藉由『魔導分水嶺』流入黑界的魔力就能輕易征服。而只要有這份魔力，就連你的根源也能征服。」

波米拉斯嘮叨說著。回應他的話語，我的根源之中有什麼「怦咚」地搏動起來。

「……原來如此啊。雖說借用了征服神的力量，但這是足以奪走我根源的魔法，不是一朝一夕就能開發出來的東西。」

波米拉斯咧嘴笑了笑。

「事到如今也不用隱瞞了。余就作為臨死前的禮物告訴你吧。」

魔導王一面俯瞰我，一面興高采烈地開始說：

「余一直在等待，取得強大波魯迪戈烏多血統可怕根源的機會。打從兩千年前，在你出生之前就一直在等待啊。」

「也就是說，你最初的目標是賽里斯嗎？」

「嘻嘻嘻嘻，你猜得沒錯。余扮演和平主義者接近他，虎視眈眈地等待機會。雖然很可惜地被那個男人看穿了，不過伊杰司那個笨蛋就和你一樣被余騙了。也就是拜他所賜，余像這樣活下來了。」

大概是過去看到的那件事吧。在伊杰司仍被稱為一號（杰夫）的時候，他與賽里斯一起將魔導王逼入絕境。然而伊杰司聽信了魔導王的話語，沒有給他最後一擊。

或許因為那不是臨時裝出來的樣子，所以會被騙也是沒辦法的事吧。因為魔導王總是為人敦厚，一直扮演治世賢王的樣子。他那樣早已經和發自內心的敦厚之人相差無幾了吧——至少看在他人眼中是如此。

在殘酷的兩千年前，只有強大無法生存下來。假如堅持自我，就會相對地接近毀滅。在那個時代，人人都是悲劇舞臺上的演員，為了生存扮演某種角色，即使是人稱魔導王的男人也不例外。

「所以？你得到我的根源打算做什麼？」

「這還用說嗎？雖然是他人擁有就會非常危險的力量，只要是自己擁有就另當別論了。余將會以支配魔族之國、就連眾神都能毀滅的暴虐魔王之力，成為君臨這個世界的王者。」

波米拉斯敞開雙手大喊：

「成為暴虐魔王！」

「抑止力怎麼了？」

「嘻嘻嘻嘻，還不懂嗎？這種東西反而礙事啊。有可能反抗余的存在，全都要預先毀滅。已經沒必要再賣弄小聰明的策略，也沒必要再為了討好他人而演戲了。」

波米拉斯一副狂妄到極點的模樣大喊：

「余要隨心所欲地支配這個世界！不論是魔族、人類、精靈、龍人，甚至是眾神，全都只要余的一根指頭、一個想法就會乖乖聽話。沒有比這還要痛快的事了！這才是和平！只為了余而帶來、真正的和平世界啊！」

波米拉斯將火焰之手伸向我的胸口。他畫出魔法陣，把手臂插進正中央。

「好啦，已經到極限了吧，暴虐魔王？不對，區區的阿諾斯啊。你那伴隨毀滅誕生的至高根源，余就收下了。」

魔導王用力催動「魔導分水嶺」的魔力與征服神的秩序，一把抓住我的根源，直接在上頭畫出魔法陣。波米拉斯將手臂用力抽出。

臉上貼著下賤本性的他，讓我藏不住內心的失望。

「就因為有你這樣的人，我才無法放棄力量啊。」

「呃啊啊啊！」

波米拉斯抽出的手腐爛掉落了。

「『魔導分水嶺』？征服神？你以為用這種玩具就能征服我的根源嗎？」

波米拉斯就像困惑似的扭曲著火焰臉龐。

「…………不可能…………………………」

他忍不住發出驚愕的低語。

「……這是不……可能……的………就連你父親都在警戒余……余用來奪取波魯迪戈烏多根源的魔法應該很完美……！」

「不過就是完美，難道你以為就不會失敗嗎？」

我朝著怕得渾身顫抖、微微往後退開的波米拉斯慢慢走去。

「這份力量不能輕易捨棄。倘若放棄，不論藏在哪裡都會有像你這樣的人在尋找吧。話雖如此，直到我毀滅前，這份力量都不會消失——不對。」

我溫柔地抓住波米拉斯的臉。

「即使我毀滅了，也無法保證會消失。」

就像凱希萊姆的根源蘊藏詛咒、伊杰司的根源蘊藏血之力一樣，我的根源蘊藏毀滅。是越接近毀滅，力量就會越強的根源。既然如此，要是真的毀滅會怎樣？就只會剩下無限膨脹的魔力留在那裡不是嗎？我心中閃過這種預感。

「『根源死殺』。」

我抓住波米拉斯的手染成漆黑。

「嘻、嘻嘻嘻嘻………你就毀滅吧。看來這次是余輸了啊……」

波米拉斯儘管很害怕，仍舊虛張聲勢地笑著。彷彿他還有下一次一樣。

「波米拉斯，你以為我為何會浪費時間陪你玩這一齣戲？」

他的火焰臉龐上充滿疑惑。

「米夏、莎夏，就說給他聽吧。」

語畢，「意念通訊」就傳到這裡。

『魔導王的蠟燭已經全部找到嘍。』

『變成冰晶了。』

聽到莎夏與米夏這麼說，魔導王露出一副「該不會」的表情。

「……居然在這麼短的期間內，全部找出來了……」

「要賭賭看嗎？假如全部找到了，就是我贏，要是有一根漏掉，就是你贏。賭注則是你的命。」

波米拉斯露出絕望的表情。

「別擺出這種臉來，這就像你承認所有蠟燭都被發現到一樣喔。」

我在手上微微施力後，「根源死殺」的手指就陷入炎體臉裡。

「……等、等等！余明白了。余就說出過去有關兩千年前的賽里斯·波魯迪戈烏多的事情吧。你很在意這件事吧？余會全盤向你托出，所以請饒余一命……」

波米拉斯畫出「契約」。內容是只要他坦白說出有關兩千年前賽里斯·波魯迪戈烏多的事情，就要在這裡放過他。

「好吧。只要你說，我就放過你。」

我在他的「契約」上簽字。

「賽里斯．波魯迪戈烏多是——」

我連同波米拉斯的臉，將他的根源用力捏爛。他無影無蹤地消滅了。

「只要你說得出來。」

即使簽字，他也說不出什麼大不了的事。最好的證據在於：儘管事已至此，要坦白的事情都還只限於兩千年前的賽里斯．波魯迪戈烏多。

直到最後一刻，他還是向我提出了交涉。他這麼做是在以自己的性命進行一場豪賭。也就是他所選擇的道路，是與其屈服，還不如毀滅吧。

「好啦。」

我在波米拉斯消失的位置上畫起魔法陣。連上他遺留下來的收納魔法陣後，創星艾里亞魯就在那裡顯現。這恐怕是原本放在米夏與莎夏前往的豎洞裡的那一顆。

「亞露卡娜，是艾里亞魯。」

『我知道了。』

亞露卡娜的聲音響起後，我就收到另一道「意念通訊」。

『吾君，發現到創星艾里亞魯了。』

是辛傳來的。就和推測的一樣，甘古蘭多絕壁也藏有一顆的樣子。

「有兩顆，亞露卡娜。」

『星辰的記憶閃爍，過往的光芒照耀大地。』

創星艾里亞魯在我的魔眼（眼睛）裡顯示出過去的光景——

§38 【兩千年前的真相】

兩千年前，戈內爾領雷雲火山——

在烏雲密布、「轟隆轟隆」響徹著雷鳴的那座火山上，能看到賽里斯率領的幻名騎士團。在他們眼前的是火山口，充滿魔力的岩漿發出「咕嘟咕嘟」的聲響沸騰翻滾著。

「是這裡吧。」

賽里斯畫出魔法陣，把手伸進中心裡。在拔出萬雷劍高多迪門後，他高舉向天。龐大紫電才剛發出「滋滋滋滋」的聲響聚集在劍身上，他就將劍朝火山口劈了下去。激烈的雷鳴轟響，紫電落在沸騰翻滾的岩漿上。火紅的噴泉猛烈升起，被閃電擊中的岩漿漸漸毀滅殆盡，火山口一下子就被清空了。

假如探頭望去，會發現內部相當深。在往火山口底看去後，發現那裡畫著固定魔法陣。賽里斯他們跳下火山口，降落在固定魔法陣上。在驅動魔力後，身體就倏地沉入地面。

火山口底下有一個空洞，是洞窟的樣子。裡頭昏暗且沒有照明，討厭的臭味刺激著鼻子。那是血。就和他們曾在某處聞到過的一樣，是令人不快的味道。賽里斯他們一面留意黑暗，一面往洞窟裡走去。不久後，能看到些許光亮。

附著在洞窟牆壁上的發光苔蘚代替了照明。試著用魔眼（眼睛）凝視後，他們發現那裡陳列著一排遺體。人類、魔族、精靈與神族，有四個種族的遺體，而且幾乎所有遺體都有被開腸破肚的痕跡。儘管他們的頭連接在身體上，狀況與在潔隆聚落裡的遺體幾乎相同，應該是有人在這裡進行魔法研究吧。

「出來。」

賽里斯往洞窟內部大喊。黑暗的另一頭響起腳步聲，一名帶著魔槍的男人走了出來。

「一號（杰夫）……」

二號（艾德）喃喃喊道。賽里斯看到他，瞬間蹙起眉頭。

「你在這裡做什麼？」

「這裡到底是什麼地方？」

「問話的人是我。你已經不是亡靈了，我問你在這裡做什麼。」

賽里斯眼神銳利地瞪著一號（杰夫）。

「……儘管如此，你對我也有收養之恩……就算難以理解你的想法……唯獨這件事不會改變……」

一號（杰夫）正面回望著賽里斯說：

「……我無法棄你不顧。哪怕要作為不情願的亡靈活下去……」

「你要走上違反自身信念的道路嗎？」

被尖銳地詢問，一號（杰夫）一言不發。

「……我……不清楚……」

「連個覺悟都做不好的小鬼。就憑這種想法，真虧你能大搖大擺地現身。」

賽里斯不再理會一號（杰夫），環視起洞窟內部。他應該是在尋找進行魔法研究的術者痕跡吧。

「團長（伊希斯）——」

一號（杰夫）正要追問，二號（艾德）就拍了拍他的肩膀。

「沒想到你會回來。」

只說了這句話，二號（艾德）就重新探索起洞窟內部。一號（杰夫）本來在旁觀他們搜索，一會兒後就像振作起來似的加入幻名騎士團的作業之中。他問道：

「這裡是那傢伙的研究所嗎？」

「恐怕是吧。」

三號（傑諾）回答。

「……這是在研究什麼魔法？」

「應該是『轉生』的魔法吧。讓應該毀滅的他活下來的機關。」

「要怎麼做？」

三號（傑諾）就像在說他不知道一般搖了搖頭，同時看向賽里斯。他目不轉睛地用魔眼（眼睛）盯著洞窟內的固定魔法陣，就這樣開口說：

「我對他施展斬首的詛咒，砍下他的頭，以紫電締結了詛咒。本來這樣應該就會毀滅，不過當中也有不管用的人。」

一號（杰夫）在尋思過後問：

「……是指無頭的魔族嗎？」

「沒錯。當中也有乍看之下有頭，其實並不管用的潔隆一族。因為她們的頭就只是從他人身上拿來的可替換之物。」

「可是，那傢伙別說是潔隆一族，甚至連魔族都……」

「應該是轉生了吧。使用母胎的轉生魔法。」

賽里斯瞪著腹部上畫著魔法陣的遺體。

「『轉生』魔法在關於轉生後的肉體方面留下曖昧空間。藉由讓這一部分進化、使用母胎，使自己能轉生成任意的存在。儘管大概還未完成，不過那傢伙襲擊潔隆聚落，以她們作為母胎轉生成潔隆一族——」

露出片刻凝重的神情，賽里斯再次開口說：

「不，是儘管占據潔隆之血得到她們的無頭之力，仍然轉生成為不同的存在——轉生成甚至無法稱為魔族的怪物。」

因此，哪怕賽里斯砍下他的頭並發動斬首的詛咒，也一樣無法毀滅他。

「他恐怕是在我讓斬首詛咒發動的同時，施展了那個轉生魔法。根源從現場消失，轉移到預先準備好的母胎身上。假如不知道箇中機關，看起來就只會像是毀滅了。」

這肯定就是「母胎轉生」的魔法。與一般的「轉生」相比，轉生的時間也很快。

「這種魔法……應該就連魔族都沒有人能施展……人類居然能達到這種深淵……」

「別小看他。那傢伙可不是一般的人類，只是利用潔隆一族的力量披著人類的外皮而已

——為了隱藏他在外皮內側的根源。」

耳朵聽得到「啪啪啪」的拍手聲。彷彿在稱讚賽里斯的拍手聲，從洞窟的黑暗之中響徹開來。

「真不愧是迪魯海德的無名騎士團團長——賽里斯·波魯迪戈烏多。」

伴隨著彷彿是個好人一般的聲音，可以聽見朝這裡走來的腳步聲。在神話時代，戰場上大部分的人都會消除腳步聲。就算沒有，腳步聲中也會透著慎重或覺悟。可是這道腳步聲與戰場極不相稱，讓人感覺非常輕率。那個人從賽里斯他們前來的方向走來。他是過去曾經潛伏在迪魯海德的人類，率領亞傑希翁軍第十七部隊的勇者格雷哈姆。

「很精采的推理喲。」

賽里斯一面窺看著現身男人的深淵，一面尖銳地詢問：

「你是誰？」

「現在呢，我是勇者格雷哈姆喲。」

賽里斯以凝重的眼神看向格雷哈姆。

「我沒問頭的名字。現出真面目吧，怪物。」

格雷哈姆發出「呵」的一聲微微笑了笑。

「就算要我現出真面目，我也早就忘記以前的名字，叫我格雷哈姆就好了喲。而且，我本來確實是個人類喲。出生自歷史悠久的賢者家族，比他人稍微擅長一點魔法。是在什麼時候呢，我覺得自己和他人有點不同。」

他一副在和別人閒話家常一樣的表情。然而，他的臉上流露出彷彿精神哪裡不正常的噁心感。

「沒錯，我注意到他人會毀滅，而我不會毀滅。這是為什麼呢？雖然我一直在尋找答案，目前還沒找到任何結果。」

格雷哈姆輕鬆承受賽里斯的目光。

「最近我終於找到同伴了喲。啊啊，不過，我說不定因此做了很對不起你的事呢。」

「什麼意思？」

「忘了嗎？就是這件事喲。」

格雷哈姆彈了個響指後，洞窟內的水晶就畫出魔法陣。上頭顯示的影像，是潔隆聚落。

『……是嬰兒……』

那是魔王出生之前的景象。

『剛剛在看到火焰之前，我聽到了胎動聲……看到不同於那個女人的魔力……！是她肚子裡的魔族在施展魔法……』

『你……說什麼……？』

『……如果真的是這樣，等到他成長後，會有多麼……』

在場的戰士們害怕得兩眼發直。

『絕不能讓她生下來。在那個女人肚子裡的，是會讓世界被戰火吞沒的邪惡化身……』

『為了世界和平，即使犧牲生命也要在這裡毀滅他！』

『上吧——！殺了他——！為了世界！為了正義！』

一齊襲來的人類士兵，讓手中的神聖劍刃發出耀眼光芒。

下一瞬間——響起「怦咚」的胎動聲。他們一齊被漆黑火焰吞沒了。

『這是什麼火焰，滅不掉……怎麼會！封印魔族力量的結界居然……！』

『這個……這個不祥的力量，究竟是——！』

『『『唔啊啊啊啊啊啊啊啊啊啊啊啊啊啊啊啊啊啊啊啊啊……！』』』

轉瞬間，在場的人類全都化為灰燼。

『真是太棒了呢。』

男人以飄飄然的語調說：

『波魯迪戈烏多的血統，毀滅之力。簡直就像偏離世界的常理啊。』

在那裡的不是擁有少女姿態的破壞神阿貝魯猊攸，而是格雷哈姆。

『因為母胎的毀滅將近，所以魔力增強了嗎？』

他的魔眼（視線）看向露娜。隨後，漆黑火焰就像要保護母親一樣出現在她前方，有如防壁一般擋著。

『……阿諾斯……』

露娜低語：

『夠了喔……夠了……你只要把力量用在讓自己出生就好……媽媽絕對會生下你……』

『真美麗呢。母親保護孩子的愛情。妳會賭命將他生下來吧。』

格雷哈姆說：

『藉由母胎的毀滅，他將能獲得生命。同時背負毀滅的宿命。』

就在漆黑火焰全部消滅的瞬間，露娜朝格雷哈姆衝了過去。他笑了笑，就像舞臺謝幕一般恭敬地行了個禮。

『謝謝妳。』

黑暗開始在他周圍擴散開來。

「『真闇墓地』。」

任何光都無法穿透的黑暗在此降臨。

『真傷腦筋呢。這樣豈不是什麼都看不到了嗎？』

生命終結的「咕滋」聲響起。格雷哈姆的手切開了露娜腹部。

『……………啊………………』

她癱軟跪下，倒在地上。儘管如此，她還是為了保護腹部而把手擋了過去。

『親愛的……之後就……』

剎時間，雷電宛如自烏雲中劈下一般，紫電奔馳，高多迪門貫穿格雷哈姆的心臟。激烈紫電發出「滋滋滋」的聲響在格雷哈姆的體內肆虐。賽里斯朝著他的根源，竭盡全力轟出毀滅魔法。

『「滅盡十紫電界雷劍」。』

龐大的紫電毀滅格雷哈姆的身體與根源。

『那麼，掰掰。』

他就像要回家似的隨口說。下一瞬間，格雷哈姆就無影無蹤地毀滅殆盡了。不對，是在毀滅之前以「母胎轉生」轉生了吧。賽里斯沒有理會他，緩緩看向倒在地上的露娜。影像就在這裡停住了。

「話說回來──」

格雷哈姆笑容滿面地說：

「她在這之後的遺言，你還記得嗎？」

賽里斯沒有回答他的詢問，只是直直地瞪著格雷哈姆。

「『我過得很幸福』。真是讓人感動呢。要我快轉到那裡嗎？」

剎時間，紫電奔馳而出。放映影像的水晶粉碎散落。

「沒興趣。」

賽里斯冷冷地說，以下段姿勢舉起萬雷劍。

「你是與亡靈相稱的對手。雖然你自稱不會毀滅，不過就讓我來試試你是否真的不會毀滅吧。」

「我知道喲，賽里斯．波魯迪戈烏多。你其實不是什麼亡靈。」

格雷哈姆就像看穿賽里斯的內心一般微笑起來。

「扮演亡靈、扼殺心靈，你就像這樣在他人無法理解的地方，一直投身在孤獨的戰鬥之中──與少數的同伴們一起。啊啊，還真是美麗對吧？」

格雷哈姆一面用雙手畫出魔法陣一面說：

「假如踐踏這份信念，你會讓我看到真實的一面嗎？」

§ 39

【無名騎士們的戰鬥】

畫在格雷哈姆左右兩側的魔法陣，伸出像是長槍柄一樣的東西。

「亂竄神鐮貝弗奴古茲德古瑪。」

長槍柄與長槍柄左右接起，連結成一根棒子。使之旋轉、就像斬斷魔法陣一樣，散發龐大魔力的大鐮在格雷哈姆的手中出現。

「大家小心。」

賽里斯一面舉起萬雷劍，一面向一號（杰夫）等人說：

「那是神的權能。」

格雷哈姆在臉上掛著親切的表情，輕率地說：

「就和他說的一樣，還是小心點比較好——」

格雷哈姆將大鐮水平舉起，看向幻名騎士團們。

「——否則一秒就結束了喲。」

亂竄神鐮貝弗奴古茲德古瑪朝一號（杰夫）揮下。這簡直是死的一擊。就像寂靜逼近一樣無聲、無光，只有切斷的刀刃急馳而來。對甚至被人稱為四邪王族之一的冥王一號（杰夫）來說，這是連反應都沒辦法的一擊，可是這一擊被賽里斯以萬雷劍擋了下來。

「真不愧是你呢。能擋下亂竄神鐮第一擊的人，你還是第一個喲。只不過——」

血沫飛濺在賽里斯身上。與大鐮揮動的方向完全不同的位置上，三號（傑諾）的頭被砍飛，掉落在地板上。

「這把神鐮是狂亂神亞甘佐的權能喲。瘋狂、錯亂的秩序，甚至能讓因果失控。這是無秩序的大鐮。貝弗奴古茲德古瑪一旦揮出，誰也不知道會有什麼樣的結果——」

話說到一半，格雷哈姆吐出鮮血，沾溼了嘴邊。憑藉足以將存在完全消去的「幻影擬態」與「隱匿魔力」，二號（艾德）與四號（捷特）逼近到身旁，從正面與背後進行了夾擊。格雷哈姆的腹部與胸口，遭到殺害根源的魔劍貫穿。

「你話太多了。」

「毀滅吧。」

兩人將魔劍刺進格雷哈姆的根源轉動。縱然他就像要反擊似的劈下貝弗奴古茲德古瑪，二號（艾德）卻輕易避開這一擊。剎時間，格雷哈姆的頭就像被砍掉一般飛離。

二號（艾德）與四號（捷特）疑惑地看向他被砍掉的頭。

「我應該說過因果會失控了喲。劈下的亂竄神鐮打偏，所以我的頭被砍下來了。」

格雷哈姆的頭這樣說，掉落在地面上。隨後再度濺起血沫，這次是四號（捷特）的頭被砍了下來。那應該是貝弗奴古茲德古瑪的力量吧。因果完全錯亂，預測一點也無法成立，確實是無秩序的大鐮。

就如同他所說的，就連揮動神鐮的格雷哈姆或許也預測不了結果，幻名騎士團不可能預測得到。

「好啦。」

無頭的格雷哈姆身體動了，隨手抓住二號（艾德）刺在自己身上的魔劍。他猛然使勁，將魔劍空手折斷。在劈下亂竄神鐮後，二號（艾德）的全身就被撕裂，溢出鮮血。大概就連這些傷口也受到無秩序的影響吧，恢復魔法無效，使他當場跪下。

「呣唔！」

趁著神鐮劈下之後的破綻，一號（杰夫）刺出魔槍。長槍尖伸長，分裂成十把貫穿格雷哈姆的身體。

「……呃、啊……！」

「呣啊啊啊……！」

一號（杰夫）讓魔槍更加地猛烈伸長，就這樣讓格雷哈姆緊貼在洞窟的牆壁上。因為他釘住對方的左右手，封住亂竄神鐮。

「真受不了。」

儘管如此，格雷哈姆還是動起被貫穿的手臂。哪怕鮮血四溢、撕裂著血肉也無所謂，他就這樣讓手臂的肉被扯掉，將大鐮緩緩舉起。

「幹得好，一號（杰夫）。」

鮮血淋漓的二號（艾德）握著折斷的魔劍站在格雷哈姆面前，龐大的魔力凝聚在其劍身上。那是連他來世都聚集起來的生命光輝。

那一瞬間，二號（艾德）看向賽里斯。

「團長（伊希斯），我是個亡靈嗎？」

二號（艾德）淡然地問。

「二號（艾德）！」

發出大喊的是一號（杰夫）。可是這道制止他的喊叫沒有傳入他的耳中。

「你先走一步。我們就在地獄暢談到天明吧，二號（艾德）。」

二號（艾德）滿足地笑了笑。然後，他將折斷的魔劍刺向格雷哈姆。

「『根源光滅爆（gabueru）』。」

爆發的光芒將眼前染成一片純白。這場爆炸將洞窟裡的一切瞬間炸毀，把作為結界的雷雲火山挖掉一半。將根源擁有的魔力引爆的威力，是尋常的魔法所遠遠不及，更何況是身處爆炸中心，不可能有人不會毀滅吧。

然而——

「犧牲生命討伐敵人，很像亡靈會有的戰鬥方式呢。」

閃光退去，那裡出現了無頭的人影。他還活著。格雷哈姆的手上拿著二號（艾德）的頭。他應該是在「根源光滅爆」發動之前砍掉頭，讓爆炸威力減輕了吧。然而就算是這樣，他位在「根源光滅爆」爆炸中心這點依舊不變。儘管受到爆炸直擊，他仍舊悠然地站著。

「不過，他應該想要守護吧。犧牲少數，拯救多數。你們幻名騎士團一直以來所做的，其實就是這個。」

「毀滅吧，怪物。」

趁著二號（艾德）以「根源光滅爆」製造出來的機會，賽里斯在眼前構築可能性的球體魔法陣。他的自爆魔法剝除格雷哈姆的反魔法，最重要是，他還將亂竄神鐮貝弗奴古茲德古瑪從他手上炸飛開來。

哪怕是二號（艾德），也不覺得能以「根源光滅爆」毀滅掉格雷哈姆。這是布局。他賭上性命在為賽里斯製造勝利的機會。

「『波身蓋然顯現』。」

賽里斯將萬雷劍刺進球體魔法陣的同時，九把可能性之刃刺穿九個球體魔法陣。雷鳴震耳，周遭一帶充斥著紫電——天空轟響、大地震撼，就連雷雲火山殘存的結界也在眨眼間遭到吞沒，布滿紫電。

「沒錯，你……你們就連一瞬間也沒有暴露出弱點過。」

格雷哈姆看著賽里斯的大魔法，就像在閒話家常一般說：

「在這個無法掉以輕心的迪魯海德裡，要是不貫徹無情，就會立刻遭到利用。」

紫電在地面發出「滋滋滋」的聲響奔馳，在遭到「根源光滅爆」挖掉的火山口上畫出巨大魔法陣。

「要揮舞正確之劍這種事，不可能辦得到喲。各式各樣的魔眼（眼睛）與耳朵在監視強大的魔族，會被誰在哪裡看到、聽到，完全不得而知。假如想肅清一名惡人，就會遭到眾多惡人毀滅。倘若不一直作為嗜血的瘋狂亡靈，你們就會讓自己的親族暴露在危險中吧。」

賽里斯以自身的魔法構築不讓國家毀滅的結界，緩緩地舉起萬雷劍。

「到頭來，你們就連自己最重要的人都無法守護。因為只要你們拯救一人，眾人就會知道那是你們的弱點，其他親族就會立刻被盯上吧。就這樣，幻名騎士團就連夥伴之間都不會直接以話語互相確認，一直扮演瘋狂的亡靈，討伐著邪惡魔族、邪惡人類，揮舞著正義之劍到現在。」

格雷哈姆踏出一步。

「然而，賽里斯・波魯迪戈烏多——」

他的身影消失，然後出現在一號(杰夫)眼前。早在一號(杰夫)揮出長槍前，格雷哈姆就用指尖貫穿他的左胸口。根源被緊緊握住後，一號(杰夫)的身體輕顫了一下。

「——你唯有一次，露出了人心呢。」

「嘎……啊……」

一號(杰夫)儘管做出掙扎，格雷哈姆卻輕易就將他壓制住。

「你沒能毀滅不再是亡靈的他。」

「這又怎麼了？」

賽里斯以冰冷的魔眼(目光)看著格雷哈姆。就像在說他完全不在乎一號(杰夫)的性命，看起來就像只想著要將手中的劍刺進敵人體內一樣。

「也就是說，你無法捨棄他喲。無法捨棄這個直到最後都沒能察覺到你的真正心意的笨弟子。」

格雷哈姆一臉憐憫地回望賽里斯。

「不是嗎？你們一面稱自己是亡靈，一面自稱無名騎士。為何是騎士呢？因為這當中帶有要揮舞正確之劍的意思。只要全面對照你們的行動與話語中帶有的言外之意，應該自然能察覺到你們的目的吧。」

魔法的準備早已完成，賽里斯卻沒有劈下那把紫電魔劍。他只是直直瞪著把一號當成盾牌一樣抓著的格雷哈姆。

「唯有察覺到的人會被你作為亡靈迎入無名騎士。就算無法拯救一切，也要盡可能讓這個國家往正確的方向前進，為止你們毀滅、毀滅，一直不斷地毀滅。」

格雷哈姆揚起可疑的笑容說：

「你們捨棄了自己呢。儘管知道自己在做錯誤的事，也要為了創造出總有一天誰也不用再犯錯的時代，而一直揮舞那把亡靈之劍。就算捨棄現在，也要為了未來。」

格雷哈姆一面將一號舉起，一面往前邁步。

「幻名騎士團當中唯一的例外，就是這個撿來的小孩一號。他一無所知地跟著你們一起行動。你只是一直扮演著亡靈，沒辦法對他說出真相，希望他能自己察覺到。就是這份愧疚，讓你犯下了沒有毀滅他的失誤。」

他以天真無邪的表情說：

「雖不中，亦不遠矣對吧？」

「一號（杰夫）。」

賽里斯不理會格雷哈姆地說：

「我應該說過，假如你沒改變心意，我就讓你像個亡靈般毀滅吧。」

一號（杰夫）一面飽受被人緊緊抓住根源的痛苦，一面勉強發出聲音說：

「……請、請動手……團長（伊希斯）……」

就像做好覺悟，就像終於察覺到一樣，他說：

「……就……就在現在，我成為亡靈了……！」

一切的事情，師父至今以來充滿瘋狂的行為，終於在他心中得到解答了吧。

「……謝罪就等……在地獄相見時……」

「說得好。」

賽里斯踏出一步刺出萬雷劍。紫電迸發，劍身猛烈伸長。這一劍筆直貫穿一號（杰夫）的右眼，他的根源發出「咕嘟咕嘟」的聲音溢出鮮血。魔力炸裂，捲起不祥的漩渦。他的根源就要發揮出真正的價值，發揮出支配次元的那個魔法。

「……你在……做什麼…………？」

「瞧，你無法捨棄他。」

賽里斯的這一劍並不是毀滅魔法「滅盡十紫電界雷劍」。格雷哈姆舉起手後，亂竄神鎌貝弗奴古茲德古瑪就飛回到他手上。

「好啦，會斬斷什麼呢？」

他使勁揮出神鐮。隨後，賽里斯的左手臂被斬斷，「啪答」一聲掉落在地上。

「團長（伊希斯）！」

對於發出吶喊的一號（杰夫），賽里斯第一次露出溫和的表情。

「一號（杰夫），時代會改變喔。和平時代不需要我等亡靈存在。然而，你還有作為王活下去的人生。」

就像呼應萬雷劍的魔力一般，一號（杰夫）瀕臨毀滅的根源讓力量覺醒。大量鮮血溢出，同時化為球體將他包覆起來。

「時代說不定會改變呢。可是，什麼都不會變。」

格雷哈姆揮出貝弗奴古茲德古瑪後，這次換成他自己的左手掉落了。

「沒中啊？」

他再度揮出亂竄神鐮，這次是賽里斯的右腳被斬斷了。

「亡靈一號（杰夫）毀滅了。永別了，伊杰司。我那不懂事，心愛的弟子啊。」

「團（伊希）——」

話語遭到時空吞沒，一號（杰夫）伴隨著失控的血之球體消失了。

「你要活下去。」

「很美麗的師徒愛呢。」

在失去右腳、跪在地上的賽里斯面前，格雷哈姆高高舉起貝弗奴古茲德古瑪站著。在亂竄神鐮揮下的同時，萬雷劍朝天空竄出細若如絲的紫電。賽里斯就這樣將萬雷劍刺進格雷哈姆的腹部。

「……你走錯一步了呢，賽里斯．波魯迪戈烏多……」

「亡靈不需要名字。即將毀滅的你，就將這個名字牢記在腦袋裡吧。我乃幻名騎士團的團長（伊希斯）——」

賽里斯伴隨著這句話施展大魔法「滅盡十紫電界雷劍」，龐大的紫電朝萬雷劍直劈而下。他的目標不是根源。格雷哈姆的身體被轟成焦炭，眼看化為灰燼不斷崩落。

「是想先讓我揮不了亂竄神鐮嗎？」

下一瞬間，宛如轟隆雷鳴被打斷般，劈下來的紫電遭到撕裂。因為亂竄神鐮將可能性的萬雷劍斬斷了。

「運氣很好喲。你應該直接攻擊根源呢。」

賽里斯緊緊握住萬雷劍高多迪門，注入所有魔力說：

「『波身蓋然顯現』。」

「即使如此，我的勝利也是無可動搖的呢。」

貝弗奴古茲德古瑪的刀刃直接抵在賽里斯的脖子上，然後砍了下來。

「只要你無法捨棄一號（杰夫）。」

飛在空中的頭縱使打算施展「復活」，卻施展不出魔法來。格雷哈姆以幾乎化為灰燼的殘破手臂一把抓住頭。

「啊啊，終於得手了。因為你很強呢。要不毀滅你而砍下頭，還真累人啊。」

格雷哈姆將賽里斯的頭用力壓在自己無頭的身體上。魔力粒子覆蓋住脖子，然後完全連在一起。

「這樣我就是賽里斯．波魯迪戈烏多了。」

魔力充斥身體，紫電奔走。格雷哈姆化為灰燼的身體一點一點地恢復過來。

他左右扭了扭頭，確認頭部是否能隨意動作。他舉起手，以紫電畫出球體魔法陣，發現控制有點不太穩定。

「在適應之前，或許得花上一點時間吧？這樣的話，似乎會被他識破。」

格雷哈姆回收掉在地上的萬雷劍與三名幻名騎士的頭，畫出「轉移」的魔法陣。

「在那之前，要做點什麼來玩呢？」

格雷哈姆轉移到某處去。留下來的，只有賽里斯．波魯迪戈烏多的遺體。明明直到方才都還太陽當空，附近一帶不知不覺化為黑夜。夜空中除了平時的月亮之外，還高掛著一顆幻想般的月亮——亞蒂艾路托諾亞。白銀月光灑落，雪月花閃亮亮地飄落到火山口。

這些雪月花變成少女的模樣，頭髮長及腳踝、眼瞳透著銀輝，以及身穿一套純白禮服。祂是創造神米里狄亞。

祂把手伸向賽里斯的遺體後，雪月花翩翩飛舞起來。被砍下的頭一面纏繞著白銀光芒，一面以創造之力復原回來。賽里斯微微睜開眼睛。

「……是……創造神啊……有何事……？」

賽里斯橫躺在地上問。就算頭回來了，他也早已沒有起身的力氣。

「你即將毀滅。」

米里狄亞以靜謐的聲音說：

「留在這具身體上的根源，只有你的意識，其他全都被他帶走了。然後只要意識毀滅，你這個人就會消失。」

賽里斯不發一語。

「為了這個世界，為了和平一直在奮戰的你，我想在臨終前幫你實現心願。」

米里狄亞這樣提議。

「你想要什麼？」

「作為亡靈毀滅——消除掉我的存在吧。」

賽里斯立刻回答：

「從這個世界，從阿諾斯心中。」

米里狄亞直直探頭看著賽里斯的臉。

「為什麼？」

「他很聰明，多半已經猜到我是誰了吧。儘管他表現得一派泰然，假如知道我毀滅了，他絕對會找出凶手的真實身分與原因。」

「我認為他應該會想知道你的死訊。」

賽里斯緩緩地左右搖頭。

「時代會改變。他已經下定決心要結束這場永無止境的戰爭，打算斬斷憎恨的連鎖，統一魔族與人類攜手合作。然而，不僅是母親，就連毀滅我的都是人類。」

賽里斯就像自嘲似的揚聲說：

「那傢伙和我一點都不像，強大且溫柔。難道要將憎恨帶給希望和平的他嗎？難道要讓他斷定自己十分愚昧，走上復仇的道路嗎？」

他暫時沉默下來，然後再次開口說：

「這種事我怎麼樣都做不到。他只要筆直地看向前方就好。不要被憎恨絆住，只要朝和平的道路邁進就好。」

包覆賽里斯的白銀光芒減弱，他的身體開始消失。他的根源即將迎來終末。

「魔王不需要一絲陰霾，繼續一無所知就好。他並沒有什麼父親，無名亡靈直到最後都沒有名字，就只是這樣消失了。」

「他要怎麼處理？」

「他不是阿諾斯的對手。就算一無所知，也絕對會消滅掉吧。」

米里狄亞點了點頭說：

「就為你實現吧。」

「創造之月」的光芒灑落，被破壞的雷雲火山漸漸恢復原狀。祂對自己與賽里斯畫出「轉移」的魔法陣。風景改變，兩人出現在能一覽密德海斯的山丘上。

「這裡的話，能看到他的城堡。」

「……太好了……」

賽里斯憑藉即將消失的微弱魔力，勉強發出聲音。

徐風吹拂，創造神的銀髮輕柔搖曳。

「你有遺言嗎？」

米里狄亞溫柔地問。賽里斯默默地不發一語。

「不會有人聽到。至少在最後，我想聽聽不是亡靈的你的話語。」

賽里斯猛烈地咬緊牙關，接著他說：

「……我是個沒用的父親……」

賽里斯盡可能壓抑湧上的情緒說：

「為了下一代揮舞著劍，為了守護而貫徹無情，對許多人見死不救。這雙沾滿鮮血的手，沒有資格擁抱那個孩子。」

他以那雙眼睛回顧自己一直作為亡靈的生涯。

「我認為在這種戰亂的時代，這是沒辦法的事情而放棄了。倘若我像那孩子一樣強大，假如我有制伏一切來建立和平的堅定意志，說不定就能迎來不同的結局。我走錯了路。」

賽里斯用力抓起山丘上的沙。這些沙穿過他漸漸透明的身體，滑落在地上。

「相對於我毀滅的數量，真的漸漸接近和平了嗎？相對於我見死不救的人數，真的變成更好的世界了嗎？認為迫不得已而放棄的事情不計其數。在我一直扮演亡靈的過程中，說不定早已成為嗜血瘋狂的真正亡靈。」

握緊拳頭的賽里斯眼中滲出淚光。

「我對那孩子的母親見死不救。是我奪走了。是我殺掉的。沒有比我更蠢的男人了。」

指甲陷入緊緊握住的拳頭裡滴下血珠。

「甚至無法說出自己是父親，甚至無法呼喊他的名字，光只會對他嚴厲，沒有愛意且愚蠢的……」

他顫抖著身體。光芒升起，靈魂緩緩升向天空。

「像是父親的事，我一樣也沒能做到……儘管如此……」

賽里斯吐露悲傷，吐露他的心願。

「也還是想至少讓那傢伙看見，他所希望的和平時代……」

話語中流露著悔恨。

「我沒能實現。」

賽里斯將緊握的拳頭敲打在地面上。

他再一次虛弱地說：「我沒能實現。」

「……不過這樣就好……既然我是錯的，就表示那傢伙是正確的。一點也不像我的那傢伙，絕對不會失敗……」

米里狄亞左右搖了搖頭。

「他為了守護重要的人，而被世人稱為暴虐魔王。與一直扮演著亡靈的你一樣。」

賽里斯微微瞪圓雙眼。

「因為是父子，所以非常像。」

「……和我很像……」

「你沒有失敗。你的意志會由他繼承下去，世界會變得和平。你所奮戰過來的日子，一定會連結到那裡。」

她停頓了一下，然後說：

「他會幫你連上。」

賽里斯輕輕地吁了口氣。

「但願能在和平的時代……」

包覆他的白銀光輝瞬間炸開，他的身體逐漸化為魔力粒子。

「抱一抱那傢伙。」

賽里斯的根源完全毀滅，什麼也沒有遺留下來。

§40　【亡靈的真面目】

創星艾里亞魯漸漸失去光輝。早已過去的往日彷彿幻影一般從眼前消失，我的視野再度顯示出原本的豎洞。

「早已結束的事……嗎？」

忽然脫口而出的，是米里狄亞刻在艾貝拉斯特安傑塔壁面上的訊息。是什麼結束了？那真的結束了嗎？我想要確認這件事。

在那座山丘上，我的父親賽里斯．波魯迪戈烏多毀滅了。當時父親的根源只剩下意識，其他全被格雷哈姆奪走了。既然如此，在他奪走的頭上，有可能還保留著賽里斯．波魯迪戈烏多的根源嗎？

不──沒有這種事。如果是這樣，在格雷哈姆的頭被砍下來時，應該會分裂成頭與身體各一的兩個根源，然而實際並沒有這樣。潔隆一族恐怕藉由將搶來的頭與身體連接，以能自由操控的形式複製了留在頭上的根源吧。頭只是為了發揮本人的力量，用在術式上必要的媒介。說到底，分裂成兩個的根源也沒辦法就這樣維持太久。正因為如此，帶有父親意識的根源才會在那座山丘上毀滅了。

真的毀滅了嗎？稀薄的根源難道不就只是飛到哪裡去了嗎？

「不對──」

我用力抓住自己的頭，刺入「根源死殺」的指甲。鮮血流出，尖銳的疼痛朝我襲來。就算飛到某處去了，那麼稀薄的根源應該怎麼樣都會立刻消失。我在感傷什麼？這是早已結束的事，米里狄亞的訊息不是這樣寫的嗎？

那只不過是事實。該思考的不是過去而是現在，不能忘記這一點。我在地底遇到的那個男人──假冒我父親賽里斯．波魯迪戈烏多的人類──是格雷哈姆。

就連這個名字也是搶來的吧，但他的真實身分怎麼樣都好。格雷哈姆奪走潔隆之血，奪走父親的頭，偽裝成幻名騎士團的賽里斯・波魯迪戈烏多——我的父親。

我將他毀滅了。以「斬首刎滅極刑執行」砍下了他的頭——

『阿諾斯。』

雷伊的聲音經由「意念通訊」響起。我努力保持平靜地問：

「……怎麼了？」

『卡希姆說他想暫時一個人靜一靜呢。』

想要獨處嗎？哎，要是暴露出那種醜態，會想獨處也是無可厚非……那麼——

『我想放長線釣魚看看。他說不定還隱瞞著什麼事情呢。』

應該不會有錯吧。不過——

「加隆。」

我這樣呼喚他後，雷伊的魔力就像驚訝似的動搖了。

「接下來的事，能交給我處理嗎？我有事必須問他，時間有限。」

『……就交給你了。』

我以「飛行」浮上空中，在豎洞裡往上飛去。卡希姆離開雷伊身旁，我預測他的移動路徑，預先到那裡等候。這裡遠離遺跡神殿，是空無一物的洞窟岔路。

我以「幻影擬態」與「隱匿魔力」隱藏起來後，卡希姆就來到這裡。他回頭看著後方，確認雷伊他們沒有跟上。接著他畫起魔法陣，從中取出一把聖劍。

「……加隆……我……」

卡希姆帶著就像做好覺悟的表情，將聖劍刺進自己的胸口。聖痕浮現，劍刃貫穿心臟。畫在他體內的是「轉生」的魔法陣。

「真是讓人瞧不起的男人，難怪你沒有被靈神人劍選上。」

「…………什…………麼…………？」

「轉生」的魔法遭到「破滅魔眼」破壞，卡希姆露出驚愕的表情。我解除魔法現身，拔出刺在他胸口上的聖劍，拋到地面上。

「……暴虐……魔王…………」

我施展「總魔完全治癒」的魔法治好卡希姆的傷口。他向後退開，撿起聖劍「咕嘟」一聲吞了一口口水。我朝害怕的他說：

「只要不是在眼前施展『轉生』，就無從得知是否轉生了。被雷伊澈底擊敗的你最後死於非命──你想偽裝成這種情況，在那個男人心中留下疙瘩吧。」

「……不是的……我只是……想要重頭來過……捨棄記憶，忘掉自己曾是卡希姆的事，讓自己這次能走上正當的勇者之路。」

我指著他的臉後，他一臉露出困惑的表情。

「和我猜得一樣啊。也就是說你有事情瞞著我們吧？假如被我逮到，就沒辦法活著隱瞞下去，所以才要轉生，完全捨棄掉記憶。」

我的臉上自然地揚起嗜虐的笑容，使得卡希姆微微地全身發顫。

「你就仔細想想吧。你想隱瞞的事情是什麼？那是什麼無聊的嫉妒能碰觸的領域嗎？要想清楚啊。」

我冷冷看著卡希姆。

「說。」

「……是、是真的。我就只是想要重頭來過。就只是這樣。」

對於讓人傻眼的答覆，我忍不住面無表情地說：

「那我就幫你實現這個願望。」

我畫出魔法陣。魔力變化成黑線，綁在他的脖子上。

「墜入再也回不來的地獄吧。」

突然間，卡希姆眼前的風景不斷改變。多到讓人眼花撩亂的不同景色大量地流過，然後我們抵達戰火的正中央。

「……蓋拉……帝提…………？」

卡希姆瞪圓大眼環顧四周。周圍一帶是兩千年前的蓋拉帝提。

激烈的劍擊聲衝擊耳朵，魔法的爆炸聲不停迴蕩開來，人們的慘叫與怒吼此起彼落。這裡是戰場。

「……卡希姆……！背後就交給我，你去打倒魔王……！」

卡希姆回頭看去，再度一臉驚愕。站在那裡的是他的老師傑魯凱，他正朝著襲來的魔族們揮舞聖劍，同時發射魔法砲擊。

「傑魯凱老師……」

「……就交給你了，卡希姆。倘若是你就辦得到。畢竟你可是被靈神人劍選上，要討伐魔王的勇者啊……」

「……勇者……我嗎……？」

卡希姆注視起手上的聖劍。那把劍是靈神人劍伊凡斯瑪那。

「這是……什麼……？」

「你是第一次回到過去嗎？」

聽到我這麼說，卡希姆一臉驚愕的表情。

「回到過去……怎麼可能……你的意思是，這裡真的是兩千年前的蓋拉帝提嗎……？這種事……」

「難道你以為我會有辦不到的事嗎，愚蠢的男人？」

我用眼神威懾後，卡希姆就向後退開。

「我改變過去，讓你被靈神人劍選上了。」

「……你這麼做到底是有什麼目的，魔王！」

「只不過是幫你實現願望罷了。假如勇者卡希姆是對的，對我來說也很方便。」

卡希姆一臉凝重地瞪著我。

「倘若你能做出與加隆一樣，或是更勝於他的表現，這個過去就會化為現實。拯救加隆沒能救到的眾多生命吧。你的名字將會作為帶來和平的勇者，在魔法時代裡揚名立萬吧。」

本來愣住的卡希姆，表情慢慢地變了。他的眼中隱含堅強的意志，猛然握緊聖劍。

「好，來吧。如今你的宏願實現，你被聖劍選上了。只要擊退我，你就會成為真正的勇者吧。」

「……真正的勇者……我成為……真正的勇者……」

卡希姆的眼中散發前所未有的神采，猛烈地蹬地衝出。

「唔喔喔喔喔喔喔喔喔喔喔喔喔喔喔喔喔喔喔喔喔喔！」

靈神人劍刺了過來。從四面八方飄來的黑暗覆蓋住劍身，形成了劍鞘。

「什……麼……！」

「『黑鞘（jiruma）』。」

被收進黑鞘之中，靈神人劍的力量消失了。「黑鞘」是我為了對付靈神人劍而開發的魔法。儘管因為靈神人劍的進化而失去效果，首次使用還是具有十足的效果。

「在蓋拉帝提的這場戰鬥當中，勇者加隆因為『黑鞘』喪失靈神人劍的力量。儘管已耗盡六個根源，但這裡是人類僅存的最後堡壘——蓋拉帝提，因此他也沒辦法撤退。」

我在雙手染上「根源死殺」。

「……喝！喝啊啊啊……！」

雖然卡希姆連同「黑鞘」一起將靈神人劍敲在我身上，想當然耳，我的身體毫髮無傷。

「儘管已經習慣和平了才對……不過我現在對自己是兩千年前的魔王這件事，感受不到抗拒呢。」

我將「根源死殺」的指尖刺進他的腹部。

「咳……哈……」

「小心點。照這樣下去，你說不定會毀滅。」

我將漆黑指尖刺得更深，捏爛心臟。

「唔咳、啊噗……！」

卡希姆施展「復活」。

「好啦。就讓我見識一下吧，勇者卡希姆。鼓起勇氣跨越這個絕境吧。」

「……住、住手………」

我抓住卡希姆的根源，緊緊將其握住。

「咳噗噗……！」

「就像那個儘管失去了劍、失去了盾，也依舊擊退本魔王阿諾斯・波魯迪戈烏多的加隆一樣。」

我在卡希姆的體內與根源上直接畫出魔法陣。

「展現勇氣，讓我見識一下人類的美好吧。」

「……唔……！」

卡希姆施展「轉生」的魔法，在毀滅前轉生離開了。我失望地看著他逐漸消失的根源。

「『羈束項圈夢現』。」

蓋拉帝提的風景消失，我與卡希姆再度回到原本的場所。時間幾乎沒有前進，什麼都沒有改變——除了他的脖子上綁著不祥的項圈之外。

卡希姆就像猛然回神似的茫然地環顧周圍。

「……從過去回來了嗎…………？」

「方才的景象，只不過是那個項圈讓你看到的夢。」

我指著「羈束項圈夢現」的項圈說：

「不過那是過去的重現。加隆也陷入了與你一樣的狀況。」

我慢步走到他身旁。

「你覺得那個男人當時在那裡做什麼？」

卡希姆被我的話語壓制，渾身顫抖、恐懼著。他儘管陷入沉思，但不論怎麼想，都想不出任何方法的樣子。

「他以擅長的根源魔法，自行狠狠地貫穿被『根源死殺』抓住的根源。」

「……要、要是……這麼做……？」

「會毀滅。而這就是加隆的目的。瀕臨毀滅的根源會變得更加閃耀。那個男人以在消滅之前膨脹到那般強大的魔力，施展了『根源光滅爆』。」

卡希姆一面瑟瑟發抖，一面露出難以置信的表情。

「勇者加隆捨身的『根源光滅爆』，到底就連我也無法全身而退。最重要的是，部下的犧牲會十分慘重吧。要強行壓制並阻止魔法發動可是很辛苦呢。讓我當時只能撤退。」

卡希姆啞口無言，一臉茫然地看著我。

「懂了嗎？」

我貼到他面前，瞪著他做出斷言：

「這就是勇者。那個男人的心靈有多堅強，互相盡情死鬥過的我最為清楚。是加隆告訴了我人類的美好。倘若沒有他，就無法實現現在的和平。」

我的眼神中帶著怎麼樣都無法壓抑的憤怒。愚蠢之人不計其數。儘管如此，我知道這世上並不是只有愚蠢之人。

「就憑你也想嫉妒？小石子能對太陽有什麼意見？給我秤秤自己的斤兩吧。」

我從全身溢出漆黑的魔力粒子，卡希姆就像被殺氣壓倒一樣當場跌坐在地。我探頭盯著他的臉向他說：

「這是最後了。抱歉，我現在有點不耐煩。倘若是為了儘早知道真相，就連我自己都無法想像自己會做出什麼事來。」

光是溢出的魔力就讓豎洞……不對，是讓整座艾迪特赫貝撼動起來。

「說。」

卡希姆張開顫抖的嘴巴說：

「……被、被我奪走的艾里亞魯，不是在王宮壁畫上的那一顆……」

唔嗯，和我想的一樣嗎？米里狄亞留下的訊息上，寫著艾里亞魯共有五顆星。不過，這其實是錯的。我確實明白大致上的事情，還有格雷哈姆的存在恐怕會對迪魯海德造成危害。

可是創星之中，並沒有關於破壞神阿貝魯猊攸的過去，我直到現在還是想不起關於祂的事情。就假設米里狄亞受父親賽里斯所託奪走我的記憶，創造了虛假的記憶吧。這恐怕是在建造分隔世界的牆壁時，趁注入魔力的瞬間動手的吧。當時，她還從我身上奪走關於破壞神阿貝魯猊攸的記憶。

這究竟是為了什麼？儘管不知道答案，這段過去封印在創星裡的可能性很高。

既然如此，認為還有其他創星存在會比較妥當。打從兩千年前，格雷哈姆就取得狂亂神亞甘佐的權能。米里狄亞利用留在亞露卡娜體內的自身秩序──「創造之月」亞蒂艾路托諾亞，留下了那段訊息。

然而，格雷哈姆曾有過與成為代行者的亞露卡娜接觸的機會。他說不定就在那個時候，竄改了米里狄亞所要留下的訊息。假如只是將一個數字，比方說把六改成五──

「你方才與雷伊交戰的那個地方被破壞得非常嚴重，你隱瞞了那裡曾有過壁畫的事吧？你所持有的，是本來放在那裡的創星艾里亞魯對吧？」

卡希姆點了點頭。

「最後一顆在誰手上？」

「……在冥王……伊杰司手上……」

「關於你的『契約強制』，是以狂亂神亞甘佐的權能將內容偽裝成其他樣子吧？」

卡希姆點了點頭。

「現在不在這裡，與雷伊交手的時候也沒有使用。祂不是你的選定神，而是誰的？」

「……賽、賽里斯．波魯迪戈烏多……的……」

「唔嗯，我很清楚了。」

我轉身離開。

「雷伊，這傢伙就交給你處置了。」

我向前來的雷伊這樣傳達，在豎洞裡逐漸降落。抵達最底層後，以「魔震」分開地面，潛入更深的地底中。伊杰司帶著創星，到底去哪裡了？

雖然我以「斬首刎滅極刑執行」砍下頭，但格雷哈姆應該還活著。他的身體和潔隆一族一樣無頭。對於本來就無頭的魔族，斬首的魔法效果無法發揮。他當時偽裝自己已經毀滅，趁機轉生離開了。

——藉由「母胎轉生」。根源不論是毀滅、死後變得無法復活而消散到某處去，還是轉生，就現象看來，全都只不過是根源消失了。

只能以根源消失之前的狀況來判斷是毀滅了，還是轉生了，不過只要不讓我看到魔法陣，也不是不可能徹底騙過我。畢竟那傢伙擁有竄改秩序的狂亂神。

冥王的目標，恐怕就是殺師仇人格雷哈姆。格雷哈姆如今在哪裡做什麼事？八神選定者會從八人增加到現在的人數，恐怕就是他搞的鬼。直到天蓋落下的那一天為止，八神選定者確實都還只有八人。認為人數在這之後才增加，應該會比較妥當吧。

方法只有一個。也就是以狂亂神亞甘佐的權能擾亂調整神艾洛拉利艾姆的秩序，改變成不同的秩序。

由於有我陪在身旁，他沒辦法對身為調整神代行者的亞露卡娜出手。既然如此，認為他竄改了另外一半的艾洛拉利艾姆的秩序比較妥當。儘管調整神據說只會出現在選定審判的勝者面前，看來現在情況似乎有點不太一樣了。

這件事與米里狄亞打算結束選定審判的行動有關嗎？儘管尚不清楚，要是調整神一直處於地底的某處，地點就只會在那裡了。

我挖掘大地前進後，視野突然開闊起來，下方出現那座神聖的城堡。

神代學府艾貝拉斯特安傑塔——記載八神選定者名字的聖座之間，正是調整神秩序運作的地方。換言之，那是調整神的末路。

那裡有他。

奪走父親頭顱的格雷哈姆就在那裡——

§ 41　【那一天的劍，如今也依然】

「喀、喀」的腳步聲響起。我沿著艾貝拉斯特安傑塔的通道前進，推開那扇門。這裡是聖座之間。圓形的空間裡均等設置著坐墊，灑落在坐墊上的光芒化為帷幕發出耀眼的光芒。其中央有一道人影，是戴著大眼罩的魔族冥王伊杰司。他應該早就察覺到我來到這裡了吧，可是他的獨眼目不轉睛地死盯著前方。

「嗨。」

莫名輕佻的聲音在此響起。通往樓中樓的階梯上方——略為寬敞的地板上畫著「轉移」

的魔法陣，一名男人轉移過來。他是裝著賽里斯・波魯迪戈烏多頭顱的格雷哈姆。

「應該說演員都到齊了吧？」

格雷哈姆倏地高舉手。隨後，從天花板灑落在坐墊上的光芒就改變方向，照射在他背後的牆壁上。從黑暗中浮現出來的，是被綁在巨大十字架上的霸王碧雅芙蕾亞。她儘管睜著眼睛，卻很憔悴、呆滯。我能在她腹中的深淵裡，感受到超乎常軌的強大魔力。她應該早已經由「母胎轉生」懷孕了吧。那個胎兒的魔力，甚至在侵蝕母胎的樣子。

「假如可以，我想再繼續與你玩一下父子遊戲呢。」

和之前一樣，格雷哈姆以一副好人般的表情說。那表情非常醜惡，讓人作嘔。

「嘻嘻，瞧你那張臉。看來已經看到過去的樣子呢。」

格雷哈姆指著我的臉微笑起來。

「阿諾斯，我呢，打從兩千年前你誕生的那一天起，不對，是打從你還在母親胎內的時候起，也不對，是打從更久更久以前——」

他瞇眼說道：

「——就一直在等著你喲。」

儘管他說得就像對我很執著一樣，語氣卻很輕佻。

「雖然我有很多話想和你說，但我先跟人約好了呢。」

他慢步走下階梯。

「因為我和他締結了『契約』。」

格雷哈姆看著我的同時，改為指向伊杰司並隨口說：

「對吧？」

「你從兩千年前起就毫無長進，依舊是個多話的男人啊。不准你再用那張臉吐出輕浮的話語。」

格雷哈姆停下腳步，將自己的臉——他師父的臉——筆直朝向冥王。

「賽里斯．波魯迪戈烏多的臉會讓你不愉快嗎？那還真是抱歉呢。不過，他應該也很在意，而要是你繼續遭到誤解，內心也很難受吧？」

「不論誰要怎麼想都無關緊要，此身早已成為亡靈——」

伊杰司壓低重心，用雙手舉起紅血魔槍迪西多亞提姆，其槍尖筆直對準了格雷哈姆。

「唯有貫徹這把信念的長槍。」

格雷哈姆不理會冥王的話語，朝他身後的我繼續說：

「為何冥王伊杰司會協助我，我想你察覺到了吧？因為他想要毀滅我。他的師父——賽里斯．波魯迪戈烏多隱姓埋名，不讓他人知曉自身的信條，為了迪魯海德的和平揮舞劍。」

格雷哈姆滔滔不絕地說。冥王以獨眼瞪著這樣的他，在體內提煉著魔力。

「就連在當時也一樣喲。如今在迪魯海德，幾乎無人知曉他的事蹟。他一如字面意思地作為亡靈，未在歷史留名地死絕了。在他看來，我就像在貶低這種崇高騎士們的意念吧？」

格雷哈姆說得彷彿事不關己一樣。

「擁有師父長相的我，打算使用師父的力量，踐踏師父行為的舉動，伊杰司應該不會原諒吧。」

他一連串說出的話語，全都像是在挑釁一樣。然而聽到這些輕佻的話語，冥王的內心沒有被打亂。格雷哈姆微笑起來。

「他的這種個性，不知為何讓我非常中意呢。所以我決定不毀滅他。我沒有回應他的決鬥，一直四處逃竄。他就連我的一道蹤跡都掌握不到。」

要毀滅不想戰鬥的對手是非常困難的事。正因為對方有要毀滅自己的意思，自己才會出現毀滅對方的機會。假如對手比自己強大，就更是如此吧。倘若對手選擇逃跑，就連所在位置都掌握不到，那就束手無策了。

「就在他懷著竹籃打水般的心情遍尋我時，我派出使者向他提議了呢。我對他說，要是他加入我的幻名騎士團，服從我的命令三次，就算要我回應決鬥也行喲。當然，是直到其中一方毀滅為止呢。」

於是掌握不到格雷哈姆所在位置的伊杰司，就接受了這個提議嗎？

「回收碧雅芙蕾亞與那顆頭，也是命令之一嗎？」

「這應該是個苦澀的決定吧。」

格雷哈姆就像在說這是一場有趣的鬧劇一般，用喉嚨發出「咯咯」的笑聲。

「因為要是把頭帶回來，我就能再度作為賽里斯‧波魯迪戈烏多活下去。不過，假如不把頭帶回來，就會讓好不容易才掌握到所在位置的我逃走。」

冥王應該經過一陣天人交戰吧，不過還是以毀滅格雷哈姆為優先了。因為恐怕會冒瀆死者的這個決定，是如今亡歿的賽里斯·波魯迪戈烏多——他師父的心願。

「你對冥王下達的最後一道命令，是為了守護住艾里亞魯而與我交戰，把第六顆的創星艾里亞魯帶到這裡來嗎？」

「是啊。」

這樣一來，認為艾里亞魯有五顆星的我，就永遠不會注意到被隱藏起來的記憶吧。也就是說，他真正想隱瞞的，是在第六顆星裡的過去嗎？為了這個目的，才意圖隱瞞自己的真實身分。

「你要的東西，拿去吧。」

伊杰司畫出收納魔法陣，把迪西多亞提姆刺進去，將放在槍尖上閃耀藍光的創星朝格雷哈姆拋了過去。畫出拋物線的艾里亞魯落在他手中。

「很遺憾，艾里亞魯其實有六顆的事情暴露給阿諾斯知道了。哎，這不是你的責任，我就睜一隻眼閉一隻眼吧。」

格雷哈姆畫出魔法陣，把創星拋進去。相對地，魔劍的劍柄倏地出現。他拔出萬雷劍高多迪門，在身上纏繞著紫電。

「我就依照約定，陪你玩玩吧。」

伊杰司讓魔槍一閃。下一瞬間，我的腳邊就被劈開了。那裡留下一道像是以血描繪出來的線痕。

「不准越過那條線，魔王。儘管你應該也有討伐那傢伙的資格，但是——」

伊杰司帶著堅定不移的決心厲聲說：

「這是余——幻名騎士團在兩千年前的末了之戰。」

他沒有回頭看我一眼，將手上的長槍尖指向格雷哈姆。

「就只是過去的亡靈在現世徘徊。就算不用生者出手，也很快就會消失、回歸過去。」

那一天，賽里斯率領的幻名騎士團向格雷哈姆發出挑戰，然後落敗。假如伊杰司當時不在場，賽里斯說不定就能毀滅格雷哈姆——他應該存有這種後悔吧。

讓夥伴犧牲、受師父救助，只有自己一人苟活到和平的時代。在他的師父賽里斯毀滅之時，伊杰司就捨棄天真，成為真正的亡靈，然後一味地走在自己師父走過的道路上。而這一切全是為了討伐格雷哈姆。

「……真拿你沒辦法。我就看在你的面子上暫時當作沒看到吧。你就趁這個時候清算過去吧。」

「感激不盡。」

冥王的獨眼亮起，提煉好的魔力猛然溢出。

「話說完了嗎？」

伊杰司以無言回應，格雷哈姆就瞇起眼來。

「那就開始吧。」

以此作為信號，伊杰司出手了。迪西多亞提姆有如閃光般亮起，朝格雷哈姆刺出。超越時空的槍尖出現在他面前，刺向他的心臟。剎那間，才以為紫電奔出，魔槍就從格雷哈姆的身旁穿了過去。

「紅血魔槍雖然沒有距離——」

格雷哈姆一口氣逼近距離，劈下萬雷劍。

「可是長槍尖一直都位在長槍的直線上。只要看著你，要避開就易如反掌喲。」

「嘰嘰嘰嘰嘰」的尖銳聲響徹開來，迸發出魔力與魔力衝突的火花。伊杰司以魔槍的長槍柄擋下萬雷劍的一擊。

「還是老老實實地請求他的協助會比較好吧？」

「消滅你是余的職責喔。余不會讓給任何人。」

長槍上溢出的鮮血擋下迸發的紫電，冥王將劍身打掉。朝著跳開的冥王，紫電之刃就像要追擊一樣地伸長。在他偏頭避開這一劍的同時，次元魔槍襲向格雷哈姆。這一槍擦過他的臉頰，流下些許鮮血。

「想做的事和能做的事可不同喲。」

賽里斯讓左手竄出紫電，畫出球體魔法陣。

「唔！」

紅血魔槍立刻貫穿那道紫電，吞噬到次元之中。伊杰司以祕奧之一「次元衝」將魔法陣傳送到遠方去，剎那間——

「『波身蓋然顯現』。」

格雷哈姆以賽里斯．波魯迪戈烏多擅長的那個魔法，構築出可能性的球體魔法陣。同時，他接近到伊杰司身旁劈下萬雷劍，不過紅血魔槍擋下了這一劍。

「『紫電雷光』。」

紫電從球體魔法陣傳導到劍上，經由魔槍流竄到冥王身上。

「你忘了嗎？賽里斯・波魯迪戈烏多的幻名騎士團是我一個人滅掉的。」

紫電發出「滋滋滋滋」的聲響焚燒冥王，就連根源都燒焦了。伊杰司咬緊牙關、踏穩腳步，使盡全力將格雷哈姆推開。

「唔……！」

一拉開距離，他就將手上的長槍筆直刺出。可是超越次元的長槍遭到格雷哈姆的魔眼看穿，他偏開身體避開這一擊。這時長槍就像液體一樣變形，同時大幅彎曲。槍尖就像朝著格雷哈姆避開的方向追去一樣逼近。就算他讓上半身後仰躲掉這一擊，長槍柄也化為水流盤旋過去。

這不只是紅血魔槍的力量，還有水葬神亞弗拉夏塔的秩序。伊杰司早已讓神附在身上。儘管鮮紅水流堵住格雷哈姆的退路，長槍尖還是刺在他的腳邊。血之噴泉湧出，遮蔽住魔眼。趁著格雷哈姆看丟伊杰司身影的瞬間破綻，他刺出恢復成原樣的迪西多亞提姆。

儘管如此，對準咽喉的這一槍還是在擊中之前被避開了。緊接著長槍突然轉彎，將萬雷劍從格雷哈姆手中打飛。湧出的血之噴泉平息，兩人的視線交錯。

「要認為毀滅了還太早了啊。余等在那一天的劍，如今也依然在此。」

§ 42 【葬送】

萬雷劍遠離格雷哈姆的手，掉落在地上。儘管變得赤手空拳，他依然不為所動地保持著微笑。

「天曉得，這還很難說吧？即使還在那裡，你們的劍說不定也早就折斷了喲？」

「那就以斷劍斬殺。」

伊杰司的手邊才晃動一下，魔槍就以目不暇給的速度刺出。「鏗」的一聲金屬聲響徹開來，這一槍被抵擋下來。只要將魔力集中在魔眼上，就會發現那裡隱約浮現著人影。那是「幻影擬態」與「隱匿魔力」，倘若冥王伊杰司不凝視，就會看丟身影的程度。以殺害根源的魔劍擋下紅血魔槍的，是穿著大衣的亡靈，伊杰司十分熟識的無名騎士。

「……二號（艾德）……」

剎那間劍光一閃，伊杰司立刻向後退開。可是他錯估以隱蔽魔法藏起的魔劍長度，使得身體與肩口被撕裂開來。冥王的獨眼再度捕捉到兩名隱約浮現的亡靈身影。

「……四號（捷特）、三號（傑諾）……」

儘管以「幻影擬態」與「隱匿魔力」只能看到模糊的身影，過去的幻名騎士就像要守護格雷哈姆一般阻擋在前。

「瞧，你們的劍折斷了吧？他們已經就連自己揮劍的理由都不記得了。」

「就算你奪走頭，讓模樣相似也沒用。」

同時襲來的四號（捷特）、三號（傑諾）與二號（艾德）的劍，被伊杰司以那把變化自如的血流長槍打掉。

「你只是經由『母胎轉生』，讓與自己一樣擁有潔隆之力的魔族誕生而已。奪走二號（艾德）他們的頭，奪走他們的力量，將應該消滅的幻名騎士團再度重建起來。」

「他們早已毀滅，繼承所有人劍刃的只有余喲。」

二號（艾德）從正面，四號（捷特）從背面，三號（傑諾）從側面向伊杰司展開猛攻。

「噹」、「嘰」、「鏗」的聲音響起，三把魔劍被打飛。

「余等乃無名騎士。別以為毫無信念的亡靈之劍能傷得到余。」

伊杰司的腳邊湧出血之噴泉，完全掩蓋住他的身影。二號（艾德）他們就算用魔眼（眼睛）凝視，他的身影也完全受到水葬神亞弗拉夏塔的秩序所掩蓋，無法看穿。

「紅血魔槍，裏祕奧之一——」

鮮紅長槍的閃光畫出圓形。

「『水葬斬首』。」

從血之噴泉裡奔出的長槍刃，砍下幻名騎士團三人的頭。噴出的鮮血就這樣在上方變成三把紅血魔槍迪西多亞提姆，猛烈落下將他們的身體釘在地面上。

「去死吧。」

鮮紅液體從被貫穿的幻名騎士們身上溢出，在腳邊形成血泊，使他們沉了進去。不論他們怎麼掙扎，被紅血魔槍釘住的身體都動彈不得，淹沒在帶有水葬神亞弗拉夏塔秩序的血泊之中毀滅了。伊杰司以獨眼看向飛上空中落下的三人首級。魔法發動，血球將三人包覆起來，輕盈飄浮在伊杰司的臉部高度上。

伊杰司向過去的同伴說：

「二號（艾德）、三號（傑諾）、四號（捷特）。」

「讓你們久等了。」

魔槍三閃。他們的頭被貫穿，就像溶入血球一般消滅了。

「沒在兩千年前學到教訓嗎？這種感傷會為你帶來敗北喲，一號（杰夫）。」

伊杰司朝聲音的方向瞪去。格雷哈姆已將手緩緩地高舉起來。他的右手上帶有壓倒性的破壞之力。凝縮的紫電聚集起來，在那裡散布雷光。在伊杰司消滅幻名騎士的期間，他畫出十道魔法陣。以紫電連結起來的那些魔法陣，形成一個巨大的魔法陣。

「倘若等之後再葬送亡靈的頭，你說不定就能阻止這一招了。」

格雷哈姆將指尖朝向冥王。

「『灰燼紫滅雷火電界（rabuia gigu gabuerizudo）』。」

連結起來的紫電魔法陣轟響雷鳴，在射穿伊杰司後將他團團圍住。

「灰燼紫滅雷火電界」內側有閃電結界。不僅無法轉移，甚至沒有避開紫電的空隙。

就連伊杰司那把超越次元的魔槍都極難斬斷這個空間吧。當下領悟到無法避開的伊杰司，將迪西多亞提姆作為盾牌的瞬間，龐大的紫電溢出，露出猙獰的獠牙。聖座之間被染成一片紫色，超乎尋常的光亮照耀著那裡。雷鳴發出讓人不寒而慄的聲音，激烈地轟響開來。那是毀滅的閃電。彷彿世界末日般的落雷朝他一口氣傾注而下。

反魔法被不斷撕裂的「滋滋滋滋滋滋滋滋」轟鳴響徹開來，伊杰司身上的神的秩序眼看越來越薄弱。就在這時，伊杰司的四方出現水壁，能在裡頭看到一道人影。那是應該附在伊杰司身上的水葬神亞弗拉夏塔。

「水葬盾。」

人影反轉一圈，在水壁裡頭上下顛倒過來。那道屏障儘管遮蔽了毀滅紫電，水葬神的魔力卻一分一秒地不斷消失。這是因為祂藉由水葬自己，創造出堅固的護盾。祂大概想守護締結盟約的主人吧，然而就連那道屏障也無法支撐太久。

「……唔啊啊啊……！」

水壁中溢出更多的水，將「灰燼紫滅雷火電界」的內側以水完全淹沒。伊杰司在水中奔馳而出。迸發的紫電打穿水葬盾，同時開始毀滅。當伊杰司踏出第三步時，巨大紫電充斥整個空間，幾乎所有的水都消滅了。毀滅閃電的威勢持續不減，直擊失去護盾的冥王。儘管如此，他沒有停止前進。

承受著紫電，全身遭到灼燒，噴出大量的鮮血。這些從冥王根源中灑落的血，是他魔力的泉源。

「你知道嗎？這種行為，人們就稱之為徒勞喲。」

更大的雷鳴轟響，龐大紫電朝伊杰司從四面八方落下。地面炸開，爆炸氣浪捲起，大量的鮮血再度流出。足以讓艾貝拉斯特安傑塔為之震撼，彷彿即將崩塌的大魔法，不停地打在伊杰司身上。

「……格雷哈姆……余要將你……！」

伊杰司穿過紫電的空隙刺出迪西多亞提姆。

「哦？」

長槍尖停在距離格雷哈姆的脖子只差一點的位置上。

「真是可惜呢。」

雷鳴止歇，「灰燼紫滅雷火電界」結束了。逼近到距離格雷哈姆只差一步的伊杰司流著大量鮮血，他身上早已感受不到水葬神的秩序。

「為了保護你，水葬神死了。縱使如此，這把槍還是沒能傷到我。不論是現在還是過去，你們幻名騎士團的劍都沒辦法阻止我。」

「笑話……不論如何，帶你上路都是余的職責……」

伊杰司拖著傷痕累累的身軀亮起獨眼。

「『血界門』。」

就像從流下的血泊中隆起一樣，四道巨大的「血界門」宛如圍住伊杰司與格雷哈姆一般出現。

「紅血魔槍，祕奧之七——」

四道「血界門」同時關上。等注意到時，兩人的腰部以下已浸泡在血池之中。

「──『血池葬送』。」

格雷哈姆的身體突然沉入血池之中。

「你以為我沒在看嗎？你與阿諾斯的戰鬥。」

格雷哈姆畫出四道魔法陣，施展「次元門衛」的魔法。出現的四道門發揮出要讓他超越次元的效果。剎那間，伊杰司踏步刺出迪西多亞提姆。

「……呃、啊……啊……！」

魔槍貫穿格雷哈姆的胸口，附著上鮮血，將他的根源釘在原地。

「這才是真正的『血池葬送』喔。」

與將根源釘在原地的紅血魔槍之力相反，「血界門」造出的血池持續將格雷哈姆傳送到遙遠次元的另一端。相反的兩股力量將格雷哈姆的根源撕裂消滅。即使要像我做過的一樣，以「次元門衛」繞一圈回到原地，根源也早就被撕裂，沒辦法平安無事吧。

伊杰司當時沒有要毀滅我的意思，也知道格雷哈姆在看著那場戰鬥，因此並沒有使出全力吧。一面對付人稱暴虐魔王的我一面留有實力──一切全是為了這個瞬間。

「這個時代不需要余等。」

格雷哈姆被長槍刺穿，身體漸漸被血池吞沒。

「亡靈徬徨的錯亂和平，這下就結束嘍。」

冥王朝著他的頭──賽里斯・波魯迪戈烏多的臉，投以像是在送別一般的眼神。

「師父……讓你……」

血珠從冥王被紫電傷得慘不忍睹的獨眼中溢出，沿著臉頰滑落。

「讓你久等了。」

滴落的血紅水珠在水面上泛起波紋。以此作為信號，格雷哈姆的身體完全沉入血池。

「請安息吧。」

§ 43 【心愛的弟子繼承師父的意志】

有如哀悼的寂靜瀰漫在聖座之間。就像要打破這道寂靜一樣，水花發出「啪唰」的一記聲響飛濺而起。格雷哈姆的一隻手突然伸出血池，抓住迪西多亞提姆。

「事到如今，不論你再怎麼掙扎都沒用。」

在四道「血界門」的包圍之下，格雷哈姆被貫穿根源，沉進「血池葬送」裡。既然已經沉得這麼深了，就不可能逃得出來。

『……那一天，你懊悔著自己的過錯呢。』

逐漸沉入次元另一端的格雷哈姆傳來「意念通訊」。

『沒能看出師父的真心，讓你對不成熟的自己感到羞恥。這份後悔讓你違背了師父要你作為冥王伊杰司活下去的遺言，變成和他一樣的亡靈。』

他抓住長槍柄，想盡辦法不讓自己沉下去地支撐著，但也只是時間上的問題吧。

「廢話說完了嗎？」

『你難道不懂嗎？他為何沒有要你成為亡靈？在最後一刻理解他心情的你，明明應該擁有這種資格。』

打斷格雷哈姆的話語，周圍響起呻吟般的聲音。是碧雅芙蕾亞。畫在她肚子上的魔法陣聚起光芒，「怦咚、怦咚」的心跳聲在胎內響起。超乎常軌的魔力就要在她內側覺醒了。

「……波魯……迪諾斯……」

碧雅芙蕾亞就像夢囈似的呢喃，將纖纖玉指放在腹部上。

「……等等喔……我們的孩子……馬上……就要誕生了……」

冥王面不改色地說：

「雖然不知你打算生出什麼樣的怪物，不過余不會讓你活到那時候。」

『是這樣嗎？假如要等到我毀滅，你就無法阻止她生下那個。胎兒馬上就會擁有肉體，要墮掉只能趁現在喲。』

「無關緊要。只要生下來再殺掉就好。」

他說得確實有道理。儘管不知道會生出什麼來，不過就是剛出生的嬰孩，只要隨便逗弄就好。

『你做得出這種事嗎？』

格雷哈姆發出「滋滋」的聲響沉入血池，他的手就快從長槍上放開。另一方面，在碧雅芙蕾亞胎內即將出生的根源逐漸強大，開始發出激烈的魔力。冥王沒有理會他的刺激，將獨眼朝向格雷哈姆。

不論他怎樣出招，都會被那把魔槍處理掉吧。無計可施之下，格雷哈姆的手慢慢從長槍柄上滑落，不久後就像達到極限一樣完全放開。

他的手沉進血池中。根源看起來的確就像消失了一樣。

剎那間，伊杰司從血池中造出另一把迪西多亞提姆，朝著碧雅芙蕾亞刺出。

「……嗚……啊……！」

超越次元的紅血魔槍，以槍尖貫穿碧雅芙蕾亞的腹部。

「……嗚……住……住手……快住手……這孩子是……！」

「紅血魔槍，祕奧之一——」

伊杰司的長槍在碧雅芙蕾亞胎內的孩子身上刺出一個洞。

「——『次元衝』。」

即將誕生的根源被吞入次元裂縫之中，傳送到遙遠的另一端。灑落在聖座之間的光幕消失，設置在此的座墊化為魔力粒子消散。

「不論是什麼樣的怪物，沒有胎兒離開母胎之後還活得下去。」

「……不、不要……」

碧雅芙蕾亞茫然地瞪圓大眼。

「……不要……我和波魯迪諾斯的……」

她左右搖著頭，激烈地癲狂起來。

「不要啊啊！」

伴隨著慘叫，格雷哈姆應該已經沉沒下去的手抓住伊杰司的腳。冥王露出凝重的眼神。因為應該消滅的根源，不知為何還在那裡。格雷哈姆的臉突然從血池中探出，露出一副好人般的笑容。

「瞧，你沒辦法捨棄她。」

伊杰司感到迪西多亞提姆不太對勁，於是拔了出來。長槍的前端澈底消失。

「嘚啊……！」

為了不讓他爬出血池，冥王以另一把紅血魔槍再度刺向格雷哈姆的胸口。他注入魔力、鼓起全身的肌肉，為了讓格雷哈姆再度沉進次元盡頭地將他壓下去。雷血發出「劈啪劈啪」的聲響從他的根源中溢出。緋電紅雷沿著紅血魔槍竄出，灼燒伊杰司的身軀。然而儘管遭到灼燒，冥王依舊沒有放手，就這樣把長槍往正下方推去。

「別迷路了，給我沉下去。」

「太慢了喲。」

紫電奔走，迪西多亞提姆遭到斬斷。格雷哈姆的左手上握著萬雷劍高多迪門。

「……唔……！」

格雷哈姆立刻以萬雷劍刺向伊杰司的腳，濺起水花的同時脫離血池。他就這樣以萬雷劍揮出一劍，奔出的紫電劃破四道「血界門」留下傷痕。雷電就像要讓傷痕擴大似的一口氣蔓

碧雅芙蕾亞一臉難以置信的表情看著他。

「……這是騙人的吧……因為波魯迪諾斯才不會這樣對我……」

「這是當然的喲。」

儘管被魔劍刺著胸口，她的表情還是明亮起來。

「那麼……」

「因為我不是波魯迪諾斯呢。」

就像聽不懂他在說什麼一樣，霸王愣住了。

「波魯迪諾斯……？你在說什麼……」

「首任霸王波魯迪諾斯是我的手下之一喲。他就和妳一樣好騙呢。聽從我的各種指示，最後我殺了他。我騙妳自己轉生成了代行者，假冒了他的身分。」

「……假……冒……？」

「要是妳認為我是波魯迪諾斯，就會很方便呢。因為對『母胎轉生』來說，妳的身體最適合喲。」

碧雅芙蕾亞瞪圓雙眼，直直注視著他。

「妳愛上戀愛了呢。眼睛根本沒有看向對方喲。雖然妳拚命地努力，想要讓改變的波魯迪諾斯恢復原樣，但我不是改變了，而是另一個人。而妳就連這種事都沒發現。如果妳所懷抱的那份戀情、那份愛意是真的，就會發現我並不是波魯迪諾斯不是嗎？」

「……可是……這種事……」

「要是覺得不可能發現，那麼妳的愛也就只有這種程度喲，碧雅芙蕾亞。」

「騙人的傢伙還說得這麼囂張啊。」

伊杰司將魔槍對準格雷哈姆。方才的「次元衝」其實是為了要救她才使出的吧。

「說得還真難聽呢。我就只是想看看真實的愛。這樣不是很好嗎？因為是虛假的，所以沒有任何損失。」

「不對！……不對不對不對不對！」

碧雅芙蕾亞儘管口吐鮮血，還是拚命大喊。

「哪裡不對了？」

「……我……和波魯迪諾斯……和他約好了……如果轉生了，就要再次……」

「妳違背了那個約定，把素不相識的男人當成了戀人。直到方才為止，妳身上都還懷著我的孩子呢。」

「不對啊啊啊啊啊啊啊啊啊啊啊啊啊啊啊啊啊啊啊啊！」

碧雅芙蕾亞將自己最後殘留的魔力聚集在右手上。

「遷怒很難看喲。」

他將萬雷劍捅進碧雅芙蕾亞體內。

「……啊…………！」

魔力從她身上不斷流逝。

「……把波魯迪諾斯……還……給我……」

碧雅芙蕾亞一面落淚，一面勉強擠出話語。格雷哈姆拔出魔劍，將她的身體轉了一圈後，便往伊杰司的方向推去。

「已經可以說了喲。」

格雷哈姆在這麼說的同時，拿出「契約」的魔法晃了一下。本來在舉槍防備的冥王，立刻抱住她的身體。

「我問你……」

碧雅芙蕾亞淚流滿面地哭訴：

「……這難道不是戀愛嗎……我難道沒有愛上波魯迪諾斯嗎……？」

「思想越是正確，越會犯下錯誤喔。就只是沒有人心的傢伙無法理解罷了。」

冥王在碧雅芙蕾亞身上畫起魔法陣。那是「轉生」的魔法。

「余也讓波魯迪諾斯轉生了。這次妳就去找他確認吧。」

碧雅芙蕾亞的身體化為光芒，倏地升上天空。冥王以溫柔的眼神目送光芒離去，趁著這瞬間的破綻，紫電之刃貫穿他的心臟。

「……嘎……哈…………」

「你感到內疚了。因為與我的『契約』，你無法對碧雅芙蕾亞說出真相。」

格雷哈姆將萬雷劍刺在伊杰司身上，貼在他耳邊輕聲說：

「但願她至少不要再繼續生下不是戀人的孩子——你是這樣希望的呢。明明知道自己到頭來誰也救不了。」

「……唔……嗚……」

格雷哈姆一面刺穿根源轉動，一面輕佻地說：

「果然你也一樣喲。是那個在最後關頭無法澈底貫徹無情的賽里斯．波魯迪戈烏多心愛的弟子啊。為了不讓你重蹈覆轍，他明明留下了遺言，你卻沒能遵守師父的吩咐。」

「……格雷……哈姆……你……」

伊杰司伸手碰觸格雷哈姆的臉頰。萬雷劍一對根源發出紫電，冥王的身體就微顫一下，手指無力垂下。格雷哈姆的臉上留下一道伊杰司的血跡。

「是個無法活在和平時代，不成材的亡靈啊。」

就那樣揮下高多迪門後，伊杰司就漸漸消滅。彷彿血一樣的鮮紅粒子倏地在那裡升起，不久他的身影就消失了。格雷哈姆以若無其事的表情朝我看來。

「嗨，讓你久等了呢。」

我默默回看著他。感覺這附近非常寂靜。

「別在意，沒等很久。」

我跨越伊杰司畫出的紅線，邁步朝他走去。

「我問你一件事，方才碧雅芙蕾亞腹中懷的是艾洛拉利艾姆嗎？」

「可以說是，也可以說不是。我以『母胎轉生』的魔法與狂亂神亞甘佐改造了調整神，將祂的秩序與選定審判的內容改寫了呢。簡單來說，就是想試試看能不能創造出『全能煌輝』艾庫艾斯。」

「這麼做的目的是什麼？」

「是好奇心喲。你也很在意世界的深淵裡究竟有什麼吧？」

「無聊透頂。」

我一口否定他的話語，停下腳步。

「為了沒意義的事，你還真是踐踏了不少人的感情。」

「哎呀？真難得呢。難道你生氣了嗎？如果是這樣，我很高興喲。」

「生氣？」

我打從心底湧起一陣漆黑的笑意。說不定還是有生以來第一次感到這麼好笑。

「咯咯咯，咯哈哈哈！你在說什麼啊，格雷哈姆？我在生氣？」

我彈了個響指後，伊杰司的身影就出現在我方才所在的位置上。這是「根源再生（aguronemuto）」。我用這個魔法讓毀滅的根源再生了。

「我的父親賽里斯·波魯迪戈烏多奪走了我的記憶。」

我淡然地向他說：

「拋開仇恨吧。不要怨恨你，就為了和平邁進吧。這是父親唯一留給我的心願。」

必須遵守。絕不能讓復仇蒙蔽了雙眼。

正因為如此——

「我很感謝你喔，格雷哈姆。你是個不得不消滅的男人，我打從心底感到欣喜若狂。」

我慢慢向前伸出右手，將手背朝向他，同時注入魔力。我胸懷和平地笑了笑。

就和往常一樣自然。然而，有某種與往常不同的感情，擅自改變了表情。

「這是回禮。這個時代是多麼與復仇無緣地和平——」

我現在有好好笑著嗎？

「——就讓我來告訴你吧。」

§ 44 【可怕的世界】

神代學府艾貝拉斯特安傑塔。在灑落的光芒消失的聖座之間，我與格雷哈姆相互對峙。

雙方身上升起的魔力，將圓形的室內互相覆蓋住一半。就像在主張自己的領域一樣，漆黑粒子與紫色粒子緩緩交錯，迸發出激烈的火花。其產生的餘波，使得艾貝拉斯特安傑塔劇烈搖晃，彷彿要把地底炸毀一樣地洶湧起來。

「我一直在等著你喲。」

格雷哈姆以紫電畫起魔法陣，將萬雷劍的劍刃舉到左肩旁。

「我們能夠心意相通。來吧——」

紫電在萬雷劍上捲起，刀刃猛然伸長。格雷哈姆將化為紫電的劍身橫砍過來。

「——就讓我們來促膝長談吧。」

紫電一閃。我在左手纏繞起「四界牆壁」，再疊上「魔黑雷帝（jirasudo）」，以纏繞黑雷的漆黑極光擋下紫電的劍光。背後牆壁一直線地裂開傷痕，發出毛骨悚然的「滋滋滋滋滋滋」聲響後引發劇烈的爆炸。牆壁稀里嘩啦地不斷崩塌。

「假如想和我聊天，打從一開始就該自己來見我。」

我在前方展開一百門魔法陣，從中陸續冒出漆黑太陽。

「不要老是躲在父親的名字跟頭顱的後面啊。」

我將「獄炎殲滅砲」一齊射出。拖曳著漆黑光芒的尾巴，漆黑太陽猛烈襲向格雷哈姆。

「如果我打從一開始就只是出現在你面前，你會像現在這樣注意我嗎？」

格雷哈姆揮出左手，讓「紫電雷光」有如牆壁一般擴散開來，抵消掉「獄炎殲滅砲」。一部分粉碎的牆壁與地面就像沙塵一樣捲起，遮住我的視野。從沙塵中現身的他壓低身形，朝我筆直衝來。

「母親被我毀滅了。」

我側身避開劈下的萬雷劍。

「父親被我毀滅了。」

我看穿橫揮過來的劍刃退開半步。紫電之刃從眼前數毫米的地方劃過。

「正因為我奪走他的頭、貶低他的尊嚴，你才會忍不住像這樣對我宣洩赤裸的感情。」

就像追擊一樣，纏繞上紫電的突刺朝我襲來。我再度讓「四界牆壁」疊上「魔黑雷帝」，用左手擋下這一劍。紫電與黑雷互相拉鋸的聲響在室內迴蕩開來。

「宣洩出那醜陋的憎恨。」

「你就這麼想被恨嗎？」

我與他同時行動，將指尖指向彼此的身體。

「『魔黑雷帝』。」

「『紫電雷光』。」

紫電與黑雷相撞，雷鳴在聖座之間轟響。黑與紫的雷光重重奔出，瓦礫從天花板零零散散地落下。縱然雙方的雷擊灼燒著彼此，但都只是擦傷。

「有什麼不同嗎？比方說我追求著憎恨與醜陋，那麼我和追求著愛與溫柔的你，到底有哪裡不同呢？」

「無聊透頂，事到如今還在打比方啊？」

我一踏進劍的攻擊範圍內側，使得萬雷劍無法傷到我後，就在雙手染上「根源死殺」。漆黑的死殺指尖從左右刺出後，格雷哈姆便輕易捨棄萬雷劍，同樣在雙手染上「根源死殺」。我刺出的指尖被格雷哈姆制住，格雷哈姆的指尖被我制住。互相牽制的結果，讓我和他雙手交握在一起。彼此猛然推壓的餘波使得地板發出「嘎吱嘎吱」的聲響龜裂開來。

「我也喜歡愛與溫柔喲。它們總是孕育著漂亮的絕望。很容易就脆弱地崩潰，是醜陋與憎恨的溫床。」

「倘若你真心覺得這值得喜歡，你的腦袋就沒救了啊。」

格雷哈姆的膝蓋微微彎曲。我用盡全力將交握在一起、漆黑的「根源死殺」之手往下壓去。升起的魔力粒子讓地板的龜裂更加擴大了。

「正因為脆弱，所以才要守護。正因為容易崩潰，才比什麼都還尊貴。」

我狠狠地扭動雙手後，格雷哈姆就當場雙膝跪下。

「個性扭曲的愚者難道不懂嗎？」

「是啊。」

儘管被迫跪下、雙手被壓制，他仍然不改那張毫無緊張感的表情。

「可是，你難道不曾想過嗎？愛與溫柔就只是偶然有許多人在追求而已。」

格雷哈姆以魔眼（眼睛）直盯著我說：

「在不是這裡的某處，說不定曾經存在會說憎恨與醜陋是尊貴且美麗的世界。」

我用力捏爛格雷哈姆的雙手，把他的身體狠狠地壓向地板。他的腳陷下去，壓碎了地板。我將「根源死殺」的手刺進他的脖子。儘管口吐鮮血，格雷哈姆還是繼續說：

「阿諾斯，你要是到了那個世界，會怎麼想？」

我正要把頭砍下，他就用被捏爛的手抓住我的手臂。

「那是個只有醜惡且愚蠢之人的荒亂世界，應該就連兩千年前都沒得比喔。在你看來，世界的一切都很扭曲，並會為了追求愛與溫柔，開始毀滅除此之外的一切不是嗎？」

「對這個世界來說，你就像這樣嗎？」

他淡淡地笑了笑。

「世界看起來很扭曲喲。你想打造的和平，逐漸傾倒於愛與溫柔的這個世界，讓我無可奈何地感到害怕。」

紫電發出「滋滋滋滋」的聲響迸出。他高舉向天的右手，緊緊握住以「波身蓋然顯現」創造出來的可能性的球體魔法陣。

「彷彿這裡是虛偽的世界，所有的一切都在欺騙我一樣。」

我的魔眼（眼睛）捕捉到壓倒性的破壞之力。凝縮的紫電聚集在格雷哈姆手中，雷光洶湧而出。

「是我的眼睛扭曲了嗎？還是這個世界瘋狂了？」

紫電的魔法陣在我們周圍構築起來。

「你覺得是哪一邊？」

格雷哈姆就像單純感興趣一般地問。

「這可不是懷疑自己眼睛的人會有的表情啊。」

「是嗎？」

「到頭來你怎樣都好。不論世界有沒有瘋狂，都不會改變你傷害他人的行徑。因為你一點也不在乎這麼做啊。」

我貫穿他的脖子，把他的身體舉起，將另一隻手刺進他的腹部。

「……唔……啊……………！」

我刺穿並轉動他的根源，紅色閃電就像血一樣大量溢出，纏繞上我的手臂。

「我不打算長篇大論什麼了不起的主張。對我所追求的和平來說，你很礙眼。那個踐踏父親與母親的尊嚴，意圖為世界帶來混沌的你，將他人的感情如同玩具一般玩弄的你。」

聽到這句話，格雷哈姆滿意地揚起嘴角。

「所以我要毀滅你。」

「你試試看啊。」

格雷哈姆的紫電畫出十道魔法陣。十道魔法陣互相連結，構築出一個巨大魔法陣。

「你總是被人用世界當作要脅。我的毀滅魔法一直都在你之上喲。」

連結起來的紫電魔法陣轟響雷鳴。龐大的紫電溢出，從四面八方迸出的毀滅閃電朝我劈來。即使用「破滅魔眼」也無法納入視野，甚至連「四界牆壁」應該都會輕易化為灰燼。

「『灰燼紫滅雷火電界』。」

喚來世界末日的那陣紫雷就要毀滅我的身軀。因此，我所採取的行動只有一個。

「『根源死殺』。」

我沒有抵禦毀滅的紫電，而是將魔力注入指尖，深深刺進格雷哈姆的根源裡。

「『魔黑雷帝』。」

接著再讓漆黑指尖纏繞上黑雷，化為一把利刃。儘管被紫電灼燒著身軀，我還是把手用力壓進格雷哈姆的根源裡。緋電紅雷就像要反抗似的猛烈溢出，阻礙纏繞黑雷的「根源死殺」侵入。還差一點——

「『焦死燒滅燦火焚炎』。」

熱線從方才射出的「獄炎殲滅砲」上聚集而來，然後在右手疊上「焦死燒滅燦火焚炎」。在紅色閃電與紫雷的洶湧波濤中，我將「根源死殺」、「魔黑雷帝」與「焦死燒滅燦火焚炎」集中在指尖的一點上，逼近他根源的深淵。深深地直達那個最深處為止——我的手指推開緋電紅雷，達到了那裡。

「毀滅吧。」

「……還很難說喔？」

剎那間——我在格雷哈姆的根源深處畫起多重魔法陣。魔法陣從他的體內露出，彷彿形成了砲塔。

「『極獄界滅灰燼魔砲』。」

在毀滅的紫電爆發中，末日之火發射出去——

§ 45　【虛無】

漆黑粒子以格雷哈姆的身體為中心畫出七重螺旋。這些粒子化為黑暗火焰，發出轟隆聲響蜿蜒竄起。格雷哈姆身上突然溢出大量的緋電紅雷。混在深紅色的光芒之中，黑暗火星微微飛散。我將毀滅世界的「極獄界滅灰燼魔砲」灌進格雷哈姆的根源深處。他那甚至是頑強的根源與一切的緋電紅雷，為了不讓世界毀滅地將末日之火阻擋在他身體內側。儘管如此，微微飛散的黑暗火星還是飄落在朝我襲來的龐大紫電——「灰燼紫滅雷火電界」之上。

紫電的魔法陣在眨眼間燃燒起來，化為漆黑的灰燼。視野染成一片鮮紅。那是像血一樣溢出的雷光光輝。緋電紅雷就像要榨乾根源擁有的魔力一樣往四面八方噴出，打穿聖座之間的牆壁、地板與天花板，使得瓦礫碎片稀里嘩啦地紛紛落下。不久後，大概是力量耗盡了吧，紅色雷光消散了。

與此同時，末日之火靜靜地消滅。格雷哈姆一面被我的右手貫穿，一面無力地垂下身體。他的根源毀滅，已經感受不到任何魔力。

「瞧。」

甚至不帶一絲魔力的空殼軀體動了動。那隻手確實抓住了我的手臂。

「我不會毀滅，和你很像對吧？」

不可能動的身體動了。受到毀滅世界的「極獄界滅灰燼魔砲」直擊，那個根源仍然沒有毀滅。不對，正確來說：「照理說毀滅消散的根源，照理說不帶有任何力量的空虛根源，不知為何存在那裡」。

「『虛空絕空虛(nuerienu)』。」

格雷哈姆的身體變得越來越稀薄，最後完全消失。魔力依舊是零，不論怎麼用魔眼(眼睛)凝視也看不見力量。然而，我立刻遠遠跳開了。

「唔嗯。」

刺進他腹部的指尖沒了感覺。大概是退後得有點慢吧，指尖被削掉了一毫米左右。聚集著「根源死殺」、「魔黑雷帝」與「焦死燒滅燦火焚炎」的指尖無法做出任何抵抗，就這樣被消滅掉了。

與伊杰司戰鬥時，格雷哈姆的根源曾一度消失。之後在他復活之際，他輕易就將紅血魔槍消滅掉了。假如沒看到那一幕，說不定會連同整條手臂一起被削掉。

我用魔眼看向他方才所在的位置。他的根源消失，就連身體也消滅了。然而，他確實就在那裡。

「也就是存在著無嗎？」

無在那裡存在並活動。就只能這麼說了。

「真虧你明白呢。」

不知從何處響起格雷哈姆的聲音。有種彷彿從這裡的任何方向都聽不見，又像從這裡的各個方向都聽得見一樣的錯覺。

「沒錯，就像你的根源是毀滅一樣，我的根源是虛無喔。越是接近毀滅，越能發揮根源的力量，回歸成本來的無。」

能稍微看見格雷哈姆的身體了。經由「極獄界滅灰燼魔砲」回歸於無的他，取回了本來的力量。然後因為取回本來的力量，使得他不再是無，所以即將再度恢復成方才的模樣嗎？

不久後，「虛空絕空虛」的虛無完全消散，格雷哈姆站在那裡。

「不存在的東西居然存在，還真是好笑。不過，不覺得跟你很像嗎？」

他說著彷佛一吹就會飛走的輕薄話語問道。

「跟伴隨著毀滅呱呱落地的你。」

「所以？」

我繼續看著他，泰然地反問。格雷哈姆以雙手畫起魔法陣。

「想來我一直都處在世界的常理之外，也曾和你一樣被神族盯上呢。狂亂神亞甘佐也是其中一尊。」

他的指尖上聚集起光芒，現出選定盟珠。

「『神座天門選定召喚』。」

魔法陣在選定盟珠裡層層疊起。神聖感與不祥感交錯的黑白光芒畫出文字，亂七八糟地扭曲起來。身穿拼接衣服的小男孩出現在中心，手上緊握著一根鵝毛筆。

「他如今是我的僕人了。」

亞甘佐以鵝毛筆畫起魔法陣。他的身體發出光芒，拼接的衣服就像碎裂開來一樣，讓狂亂神化為無數的文字。那是魔法文字。這些魔法文字整齊排成一列，在格雷哈姆的左右兩側畫起魔法陣。正中央浮現讓人不寒而慄的大鐮握柄。

「亂竄神鐮貝弗奴古茲德古瑪。」

他握住握柄左右連接，就像斬斷空間一樣讓大鐮旋轉一圈。

「你將亞甘佐變成魔法具了啊？」

「這裡也有共通點呢。就如同你將破壞神阿貝魯猊攸變成魔王城德魯佐蓋多一樣，我們意外地採取了相似的行動喲。」

與奪走破壞秩序的我不同，看來他將亞甘佐的秩序留下來了吧。

「你也處在世界的常理之外。甚至被神族稱為不適任者呢。」

「這又怎麼了？」

格雷哈姆露出歡天喜地的表情，就像第一次發現到說話的對象一樣。

「你覺得我們是從哪裡來的？」

「我不打算跟你討論哲學。」

我以染成滅紫色的魔眼瞪著亂竄神鐮。

「不，這不是什麼哲學喲。是世界的事、秩序的事、魔法的事。我們處在這個世界的常理之外。就只有我們。為什麼我們能從這個世界的秩序之中偏離這個世界的架構呢？」

他同樣使用賽里斯・波魯迪戈烏多的力量，以染成滅紫色的魔眼（眼睛）回瞪我。

「這不管怎麼想都很奇怪不是嗎？」

格雷哈姆將亂竄神鐮貝弗奴古茲德古瑪揮出一刀。帶有狂亂神權能的那把刀刃無秩序地撕裂他的手臂，滴下了鮮血。

「哎呀？沒打中啊？」

「想這些無聊的事。」

我蹬地衝出，再度朝他逼近。他以那把神鐮刀刃擋下我刺出的「根源死殺」指尖。

「是嗎？比方說，你就不曾這麼想過嗎？我們會處於常理之外，就是這個世界存在外側的證明，而且那裡運作著更上級的秩序。我們的根源因為某種偶然的錯誤，從外側流進到這個世界。」

即使我將「魔黑雷帝」纏繞在漆黑右手上，將刀刃用力提起，亂竄神鐮也分毫不動。

「所以我的心靈說不定與他人有點不同。因為這個世界是某人製造出來的虛假生態箱，所以才會追求憎恨與醜陋也說不定。」

他以輕佻的語氣說：

「想說就算把這裡的東西弄得亂七八糟也無所謂呢。」

「妄想也要適可而止啊。」

我接著疊上「焦死燒滅燦火焚炎」，將貝弗奴古茲德古瑪的刀刃捏成粉碎。

「我是不知道什麼生態箱還是外側的世界，不過唯獨這件事我可以斷言：你的心靈會腐爛不是因為其他任何事物的錯，而是因為你本身就是個爛人。」

「或許是這樣吧。不過，我覺得你一定也和我一樣。」

閃亮地反射光芒，粉碎的無數碎片飛散。就在這些碎片落在地上的瞬間——我的全身被撕裂開來，鮮血淋漓。

「你難道以為只要粉碎刀刃，就不會被砍了嗎？」

格雷哈姆將大鐮旋轉一圈後，刀刃就修復成原本的模樣。

「只要在你漂亮的心靈裡累積起憎恨與醜陋，我們就一定能互相理解。」

貝弗奴古茲德古瑪的刀刃對準了我的後頸。

「不可能。」

「是這樣嗎？」

我在眼前畫起魔法陣。亂竄神鐮劃過，將我的頭輕易砍下。

「難道你以為不過是被砍下了頭，並不會死嗎？」

他抓住我飛走的頭微笑起來。經由亂竄神鐮的秩序，我的身體當場斃命。就算想畫出魔法陣，魔法卻沒有發動。

「難道你以為就算只剩下根源，也有辦法施展『復活』嗎？」

他與只剩下頭的我以魔眼對望。

「在亂竄神鐮前，一切都無秩序。會發生的事情沒有發生，不會發生的事情會發生。」

格雷哈姆就像在回答我根本沒問他的問題一樣，理所當然地說著。

「我知道喲。即使如此，你也不會毀滅。越是接近毀滅，你的根源就會越加閃耀。就像我經過虛無恢復成『有』一樣，你會克服毀滅。」

他將大鐮轉了一圈後拋開。

「所以，我不會毀滅你喲。」

亂竄神鐮再度變回穿著拼接衣服的狂亂神亞甘佐。

「我就以『母胎轉生』讓你轉生吧。讓你在亞甘佐的母胎中持續擾亂祂的秩序——作為永遠不會出生的胎兒呢。」

他對著我的頭畫出「母胎轉生」的魔法陣。早已埋入術式的亞甘佐腹部上，同樣浮現出魔法陣。我的身體開始崩塌，化為漆黑的光粒子升上天空。在他手上的那顆頭也同樣漸漸地化為黑光。

「你就在我身旁一直看著吧。看著今後我要做的事。看著我將你愛的世界，逐漸塗改成憎恨與醜陋。」

他以親切的表情說：

「哪怕要花上一萬年也好，兩萬年也好，我都會和你互相理解喲，阿諾斯。」

黑光完全消散，然後「母胎轉生」的魔法發動。就在這時——足以遮住現場一切的巨大陰影罩上格雷哈姆的臉龐。他往上方看去後，從被激烈戰鬥轟出的天花板破洞中看到地底的天空。可是，他看不到應該要在上方的天蓋。因為艾貝拉斯特安傑塔的正上方，被巨大的城堡擋住了。

「德魯佐蓋多——」

在他呢喃的同時，某樣東西往艾貝拉斯特安傑塔的方向射出。貫穿好幾層地板與天花板，墜落到最底層的聖座之間。

「——啊——」

發出闇色光芒的長劍是理滅劍貝努茲多諾亞，它刺中了狂亂神亞甘佐。貝努茲多諾亞落在地板上的影子從劍形變成人形。那道影子立體化，起身握住了理滅劍。

「雖說讓我轉生了，難道你以為我就會乖乖投胎嗎？」

影子反轉，那裡存在我毫無改變的身影。這是因為理滅劍毀滅了「母胎轉生」，也毀滅了亂竄神鐮的無秩序。

「……啊啊……」亞甘佐發出空虛的聲音，將神眼（目光）朝我看來。剎那間，理滅劍揮出一劍，讓那個神體消散了。

「你說我們很像吧，格雷哈姆？說我和你很像，所以能夠互相理解。」

我以貝努茲多諾亞緩緩擺出下段姿勢，同時瞪著格雷哈姆。

「你也開始這麼想了不是嗎？」

「很抱歉，你和我存在決定性的不同。是怎麼樣也無法說我們很像的不同呢。」

「是愛與溫柔嗎？」

我對他這句話嗤之以鼻。

「你毀滅不了我。你使用『母胎轉生』就是最好的證據。」

「或許是這樣吧。可是……」

格雷哈姆以雙手畫起魔法陣。大鐮的握柄從左右出現，在連接起來旋轉之後，應該遭到理滅劍毀滅的狂亂神——亂竄神鐮貝弗奴古茲德古瑪就再度出現了。

「你也毀滅不了我。我們非常相似。」

「不。」

我朝他踏出一步，並且說道：

「我會毀滅你。」

§ 46　【常理之外】

我從正面踏進格雷哈姆的攻擊範圍內，他則以輕佻的語氣說：

「很好，那你就試試看吧。這樣一來，你就會離我更進一步，說不定就會理解我。」

相對於把理滅劍垂下的我，格雷哈姆水平舉起亂竄神鐮。

「你說的話，全都讓我難以理解。」

寂靜的鐮刀橫向揮出，闇色長劍迎擊這一刀。刀刃與劍刃衝突，亂竄神鐮粉碎了；與此同時，魔王之血從我的根源中溢出。縱然那把刀刃腐蝕著飛散在周圍的神鐮碎片，仍然無秩序地刺進我的根源中，留下了無數傷痕。

「難道你以為如果是理滅劍，就甚至能毀滅無秩序嗎？」

他一旋轉起大鐮，粉碎的刀刃就像遭到竄改一樣修復回來。在這瞬間，他的根源被撕裂，緋電紅雷朝著周圍飛散開來。

「雖說是無秩序的鐮刀，難道你以為就能竄改理滅劍嗎？」

儘管遭到亂竄神鐮刺進根源，我也繼續踏出一步。貝努茲多諾亞與貝弗奴古茲德古瑪同時揮出一擊，大鐮的握柄被我用左手擋下，長劍的刀刃則被他用左手抓住。我們互相以染成滅紫色的魔眼（眼睛）凝視對方，封住神的權能。

「不召喚亞露卡娜嗎？」

「不一定來得了。」

「神座天門選定召喚」能從地上轉移到地底，甚至連張設的結界都能跨越吧。然而對上亂竄神鐮的無秩序，就不知道會變成怎麼樣了。

「你的那雙魔眼（眼睛），能壓制亂竄神鐮到什麼時候呢？」

「那是——」

腳邊的地板就像被厚重刀刃劈開一樣裂開兩半。

「——我要說的話。」

理滅劍斬斷格雷哈姆的手指。

「不要用他人的魔眼（眼睛）在那裡囂張。」

貝努茲多諾亞的劍刃砍入他拿著亂竄神鐮的右手根部。格雷哈姆總是一派從容的表情，稍微痛苦扭曲起來。

「端看怎麼使用喲。哪怕是他人的東西呢。」

格雷哈姆將斷了手指的左手直接抵在我的腹部上。

「『迅雷剛斧（garubuedoru）』。」

從球體魔法陣溢出的紫電竄上格雷哈姆的左手，形成攻防一體的巨大戰斧。那把戰斧就這樣貫穿我的腹部，以紫電與斧刃灼燒著我的全身，將我切成兩斷。

「『波身蓋然顯現』。」

「太嫩了。」

我儘管被貫穿腹部，還是就這樣劈下貝努茲多諾亞，斬斷他的右肩。

他拿著亂竄神鐮的右臂飛上天空。格雷哈姆向後退開，我則蹬地衝出，以左手抓住了他的衣服。

「別想逃。」

「『紫電雷光』。」

我以貝努茲多諾亞突破充斥眼前的紫電，就這樣刺穿他的心臟、毀滅根源。就連緋電紅雷都被斬斷，讓他當場斃命。

「雖說是虛無，難道你以為就不會毀滅嗎？」

他作為無的根源無法毀滅。可是在理滅劍之前，一切的道理都不具意義。他的根源確實毀滅了，也沒有像方才那樣以無的狀態繼續存活。

「雖說是毀滅了，難道你以為就是永遠的嗎？」

聲音從我的背後傳來。看不見身影，只有亂竄神鐮貝弗奴古茲德古瑪獨自浮上空中，彷佛被在那裡的某人提起一樣。

與方才的虛無不同呢。他在「迅雷剛斧」之後施展的魔法——

「是『波身蓋然顯現』啊？」

在那瞬間，化為可能性的格雷哈姆再度施展起「波身蓋然顯現」，不停維持著作為可能性的自己，像這樣讓沒有被我毀滅的另一個可能性的他站在那裡。

「沒錯喲。」

在我要以「破滅魔眼」消除掉「波身蓋然顯現」的他之前，寂靜之刃無秩序地揮出一擊。牆壁與地板遭到斬斷，我的全身出現無數刀傷。在重疊好幾層且堅固的「波身蓋然顯現」被我的魔眼毀滅的瞬間，格雷哈姆遭到理滅劍貫穿的身軀被斬斷成上下兩截。

「帶有破壞神阿貝魯猊攸權能的理滅劍貝努茲多諾亞，看來就算用上那份不講理的力量，也無法永遠消滅掉我的虛無呢。」

他逃離貝努茲多諾亞劍刃的上半身漸漸地透明消失，化為了虛無。空無一物。就連一絲魔力都感受不到的那裡，他確實存在。

「毀滅之人會歸於虛無是這個世界的秩序。在理滅劍之前，一切的道理都不具意義，萬物萬象都會毀滅。也就是說，這個效果只會發揮到對象毀滅為止吧？」

只有聲音從周圍的虛無傳來。

「然而毀滅之後一無所有的無、甚至不帶有道理的虛無，正是我根源本來的面貌。」

理滅劍確實毀滅掉他的虛無，也就是回歸於無了。可是，假如能從劍上逃離，那個無就會再度形成為他吧。

「只要一直施展理滅劍的力量，就能讓我一直毀滅吧。不過，那把魔劍無法永續地維持形體吧？既然這裡不是你的魔王城，那就更不用說了喲。」

的確。貝努茲多諾亞有時間限制，無法以理滅劍將虛無之理永遠地一直毀滅下去。不論施展什麼樣的魔法，秩序最終都會恢復成原有的面貌。只要收劍，道理就會恢復原狀，留在那裡的無就會取得格雷哈姆的形體再度活動。

「唔嗯，我也大致明白了呢。當亂竄神鐮砍向虛空時，那把無秩序的刀刃就會揮出。儘管不知道會發生什麼事，只有一點是肯定的。」

「波身蓋然顯現」的他將本體的身體與根源斬斷，從理滅劍上逃離了。倘若沒發生這件事，他到現在都還沒脫離危機。我不覺得他會因為遲早都會復活，就做出這種孤注一擲的豪

賭。也就是說──

「那就是會發生對你有利的事。」

「是這樣嗎？我也受傷了呢。」

「如果不知道會發生什麼事，關鍵時刻就派不上用場──你想讓人這樣認為。」

格雷哈姆的輕笑聲傳來。

「『虛空絕空虛』。」

被劈成兩半倒在地上的下半身也消失，完全的虛無出現在那裡。看不見、聞不到、感覺不到，卻在那裡──

「……嘖……………」

「虛空絕空虛」的虛無挖掉了我的側腹。從被挖空的傷口中，甚至沒有噴出血來。

「就假設你能毀滅我吧。」

不知從何處傳來的聲音響起。然後亂竄神鐮的刀刃對準我的喉嚨。

「即使如此，我也不會毀滅。」

「虛空絕空虛」的虛無消失，四肢健全的格雷哈姆繞到我的背後。

「你就是這麼地像我，我就是這麼地像你。難道你不曾想過嗎？為什麼只有自己。」

亂竄神鐮微微劃開我的脖子，血絲微微地流下。就算是只要砍向虛空就不知道會發生什麼事的那把刀刃，若是直接斬斷目標，也能把對準的頭砍下來。

「誰也沒有抵達你所在的高度。儘管身旁存在許多部下，孤獨的魔王總是獨自一人懷抱空虛。」

只要我稍有動作，那把神鐮就會砍下我的頭吧。

「就連常理都能輕易毀滅的不講理的你，只有我能理解。」

我微微嘆氣，側眼投去憐憫的眼神說：

「獨自一人就這麼寂寞嗎，格雷哈姆？」

「要為了不讓我寂寞，而毀滅掉我嗎？還真溫柔呢。」

格雷哈姆說笑。

「這就是你的錯誤。居然想毀滅無法毀滅的東西，我就不會去做這種辦不到的事喲。就算無法毀滅，我也只要砍下這顆頭，就能對你為所欲為。」

「利用『母胎轉生』嗎？」

「你以為能用同一招擋下嗎？」

是對自己有自信嗎？還是以假裝要用「母胎轉生」來隱藏殺手鐧呢？哎，不論如何，結果都一樣吧。

「既然如此，這顆頭就送你吧。」

我當場轉身。

「那我就不客氣地——」

亂竄神鐮的刀刃伴隨著寂靜飛馳而出。相對於帶著離心力猛烈揮出的理滅劍貝努茲多諾亞，亂竄神鐮貝弗奴古茲德古瑪沒有砍頭，而是旋轉一圈從下方往上砍了過來。

「──拿下這邊了喲。」

鮮血飛散，右手指尖被那把神鐮切碎，使得貝努茲多諾亞被打飛出去。

「就送你吧。」

我順著轉身的力道，以疊上「根源死殺」、「魔黑雷帝」與「焦死燒滅燦火焚炎」的左手抓住他的頭，發出「轟隆隆隆」的聲響砸向地板。

「『斬首刎滅極刑執行』。」

我踩住他的頭。魔力粒子聚集起來，漆黑枷鎖覆蓋住格雷哈姆的脖子，一座漆黑的斷頭臺出現。

「你果然也錯了一步呢。」

我由上往下滑落指尖。

「執行。」

斷頭臺的刀刃發出「咚」的一聲落下，將頭砍下。格雷哈姆──賽里斯・波魯迪戈烏多的頭掉落在地，恢復自由的他舉起亂竄神鐮。

「你就這麼想讓父親早點解脫嗎？你唯獨這點和我不像喲。」

我朝著掉落地面的理滅劍遠遠跳開。

「亂竄神鐮，祕奧之一──」

格雷哈姆將神鐮高高舉起。

「──『亂車輪』。」

被投擲出去的貝弗奴古茲德古瑪有如車輪一般旋轉，從我身旁穿過之後，就將貝努茲多諾亞彈飛起來，持續不斷地揮砍著。每一次與亂竄神鐮的碰撞，都讓闇色長劍的劍刃崩口，被砍得越來越破碎。「鏗」的一聲，沉重的聲音響起，理滅劍斷裂了。

「瞧，這份感傷就是你的敗——」

鮮血溢出。我就像與投擲出來的貝弗奴古茲德古瑪錯身而過一樣再度前進，將劍刺進了格雷哈姆的胸口。那是被他拋開的萬雷劍高多迪門。

「敗給感傷的心情如何啊，格雷哈姆？」

我從指尖發出紫電，在畫出球體魔法陣的同時，以「波身蓋然顯現」畫出九個球體魔法陣。在賽里斯．波魯迪戈烏多的頭被砍下的瞬間，萬雷劍的持有者消失，成為現在握有這把劍的我的所有物。不論擁有多麼強的魔力，都無法從擁有賽里斯．波魯迪戈烏多力量的他手中奪走賽里斯的愛劍，於是我先將頭砍下。

「『波身蓋然顯現』。」

我壓下萬雷劍刺穿球體魔法陣，與此同時，九把可能性之刃刺穿九個球體魔法陣。震耳欲聾的雷鳴與足以讓聖座之間崩塌的紫電溢出。天空轟響、大地震撼，周圍的瓦礫只因為魔力的解放而灰飛煙滅，在地面發出「滋滋滋」聲響奔馳的紫電在這裡構築出結界。我猛然使出渾身力道，將格雷哈姆被刺穿的身體舉了起來。

我將實際存在的萬雷劍與可能性的萬雷劍高舉向天，合計十把劍刃朝天空竄出細若如絲的紫電。目標不是他的根源。要怎麼毀滅虛無，那個答案我已經在過去看過了。

你知道那個方法吧。

所以，父親啊。我現在就——

「『滅盡十紫電界雷劍』。」

龐大紫電自天蓋朝著十把劍劈下。那宛如連結天地的支柱，化為一把巨大的劍。彷彿撕裂地底的聲音響徹到千里之外，毀滅在此落雷。艾貝拉斯特安傑塔在轉眼間半毀，溢出了光芒，世界染成紫色。數秒後，格雷哈姆的身體無影無蹤地化為灰燼。

用魔眼（眼睛）凝視眼前後，我發現他的根源——淡淡的光球——就在那裡。我以「破滅魔眼」瞪著他那還沒化為虛無的根源，妨礙他使用「復活」，並用「根源死殺」的指尖抓住了那個根源。

『失去肉體的我，根源很快就會接近虛無。這是在重演方才的狀況呢。』

「意念通訊」的聲音響起。

「要是沒將一號（杰夫）作為人質，你早就敗給父親了。」

『他沒有任何能毀滅我的手段喲。』

「不，他有辦法將你接近虛無的根源導向毀滅。」

他的笑聲在耳邊響起。

『哦？要怎麼做呢？』

鮮血從我的胸口溢出。我抓著格雷哈姆的根源，以「根源死殺」貫穿自己的胸口。

「這就是答案。」

我將格雷哈姆的根源與自己的根源重疊，送進自己根源的深淵之中。

『……啊，原來如此。原來是這麼一回事啊？真虧你想得到呢……的確，如果是他，說不定會這麼做呢……』

格雷哈姆就像察覺到我的意圖一般說：

『假如將虛無的根源納入體內，那個人的根源就會因為「虛空絕空虛」而化為無。但如果是波魯迪戈烏多的毀滅根源，說不定就連我的虛無都能一直毀滅下去呢。也就是說，他當時打算與我同歸於盡吧。』

他就像看透一切似的說：

『居然繼承亡父的意志，要為了世界自我毀滅，你很美麗喲，阿諾斯。啊啊，也能認為我在嚇唬你吧。不過——』

亂竄神鐮浮上空中。我用魔眼（眼睛）凝視後，發現那裡有「波身蓋然顯現」的格雷哈姆。

「失去賽里斯．波魯迪戈烏多的頭，你以為我就無法施展『波身蓋然顯現』嗎？」

他應該是在身體化為灰燼之前，施展了那個魔法吧。

「現在你的根源與我的根源正以毀滅與虛無對抗，互相拉鋸不下。我的根源要讓你接近虛無，你的根源要為我帶來毀滅。一如你的預期，我們將會永遠地不停毀滅下去，然後歸於虛無。」

可能性的格雷哈姆朝我走來，手上拿著亂竄神鐮。

「好啦，這時要是施力擾亂你的毀滅，會變得怎麼樣呢？」

「波身蓋然顯現」的格雷哈姆水平舉起貝弗奴古茲德古瑪。

「還真是遺憾呢。你和我非常相似。假如你有敗因，那麼就是比我還晚出生這一點了。好啦——」

寂靜之刃無秩序地砍向虛空。

「——這是你有生以來第一次敗北。我會治療你的孤獨喲，阿諾斯。」

格雷哈姆就像勝券在握似的得意笑了笑。夢想著毀滅與虛無，互相拉鋸的根源平衡會一口氣傾斜，可能性的他將魔眼（目光）朝我看來。

下一瞬間——

什麼都沒有發生，什麼都沒有。就連一陣微風都沒有掀起。

「…………哎呀…………？」

我靜靜地踏出一步。

「你要以那種狀態過來嗎？方才雖然打偏了，但這次——」

格雷哈姆那張可能性的表情一臉驚訝。

「……什麼…………？」

他的腳——「波身蓋然顯現」的身體向後退了一步。

「…………你做了……什麼嗎……？」

「就去問自己的身體吧。那個感到害怕的可能性的身體。」

「害怕？我怕你？害怕與我這麼相似的你嗎？」

他將亂竄神鐮大大地高舉過頭。

「這是不可能的喲，阿諾斯。」

寂靜之刃揮出。可是，什麼都沒有發生。

「…………為什麼…………？」

「不懂嗎？只要將亂竄神鐮揮向虛空，就會發生對你有利的事。」

我將萬雷劍刺在原地，伸出手握住緩緩伸長的劍影。

「什麼都沒發生。這是對現在的你來說最有利的事。」

影子化為實體，恢復成理滅劍貝努茲多諾亞。斷裂的劍身再生回來了。

「也就是說，不論發生什麼事，都已經沒用了。」

「這是什麼意——」

我向他走出一步，他就退後一步。

「……為什麼…………？」

我更進一步前進後，他就像害怕似的向後退開。

「……為什麼我的身體……擅自退後了……」

「你方才說我和你的根源正以毀滅與虛無對抗，互相拉鋸不下吧？說我們將會永遠地不停毀滅下去，然後歸於虛無。」

我向他露出殘虐的笑容說：

「你就用那雙可能性的魔眼（眼睛），更加仔細地窺看深淵吧。」

我在胸前的傷口上畫起魔法陣，解除所有魔法陣將根源暴露出來。格雷哈姆用魔眼（眼睛）看來，凝視著那個深淵。

「……………………………………………」

他啞口無言，完全說不出話來。

「理解了嗎？要毀滅的就只有你，格雷哈姆。」

他可能性的魔眼（眼睛）應該能在我毀滅的根源中，看到自己單方面不停毀滅的虛無吧。

「……為什麼……怎麼會……為什麼……？『虛空絕空虛』呢……？」

「我確實感受到渺小的虛無，但這沒什麼。我的根源正在一步一步地毀滅著。」

「……這是……不可能的喲，阿諾斯。」

亂竄神鐮砍向虛空。

「你和我是這麼地相似。」

寂靜之刃無秩序且持續不斷地在原地揮砍。

「我們總算能不用再孤獨地活下去了。在這個瘋狂的世界裡，我們，就只有我們是正常的喲。」

那把大鐮不斷擾亂秩序，持續地竄改下去。然而不論揮出多少下，不論斬斷多少次虛空，我眼前什麼事都沒有發生。

「……我和你……很相似——」

我朝著就像絕望一樣呼喊的他揮出理滅劍。

「的確，我們說不定多少有點相似呢。」

可能性的格雷哈姆雖然藉由跳開躲過了這一劍，手腳還是被砍傷，趴倒在地上。大鐮伴隨著聲響掉落在地面上，漸漸恢復成狂亂神亞甘佐的模樣。

「我的一小塊根源，就相當於你全部的根源一樣相似。」

「……啊啊…………」

亞甘佐被理滅劍貫穿，其存在逐漸遭到消滅。

「……你……阿諾……呃嘎啊…………！」

我狠狠地踩在他無頭的背上說：

「你的根源早已在我的體內落敗。剩下的，就只有這個可能性的你。」

他注視我的魔眼（眼睛）露出絕望之色。

「……你居然一面將這麼……這麼強大的力量，保留在自己體內……不斷壓抑著如此強大的毀滅，一面與我戰鬥……」

「有點不同呢。也就是對我來說，比起該怎麼對付你的虛無，克服自身的毀滅要來得困難多了。雖然我在這個脆弱世界裡能使出的力量確實與你大致相等，但本來的總量可是天差地別。」

他的全力就一如字面上的意思，是將根源的魔力全部發揮出來。相較於我的全力，則是為了不讓世界毀滅，要以自己的力量壓抑自己的力量，一面抵消一面從中控制勉強還有剩的魔力。儘管能發揮出來的力量相差無幾，但內容是壓倒性地不同。

「你雖然在與我戰鬥，我則是在與自己戰鬥。」

「……意思是你……就連…………就連看都沒有看我一眼……」

「別這麼悲觀，我有好好看著你喔。就如同你說的，我總是被人用世界當作要脅。畢竟要一面不讓世界毀滅般的細心注意力道，一面將蒼蠅打下來可是很辛苦的呢。」

我揚起殘虐的笑容繼續說：

「儘管不知道在你的虛無完全消失之前，必須經過幾億次的毀滅，不過就這麼點力量，假如是在根源深處，只要丟著不管就夠了。」

「…………唔…………」

能聽到倒抽一口氣的聲音。那個總是滔滔不絕的男人啞口無言、沉默不已。然後，不知道過了多久，他忍不住嘟噥說：

「……暴虐魔王……啊……」

「波身蓋然顯現」的他的身體漸漸消失。

「…………啊啊，你是……」

格雷哈姆顫聲說：

「……像我這種人所遠遠不及，無可救藥的……」

在我的根源深處，虛無漸漸被毀滅完全覆蓋起來。

「……孤獨怪物喲……阿諾斯……」

疊上好幾層且強固的「波身蓋然顯現」化為光粒子升上天空。我將理滅劍恢復成影子，抬頭朝萬雷劍默默看去。

總覺得創星艾里亞魯讓我看到的父母容貌，就倒映在劍上的樣子。

「我就連機會都不會給你。」

我一面注視父親的遺物，一面不自覺地說出空虛的話語。在我根源深處的那個虛無在歸於真正的無之前，將會一直受到毀滅折磨吧。

「會給你的，只有你討厭的孤獨。」

§ 47 【魔王的表情】

心臟發出「怦咚」的跳聲，毀滅的根源在搏動。就像受到其刺激一樣，心臟激烈地震動起來。就像在說無法毀滅的事物哪怕是「無」也無法容許一樣，納入虛無的根源在體內暴動，強烈地發揮著它的真正價值。

在這具身體深處，充滿遠遠超出格雷哈姆虛無的毀滅。然而他的根源不管怎麼說也具備能承受住「極獄界滅灰燼魔砲」的力量，為了將他的根源導向終焉，超乎毀滅世界的毀滅在根源深處洶湧不已。這要是洩露到體外，將會對世界造成致命性的傷害吧。所謂與自己的戰鬥，就是指這種情況吧。

假如我只比他強上一點，就會更加輕鬆了吧。

或者只要不毀滅他……說不定沒有毀滅的必要。說不定只要像他那樣施展「母胎轉生」的魔法，不讓那個根源歸於無，而是轉變成其他無害的東西就好。如此一來，就不會像現在這樣讓世界暴露在危機之下，應該能更加輕易地取得勝利。

然而，儘管如此──我的內心拒絕這麼做，要我不要給他任何機會。

要讓他抱持別說是相似，甚至遠遠不及我的絕望，就連內心都充滿虛無、就這樣孤獨地獨自毀滅就好──我這麼想。

「阿諾斯！」

我的背後傳來叫喚聲。出現在聖座之間的兩名少女──米夏和莎夏，她們正朝著我這裡跑來。

「在那裡站住。」

我沒有回頭，一喊出聲音，兩人就一臉疑惑地停下腳步。

「……還沒結束嗎……？」

莎夏就像在警戒四周一般地問。

「不，已經解決了。」

「那為什麼……？」

莎夏一臉擔心地詢問。米夏也同樣擔心地朝我看來。

「我現在有點激動呢。」

我背對著她們說：

「總是自以為了不起地說什麼要追求和平，但現在這副德性，實在沒臉見妳們。」

一時之間，莎夏不知道該怎麼回答我。

「……那麼……在你冷靜下來之前，我就在這裡等著喔。」

或許是在顧慮我吧，莎夏轉過身背對我。可是，米夏不以為意地朝我走了過來。

「米夏？喂，還是別過去比較好吧？」

莎夏連忙抓住米夏的手。

「沒問題。」

米夏淡然地說：

「阿諾斯就和平時一樣。」

隨後米夏就越過莎夏的手來到我身旁。

「表情很溫柔。」

「……妳沒看到。」

「嗯。」

她溫柔地點了點頭。也就是說，她就算不用看也知道嗎？這已經不是擁有一雙好魔眼（眼睛）的程度了呢。

「假如是說謊，妳要負起責任喔。」

我一轉過身，身旁的米夏就微笑起來。

「瞧。」

她說道：

「是平時的表情。很溫柔。」

「是這樣嗎？」

米夏微微點了點頭。

「真是的，我還以為你板著一張就像大魔王一樣的表情呢。別嚇我啦。」

莎夏儘管發著牢騷，看起來安心下來的樣子。

「讓妳擔心了呢。」

我把手放在莎夏頭上，她就像動搖似的說：

「……我、我沒說在擔心你……是要你別嚇我啦……」

「那還真是抱歉。」

聞言，莎夏就低下頭，慌慌張張地說：

「……我也不是沒在擔心你啦……」

我轉身在格雷哈姆消失的位置上畫起魔法陣，在連上他的收納魔法陣撬開後，從裡頭取出發出藍光的星星——創星艾里亞魯。

「……這裡頭也保存著兩千年前的記憶吧？」

「恐怕沒錯。」

「阿諾斯父親的事情保存在前五顆艾里亞魯裡，那這裡頭的會是什麼啊？」

「說不定是希望，也說不定是絕望。」

既然米里狄亞留下「這是早已結束的事」的訊息，那就不會是什麼好的記憶。

「總之，要是不看就沒辦法開始了吧？再說讓人很在意內容……」

米夏眨了眨兩下眼睛，然後抬頭仰望著我。她用那雙彷彿能看透我內心的魔眼(眼睛)筆直地注視過來。

「之後再看？」

「啊……」

莎夏喃喃叫了一聲，露出一臉就像在說「搞砸了」的表情來。

「我很在意留在艾迪特赫貝的大家。」

「那就先去看看那一邊的情況吧。再說還有善後工作要做。」

我朝入口的方向看去，發現原本應該在那裡的冥王早已不見蹤影。應該是見證我勝利後離去了吧。我以「飛行」浮空，離開艾貝拉斯特安傑塔。

朝天蓋飛去後，能看到那座城堡發出淡淡的光芒，慢慢地修復回來的樣子。

我們進到來這裡時挖通的天蓋隧道裡，返回艾迪特赫貝的豎洞。

「米夏。」

我一呼喚她，她就面無表情地轉過頭來。

「不用顧慮我，我沒問題。」

在沉思一會兒後，米夏說：

「等整理好之後會比較好。」

大概是在說有關父親的事吧。

「要等到我整理好心情，可不知道會發生什麼事。」

米夏左右搖了搖頭。

「現在很和平。」

「……原來是這樣啊。」

這句話讓我語塞了。的確，說不定就和米夏說的一樣。

「嗯。」

「那我就像個和平的樣子，慢條斯理地整理心情吧。」

我這麼說著，朝莎夏的方向看去。不知為何，她一臉悶悶不樂的表情。

「怎、怎樣啦……？」

「什麼怎樣？」

「反、反正我就是和米夏不同，不夠機靈啦！關於阿諾斯的心情……一點也……」

她一臉很沮喪地說：

「不了解……」

唔嗯，在為這種事情感到消沉啊？真拿她沒辦法。

「莎夏，就交給妳保管了。」

我拋出創星艾里亞魯，而她就像嚇了一跳般接下，一臉疑惑地用眼神發出詢問。

「就算要我整理好心情之後再看，我也不是很清楚。如果妳覺得可以了，就再交給我吧。」

「我嗎？那個……也就是等我覺得你冷靜下來之後，再還給你嗎？」

「就交給妳判斷嘍。」

說完莎夏就開心地笑了起來。

「我知道了！」

在我們就這樣暫時以地上為目標飛去後，途中在豎洞裡看到艾蓮歐諾露與潔西雅正在對我們揮手。

「這次也是我們魔王軍的大勝利喔！」

艾蓮歐諾露挺起胸膛後，潔西雅也跟著同樣挺起了胸膛。

「……在潔西雅的活躍之下……敵國毀滅了……！」

莎夏一臉傻眼地看著兩人。

「無可救藥的樂天啊……」

「特別是阿諾斯弟弟很努力呢。」

不知為何，艾蓮歐諾露貼在我的背上，緊緊抱住我的頭。

「很了不起喔。」

只不過，雖說是部下，我居然也會有讓人這麼隨便貼在背上的時候啊……這還真是很大的，非常大的和平啊。

「……潔西雅……是第幾名努力的人……？」

潔西雅以充滿期待的眼神詢問。而她豎起一根食指。

「不用說，妳是第一名努力的喔。」

聞言，潔西雅的眼睛就閃閃發光，在頭上舉起食指。

「……我是……第一名……！」

就在這時，雪月花翩翩飄落下來。才剛發出白銀光輝，那就變成亞露卡娜的模樣。

「哥哥。」

祂飛到我身旁來。

「選定審判說不定已經結束了。」

「是調整神毀滅了嗎？」

「恐怕是吧。」

調整神艾洛拉利艾姆的根源在碧雅芙蕾亞的胎內轉生到一半時，被伊杰司的長槍貫穿、與母胎分離，然後被傳送到遙遠次元的另一端了。調整神毀滅，作為祂秩序的選定審判就算結束了也不足為奇。

「雖然結束了很好，但無法保證會就這樣平安無事下去。」

由於「母胎轉生」與狂亂神的關係，使得選定審判變得與原來完全不同。

「我暫時觀察一下狀況吧。」

「就交給祢了。」

就在這時，我感覺到一直覆蓋住艾迪特赫貝的魔力消失了。

「『封域結界聖』消失了。」

米夏說。由於已經離開地底，所以也聽不見龍鳴。

「去和艾米莉亞他們會合。」

我施展了「轉移」，於是視野染成純白一片。下一瞬間，設置在豎洞裡的古代墓地就出現在眼前。打倒波米拉斯分體的魔王學院的學生們果然都一副疲憊不堪的樣子，在原地休息著。大概是雷伊告訴他們，波米拉斯的本體也已經敗北，在艾迪特赫貝的戰鬥已經分出勝負了吧，全員都帶著安心的表情。我環顧四周，在稍微遠離的地方發現到艾米莉亞。她不時偷瞄著粉絲社的少女們想和她們搭話，但就像感到害怕似的開不了口，在那邊晃來晃去。

不過，或許是終於做好覺悟了吧，她朝著愛蓮她們走去。

「啊！對了，艾米莉亞老師！」

「是、是的……！」

愛蓮突然轉頭，把艾米莉亞嚇了一大跳。

「咦？怎麼了嗎？」

「沒、沒有……找我有什麼事嗎？」

搭話失敗的艾米莉亞先催促愛蓮接著繼續說。

「那個呢，其實我們最近要去蓋拉帝提喔。」

「因為公務！」

諾諾接著說。

「……公務？啊啊，魔王聖歌隊的？」

「是的。所以我們想去艾米莉亞老師的家裡玩，對吧？」

「是呀、是呀。然後可以的話，我們想要過夜。」

「可是，老師家應該沒辦法容納八個人吧？」

「擠一擠就總會有辦法！」

「因為是學院長，總覺得住的房子也很大。」

粉絲社的少女們一面興高采烈地嬉鬧，一面將艾米莉亞團團圍住。艾米莉亞儘管回以笑容，還是在瞬間露出侷促不安的表情，微微低下頭來。

「……那個，各位！」

艾米莉亞一臉認真地說。

「是的。」

愛蓮就像有點驚訝地回應。

「對不起。」

艾米莉亞把頭深深低下。

「……以前我對妳們做過的事，絕不是可以被原諒的行徑。我曾經嚴重地歧視妳們，對不起……」

氣氛改變，現場瀰漫著緊張感，而愛蓮她們不發一語。艾米莉亞只能緊抿唇瓣，朝著她們一直低頭。

「老師。」

聽到這道呼喊，艾米莉亞把頭抬了起來。在其他成員的催促之下，愛蓮向前走出一步。

她一臉認真地這樣說：

「妳在指什麼事啊？」

「……………………咦？」

「笨、笨蛋。愛蓮，是那個啦，那個。那個的事啦！」

「啊，這、這樣啊。是指我在上課時偷偷製作阿諾斯大人的魔法寫真集，結果被沒收的事嗎！」

「那完全是愛蓮不好吧！是指我在魔王城走廊上張貼阿諾斯大人語錄的事才對吧！被撕破的那個！」

「那是潔西卡不對吧！難道不是指社團塔的阿諾斯大人雕像被擅自拆除的事嗎！」

「因為雕得不像，被拆除也是沒辦法的吧！比起這個，難道不是指我們在歷史課時寫了阿諾斯大人的事，結果全部都被打叉的事嗎？」

少女們面面相覷。

「「「啊，就、就是這個——————！」」」

全員轉頭看向艾米莉亞，她則露出「完全不對」的表情。

「奇、奇怪？呃……那麼，老師是指什麼事啊？」

「那個……在魔劍大會時，我打算殺掉妳們……」

艾米莉亞一說出口，少女們就露出恍然大悟的表情。

「啊──是讓阿諾斯大人記住我們名字的時候！」

「全都多虧了艾米莉亞老師呢！」

「是呀、是呀！老師不惜被阿諾斯大人了，也要在背後推我們一把。」

「就像在幫我們扮黑臉的感覺呢。」

艾米莉亞越來越傻眼了。

「……我們的認知好像有點不同呢……」

「不同嗎？」

「那個，妳們不恨我嗎……？」

「與其說恨，倒不如說是感謝！」

「因為如果沒有那件事，就沒辦法像現在這樣唱著阿諾斯大人的歌了。」

「真的、真的！真的是多虧了艾米莉亞老師！謝謝妳。」

少女們向她點頭道謝。

「不、不會……」

對於出乎意料的回答，艾米莉亞動搖不已。

「所以我們去蓋拉帝提的時候，可以讓我們過夜嗎？」

「……假如大家沒問題，我並不介意……」

少女們說出「好耶」的歡呼，紛紛感到開心，艾米莉亞則露出一臉困惑的表情。

「……妳們真的一點兒也不在意嗎……？」

艾米莉亞再度詢問愛蓮。

「嗯——」

愛蓮陷入沉思。

「當時雖然發生許多事，但覺得都是早已過去的事呢。我們因為是混血，所以過得很辛苦，不過艾米莉亞老師因為是皇族，也發生過很難受的事，這不是任何人的錯。」

「……我還是覺得那是自己的錯。」

「那我原諒妳。」

「就這麼簡單？明明差點就被我殺了？」

「因為艾米莉亞老師要是真的很壞，現在就不會像這樣拚命地向我們道歉了。」

艾米莉亞瞪圓大眼，愛蓮則對這樣的她露出笑容。

「雖說想殺了我，難道妳以為就不會輕易被原諒嗎？」

「「「呀啊啊啊啊啊啊啊，愛蓮太狡猾了——！這是偷跑，是偷跑！」」」

粉絲社的少女們輪流跑來，接連向艾米莉亞說：「雖說想殺了我，難道妳以為就不會輕易被原諒嗎？」

被原諒到膩的她苦笑起來，然後開心地笑了。

「真是的……這算什麼啊……」

「妳不知道嗎，老師？比起憎恨，愛要來得強多了喲！」

愛蓮說出這種話來。

「很有精神呢。」

雷伊從背後這樣搭話，站在我的身旁。

「是啊。」

我們不發一語地看著互相嬉鬧的少女們與艾米莉亞的身影。在一陣漫長的沉默之後，我忽然問：

「你的雙親呢？」

就算沒說是哪個時代的，他也理解了。

「……死了喔。」

雷伊沒說是被殺死的，也沒說是被誰殺的。

「抱歉。」

雷伊微微搖了搖頭。

「他們就只是挺身而戰，然後死去了。」

他簡潔地說：

「就和你父親一樣。」

這句話究竟帶有多大的意義，我十分清楚。

「謝謝你。」

不知為何，粉絲社的少女們開始向艾米莉亞傳授起魔王的模仿。艾米莉亞被愛蓮她們強拉著手，心不甘情不願地扮演魔王，露出一臉屈辱的表情。不過，意外地看起來挺開心的樣子。

我和雷伊就只是心不在焉地持續看著這片和平的光景。

有種就算什麼都不說，什麼都不問，他的心情也傳達過來的感覺。

§ 終章　【～魔王的父親～】

隔天——

我一大早就來到密德海斯西南方的山丘，將手中的萬雷劍刺在這座山丘視野最好的位置上。如今這把劍的所有人是我，除非辛或雷伊，不然就沒有人能夠拔起吧。

「格雷哈姆在持續毀滅著。」

我朝著父親遺物的萬雷劍說：

「他會在我的根源深處，甚至連那個虛無都化為烏有、真正成為『無』為止，一直品嘗無限的毀滅吧。」

他的虛無如今也仍在我的根源深處，不斷反覆著毀滅。

「就算此身總有一天會毀滅，我也不會放過那傢伙的虛無。父親啊，我會以你繼承予我，以及母親賭上性命生下的這個波魯迪戈烏多的根源，將那個愚者囚禁在地獄的深淵之中。」

這世上沒有永遠，早晚就連虛無都會毀滅消失吧。倘若這麼想是錯的，他能維持住永遠的「無」，我的毀滅也一樣會永劫無盡。他那沉入我根源深淵裡的虛無，最終將會持續著永遠的毀滅。

「我在艾迪特赫貝的地牢裡發現夏布斯皇帝了。」

我面對亡父繼續說：

「波米拉斯大概覺得皇帝有利用價值，所以讓他活下來的樣子。儘管還沒有正式決定，殷茲艾爾帝國也預計會加入勇議會。亞傑希翁將會經由希望和平的有志之士們的努力，邁向更加美好的未來。」

世界又離和平更近一步。

「密德海斯很安穩。」

刺在山丘上的萬雷劍能從這座墓碑一覽密德海斯的景象。

「與兩千年前完完全全不同，那座城市現在洋溢著笑容。」

時代終於抵達不用害怕戰爭的現在。在父親不斷重複著毀滅的盡頭、迷惘苦惱地戰鬥的盡頭，有大家的笑容。

「以數不盡的屍體作為基石。」

活在如今這個時代的人恐怕難以想像吧。不過，這樣就好。

「我不會再度忘記。」

我回顧以創星艾里亞魯看到的過去。

「沒有在歷史上留名，為了未來而戰的尊貴騎士們的英姿。儘管遭到戰火擺布，受到應該守護的人們厭惡，也依舊貫徹自我的高貴背影。」

我說不定就是追逐他們的身影走到現在。

「那和平的意志，就由我來繼承吧。」

為了不讓悲劇重現。

「亡靈已經毀滅了。」

我在父親第十七次來訪時說過——我要毀滅亡靈，改變這個荒亂的世界。

換言之，我要建立不需要幻名騎士團的時代。我大概隱約察覺到了吧，所以對於一直扮演著亡靈的父親，我想要看他真實的面貌。我應該相信自己能夠做到，認為我沒有事情辦不到。然而就結果來說，我這句話讓父親下定了最後的決心。

「……他當時為了打倒格雷哈姆，來尋求我的協助嗎？」

既然如此，倘若我當時說出不同的話語，說不定就能擁有兩人一起在這裡並肩眺望城市的未來。這些想再多也沒用。說不定會這樣，也說不定不會這樣。

不管怎麼說，那都是早在兩千年前就已經結束的事，不需要迷惘。要是我不看向前方，父親會無法瞑目。

「向我偉大的父親，由衷地獻上感謝。」

我閉眼獻上默禱。請安息吧——這句話卡在喉嚨裡，怎麼樣都說不出口。我或許想長時間地、盡可能地讓這一刻延續下去。暖風溫柔拂過臉頰的平靜早晨，在鴉雀無聲的寂靜之中，我對父親的感謝無止境地滿溢而出。

我忽然想起米夏的話。不需要著急，現在就算像這樣沉浸在感傷中也沒關係吧。這樣比較有和平的樣子，也能讓父親安心。

儘管我側耳傾聽微微響起的風聲，還是追憶著創星讓我看見的些許與父親的回憶。乘著風，我聽見各式各樣和平的聲音。澈底安心下來的平穩鼾聲、蹦蹦跳跳的腳步聲，以及情不自禁的歡笑聲。這一切全是無名騎士們所追求的事物。

然後——

「哼！」

傳來十分特意的粗獷喊聲。

「喝！」

猛力揮下的劍劈開空氣。

「看・招・啊啊啊啊啊！」

吵鬧地發出主張的那些喊聲，到底讓我默禱不下去地看了過去。

爸爸儘管在揮劍，還是不時偷看著我的樣子。

「……你一大早在做什麼啊？」

「哎呀，阿諾斯。你在這啊？」

爸爸把劍刺在地上，擺出裝模作樣的姿勢。

「還真巧呢。」

他應該很清楚我在這裡吧。

「不瞞你說，其實一大早到這裡來揮劍，是爸爸的每日訓練喔。為了砥礪鍛造好的劍的靈魂！」

爸爸再度拔劍揮下。

「我還是第一次聽說，是從什麼時候開始的每日訓練？」

「當然是——」

長劍發出「咻咻」的破空聲劈開空氣。

「——從今天開始！」

這不叫每日訓練。

「如何，要像平時那樣來打一場嗎？嗯？」

「像平時那樣？」

我朝爸爸走去。

「就是兩人一起砥礪劍的心靈啊。」

唔嗯，是中二病遊戲啊？要說像平時那樣，也不過就是最近陪他玩過一次。

「好啦。」

爸爸把劍強行塞到我手中，然後踏著輕快的腳步，走向倒在山丘地上的竹籃。

「啊啊啊，嗯——啊啊啊——……那個啊……」

爸爸一副欲言又止的樣子。

「這、這麼說來，阿諾斯。自從你回來之後，就很那個呢。」

爸爸一面翻找竹籃裡的劍一面說。

「那個是？」

「沒有啦，這該怎麼說好呢。瞧，你很沒精神吧？」

我知道自己忍不住板起臉來。

「我看起來很沒精神嗎？」

「沒有啦，唉，怎麼了？如果是錯覺，那就沒事了！不對，唉，就算不是錯覺，只要你說自己沒問題，那就沒關係。畢竟男人嘛，總會有一兩道不得不跨越的障礙嘛。」

爸爸選好劍，轉過身來。

「不是我在自誇，爸爸的障礙可是多到都把我埋起來了。」

我想像在障礙堆裡動彈不得的爸爸，這確實無法自誇。

「那些障礙怎麼了嗎？」

爸爸「呵」的一聲露出冷酷的輕笑。

「到現在都還埋著。」

完全沒有跨越。

「人生就是這麼回事啊。唉，不過阿諾斯和爸爸不同，因為你很優秀呢。就算被障礙埋起來，你也會將障礙統統打破吧。」

「是啊。」

我一這麼說，爸爸就笑了。

「爸爸，你是為了和我說這個才起得這麼早嗎？」

「我說過了吧？是碰巧啦。」

真受不了。爸爸的耍帥還真是讓人傷腦筋。儘管很傷腦筋……不可思議地，心情感覺比方才好多了。

「謝謝。」

「……突、突然間怎麼啦？我、我就只是說、說了理所當然的事，並不是什麼值得道謝的事啦。」

說是這麼說，爸爸還是非常害臊。

「好啦。」

「是啊。」

回去吧──我正要轉身，爸爸就說：

「來打一場吧！」

「……要打嗎？」

「當然要打啦。」

爸爸的眼神很認真。唔嗯，算了，就陪他來一場吧。陪陪擔心自己跑來的爸爸玩一場，也是一種樂趣。

「那我就認真上嘍。」

我當然不可能真的認真上。

「正合我意。」

爸爸咧嘴笑起。我們互相拉開距離，把劍舉起。

「我雖然與你無冤無仇，但請你為了和平去死吧。」

爸爸把劍拿在右手上，以左手握住刺在山丘上的萬雷劍。

「我的劍不只一把！」

即使猛然使勁，那把魔劍也理所當然地文風不動。還好我是所有者，假如不是，他現在已經被紫電轟成灰燼了吧。

「……唔、喔喔喔喔喔喔喔喔……！」

爸爸一拋開手上的劍，就打算用雙手把萬雷劍拔出來。

「……唔……拔不出來——」

這是理所當然的結果。

「——才怪，這是我的架勢。」

爸爸繼續握著刺在地上的萬雷劍，強行裝作是架勢的樣子。

「很在意我是何人嗎？在意我滅殺之劍王的名字！」

儘管如此，爸爸還是強行演下去。依舊強烈表現出要我問他名字的模樣。

哎呀哎呀，真拿他沒辦法。

「你是何人？」

我邊說邊慢慢朝爸爸走去。

「呵！」

爸爸抓到機會笑了笑。一副「就只是個無名小卒」嗎？

不對，那個表情——完全就是要說出讓我出乎意料話語的表情。

是其他模式嗎？他大概打算中途為止都用同樣的臺詞進攻，再突然做出變化，讓我猜不到會怎麼做吧。可是，我已經習慣爸爸的中二病了。不論他有多少種類的臺詞，不論說出多麼離奇的事情，我都不會再動搖了。

「亡靈不需要名字！」

在這一瞬間，爸爸的聲音與兩千年前的父親重疊了。這是很常見的臺詞，所以應該是偶然吧。爸爸的中二病也很讓人傷腦筋啊——這麼想的我繼續走著。

「即將毀滅的你，就將這個名字牢記在心吧。」

感覺時間流逝得非常緩慢。

「我乃幻名騎士團團長（伊希斯）——」

這種事怎麼……我就只是傾聽著爸爸的話語。仔細想想，我在創星的過去裡，沒能聽到接下來的臺詞。

「——滅殺劍王蓋鐵萊布特！」

伴隨著爸爸說出口的臺詞，萬雷劍就像在說它回到本來的所有者手中一樣，從地面上被猛然拔起。

「看招——————！」

從攻擊距離外狠狠劈下的劍。我不以為意地往前走去，萬雷劍就發出「咚」的聲響直擊我的頭。

「嗚啊啊啊啊啊……阿、阿……阿諾斯——……！」

爸爸驚慌失措地慘叫起來。

「抱、抱歉！爸爸目測失誤……！沒事吧……等等，完全沒流血……你還真硬耶……」

格雷哈姆說他死絕了。他說我的父親——賽里斯．波魯迪戈烏多死絕了。

也就是被潔隆一族奪走頭的人不是毀滅，而是死亡吧。在被奪走力量，「復活」與「轉生」都無法使用時，留在頭上的根源會獲得解放。那個根源與被留在切離的身體上的微弱意識、稀薄的根源再度會合，然後就這樣升天消失了吧。假如無法復活也無法轉生，死就和毀滅沒有兩樣，而這就叫做死絕。

儘管如此，以前亞露卡娜曾經說過：根源會進行輪迴。外形會改變，力量會改變，記憶會喪失。就算是這樣，父親也依舊在這裡。一直陪在我身旁。

「……阿諾斯？沒、沒事吧？會、會痛嗎？」

一滴眼淚從我的臉頰上滑落下來。

「我想起了父親的事。」

我的話讓爸爸立刻一臉認真地傾聽。

「兩千年前，我的父親賽里斯．波魯迪戈烏多隱藏深刻的愛意，一味地嚴厲待我。為了和平，為了我的未來，有如修羅般不停奮戰的父親在臨終前回顧人生哀嘆起來。」

爸爸一面點頭，一面溫柔注視著突然述說起來的我。

「他說自己是個光只會對兒子嚴厲，沒有愛意的愚蠢父親。」

他究竟是多麼懊悔啊。

「怎麼能讓他說出這種話來。父親的那個背影，比任何話語都還要雄辯地向我述說著愛意。」

聲音在顫抖。

「他是我的榮耀。」

緊握著拳頭。

「說著『沒能實現和平』而死去的父親，他的懊悔讓我哀憐不已。」

語罷，爸爸把手放到我頭上來。他一面搭著我的肩膀，一面用力抱住我。

「他是個了不起的人呢，阿諾斯的父親。」

爸爸這麼說著，露出平時看來會讓人難以置信的成熟表情。

「爸爸我呢，覺得阿諾斯的父親，最後大概並不是在哀嘆自己的人生。」

我一用眼神詢問，爸爸就回答：

「爸爸現在因為有阿諾斯，所以隱約能夠理解喔。爸爸我在死的時候，才不會去想自己的事。」

「……那會想什麼事？」

「當然是你的事啦。我想你的父親是想到你無法再獲得父愛，所以才會哀嘆起來喔。他是哀嘆今後的時代，你會沒辦法過著和平的生活。」

爸爸的話語倏地滲入心扉。

「……是這樣嗎？」

「大概……」

這麼說之後，爸爸就連忙改口說：

「不對，是絕對，絕對是這樣！所以全看你要怎麼做了。」

爸爸一反常態地認真說。

「那麼為了不讓父親哀嘆，我必須好好地活下去呢。」

「沒錯！還有就是那個啦，那個！你父親所哀嘆那些沒辦法做到的事，爸爸我會代替他幫阿諾斯全部做到。像是說蠢話、談論人生，還有玩中二病遊戲等等！」

為了讓我打起精神來，爸爸就像平時一樣稍微搞笑。

「這樣一來，你在天國的父親也能稍微安心了吧。」

「咯……」

我忍不住小聲笑了出來。

「咯哈哈！」

「很、很怪嗎？你如果笑得這麼過分，會那個喔。爸爸又會被人生的障礙埋起來喔！」

「爸爸，蠢話也要適可而止啊。居然說我那活得像修羅般的嚴厲父親會想和爸爸一樣，做些老是被障礙埋起來的事？」

說完，爸爸就像在說悄悄話一樣地說：

「爸爸知道喔。你的父親肯定也板著有如修羅的表情，被人生的障礙埋在底下。」

「咯哈哈哈！」

這也太蠢了。真的是，怎麼可能會有這麼蠢的事啊？要是那個活得比誰都還要嚴厲的父親想要成為這樣的爸爸，就沒有比這還要可笑、還要和平的事了。

「就快到媽媽弄好早餐的時候了吧。」

「哦，對耶。今天肯定從早餐就開始吃焗烤蘑菇喔。」

「為什麼？」

「當然是因為阿諾斯很沒精神啊。」

媽媽也看出來了啊……真是敵不過她呢。

「很好，那就回家吧！」

爸爸繼續搭著我的肩膀走在山丘上。

「搭著肩膀嗎？」

「偶爾來一下沒關係吧？爸爸一直都很想像這樣搭著兒子的肩膀走路啊。」

哎呀哎呀，真是拿爸爸沒辦法。

「只能偶爾喔。」

爸爸笑了笑。

「啊，話說回來，這把劍要怎麼辦？就這樣帶走不太好吧？」

爸爸看著手上的萬雷劍。

「那是父親的遺物，爸爸就幫我保管吧。」

「可以嗎？這麼重要的東西？」

「父親也這樣希望。」

「這樣啊。這樣啊——」

爸爸開心地說：

「那就放我這兒啦。」

爸爸用搭著我肩膀的手胡亂搔著我的頭髮。儘管他的動作有點粗魯，還是讓我感到非常溫柔。

「你長大了呢，阿諾斯。」

爸爸彷彿兩千年前的父親一般說道。他肯定只是想要這麼說吧。

「還不到爸爸的程度。」

「哈哈！就是這樣、就是這樣！」

爸爸打從心底開心笑著。我們沒有施展魔法，就這樣搭著肩膀慢慢走下山丘。同時確信：這段平穩、愚蠢且可愛的時光，今後也會一直繼續下去。

在笑聲迴蕩之中，我忽然想起那個小小的創造神。祂曾說這個世界一點也不溫柔。下次要是見到祂，我一定要這麼對祂說：

祢所創造的這個世界，是如此地充滿溫柔──

後記

這集的第八章有我無論如何都想寫出來、一直醞釀到現在的幾個場景，我懷著終於能寫下的心情將它們完成了。

儘管劇情經由五顆創星艾里亞魯一點一滴補回阿諾斯缺少的記憶所構成，我還記得這些情報的提供方與謎底的揭露方法，著實讓我煞費了一番苦心。

此外，艾米莉亞也久違地登場了。因為與勇者學院的學生們共度日子而獲得成長的她，這次要再度與魔王學院的學生們一起行動。特別是她與粉絲社的少女們在那次事件以來，雙方就處於沒有好好對話過的狀況。艾米莉亞會如何了結過去所犯下的錯誤？粉絲社的少女們對此又會做出什麼樣的回答？我一直覺得這是一段不得不寫的橋段，很高興能在這個第八章描寫出來。

雖然知道各位讀者期待的，是阿諾斯等主要登場人物們的故事；儘管如此，我還是認為本故事登場的所有角色都有生命，是各自人生中的主角，所以寫作時偶爾也想將焦點放在艾米莉亞或魔王學院的學生們身上。

在阿諾斯他們展開規模壯大的戰鬥，或是逼近巨大謎底的過程中，嚴格來說算是凡人的他們是如何拚命地活下去？我認為要是能讓讀者們感受到他們的成長與變化，應該能讓故事更加立體，讓讀者們覺得更加有趣。話雖如此，要是因此輕忽阿諾斯等主要角色就本末倒置了，結果認為兩邊都很重要，而讓字數變得越來越多。我想購買實體書的讀者們應該知道，隨著集數增長，本書也變得越來越厚。

字數增加太多不會成為負面要素是網路小說的優點，但出版成書就另當別論了，讓我一下覺得這麼厚會不會讓讀者不敢翻閱而不安起來，一下反省自己要是能把故事整理得更好一點就好了。

讓這麼厚的書原封不動出版的吉岡責任編輯，非常感謝您一直以來的關照。今後說不定還會繼續變厚，還請您多多指教。

此外也受到擔任插畫的しずまよしのり老師非常大的關照，封面的阿諾斯與賽里斯畫得真是太好了。對於看完第八集的讀者來說，與最初看到時應該另有不同的印象吧。謝謝您畫得這麼出色。

最後要向各位讀者獻上由衷的感謝。下次我也會為了送上有趣的作品，竭盡全力地努力寫作，還請大家多多指教。

二〇二〇年八月五日　秋

©Mareho Kikuishi 2021 / KADOKAWA CORPORATION

記憶縫線YOUR FORMA 1~2 待續

Kadokawa Fantastic Novels

作者：菊石まれほ　插畫：野崎つばた

第27屆電擊小說大賞「大賞」科幻犯罪劇，
令人悲切又高潮迭起的第二集揭幕！

RF型相關人士連續襲擊案——染上嫌疑的不是別人，正是埃緹卡的搭檔哈羅德。愈是對諸事不順的狀況感到焦慮，就愈凸顯出人類與機械之間的決定性差異。兩人持續搜查的過程中，等待他們的驚人真相以及埃緹卡被迫面對的艱難選擇究竟是——！

各 **NT$220/HK$73**

©Tsutomu Sato 2021 / KADOKAWA CORPORATION

續·魔法科高中的劣等生

魔法人聯社 1~3 待續

Kadokawa Fantastic Novels

作者：佐島 勤　插畫：石田可奈

為爭取魔法師出國的人身自由
司波達也最強的魔法再次釋放！

　　真由美與遼介即將動身前往USNA和FEHR商討合作事宜。然而國防陸軍情報部為防止優秀魔法師外流到他國，竟企圖暗中阻擾!?不過，達也有其因應之道，為了確立魔法師的自由及展示魔法的存在意義，他將使出最強的魔法「質量爆散」——

各 **NT$200~220/HK$67~73**

©Takuma Sakai 2021 / KADOKAWA CORPORATION

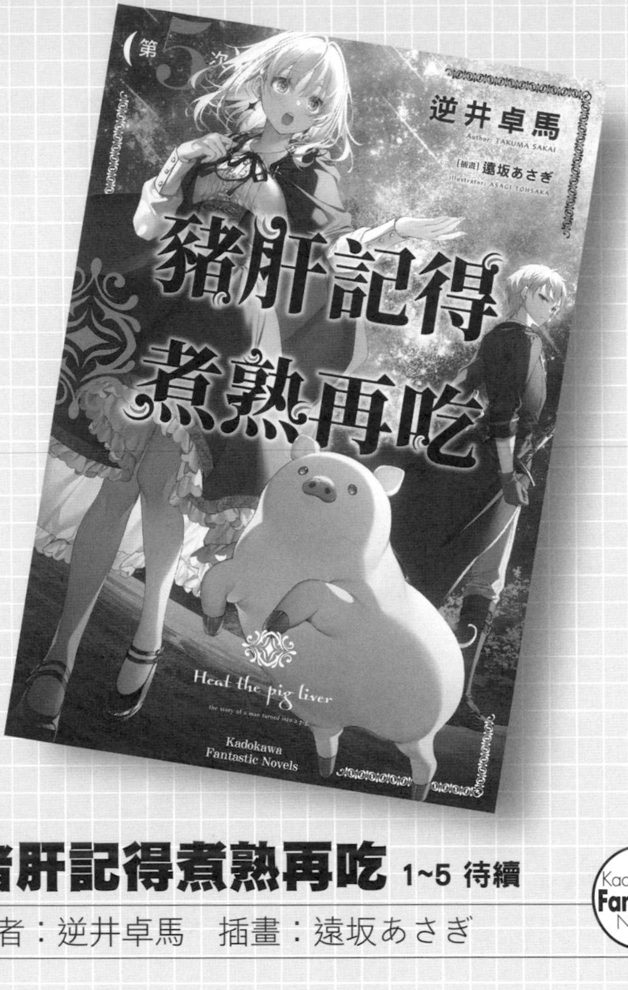

豬肝記得煮熟再吃 1~5 待續

Kadokawa **Fantastic** Novels

作者：逆井卓馬　插畫：遠坂あさぎ

「請看，豬先生！我的胸部變大了……！」
真傷腦筋，看來這次的事件似乎也不簡單？

總算察覺自己心意的我，想偕潔絲踏上沒有終點的旅程，因此必須奪回被占據的王朝。諾特率領的解放軍、王子修拉維斯、三名美少女與來自異世界的三隻豬，為尋求王牌而造訪北方島嶼，希望能前往反面空間——深世界。據說所有願望在那裡都會具現化……

各 **NT$200~250/HK$67~83**

©RYOHGO NARITA/TYPE-MOON 2019 / KADOKAWA CORPORATION

Fate/strange Fake 1~6 待續

Kadokawa Fantastic Novels

作者：成田良悟　原作：TYPE-MOON　插畫：森井しづき

為了守護少女的心願，
其守護者將「死」籠罩住整個世界——

毫無改變的街景——直到數小時前，各陣營勢力爭鬥而遭破壞的大馬路，此刻卻彷彿不曾發生過任何事。這裡是年幼的主人繰丘椿的夢境中。是由與椿的魔術迴路連繫的「黑漆漆先生」創造，僅為實現椿的心願而存在的封閉世界。劍兵等人試圖逃脫，然而……

各 **NT$200~280/HK$60~93**

©Bokuto Uno 2020 / KADOKAWA CORPORATION

七魔劍支配天下 1~5 待續

Kadokawa Fantastic Novels

作者：宇野朴人　插畫：ミユキルリア

最強魔法與劍術的戰鬥幻想故事第五集登場！
2020年《這本輕小說真厲害》文庫本部門第一名！

奧利佛和奈奈緒追著被帶進迷宮的皮特來到恩里科的研究所。他們在那裡目睹可怕的魔道深淵，並隱約窺見了魔法師和「異端」漫長的抗爭。另一方面，奧利佛與同志們選定恩里科為下一個復仇對象，他的第二次復仇究竟將迎來什麼樣的結局──

各 **NT$200~290/HK$67~97**

©Asato Asato 2021 / KADOKAWA CORPORATION

86—不存在的戰區— 1~10 待續

Kadokawa Fantastic Novels

作者：安里アサト　插畫：しらび

讓我們追尋在血紅眼眸深處閃耀的，
僅存的少許片斷——

年幼的少年兵辛耶・諾贊降臨地獄般的戰場，日後他將成為八六們的「死神」，帶著傷重身亡的同袍們的遺志走到生命盡頭——這些故事描述與他人的邂逅如何將他變成「他們的死神」，以及來得突然的死亡與破壞又是如何殘酷地斬斷了他們的牽絆。

各 **NT$220~260/HK$73~87**

國家圖書館出版品預行編目資料

魔王學院的不適任者：史上最強的魔王始祖,轉生就讀子孫們的學校/秋作；薛智恆譯. -- 初版. -- 臺北市：臺灣角川股份有限公司, 2022.04-
冊；　公分. -- (Kadokawa fantastic novels)

譯自：魔王学院の不適合者：史上最強の魔王の始祖、転生して子孫たちの学校へ通う
ISBN 978-626-321-345-6(第7冊：平裝). --
ISBN 978-626-321-673-0(第8冊：平裝)

861.57　　111001899

Kadokawa
Fantastic
Novels

魔王學院的不適任者～史上最強的魔王始祖，轉生就讀子孫們的學校～ 8

（原著名：魔王学院の不適合者～史上最強の魔王の始祖、転生して子孫たちの学校へ通う～8）

2022年8月24日　初版第1刷發行
2022年12月16日　初版第2刷發行

作　者：秋
插　畫：しずまよしのり
譯　者：薛智恆

發行人：岩崎剛人
總編輯：蔡佩芬
副主編：林秀儒
美術設計：吳佳昫
印　務：李明修（主任）、張加恩（主任）、張凱棋

發行所：台灣角川股份有限公司
地　址：104台北市中山區松江路223號3樓
電　話：（02）2515-3000
傳　真：（02）2515-0033
網　址：www.kadokawa.com.tw
劃撥帳戶：台灣角川股份有限公司
劃撥帳號：19487412
法律顧問：有澤法律事務所
製　版：尚騰印刷事業有限公司
ISBN：978-626-321-673-0

※版權所有，未經許可，不許轉載。
※本書如有破損、裝訂錯誤，請持購買憑證回原購買處或連同憑證寄回出版社更換。

MAOH GAKUIN NO FUTEKIGOUSHA Vol.8
~SHIJOSAIKYO NO MAOH NO SHISO, TENSEISHITE SHISONTACHI NO GAKKO HE KAYOU~
©Shu 2020
Edited by 電擊文庫
First published in Japan in 2020 by KADOKAWA CORPORATION, Tokyo.
Complex Chinese translation rights arranged with KADOKAWA CORPORATION, Tokyo.